≡ 昌明文庫・悅讀文化 ≡

漢語的魅惑

宋長江 著

序言
PREFACE

早在上世紀 80 年代，我就像燕子銜泥壘窩一般為本書積材備料了，每有意會，便欣然記之。沒曾想到今日書成，竟橫跨了兩個世紀，歷時近三十年。說慢工出細活也好，說老牛拉破車也罷，反正事實只有一個，那就是———我的夙願終於成為了現實！

我為何執著於此書的寫作，且把它的出版當作夙願呢？一是因為漢語魅力四射，趣味橫生。作為一個語言工作者，我覺得自己有責任和義務讓有基本文化素質的中國人在自己民族的語言中找到驕傲的依據。二是要讓有一定文化修養的人，尤其是中小學語文老師，能用語言理論去分析實際言語中的趣味所在。

我這一生的經歷很特別，從小學讀到大學，又從小學教到大學。從學語文，到教語文，算是明白了教者困、學者惑之個中緣由。毋庸諱言，有些語文老師一生唯讀兩本書，一本教科書，一本參考書；教學過程固守著一成不變的模式———識字、釋詞、段落大意、寫作特點、中心思想，導致語文教學千篇一律，枯燥乏味。因此，儘管教的人如癡如醉，學的人卻昏昏欲睡。興趣是最好的老師，這句話的內涵在語文教學中體現得尤為突出。

本書不是教程，而是輔助讀物。從根本上說，這是一本教學筆記

或者說讀書筆記。全書以知識為經，以趣例為緯，注重系統性的同時兼顧趣味性，即以知識的系統性統帥事例的趣味性。著力於散點透視漢語知識，聚焦重點難點問題。然而，這本書要解決的不是如何學好語文的問題，而是想告訴人們，語文不但不枯燥，而且很有趣。

本書主要有兩個使命，一是引導人們去注意生活中的漢語知識，即知其然。

生活中到處都要用到漢語知識，很多的語言現象還頗有趣味。

前不久，我們單位一位同事不慎摔傷了頭部，住進了醫院。我去醫院探望他回來時，有同事問：「你們去看了嗎？打包嗎？」我說：「醫生給他打了包，我們也給他打了包。」大家都笑了起來，因為都能領會這兩個「包」的不同含義。

不久前，我家高壓鍋由於故障揭不開蓋了，裏面的飯弄不出來。我把它拿到院子裏，高喊道：「我家揭不開鍋了———」院子裏人的眼光齊刷刷地投向我，然後都會心地笑了起來。

說遠點的，不少牌區或廣告詞都較好地運用了漢語語法和修辭知識，常常讓人耳目一新。如：

○一休閒山莊名之曰：簡樸寨。
○中國移動公司廣告語：到處聽說好！
○莽山國家森林公園廣告語：君臨莽山，達觀天下！

二是啟示愛思考的人分析漢語知識之所以然。

知其然不難，難的是知其所以然。下面我們試分析一下上述幾個語詞的「所以然」。

「簡樸寨」簡單，它在諧「柬埔寨」音的同時，也暗示出該山莊低廉的消費定位。

「到處聽說好」的妙處全在「聽說」上。「聽說」作為並列式合成詞，意謂「聽人所說」；用作短語屬聯合結構，是「聽」和「說」的意思，此處是詞與短語二合一，意蘊雙關。

「君臨莽山，達觀天下」與上例類似。此處的「達觀」，是並列式合成詞與連動式短語糅合。作為合成詞，「達觀」有「心胸開朗，見解通達」之意；作為短語，「達觀」是「到達觀看」的意思。

生活中，尤其是網路上，新的語言層出不窮，而且有很多很經典的語言在語法修辭的運用上頗耐咀嚼。例如：

○這年月誰都病不起，可他偏偏一病不起。

○你說我做這事錯不了，我這樣做錯了不？是不是已經不錯了？

前一句是故意用「病不起」耍龍燈。「病不起」是一個述補結構短語，「不起」讀輕聲，意義較虛；而「一病不起」則是一個緊縮式成語，「不起」屬狀中短語，意義實在，讀原聲。後一句是將「錯」、「不」、「了」三字進行排兵佈陣，屬語序變換。「錯不了」、「錯了不」、「不錯了」三個短語在結構上有區別。「錯不了」與「錯了不」屬述補結構，但兩者的「不」與「了」的意義分別不同。「錯不了」的「不」表否定，「了」，讀 liǎo，在動詞「錯」後，與「不」連用，表示可能；「錯了不」的「不」用在句末表疑問，「了」讀 le，放在動詞「錯」後，表示動作或變化已經完成。「不錯了」是偏正式狀中短語，「不」是否定副詞作「錯」的狀語，「了」表示肯定語氣。

有些語言現象，要知其「所以然」並不那麼容易。就說「諧音」修辭吧，一般認為「諧音」的修辭效果就是雙關，其實不然。

我們先來看看下面幾組例句。

第一組：

①外國人名諧音：森代美惠子———三代賣廢紙（可憐）；島本美津子———倒本賣金子（可笑）；帕瓦羅蒂———啪，瓦落地（可惜）！

②酒店名：香鍋裏辣。

③神馬都是浮雲！

第二組：

①匯源果汁：真「橙」愛你每一天，匯源果汁。

②科龍空調：身在「伏」中不知「伏」。

③在長沙見一店名———蒸式快餐（真是快餐），廣告詞———營養還是蒸的好！（異形雙關）

第三組：

①牌蚊香，默默無「蚊」的奉獻！

②一場大雪飄下，整個大地草木皆冰。

③妹妹你慢慢地往「錢」走啊！

第四組：

①要關注孩子，不要關注孩子。

②他不能在導彈部門工作，因為他只會在導彈部門「搗蛋」。

③來也匆匆，去也衝衝！

第一組屬純粹的諧音修辭，即利用漢字同音或近音的條件，用同音字或近音字來代替本字，產生辭趣。這種修辭諧音而不雙關。①有點像摹聲。②諧「香格裏拉」，當然「香鍋裏辣」也暗示出了該酒店菜肴「香、辣」的特色。③是一句網路流行語，意思是什麼都不值得一提，有抱怨感歎之意，其中「神馬」諧「什麼」。

第二組主要運用了諧音雙關的修辭手法。①②中的「橙」、「伏」

分別與「誠」、「福」讀音相同，③中的「蒸式」與「真是」、「蒸的」與「真的」讀音相近，但字的形體不同，視覺上是陌生的乙，聽覺上卻是熟知的甲。真「橙」愛你每一天，巧妙地運用諧音雙關，強調匯源的產品是原汁原味的「真橙」，給消費者的愛是決不摻假的「真誠」。身在「伏」中不知「伏」，借助音同把原來的「福」換成了「伏」，描述了空調的性能。「蒸式」、「蒸的」表層顯示食品的製作方式，深層則蘊含著褒贊的評價。這種「諧音雙關」意蘊上似無雙關，所以一般叫做「諧音置換」或「仿詞」。還有兩種雙關的情形，有人也把它們視作「諧音雙關」。一曰音形雙關，即將同形的合成詞與短語混於一體，讓顯性義與隱性義混合為一產生雙關。如阿里山瓜子廣告：「阿里山瓜子，一嗑就開心！」「開心」既可為支配式合成詞（有心情快樂舒暢的意思），又可為述賓結構短語（有瓜殼裂開，容易剝食的意思）。一曰音形義雙關，這種雙關所用的詞，其音、形、義在兩層意思中完全相同，即讓顯性義與隱性義融合為一產生雙關。如東風牌汽車廣告：「萬事俱備，只欠東風！」「東風」在原義（東方刮來的風）上融合產品名稱（賦予符號化的商品名以詞匯義），讓人們對「東風牌」汽車產生美好印象。不過，筆者認為把這兩種情形視作語義雙關似更準確。

　　第三組主要運用了仿擬的修辭手法。所謂仿擬，即根據表達的需要，更換現成詞語的某個語素或詞，臨時仿造出新的詞語，改變原來特定的詞義，創造出新義的修辭手法，也有人稱之為「置換」。①以「蚊」置換「聞」；②以「冰」置換「冰」。「草木皆冰」本來自然天成，只是已有成語「草木皆兵」，所以還是把它看作仿擬。這種「仿擬」的形式是「同音異形置換」（還有一種形式是「異音異形置換」，

如由「望洋興歎」置換而來的「望『山』興歎」；由「國手」仿擬出來的「國腳」等）。③稍複雜，例句是仿「妹妹你大膽地往前走」這一句歌詞。「慢慢」是對「大膽」的仿擬，屬反義仿，而「錢」則是對「前」的仿擬（也可說是對「前」的同音置換）。這種意義和讀音多層仿擬的修辭現象，可使表達情趣倍增。

第四組主要運用了混異的修辭手法。所謂混異，就是把兩個或兩個以上意思不同但讀音相同的字片語合在一起，使人一看就明白它的意思，聽起來卻難於分辨，讀起來使人覺得饒有趣味。在同一語言形式中本體與對象體都出現，是混異修辭與其它諧音類修辭最顯著的區別。在①②中，「關注」、「導彈」分別與「關住」、「搗蛋」混異。③這則公廁提示語，涉及到多種辭格的綜合運用。整個句子由風雨兼程歌詞「來也匆匆去也匆匆」仿擬而來。「沖沖」代替「匆匆」是仿詞（或曰諧音置換），「沖沖」與「匆匆」並用，則又是近音混異。

由上述例子及分析可知，涉及到「諧音」的辭格不只是雙關，修辭學界也眾說不一。

我們再來看一個有趣的例子。就人體器官而言，「腳」指人和某些動物身體最下部接觸地面的部分，是人體重要的負重器官和運動器官。「足」，指腳，腿。「腳」與「足」有什麼區別？「洗腳」與「濯足」就本義所指是否同一回事？有人說前者為口語，後者為書面語，似乎有幾分道理。然而，它們分別與「手」組合而成的「手腳」與「手足」卻大相徑庭。「手腳」指為了某種目的而暗中進行的活動；「手足」則代指兄弟。「手」可作為定位語素與別的語素一起構成附加式合成詞，「手」在詞中表明類屬，即專司某事或擅長某種技藝的人，如「歌手」、「旗手」、「國手」等。「國手」指精通某種技能，

在所處時代達到國內該領域最高水準的人。人們由「國手」仿擬出了「國腳」（對國家足球隊運動員通俗的稱謂）。「國腳」比「國手」的意義範圍小得多。但是，「國足」不是由「國手」仿擬而來的，與「國腳」的意義也相去甚遠。「國足」是「國家足球隊」的簡稱（「省足球隊」可簡稱為「省足」），不是仿擬。值得注意的是，不能由「國手」、「國腳」再仿擬出「省手」、「省腳」之類的詞語。

漢語有多麼複雜，由此可見一斑。所以說將本書定名為「漢語的魅惑」，並非隨性所為。「魅」，魅力也。「惑」，則可理解為「糊塗，令人不解」等意思。漢語正是因為其深邃難解而更顯得魅力無窮！

本書選材上求全面，分類上求權宜。不少知識存在類別的不確定性和知識跨界的現象，因而無法做到一刀切，所以分類只能求合理。本書分類與編排主要依據張斌先生的語法體系建構（但也有不一致之處，如在詞的分類上，張斌先生從語法功能的角度進行分類，把副詞歸入實詞類，而本書則依據中學語法的分類原則，即從詞義虛實的角度進行分類，因而把詞義較虛的副詞歸到了虛詞類）。動態的語言形式歸入語法類，字法、詞法尚屬靜態的語言形式，故與語法並列成類。辭格修辭放在了「修辭趣話」中，詞語和句式修辭放在了「說寫趣話」中，修辭文段（如對聯修辭）則放在了「趣文薈萃」中。書的前四個部分基本上屬同一標準分類，後兩個部分則注重相對集中———「說寫趣話」側重於語言文字的表達，「趣文薈萃」趨於綜合性歸類，與前幾個部分不可避免地存在著知識交叉現象，這主要表現為同一類知識因為某種需要而分佈於幾個不同的類別中，如混異修辭，在「修辭趣話」、「趣文薈萃」中均有涉及。與此同時，為求知識的局部完整，在分類上只好採取權宜之策，如「趣說成語與廣告」

可歸入「詞彙趣話」，也可歸入「修辭趣話」，但考慮到成語知識的完整性，我把它歸入了「詞彙趣話」。

　　本書雖不能肩負起「傳道受業解惑」之大任，但也希望通過我的努力，讓人們在複雜的漢語面前，做個明白人。有一個搜索網站，叫「百度」。「百度」不就是在茫茫網海中給人「擺渡」嗎？但願漢語的魅惑這本書，在浩瀚的漢語海洋裏也能起到「擺渡」的作用！

宋長江

2011 年 8 月 10 日

目 錄
CONTENTS

漢字趣話

詞彙趣話

語法趣話

修辭趣話

說寫趣話

趣文薈萃

漢字趣話

漢字筆劃構形擷趣

　　筆劃是構成漢字字形的各種點和線。各種筆畫都有一定的形狀，叫做筆形。點、橫、豎、撇、捺是構成漢字形體最基本的五種筆形，可以「術」字為代表。由於基本筆形用筆方向的改變和互相聯繫，又產生了提、折、鉤三種筆形，這三種筆形可以「刁」字為代表。點、橫、豎、撇、捺、提、折、鉤是構成現代漢字的八種主要筆形。

　　古人以「永」字的八畫歸納漢字的筆形，即所謂「永」字八法。

　　「永字八法」稱點為「側」，橫為「勒」，豎為「努」，鉤為「趯」，挑為「策」，撇為「掠」，短撇為「啄」，捺筆為「磔」。這與前面提到的漢字八種筆形之說雖然名稱不同，但其實質基本一致。

　　說到漢字的筆劃筆形，我不禁想起一首歌：

　　最愛說的話永遠是中國話，字正腔圓落地有聲說話最算話；最愛寫的字是先生教的方塊字，橫平豎直堂堂正正做人也像它！

　　這是廣為傳唱的歌曲中國娃中的幾句歌詞，它從字形、筆形、讀音等方面高度地概括了漢字的特點。

　　從筆形的角度看，橫平豎直是漢字的一個重要特點。俗話說：無橫無豎不成字。有這樣一個字謎：

　　一字九橫六豎，天下無人能猜。有人去問孔子，孔子連想三日。這個字謎的謎底就是「晶」字。

　　在一次遊藝晚會上，主持人出了一道題：三橫三豎寫十個漢字。一時間還把大家難住了。仔細想想，這十個漢字應是「田由申甲舊葉古占用世

（『丿』、『乀』在謎語中常被看作『丨』）」。

有三個素不相識的人走到了一起，他們寒暄數語後便互問姓名。

甲說我的姓可以倒立，名可順著讀，也可倒著讀。

乙說我的姓順立倒立都是一指禪，名有二字，一個出頭，一個露尾。

丙說我的姓可以滾著走，名也與你們一樣，倒順皆通。

甲說：我們還有要事相商，就別在姓名上繞彎子了。我叫王日昌，日益昌盛！

乙說：我叫申由甲，生性隨和，凡事聽頭的。

丙說：我叫田亙豐，祈求生生不息，五穀豐登，豐衣足食！

這時大家發現，他們的姓名用字除可順讀倒讀外，還有一個共同點，那就是都由橫豎構成，無撇無捺無鉤筆。

甲說：看來我們都應當是直性子人，但願以後大家都推心置腹，精誠合作！

甲、乙、丙將手握在了一起。

其實，漢字中純由橫豎構成的字還真有不少，如：一二三十工干士土吐王豐山口呂品日曰目回昌冒亘叵臣凹凸中止正咕吉咭葉吾唔早旱匡廿甘旦裏罟罪罡皿亙固曹，等等。

由橫豎構成的漢字組成的詞也有一些，如：乾旱、早上、上古、亙古、田土、吉日、中止等。

與上述相反，在漢字中也有一些無橫無豎的字，如「八、入、爻、人、從、眾、火、炎、焱、燚（yì）」等。有一個字謎：「一個漢字只四筆，無橫無豎無鉤筆。將軍見了須下馬，皇帝遇上要作揖。」其謎底就是「父」字。還有一個字謎：「無橫無豎無鉤提，不多不少正十筆。」其謎底便是「爹」字。

這兩種漢字的數量都不是很多，絕大多數的漢字都是由點、橫、豎、撇、捺、提、折、鉤等八種筆形交錯構成的。為進一步呈現漢字筆劃與筆形的魅力，我給大家看一篇學生的日記：

明天是星期天，爸爸媽媽說要帶我到一個酒店去吃滿月酒，我高興地期待著。走到房間裏，只見書桌上放著一張請柬。請柬上有一行字引起了我的注意：

喜得犬子暨彌月之喜……

「犬子」什麼意思？我好奇地問爸爸。

爸爸告訴我：「『犬子』是古代沿用下來的一種謙稱。在古代，百姓之子曰『犬子』。」

「犬子」，太有意思了！「犬」字上面的那一點放下來不就成了「太子」？太子，皇帝之子啊！

「犬」與「太」筆劃完全相同，只是「丶」的位置不同，而分別由它們構成的「太子」與「犬子」卻有著天壤之別，真是奇妙！

「你知道為什麼『太子』的『丶』在下，而『犬子』的『丶』在上嗎？」爸爸問。

我搖頭。

爸爸風趣地解釋道：「我想，皇帝兒女多，所以不以子為貴，即便是太子也只牽在膝下；百姓卻不同，他們養兒防老，積穀防饑，故以子為貴，因而把他扛在肩上。」接著他又補充道，「我這只是妄說湊趣而已，千萬別當真！」

這篇日記很有趣，同時也給了我們有益的啟示。

「太」與「犬」，一個是指事字，一個是象形字，二者在造字方法上沒有什麼聯繫，卻給了我們一個啟示：漢字的構成雖決定於筆畫，決定於

筆畫的數量和形狀，但相同數量的筆畫、相同的筆形所構成的漢字形體不具唯一性，即完全相同的構字部件亦可能構造出不同的漢字。

我們把這種由相同筆形、筆劃構成的不同的漢字稱作「筆畫移位字」。

這可分兩種情況：

一是筆劃移位成新字。如：「家」與「冢」、「未」與「本」、「大」與「丈」、「慶」與「厭」、「主」與「玉」、「莊」與「壓」、「田」與「舊」、「百」與「自」、「坐」與「巫」、「為」與「辦」，等等。

在這些筆劃移位的漢字中，有些字與同一語素組成詞後還有某種聯繫，閱之頗有趣味。如：家是活人住的地方，而冢卻是死人安息之所；那位大夫就是她丈夫；可慶之事只要偏差一點，就會令人生厭；本來，他的未來是非常美好的，本末倒置使他事與願違⋯⋯

二是筆劃延縮成新字，就是將漢字中的某一筆畫延長或縮短即成為另一個新的漢字。如：「田」字中間一豎延長，可變成「由、甲、申、電」等字。此類字還如「天」與「夫」、「矢」與「失」、「午」與「牛」、「胃」與「胄」、「佃」與「伸」等。尤其是「己、已、巳」及由它們衍生出的「圮」與「圯」等字，極易混淆，應仔細辨認。

這類字中也有一些在與同一語素組成詞後，給人以妙趣橫生之感，如把「土地」變成「工地」則不是難事，但是要到「田頭」去看看，還得找個「由頭」⋯⋯

「未」與「末」、「士」與「土」、「開」與「井」兼屬以上兩種情況。由它們構成的「未了」與「末了」、「進士」與「進土」意義無關聯，而用「井水」燒「開水」則是很不錯的。

漢字筆劃象徵擷趣

　　人生識字糊塗始！鄰居的兒子佳佳剛開始識字。當認識「鳥」的時候，他好奇地問爸爸：「鳥」字那一點（丶）是不是表示眼睛？爸爸說是，並告訴他漢字中有一些筆劃是具有象徵意義的。如「雨」字的點，表示雨點；「閂」字的橫，表示插栓；「山」字的豎，表示拔地而起的山峰……

　　後來，他看到一個「烏」字。他很自信地對大家說：這個「烏」肯定是一隻盲鳥！鄰居小孩的話把我們大家都逗樂了。

　　爸爸告訴他：「烏」與「鳥」都是象形字，「烏」也是鳥名，即烏鴉。有一個成語叫「愛屋及烏」，「烏」也就是烏鴉。烏鴉頭黑，所以看不清眼睛。由此，「烏」還引申出了另一個義項：黑。

　　佳佳若有所悟地連連點頭。當然他還不能明白爸爸對「鳥」、「雨」、「閂」、「山」、「烏」等字中有關筆劃的解釋是有道理的，而且涉及漢字筆畫的象徵問題。

　　由於象形或指事的緣故，許多漢字的筆畫表現出象徵實體的意義。點、橫、豎是結構漢字最重要的筆劃，其象徵意義也較為明確。如：

　　點：「卵」字的點，表示蛋黃蛋白；「州」字的點，表示高出水面的陸地；「丹」字的點，表示朱砂；「刃」字的點，表示刀鋒所在；「主」字的點，表示火苗；「燕」字的點，表示尾巴；「熊」字的點，表示腳；「照」字的點，表示火……

　　橫：「雨」字的橫，表示天；「立」字的橫，表示地；「旦」字的橫，

表示地平線；「滅」字的橫，表示覆蓋火的東西；「本」字下面的橫，表示樹根所在；「末」字上面的橫，表示樹梢所在……

　　豎：「引」字的豎，表示開弓；「由」字的豎，表示進入田間的道路；「甲」字的豎，表示種子萌發的芽；「川」字中間的豎表示水流，兩邊的豎表示岸；「田」字中間的橫、豎，表示田間阡陌……

漢字筆劃數限擷趣

　　有這樣一個笑話：從前有一個財主，為兒子聘請了一位私塾先生。兒子學會了「一、二、三」尚未學「四」，就以為什麼都會了。財主聽兒子說什麼都會了，就把先生辭了。一天，有人請財主的兒子寫個請帖。他兒子把自己關在屋子裏，寫了半天也沒寫完。財主很是納悶，便推門進屋去，只見兒子正一筆一筆地畫槓槓。財主問兒子：「你這是幹什麼？」兒子沒好氣地說：「這人什麼不好姓，偏姓萬，從早晨到現在我才完成了五百多畫。」

　　這當然是個笑話。「萬」字不會是一萬畫，這是一個基本常識，因為一個小方塊絕對容納不下這麼多的筆畫。但是要問最多筆畫的漢字有多少畫，同一筆劃或構字部件在漢字中是否有數限，還真讓人一時難以答上來。最多筆劃的漢字是哪一個，不好下定論，就現代漢語詞典和辭海裏能夠查到的，則「齉」字筆劃最多（36 畫）。說到同一筆畫或構件在漢字中的數限，還真是個有趣的問題。

　　漢字就其筆畫疊加使用來看，是有一定規律的。橫畫如「一」字一畫，「二」字二畫，「三」字三畫，在甲骨文裏，「四」就是四畫，寫作「　」；豎畫也是這樣，如「十」是「一」字加一豎（丨），以此為基準，「二十、三十、四十」分別寫作「廿、卅、卌」，而「五」或「五十」則不再類推。其它漢字中的同一筆畫也以重複三次（即四個同一筆畫）為限，如「拜、舞、焦、無」等，後二字可看作是「雙四」造型。有一個「非」字，雖六橫，但分屬兩側。

構字部件的集中運用也以「四」為限，如「畾、器、綴、爽」等。有這樣一副析字趣對：

四口同圖，內口皆歸外口管；

五人共傘，小人全仗大人遮。

「圖」、「傘」分別是「圖」和「傘」的繁體字，其中「傘」裏有五個人，但這是一大四小，並非五「人」並列。

漢字筆劃增減擷趣

在漢字中增加或減少筆劃，無疑導致錯字，但是古往今來有一些人卻故意寫「錯字」。有的雖是隨興而為，卻寄寓著某種深意，如康熙為「避暑山莊」題寫大門橫額時，故意將第一個字———「避」寫成另一個字。這個字連以康熙命名的康熙字典上也見不到影兒。然而人們不但不以為錯，反而還津津樂道之。

這個字是康熙故意這樣寫的，其意昭然。在封建時代帝王高於一切，一切都要避帝王，而帝王卻不需避這避那，如果直接寫上「避」，豈不連康熙也要避它？

故意給漢字增添筆劃，一般都是有用意的。

從前，有個縣尉在查閱案卷時，看到一個朋友的案卷。他仔細閱讀，發現案卷上有這樣一句話：「此盜從大門入……」由此可定為強盜罪，按律當斬。此賊與縣尉有交誼，所以縣尉想幫他一把。事實清楚，不能推翻，但能否為他減輕罪行呢？他冥思苦想了片刻，突然眼睛一亮：「有了！」他馬上提筆在這句話的一個字上加了一點，句子的意思迅即發生了變化。判決的時候，此犯由死罪變成了流放三年。

你知道他的那一點是加在哪個字上，而且何以有如此神力嗎？原來，他是將「大」字改成了「犬」字，「從大門入」的強盜行徑變成了「從犬門入」的小偷小摸行為。

真神啊，一筆之差竟生死有別！

今天我給大家講這個故事，不是要宣揚這個縣尉徇私枉法的手段如何

高明，而旨在彰顯漢字的神奇魅力！

歷史上還有更玄乎的，一筆之差竟然換了個皇帝！康熙是清代最有作為的皇帝，但在傳位這個問題上卻被人耍弄了。

康熙生前常常表示要立十四阿哥胤禵為太子，而他駕崩之後卻是四阿哥胤禛即位，這位四阿哥便是後來的雍正皇帝。是康熙臨終改變了主意，還是他沒有留下遺詔？都不是。康熙的遺詔正是「傳位十四子胤禵」。可為什麼換了人呢？據傳，傳詔時胤禛和寵臣隆科多密謀做了手腳，將遺詔改為「傳位於四子胤禛」。對此，推斷頗多，但以「於」不當寫作「於」的說法較有道理。「十」稍作改動便成了「於」，遺詔「傳位十四子胤禵」也就成了「傳位於四子胤禛」。這裏還有一個字也做了改動，即把「禵」改成了「禛」。「禛」的繁體字是「禛」，「禛」與「禵」在筆畫上雖有差異，但在手寫體中的寫法卻相近。

構成漢字最小的單位是筆畫，在一個形體上增減筆畫都可能另成新字，如「口」添一筆則成「曰」，「曰」添一筆則成「白」，「白」添一筆則成「百」；而在「日」或「曰」上添一筆可成「白舊目田由甲申電旦曰」等九個字。有的字減一筆可另成新字，如「曲」，通過逐步減少筆畫，可依次變成「由、田、曰、口」等字；有的字甚至增減半筆亦另成新字，如「己」與「已、巳」、「胃」與「冑」等。

有一個趣對頗有意思。相傳，有一財主，父子花錢各捐了一個進士，心裏十分得意，大年三十，在大門上貼了一副對聯，以示慶賀。聯曰：

父進士子進士父子皆進士；

妻夫人媳夫人妻媳皆夫人。

晚上，有人在對聯上寥寥添數筆，其聯頓成：

父進土子進土父子皆進土；

妻失夫媳失夫妻媳皆失夫。

財主見了又羞又怒，只得把對聯撕去。也有的故意減省筆劃，以寄託某種深意。

明朝才子徐文長給一點心店寫店名，格外引人注目。在這裏，他自有其目的。過路人見到「心」中少了一點，自然會聯想到自己腹中也少了點什麼，因而不由自主地走進店裏吃點東西。

山東曲阜孔府大門上有一副楹聯，是孔府的後裔所作。這副楹聯是：

與國咸休安　尊榮公府第；

同天並老文章道德聖人家。

這副對聯氣勢恢宏，筆法謹嚴遒勁，神形兼美，令人歎服叫絕。但是上聯中的「富」字缺了頭上的一點，顯然是個別字。其實不然，這裏有孔府門第的一番苦心，他們希冀孔門望族的榮華富貴永無止境。「富」字頭上去一點，寄託著「富貴無頂」的深意，令人玩味再三。

歷史上有個被誤認為減省筆畫，而招致殺身之罪的血腥故事。清雍正年間，主考官查嗣庭摘用詩經中的「維民所止」作為試題，經人告發說題中「維止」二字是暗示將「雍正」砍頭示眾。查嗣庭因此被捕入獄，病死獄中，慘遭戮屍梟首，兒子處斬，兄侄流放。

由「雍正」到「維止」，是巧合呢，還是故意？只有查嗣庭自己知道！

還有故意減省偏旁的例子。

張作霖是張學良的父親，是一個出身綠林的大軍閥。在當時所有的大軍閥中，他是最有骨氣、最有民族氣節的一個———他面對小日本是寸「土」不讓！

在一次酒會上，一位來自日本的名流力請大帥賞字畫，他知道張作霖

出身綠林，識字有限，想讓他當眾出醜。沒想到張作霖胸有成竹，他抓過筆就寫了個「虎」字，然後落款：「張作霖手黑。」隨從連忙湊近大帥耳邊小聲提醒道：「大帥，您的落款『手墨』的『墨』字少了個『土』。」哪知張作霖眼睛一瞪，罵道：「媽那個巴子！我還不知道『墨』字怎樣寫？對付日本人，手不黑行嗎？這叫『寸土不讓！』」在場的中國人恍然大悟，會心而笑，日本人則目瞪口呆。

　　這個「寸土不讓」的故事一直流傳到現在，張作霖雖已作古大半個世紀，但至今人們仍對他由衷地投以幾分敬意！

漢字偏旁聯邊擷趣

　　李萌同學給我們的語文小報投來一篇小文章，讀之有趣有益，我把它推薦給大家：

　　去年，爸爸去日本做了一年訪問學者，回家後便給我滔滔不絕地講述日本的美麗風光和底蘊深厚的日本文化。富士山的風光令人神往，但給我印象最深的是「吾唯知足」體現的日本文化精神。

　　爸爸說他常去「京都酒家」吃飯，每一次去都有飽口福以外的收穫。

　　他說，酒店牆上掛著的鏡框裏鑲著的「吾唯知足」四個字，便使他對人生有了更深刻的認識。

　　我不明白其中的道理，他便給我作了細緻的解釋———

　　這四個字通含一個「口」字，所表達的意思與我國古代箴言「知足常樂」基本相同。這四個字的妙處還在其拼排上，吾口在下，唯口在左，知口在右，足口在上。京都酒店牆上掛的就是以一個大「口」居中，其它四個偏旁共用一「口」環排而成的圓形字圈：

　　這個圖案酷似我國古代那種外圓內方的錢幣！面對金錢，「吾唯知足」！這既是主人的自勉，也是與客人的共勉。多麼絕妙的創作！

　　我還不是很明白個中禪理，但我從中領略到了漢字的神奇！

　　李萌同學講的這個故事，讓我們大家都很受教益。「吾唯知足」這幾個字，在日本人手上可以說融禪理、生計、為人之道於一體，值得我們用一生去領悟。

　　這是一個偏旁共用的例子，其中的「口」就像是一個「公因式」。從

修辭學的角度看，它涉及一個漢字偏旁聯邊的問題。所謂「聯邊」，就是用相同偏旁構成短語或句子的現象，在形式上具有整齊之美。

這類短語或句子，在平常的語言交際中也有不少。如：「流浪漢喝咖啡」，這是一個主謂句，謂語部分的三個字都帶「口」旁。漢字中同偏旁的字很多，現成的聯邊短語也有不少，如「游泳池」、「梧桐枝」、「魑魅魍魎」等。

聯邊的句子，一般都是刻意所為。相傳明朝萬曆年間，首輔葉向高一次路過福州，見天色向晚，便來到新科狀元翁正春家投宿。翁跟他開玩笑，出一上聯：

寵宰宿寒家，窮窗寂寞；

葉思索片刻，即對曰：

客官寓宦宮，富室寬容。

出句與對句都是「寶蓋頭」字，內容上也自然暢達。還有的上下聯所用字偏旁不同，如：

江河湖海波濤浪，通達逍遙遠近遊。

梧桐枝橫楊柳樹，汾河浪激泗洲灘。

聯邊成對，並非易事；要聯邊成文，則更見其難了。相傳北宋著名詩人黃庭堅曾寫過一首聯邊詩，名曰「戲題」：

逍遙近道邊，憩息慰憊懣；

晴暉時晦明，謔語諧讜論。

草蕪荒蒙蘢，室屋雍塵坌；

僮僕侍偪側，涇渭清濁混。

這八句詩，每句偏旁相同，首先給人以視覺上的美感。詩的內容有點晦澀，但細讀可知它所描述的是詩人憩息漫步郊野所見到的景色。這大概

是古往今來絕無僅有的一首聯邊詩。

　　與上述例子稍有區別的是，「吾唯知足」是一個偏旁共用現象，屬「聯邊」的一個特例。

　　還有一種很特別的情況，即某一語言單位中所有漢字的偏旁都以會意的方式聯用，著名雜文家餘心言這個筆名便屬此類。余心言原名徐惟誠，「餘心言」分別是「徐惟誠」三字的偏旁。若把「餘心言」當作一個短語，則意為：「我的心裏話。」這與他常寫青年思想通訊，是一個有趣的契合。

漢字偏旁移位擷趣

　　筆劃是最基本的、最小的構字單位，偏旁是比筆畫大的構字單位。作為一個構字部件，無論它在上在下、在左在右、在內在外，一律都叫做偏旁。偏旁的位置是固定的，書寫時不可移易。有些漢字偏旁完全相同，但所處位置不同，因而不是同一個字。

　　古代有一個笑話，說的是有個叫吳錢的人，被派往河南郟縣當縣令。他認為「郟」字可寫成「陜」，那麼郟縣就是陜縣。於是他帶領隨員直奔陜縣。到達之後，見無人迎接，他便勃然大怒。陜縣縣令聽說來了新貴，莫名其妙，但還是連連賠不是。他接過吳錢手中的公文，閱後不禁啞然失笑，繼而反唇相譏道：「郟縣若是陜縣，那部員不就成了陪員？杏眼不就成了呆眼？吳錢也就是吞錢！」

　　從這則故事可知，漢語中的有些字雖構字部件相同，但位置不同，因而音義相去甚遠。如：

　　從—众　枷—架　桉—案　椎—集　吟—含　眇—省
　　晌—昌　枱—枲　柑—某　翊—翌　哎—峇　大—亼
　　音—昱　杲—杏　尖—夰　尜—籴　裸—裹　褓—褒
　　衿—衾　晏—宴　圃—哺　囫—吻　圇—吟　圄—吾

　　以上例子所反映的是兩個部件構成兩個不同形體的情形，還有兩個部件構成三個不同形體的，如：回—呂—叩、旭—旮—晃、狨—翊—翌、主—王—玉、困—杏—呆、東—杲—杏……此類字還有很多，難以枚舉。戲言之，這種以移位成字的方式，似乎也可算是一種造字法。

異體字不屬此類，因為其偏旁位置雖然不同，但音義均未發生變化，如：胸—胷、群—羣、岫—峀、槁—槀、稿—稾、梓—辢、咊— 、棊—棋、咊—和、皆—皆、朞—期、仙—仚、松—枀—枀……前面提到的「夠」和「夠」也是異體字。

漢字形體涵括擷趣

　　清代有個叫阮元的著名學者，他曾編撰經籍纂詁、十三經注疏，還當過兩廣和雲貴總督。他做總督時，對英國侵略軍在邊界上的騷擾搗亂，進行了堅決的打擊。

　　一天，嘉慶皇帝顒琰請阮元喝酒。半酣之時，嘉慶皇帝問阮元能否以自己的名字為下聯對個上聯，阮元稍一琢磨，就說出了上聯：伊尹。伊尹是商朝著名的大臣，幫助湯滅了夏朝，建立了商朝。阮元對的「伊尹」與出句不僅是字面相對，更是借伊尹以自況。嘉慶皇帝連聲誇獎。

　　這個故事反映了漢字偏旁共用的一種特殊情形，即字形涵括。你看，「阮元」對「伊尹」在字形上有一個共同點，就是前一個字涵括了後一個字。現代名人好像也有不少人用這種方式取名，如作家魏巍、孫遜，演員牛犇、金鑫等。

　　這種字形涵括現象可分三種情形：一是前一字涵括後一字，如阮元、伊尹、龐龍；二是後一字涵括前一字，如魏巍、孫遜、牛犇；三是前一字涵括後二字，即將姓拆開成兩個偏旁作為名，如作家舒舍予。舒舍予，即老舍，原名舒慶春。老舍之所以要取「舍予」這個名字，其子舒乙在父親最後的兩天一文裏介紹了個中原委：「『舍予』，舍我的意思……他願以『舍予』作為人生的指南，把自己奉獻給這個多難的世界，願它變得更美好一些，更合人意一些。」作家張長弓的名字也屬於這種情形。

　　其實，在合成詞（或短語）裏這種形體相涵括的現象還不少，試按兩種情形分述。

一 前一語素在形體上涵括後一語素，如：

旭日　明月　動力　均勻　駿馬　颶風　咫尺　站立

眉目　馨香　魔鬼　森林　自白　白日　悶門　滅火

二 後一語素在形體上涵括前一語素，如：

土壤　石碑　火焰　目睹　山巔　氣氛　雨霽　任憑

心意　水泵　口占　口舌　大夫　刀刃　木本　買賣

漢字形體對稱擷趣

對稱屬於美學範疇，是美的一種表現形式，具有均衡、和諧等特點。

形體對稱的漢字數不勝數，這反映了我們祖先的審美觀和對美的追求。

關於對稱的形式，說法不一，此處擬從關於縱軸對稱、關於橫軸對稱和關於縱橫對稱的角度對漢字形體的對稱美作簡略的分析。

一 縱軸對稱

關於縱軸對稱的漢字，正看反看均不變其形，即沿中間的豎筆折疊，左右重合。

這類字有的對稱軸是實際豎筆，這又可分為兩種情況。

一是對稱軸呈上下貫穿的情形。如：

甲　由　干　士　土　圭　小　水　冰　個

傘　半　平　巾　市　山　出　木　本　未

末　耒　來　芉　裏　擊　幸　圉　　　困

束　東　柬　雨　墨　畾　崇　塵　奈　雷

二是對稱軸呈短筆連接的情形。如：

古　吉　固　支　傑　卉　賁　去　豈　界

黑　類　杏　杳　舍　畫　曾　獸　薔　黃

苦　仝　全　金　早　草　章　覃　呆　杲

榮　羊　呈　鑾　空　聖　壘　森　嚞

有的對稱軸是假想豎筆，即虛筆。如：

豆　圇　蔓　音　昱　曲　爻　商　高　介
旦　且　從　叢　林　菻　高　膏　其　齊
齌　罪　亶　鼎　業　共　酋　凹　凸　棘
祄　囍　雙　　　誩　槑　喆　品　晶　燚

二 橫軸對稱

　　關於橫軸對稱的漢字，順看倒看、正看反看均不變其形，即沿中間的橫筆折疊，上下重合。

　　這類字有的對稱軸是實際橫筆，如「三、豐、日、曰、互、非、亞」等，「卡」是這類字中絕無僅有的字例；有的對稱軸是假想橫筆，如「目、呂、昌」等（也可看作是以假想軸為對稱軸的縱橫對稱漢字），「爿」與「互」是兩個比較特殊的字例。純粹關於橫軸（橫筆）對稱的漢字很少。

三 縱橫對稱

　　這類字沿縱軸（實筆）折疊，左右重合；沿橫軸（實筆）折疊，上下重合；沿對角線（虛線）折疊，兩部分呈全等「三角形」；沿過中心的任意一條線（虛線）折疊，兩部分呈全等「梯形」。從對稱軸的虛實看，有縱橫皆實的，如「十、王、米、卍（卐）、田、申、畺、畾、申」；有縱實橫虛的，如「工、中、串」；有縱橫皆虛的，如「〇、口、回、井」。縱橫對稱是漢字形體對稱的最高形式。

　　左右重合是漢字形體對稱的基本形態，上下重合是漢字關於橫軸對稱的突出標誌。關於橫軸對稱和關於縱橫對稱的漢字，順看倒看、正看反看

均不改其形。關於縱橫對稱的漢字，從四面看均不改其形。這類字數量極少，據有人統計，在數以萬計的漢字中僅有八個，它們是「十、口、田、回、井、米、卍（卐）、○」等。有人把關於橫軸對稱和關於縱橫對稱的漢字稱為「迴文字」。

漢字形體狀物擷趣

王路遙同學在趣味語文故事會上講了一個很有趣的故事，說的是他爸爸單位裏有一位科員，平日在辦公室裏老喜歡蹺二郎腿。科長見了，很不高興，便叱責他：「你這成什麼樣子？把腿放下！」科員也覺得自己不對，便只好把兩腿垂直放下，但心裏還是感到不舒服。

沒過多久，見科長蹺起二郎腿在辦公室看報紙，他便理直氣壯地提出質問：「科長不允許我蹺二郎腿，現在自己也如此，責人卻不律己！」

科長聽了，把臉一沉，用教訓的口吻道：「你怎麼如此無知，『員』字下面的兩隻腳明明是平擺在兩邊，你是科員，當然應該把腳放平；『長』字下面的腿，本來就是高高翹起的，我是科長，當然可以蹺起腿辦公！」

科長的話真讓人哭笑不得！不過回頭一想還挺有意思，同時還讓人想起了「哭」、「笑」二字。你看「哭」與「笑」兩個字多麼形象，一個淚滴如雨，一個眉開眼笑。

這裏所講的不是造字法裏的「象形」，而是漢字字形顯現出來的「形象」。

漢字是方塊字，其形體的基本特徵是「方」。然而，「方」是對整個漢字的外部特徵所作的抽象性概括，若具體到每個漢字，那可以說千姿百態，不少漢字的形狀還顯現出客觀事物鮮明的形象特徵。如「凹」、「凸」二字，其義就十分形象直觀。

生活中人們還常常利用漢字這種形象特徵來稱代一些客觀事物，以增強客觀事物形象的明確性，讓人過目難忘。

小學課本裏有這樣的描寫：「秋天來了，大雁向南飛去，一會兒排成個『一』字，一會兒排成個『人』字。」這裏用「一」字和「人」字稱說大雁飛行陣勢，形象而貼切。

飛機飛行經常是三架一組，其陣形如「品」字，故稱作「品字陣」。有些街道的相交處，形如「丁」字者，稱作「丁字街頭」或「丁字路口」；形如「十」字者，稱作「十字街頭」或「十字路口」。古羅馬的一種刑具呈「十」字形，稱作「十字架」。樓房格局如「工」字者，稱作「工字樓」。寫字本格式如「田」字，稱作「田字格」。人的臉形，大而橫闊，稱作「西字臉」；上下方正，稱作「國字臉」……

有些字越看越覺得像某些事物，如把「叢」說成是一對戀人駕著皮劃艇，把「火」說成是一個人兩手插在腰上，大發雷霆，不是十分形象而有趣嗎？如果說「侖」（侖）像一座倉庫的話，那麼「圇」（圇）則像是一座有圍牆的倉庫。當然最絕的要數魯迅筆下的主人公阿 Q 的命名了。一個多麼奇妙的「Q」啊，他之所以叫阿 Q 而不叫阿 O，是因為阿 Q 總是留著清朝人那種長長的辮子。

有兩個字謎，更是趣味橫生。一個謎面是「壁上掛燈」，謎底是「卜」，狀物多麼貼切形象！另一個謎面是「直掛雲帆濟滄海」，謎底是「患」，「串」多像帆，「心」多像破浪前行的船！

網路上有一個很流行的「囧」字，音 jiǒng，古同「冏」，本義是光明的意思！因其造型像一副哭喪著臉的表情，所以網友們用「囧」摹狀鬱悶、悲傷、無奈、無語等，隱指處境困迫、尷尬、為難。

漢字同字異體擷趣

魯迅的短篇小說孔乙己裏有這麼一段文字：

有一回對我說道：「你讀過書麼？」我略略點一點頭。他說：「讀過書，……我便考你一考。茴香豆的茴字，怎樣寫的？」我想，討飯一樣的人，也配考我麼？便回過臉去，不再理會。孔乙己等了許久，很懇切的說道：「不能寫罷？……我教給你，記著！這些字應該記著。將來做掌櫃的時候，寫賬要用。」我暗想我和掌櫃的等級還很遠呢，而且我們掌櫃也從不將茴香豆上帳；又好笑，又不耐煩，懶懶的答他道：「誰要你教，不是草頭底下一個來回的回字麼？」孔乙己顯出極高興的樣子，將兩個指頭的長指甲敲著櫃臺，點頭說：「對呀對呀！……回字有四樣寫法，你知道麼？」

孔乙己說「回」字有四種寫法，其實現代漢語詞典裏還多一種，共五種寫法，即「回 廻 」。孔乙己將此當學問，無異於將腐朽當神奇，是夠迂的了。我們大家的時間都很寶貴，非專業研究者完全沒有必要知道「回」字有多少種寫法。

在前面提到的「回」字的五種寫法中，「回」是國家文字委員會規定的正體字，而其它四種寫法則是「回」的異體字。

所謂異體字，有狹義與廣義之分。狹義的異體字，是指跟規定的正體字同音同義而寫法不同的字。廣義的異體字則是指讀音、意義相同，但寫法不同的漢字。在古代，這是一種在任何情況下都可以互相代替的字。這種一字多形的現象，在漢字的歷史上比比皆是。

說到異體字，我想起了小學時的一件趣事。我小時就讀的是鄉村小學，我們的老師也只是粗通文字。他寫「夠」字，一會兒「句」在前，一會兒「多」在前。我們問他究竟是「句」在前，還是「多」在前？他愣了愣，然後說：「我看哪個在前都沒關係，反正夠了就行。」

　　當時我們不知道「夠」與「夠」互為異體字，也沒有字典可查，因此稀裏糊塗亂寫一通。「夠」與「夠」是兩個很特殊的異體字，在中國大陸「夠」是「夠」的異體字，而在臺灣地區則「夠」是「夠」的異體字。

　　象棋裏紅方的「砲」與黑方的「炮」，在古代是異體字。現在「炮」是規定的正體字，其異體字除了「砲」，還有一個「礮」。

　　異體字不是繁簡字，而是簡化之前已經存在的字。有些字在簡化時，筆劃少的作為簡體字保留，筆劃多的作為繁體字而較少使用，如「棲／棲、它／牠、異／異」等。簡化字也不都是通過簡化字形或簡省偏旁、筆畫形成的，有不少簡化字便是借形簡化，如「後」簡化為「后」、「鬥」簡化為「斗」，「后」與「斗」古已有之。「後」與「鬥」分別是「后」與「斗」的繁體字，但不是它們的異體字。

　　異體字是一個比較複雜的系統，異體字之間的形體差異很大，歸納起來，大致有以下幾個方面的差異：有的形旁不同，如「跡／迹、貓／猫、詠／咏」；有的聲旁不同，如「線／綫、猿／猨、韻／韵」；有的偏旁位置不同，

　　如「峰／峯、略／畧、群／羣」；有的偏旁多少不同，如「布／佈、掛／挂、凶／兇」；有的造字方法不同，如「弔／吊、淚／泪、算／祘」；有的筆畫繁簡不同，如「龍／竜、對／对、頭／头」等等。

　　繁簡字與異體字有時很難區分，若非專業研究，則只需作一些粗淺的瞭解即可，不必窮根究底。

為便於人們學習、使用漢字，中華人民共和國文化部和中國文字改革委員會於 1955 年聯合發佈第一批異體字整理表，廢除了 1055 個異體字，上述異體字亦在廢除之列。

　　其實，古代一些已經過時的、失去生命力的東西，我們只需暸解一下即可，根本沒有必要花大量的時間和精力去鑽研。學海奧妙無窮，而人生光陰有限！

漢字音同形異擷趣（一）

　　漢字語音結構簡單，音節類型少，聲、韻、調相配合構成的音節僅 1200 個左右。這樣一來，一個音節就要表示好幾個，甚至幾十個不同的語素，書面上用不同的漢字記錄。這些「不同的漢字」，就是同音字。

　　同音字的出現，是一種語言的無奈，辯證地說，同音字同時具有積極和消極兩方面的意義。

　　從積極方面看，同音字為「諧音雙關」的構成提供了物質條件。所謂「諧音雙關」，就是利用漢字同音異義的關係有意使語言出現底、表兩層意思的修辭方法。如唐代詩人劉禹錫的竹枝詞：「楊柳青青江水平，聞郎江上踏歌聲。東邊日出西邊雨，道是無晴卻有晴。」詩中利用「晴」與「情」諧音，含蓄地表達出了船上那位癡情少女由疑慮轉為喜悅的心理變化。

　　從消極方面看，同音字首先是在口語交際中使語言產生歧義，如「我在（再）思考一個問題」、「該廠生產的產品全部（不）合格」等。漢語中同音異形的詞很多，如：「商訂」與「商定」、「繪畫」與「會話」、「期中」與「期終」、「界線」與「界限」、「必需」與「必須」，等等，這些詞在口語交際中很不好分辨。

　　上述類型的同音字很多，人們很容易在聽覺上產生錯位，在書寫中出現別字。

　　其次，給姓名稱謂帶來麻煩。有一則官兵對話的幽默：

　　辦事員（小李）：傅廠長，縣經委通知您明天去開會。

傅廠長（傅長庚）：知道了。小李，你今後叫我要麼簡略些，要麼詳細些！

辦事員茫然，只得請教：怎麼個簡略法，怎麼個詳細法？

傅廠長面帶一絲慍怒，大聲告誡道：為了提高辦事效率，就叫「廠長」好了，如果慎重起見，那得叫全稱———「傅長庚廠長」。

「傅」與「副」同音，使正職也變成了副職，這是傅廠長的真正隱衷。

有順口溜云：「姓傅的沒奔頭，當官比人低半頭。」「好不容易進官府，當了官兒還姓『副』！」與之相反，姓鄭的倒佔了便宜。這年頭，在稱謂上很忌「副」字，副局長也稱局長。姓傅的正局長與姓鄭的副局長走在一起，介紹身份時總是這樣說：「這位是傅（副）局長，這位是鄭（正）局長。」

傅家人自有其先天的不幸，而吳家人也有他們的苦衷。「吳」與「無」同音，吳家人若名字取得好，其整體意義便不佳，如「吳光榮」、「吳延年」等；若要整體意義好，則名字多為「不吉利」的字眼，如「吳憂」、「吳病」等。「福」、「壽」、「財」自古以來均為中國百姓姓名用字中使用頻率較高的字，但與「吳」結合起來就不妙了，因此吳姓人只好在「福」、「壽」、「財」前望「字」興歎，忍痛放棄。

姓與動物或其它一些事物名稱同音者，亦有不便之處。「老張」、「老李」、「小王」、「小鄭」這樣的稱呼使人感到親切隨和，而「朱」與「豬」，「郎」與「狼」、「苟」與「狗」，「麼」與「妖」同音，若在這些姓前也加上「老」、「小」這樣的詞綴去稱呼人家，儘管無惡意，也會讓人覺得滑稽。

如今許多人取名求義，如「金勝昔」，「姚友誼」、「申一帆」這樣的

名字，意思就很好，但有些姓與某些字相配合，其意義就為人所忌，如：姓「申」的不宜叫「申德建」（生得賤），姓「闕」的不宜叫「闕德」（缺德），姓「謝」的不宜叫「謝密」（泄密），姓「黎」的不宜叫「黎毅」（離異），姓「賈」的不宜叫「賈思雯」（假斯文），等等。

筆者有一姓鄧的朋友，喜得一子。一日，他設宴向朋友徵名。有一朋友道：「姓孔的有孔子，姓孟的有孟子，子是對男子的尊稱。我看，你兒子就叫鄧子吧！」「不行！」另一朋友說，「鄧子，不就是凳子，墊屁股的東西。照此取名，乾脆姓卓的就叫卓子（桌子），姓文的就叫文子（蚊子）算了！」眾說紛紜，莫衷一是，只好下回再議。

有些姓是破音字，要注意它以常讀音的形式和名字構成的音節與一些不吉或不雅的語詞的讀音相諧。如「單」、「產」，用作姓時分別讀作 shàn 和 sà，而通常分別讀作 dān 和 chǎn，所以姓「單」的不宜叫「單青」（單親）、「單毅升」（單一生）等；姓「產」的不宜叫「產娜」（慘哪）、「產德恒」（慘得很，饞得很）等。

據公安部姓名查詢系統顯示，全國最爆笑的人名是：範劍（犯賤）、姬從良（雞從良）、夏建仁（下賤人）、朱逸群（豬一群）、秦壽生（禽獸生）、龐光（膀胱）、杜琦燕（肚臍眼）、魏生津（衛生巾）、矯厚根（腳後跟）、沈京兵（神經病）、杜子騰（肚子疼）、史珍香（死爭香）等。

漢字音同形異擷趣（二）

　　清朝時候，有個捐官（由捐納資財糧米而換得的官）不會官話。到任後拜見上司，寒暄數語便鬧出了笑話。

　　上司問道：「所治貴地風土（自然環境和習俗）何如？」

　　這位捐官回答說：「無甚大風，塵土更少。」

　　問：「春花（魚苗的一種）何如？」

　　答：「今年棉花每畝二百八。」

　　問：「紳糧何如？」

　　答：「卑職身量，穿三尺六已足。」

　　問：「百姓何如？」

　　答：「白杏僅得兩棵，紅杏倒是不少。」上司不耐煩地說：「我問的是黎庶。」捐官仍回答得一本正經：「梨樹甚多，所結果子甚少。」上司再次提醒說：「我不是問什麼梨樹，我是問你的小民。」捐官趕快站起來躬身道：「卑職小名狗兒。」

　　這則笑話一方面諷刺了捐官的不學無術，另一方面也說明漢語中同音的字詞甚多，如文中的「紳糧」與「身量」、「百姓」與「白杏」、「黎庶」與「梨樹」、「小民」與「小名」等，我們在語言學習和交流中應當注意。同音字在語言表達上也有其積極的意義，如下面這則故事，即由諧音製造幽默。

　　從前有個地主，很愛吃雞，佃戶租種他家的田，光交租子不行，還得先送一隻雞給他。

有一個叫張三的佃戶，年終去給地主交租，並佃第二年的田。去時，他把一隻雞裝在袋子裏，等交完租便向地主說起第二年佃田的事。地主見他兩手空空，便兩眼朝天地說：「此田不與張三種。」

張三明白這句話的意思，立刻從袋子裏把雞拿了出來。地主見了雞，馬上改口說：「不與張三卻與誰？」

張三說：「你說的話怎麼變得這麼快？」

地主答道：「方才那句話是『無稽（雞）之談』，此刻這句話倒是『見機（雞）而作』的。」

歪批柯三國 在傳統相聲中頗負盛名，其中有兩處包袱頗耐人回味。此處道來，讓我們共品藝術的佳釀。

一個包袱是「老賣黏糕」。

讀過三國演義的人都知道，蜀國有五位虎將，並稱為「五虎將」，他們是關羽、張飛、馬超、趙雲、黃忠。其中關羽和張飛曾是買賣人，關羽賣棗，張飛賣肉。其餘三位———馬超、趙雲、黃忠都沒有做買賣幹個體戶的經歷。可是，歪批柯三國 裏卻有一個趙子龍「老賣黏糕」的包袱。下面是相聲藝人抖包袱的具體過程：

甲：趙云是個賣黏糕的。

乙：趙雲多會兒賣過黏糕哇？

甲：你看過天水關這齣戲嗎？

乙：看過呀。

甲：天水關這齣戲，姜維唱的幾句流水板，把趙子龍這點兒家底兒，全給抖摟出來了，後人才知道他是賣黏糕的。

乙：哦，姜維是怎麼唱的？

甲：（唱）這一般五虎將俱都喪了，只剩下趙子龍「老賣黏糕」（老

邁年高）。

另一個包袱是「吳氏生飛」。

甲：張飛他姥姥家姓吳，吳氏老太太生的張飛。

乙：三國裏有嗎？

甲：這三國裏沒有。

乙：你怎麼知道的？

甲：在街面兒上有一句俗語兒。

乙：什麼俗語兒啊？

甲：說這個人他是「吳氏生非」（無事生非）。那就是「吳氏老太太生的張飛」。

上述兩個包袱的設計都運用了諧言手法。第一個包袱中的「老賣黏糕」，諧「老邁年高」之音而來。「賣黏糕」屬諧音造語，而「老」屬別解。在「老邁年高」中，「老邁」是並列式形容詞，意為「年歲大」；在「老賣黏糕」中，「老」是副詞，意為「經常、總是」，諧「老邁」而來的「老賣」變成了偏正（狀中）結構短語。第二個包袱則是利用「無事」與「吳氏」、「非」與「飛」諧音，抖出的包袱———「吳氏生飛」。這兩處包袱符合漢字的音理，它們抖出了漢字的神奇魅力！

依相聲演員的推理，周瑜的母親應當姓「季」（既），諸葛亮的母親則應當姓「何」，這是周瑜臨終說的———「既生瑜何生亮！」

漢字多音多義擷趣

　　新笑話集錦裏有這樣一則笑話：

　　王縣長與兒子路過縣招待所，忽聽兒子說：「爸爸，你看，這裏通知你同毛兔在此報到開會哩！」「怎麼，我跟毛兔一起開會？」王縣長莫名其妙。他朝兒子指的牆上一看，只見廣告張貼欄上貼著一張開會通知：「縣長毛兔會議在此報到。」

　　原來，兒子把縣裏舉行的「長毛兔會議」中的多音字「長（念cháng）」，誤讀為「zhǎng」，使句子變成了「縣長、毛兔會議在此報到」。多音多義在漢字中是一個較普遍的現象。一個漢字，有兩種以上的不同讀音，代表不同的音節，這樣的漢字叫做多音字。新華字典中所收的破音字，占總字數的 10％左右。

　　多音多義字的讀音，必須在具體的語境中才能確定。如「行」，有háng、xíng、héng、hàng 四個讀音。即使在「與你同行」中，也無法確定它的讀音。但在下面的語境中，其讀音是確定的。

　　①你從事教育？我與你同行。

　　②無論道路多麼艱險，我都將與你同行！

　　「行」在①中讀 háng，在②中讀 xíng。

　　有兩副趣聯，對漢字的多音多義現象作了很好的詮釋。

　　一副是明朝著名才子徐渭（字文長）寫的自警聯：

　　好讀書不好讀書；

　　好讀書不好讀書！

上聯前一個「好」與下聯後一個「好」，讀作「hǎo」；下聯前一個「好」與上聯後一個「好」，讀作「hào」。這副對聯含義深刻，給人以勉勵與鞭策。上聯說，年輕時正當讀書的大好時光，卻不愛好讀書；下聯說，年紀大了，愛好讀書啦，卻又不是讀書的最好時機了。

　　另一副是寫在山海關孟姜女廟中一塊石碑上的對聯：

海水朝朝朝朝朝朝朝落；

浮雲長長長長長長長消。

　　這也是一副利用漢字多音多義特點寫成的趣聯。聯中的「朝」和「長」都是多音多義字。「朝」讀作 zhāo 時，可解釋為「早晨」；讀作 cháo 時，與「潮」音同，「朝」與「潮」在古代通用。「長」既可讀作 cháng，也可讀作 zhǎng，讀作 zhǎng 時與「漲」同音，「長」與「漲」在古代也通用。有了這些分析，我們便可以破解這副對聯了。這副對聯應是：

海水潮，朝朝潮，朝潮朝落；

浮雲漲，長長漲，長漲長消。

漢字合體合音擷趣

所謂合音字，就是將兩個字的音拼合在一起，只念成一個音，寫成一個字，表達同樣的意思。

合音字古已有之，如「不可」為「叵」、「何不」為「盍」、「之乎」為「諸」、「那麼」為「恁」等。合音字的讀音一般都由前後兩個音節緊縮而成。在現代漢語中，合音字多見於方言，是一種特殊的方言俗字。如北京話說「不用」為「甭（béng）」、「不好」為「孬（nāo）」、「兩個」為「倆（liǎ）」、「三個」為「仨（sā）」；蘇州話說「勿要」為「覅（fiào）」、「不曾」為「嘸」（fēn）；閩南話說「不用」為「甮」（fèng）等。

在濰坊方言中，人們將「不要」說成「白」，將「這樣」說成「張」，將「那樣」說成「娘」，將「這樣吧」與「那樣不可以」分別說成「張勃」與「娘不行」。若不懂濰坊話，下面這句話聽起來就會覺得莫名其妙。

張勃，娘不行，白吃生東西！

這句話的意思是：這樣吧，那樣不行，不要吃生東西！

網路中也常見一些所謂的合音字，如用「表」表示「不要」，用「咘」表示「沒有」，用「醬」表示「這樣」，用「念」表示「那樣」，用「康」表示「好看」，將「這樣子」合成為「醬紫」，將「那樣子」合成為「釀紫」，等等。如此合音是不規範的，此風不可長。

合體字，是指兼有兩個單音字的意義和作用的特殊的單音字，有人稱之為「偏旁會意字」。合體字可分為合音字和合義字兩種。

合音字可以是合體字，但必須兼有兩個字的讀音，如前面提到的

「甭」、「孬」、「覅」、「瓾」等。

有一些合體字是復音的，如「瓩」字形是「瓦」、「千」的結合，語音上不拼合，仍讀為「千瓦」；「糎」字形是「米」與「釐」的結合，仍讀為「釐米」。還有英制單位「呎」、「啢」、「浬」等，一個字讀作兩個音：「英尺」、「英兩」、「海裏」。「瓩、糎、呎、啢、浬」等，因違反了一個漢字一個音節的規律，現已廢除而分別改用「千瓦、釐米、英尺、英兩、海裏」等。

也有單音的合體字，這主要指由兩個或兩個以上獨體字構成的會意字，如「歪」、「掰」（bāi）、「搿」（gé）等，但不是很多。這裏介紹一個由著名結構學家蔡方萌教授創造的合體字———「砼」。這個字讀 tóng，意思是「混凝土」，由「人工石」會意而成。此字有其存在的理據，因為「混凝土」三字共有三十筆，而「砼」一字十筆，可省下兩個形體、二十筆而大大加快筆記速度。

合音字和合體字的概念有時是交叉的。合音合體字既合體又合音，復音合體字則只合體不合音。

瞭解一些合音合體（亦合義）字方面的知識，是很有必要的，否則寫文章就容易出病句。如屢見「見諸於報端」、「我們倆人」之類的說法，「諸」即「之於」，「倆」即「倆人」，「諸」後加「於」，「倆」後加「人」，如同疊床架屋。

有些漢字也由兩個獨體字構成，可稱作廣義的合體字，但與上述合體字有著本質的區別，因為它們既不合音也不合義。如：

浬—泥土　　重—千里　　垚—水土　　夯—大力　　恕—好心
斛—角鬥　　勥—強力　　鵲—青鳥　　豔—青色　　竧—立身
鈣—金卡　　夼—大川　　龕—合龍　　嵐—山風　　忞—文心

默—黑犬　墨—黑土　衂—血刃　昢—日出　啟—戶口

慶—廣大　啹—心口　泉—白水　忈—二心　汖—山水

思—心田　祟—出示　夭—王八　翑—天明　誃—甚多

尟—甚少　喟—口號　孿—幼子　忠—中心　奘—壯大

漢字異讀訛讀擷趣

所謂異讀，是指一個字在習慣上具有兩個或幾個不同的讀法，但是其意義卻相同（極少數的異讀看似區分了意義，但從根本上說，其指稱的事物仍是相同的，或者說這種意義區分是不明確的）。例如「教室」有 jiàoshì 和 jiàoshi 兩種讀法，「績」也有 jī 和 jì 兩種讀法，但意義都一樣。

與多音多義字不同，異讀字多音卻不多義。也就是說，在具體的語境中，多音多義字的讀音是確定的，而異讀字的讀音是兩可甚至多可的。

這種一義多音的現象往往造成使用上的不便，所以，1956 年中國科學院成立了普通話審音委員會，對 1800 多條異讀詞和 190 多個地名的讀音進行了審議，並發表了普通話異讀詞審音表初稿。以後又經過多次修訂，於 1985 年正式公佈了普通話異讀詞審音表。這就是漢語書裏所說的「定音」，即確定每個漢字的統一讀音。如「績」統讀「jì」，「繞」統讀「rào」。

但是，至今仍有少數漢字存在同義異讀現象，如「血、杉、呆、殼、誰、熟」等。

「血」，xiě、xuè 兩個讀音並存，但不區別詞義。在很多場合，兩個音都可以讀，如「流血犧牲」，不過以讀「xuè」音為多，在復音詞和書面語（如「血壓、血脂、血漿、血債、心血、血案、血染的風采」）中讀 xuè，在口語中一般讀「xiě」，如「流了一點血」、「殺人不見血」、「吐血」、「血淋淋」、「血暈」等；在成語「一針見血」中也要讀「xiě」。

「杉」，在「杉樹」中讀 shān，在「杉木」和「杉篙」中讀 shā。有意

思的是，杉樹在生長中，「杉」讀 shān；砍伐後，「杉」讀 shā。杉木是杉樹的木材，杉篙是用杉樹的樹幹製成的細而長的杆子，同是一個「杉」字，意義並沒有什麼不同，讀音卻有區別。

「殼」，據現代漢語詞典解釋，讀作「ké」時，指向的詞義是「硬的外皮」；讀作「qiào」時，指向的詞義是「堅硬的外皮」。「硬」與「堅硬」如何區分？從詞典中所舉的例子看，在「蛋殼」、「子彈殼」中讀「ké」，在「地殼」、「金蟬脫殼」中讀「qiào」。有趣的是，蟬殼遠不如子彈殼堅硬。

「呆」，統讀 dāi，但還有一音 ái 在口語中仍然廣泛地存在著，現代漢語詞典上說，此讀音所指向的意義同「呆」（dāi），但「專用於『呆板』」。

「誰」，可讀作 shéi 和 shuí，「熟」可讀作 shú 和 shóu，但前一個是規範讀音。

說到訛讀，我想起一件親歷的往事。

大學畢業時，我被分配到一所中學教語文。課堂上，我對著學生名冊叫學生答問題。「徐蓓———」連叫了三次，沒人答應。這時有一個學生怯生生地說：「老師，你是叫徐蓓（péi）嗎？」接著，那個叫徐蓓（péi）的學生站了起來……這就叫我納了悶了，「蓓」不是讀 bèi 嗎？怎麼會讀 péi 呢？不過，久而久之，我也只得叫她徐蓓（péi）了。

說到訛讀，我們的夏校長倒真有一肚子苦水。他叫夏琰（yǎn），自從分配到這所學校，校長把他叫做夏琰（tǎn）開始，他名字中「琰」字的讀音就改變了。他這個學中文的高材生曾多次對此進行糾正，但仍是徒勞，因為校長好像鐵了心似的認定「琰」就是讀 tǎn。沒辦法，他也只好「入鄉隨俗」。現在他已是這所重點中學的校長，成了有影響的公眾人物。一次，他當著前來採訪他的省電視臺記者把自己名字中的「琰」讀成

tǎn，讓記者目瞪口呆了好一陣。

1999 年 11 月 26 日中午 12 時，上海人民廣播電臺報導了發生在上海市華山路的毀壞樹木事件。廣播員開始時讀華山路的「華」字為去聲，但在以後的市民討論中，人們大都讀「華」為陽平聲，最後播音員也只好從眾讀「華」為陽平聲。

一個頗有才氣的縣長秘書，跟從縣長將「樞紐」的「樞（shū）」長時間讀為「qū」。後來，他離開了縣長，但在縣長面前還是將「樞 shū」讀作「qū」。再後來，他當了比縣長更大的官，便再也沒有誤讀過「樞」。

他還常常提醒人們，「樞」讀「shū」，不讀「qū」。很顯然，這是故意訛讀。由此可見，這個秘書是一個陰險的政治投機分子。

社會上的一些訛讀現象，確實讓我們束手無策。如「塑」本讀 sù，可有人偏要把它讀成 suò，有的地方甚至整個一個地方都讀 suò。這種群體性的訛讀，誰也無法改變。如「塑料」，人家都說「suòliào」，而你若非要說成「sùliào」，你就屬於另類。不過不怕你頑固地堅持做另類，久而久之你就會成他們的同類。

在讀音問題上，「真理」往往掌握在多數人手中，你再怎麼堅持你的正確讀音也是徒勞，胳膊扭不過大腿！面對這種情況，你這讀書人也只得一聲長歎！不過不管怎樣，我們千萬不能盲目從眾訛讀，更不能以訛傳訛。

漢字見而不識擷趣

北京有個地名叫「大柵欄」，正確讀音應是「dàzhàlán」，但北京人將它讀作「dàshílàn」，僅憑語音還以為是「大石爛」呢，真是讓人看字不識字啊！

在我國，這種不可望字生音的地名有不少，如河北的蔚縣，「蔚」不讀 wèi，而讀 yù；江蘇有個地方叫滸墅關，其中「滸」的讀音為 xǔ，不讀 hǔ；河南有個地方叫滸灣，「滸」讀作 hǔ，不讀 xǔ；事有湊巧，江西也有個地方叫滸灣，但其中的「滸」讀 xǔ，不讀 hǔ。水滸傳中的「滸」，不能讀 xǔ，而應讀 hǔ。這種地名讀音屬約定俗成。

為了更好地說明這個問題，下面再舉數例。

河北蠡縣的「蠡」讀 lǐ，不讀 lí。

河南濬縣的「濬」讀 xùn，不讀 jùn；泌陽的「泌」讀 bì，不讀 mì；歙縣的「歙」，讀 shè，不讀 xī。

安徽樅陽的「樅」讀 zōng，不讀 cōng；六安的「六」，讀 lù，不讀 liù；江蘇六合縣中的「六」也讀 lù。江蘇栟茶的「栟」讀 bēn，不讀 bīng。上海莘莊的「莘」讀 xīn，不讀 shēn。

浙江麗水的「麗」讀 lí，不讀 lì；台州的「臺」讀 tāi，不讀 tái。

四川犍為縣的「犍」讀 qián，不讀 jiàn。湖北黃陂的「陂」讀 pí，不讀 bēi 或 bō。江西鉛山的「鉛」讀 yán，不讀 qiān。廣東番禺的「番」讀 pān，不讀 fān。

以上所舉的地名用字指的是容易誤讀的多音字，還有一些專用於地名

的生僻字，如廣東東莞的「莞」（guǎn）、江西弋陽的「弋」（yì）、江蘇用直卯和浙江用堰的「甪」（lù）、安徽亳州的「亳」（bó）和黟縣的「黟」（yī），等等。

下列地名用字因為生僻難認，已經國務院批准更改，錄後以備查檢。

黑龍江　鐵驪縣改鐵力縣，璦琿縣改愛輝縣。

青　海　亹源回族自治縣改門源回族自治縣。

新　疆　和闐市改和田市，和闐縣改和田縣，于闐縣改於田縣，婼羌縣改若羌縣。

江　西　雩都縣改於都縣，大庾縣改大餘縣，虔南縣改全南縣，新淦縣改新幹縣，新喻縣改新餘縣，尋鄔縣改尋烏縣。

廣　西　林縣改玉林縣。

四川酆都縣改豐都縣，石砫縣改石柱縣，越嶲縣改越西縣，呷洛縣改甘洛縣。

貴州婺川縣改務川縣，鰼水縣改習水縣。

陝西商雒市改商洛市，盩厔縣改周至縣，郿縣改眉縣，醴泉縣改禮泉縣，郃陽縣改合陽縣，鄠縣改戶縣，雒南縣改洛南縣，邠縣改彬縣，鄜縣改富縣，葭縣改佳縣，沔縣改勉縣，栒邑縣改旬邑縣，洵陽縣改旬陽縣，汧陽縣改千陽縣等。

不唯地名，姓氏中也有許多讓人見而不識的字。

姓氏是表明有著共同血緣關係的人群的稱號和標誌，國人自古以來就有著很深的姓氏情結。據國家人口大普查得到的數據表明，我國目前的姓氏至少有 1436 個。在這些姓氏中，有部分姓氏屬於破音字。因此，稍不注意就會讀錯，鬧出笑話。

柳宗元寫過一篇叫童區寄傳的人物傳記，文中的主人公是一個勇鬥強

盜的機智少年，他名叫區寄。這個「區」字不讀 qū，而讀 ōu。曹禺話劇原野中的主人公叫仇虎，「仇」讀 qiú，不讀 chóu。這種多音姓氏很多，如：

「秘」姓，讀 bì，不讀 mì；

「種」姓，讀 chóng，不讀 zhòng；

「蓋」姓，讀 gě，不讀 gài；

「句」姓，讀 gōu，不讀 jù；

「過」姓，讀 guō，不讀 guò；

「華」姓，讀 huà，不讀 huá；

「黑」姓，讀 hè，不讀 hēi；

「紀」姓，讀 jǐ，不讀 jì；

「繆」姓，讀 miào，不讀 móu；

「樸」姓，讀 piáo，不讀 pǔ；

「繁」姓，讀 pó，不讀 fán；

「覃」姓，讀 qín，不讀 tán；

「任」姓，讀 rén，不讀 rèn；

「單」姓，讀 shàn，不讀 dān；

「召」姓，讀 shào，不讀 zhào；

「折」姓，讀 shē，不讀 zhé；

「解」姓，讀 xiè，不讀 jěi；

「燕」姓，讀 yān，不讀 yàn；

「樂」姓，讀 yuè，不讀 lè；

「員」姓，讀 yùn，不讀 yuán；

「曾」姓，讀 zēng，不讀 cén；

「查」姓，讀 zhā，不讀 chá；

「單于」複姓，讀 chányú，不讀 dānyú；

「令狐」複姓，讀 línghú，不讀 lìnghú；

「万俟」複姓，讀 mòqí，不讀 wànsì；

「澹臺」複姓，讀 tántái，不讀 dàntái；

「尉遲」複姓，讀 yùchí，不讀 wèichí。

還有一些姓，雖不是多音字，但因生僻而很難認，如：逄（páng）、諶（chén）、甪（lù）、仉（zhǎng）、芮（ruì）、汜（sì）等。有一些遠渡東瀛的漢字，更讓人看字不識字！日本文字中有不少是方塊漢字，1982年 3 月由日本政府制定的常用

漢字表中，共有 1945 個漢字。由於日本使用漢字年代久遠，現在那些漢字不但讀音不同，字義和字體方面都有不少變化，乃至讓人看字不識字。看了下面這些例子，你或許會大吃一驚（前面是日文中的漢字，括號中的文字為漢語譯文）：

有難（謝謝）、庖丁（菜刀）、一番大切（最重要）、是非（無論如何）、風邪（傷風）、怪我（受傷）、芥（垃圾）、切手（郵票）、切符（車票、入場票等）、勘定（算帳、結帳）、大丈夫（安全、可靠）、勉強（勤奮）……

漢字「說文解字」擷趣

　　鄰居的兒子小佳初入學堂，求知欲極強，常常喜歡打破砂鍋問（璺）到底。好在他的爸爸學識淵博，有問必答。

　　有一次，他問爸爸：「會」怎麼簡化成了「會」？

　　爸爸：經驗告訴我們，開會時別人怎麼說，你就怎麼說，這叫「人雲亦云」。

　　他又指著「禮」字，問爸爸讀什麼爸爸說：這是繁寫的「禮」字。小佳：古代的禮好繁啊！

　　爸爸：也不太繁，送一點大麴酒，外加些豆製品，表示一下意思就算有禮了。

　　小佳：那現在的「禮」呢？

　　爸爸：那是說要送一紮東西表示意思。

　　小佳：不對，那個「乚」我怎麼看也像一隻釣魚的鉤！

　　這個小故事有意思，貌似「說文解字」，不過與許慎的說文解字
不同，它是依據筆劃、偏旁趣解漢字。另如：

　　辦：光用力不行，還得左右打點。

　　甩：發揮一點點作用，尾巴就翹起來了。怪人與聖人相比只是多了點兒心計！劊子手是會刀功的人。

　　這種解釋，確有點超出常規，大概只有在魔鬼辭典裏才能找到。

　　在上面這個故事中，小佳的爸爸通過對「會」字的曲解，諷刺了當今的一些不良現象。而對「禮」字的曲解，更是故意望字生義，據形引申，

旨在給畸形的世態人情以深刻的針砭。田旭的小詩禮也析一「禮」字，與之異曲同工：「表示表示的後面，／是一隻魚鉤。」

我這裏所說的趣解漢字，不是從造字法的角度根據漢字筆畫偏旁的會意解釋漢字，而是故意「望文生義」，是一種謬解。宋代王安石的字說中即有「波者，水之皮也」之解。據此，人們便可仿擬出「滑者，水之骨也」、「坡者，土之皮也」之類的謬解。很顯然，這不是科學的解字法，若照此謬解，無疑會誤導人們對漢字字義的理解。當然，從幽默的角度出發，對漢字作一些謬解，供作茶餘飯後之談資，給生活增添一點樂趣，亦未嘗不可。

民國初年的北大著名教授辜鴻銘，怪而詼諧幽默，且喜解漢字。一次為兩位美國女士解「妾」字云：「『妾』即立女，為男子倦時作手靠也。」美國女士憤然駁曰：「女子倦時又何嘗不可將男子作手靠！」辜先生從容答曰：「你曾見過一個茶壺配四個茶杯，但世上豈有一個茶杯配四個茶壺的？」

一位講授中文的美國教授也很幽默，他在給學生講課時說：「中國文字始於象形。」於是他在黑板上寫了個「宀」，告訴學生這代表房屋；他又寫了個「女」，說這代表女人。然後問學生：「屋子裏有一個女人會得到什麼？」一群美國學生高喊：「麻煩！」教授微笑道：「如果屋子裏有一個中國女人就會得到平安。」

近日在雜誌上看到一則解字短文，覺得頗有趣，摘錄如下：

有了「鐵」，卻失去了「金」———鐵飯碗的真實寫照；翻越兩座「山」，總會找到「出」路；新的東西過了「一日」，就變成了「舊」的；可「慶」之事只要偏差一點，就會令人生「厭」；無論施「恩」還是報「恩」，都「因」有顆真正的「心」。

對漢字偏旁、筆劃進行拆合，或對漢字的形狀進行描述曲解，往往可以衍生出一些超越漢字本身的意義和趣味。如釋「跑」：

安六德才兼備，多年不被提拔，摯友勸他多跑跑。安六似有醒悟。

恰好辦公室主任陞遷，安六就往處長家、局長家跑。但事與願違。給安六打下手的宮七被提拔為主任，安六大惑不解。

摯友問：「跑了嗎？」安六答：「跑了，鞋底磨破，嘴皮磨薄。」摯友問：「對於有的貪官，就得提包送禮。你這樣幹了嗎？」安六搖了搖頭，表示沒有。

摯友歎息道：「唉，跑字一足一包，而你只用其足，忘乎其包，安能跑成？」

「秦，春秋半部」，可看作是一種特殊的析字。秦始皇吞併六國後，統一了文字，將「秦」寫成了現在的模樣，取「春秋半部」之寓意。殊不知，「春」少了「日」便天昏地暗，「秋」少了「火」則悲愴淒涼。嬴政自稱為皇帝，夢想子孫萬代穩坐江山，誰料想傳至秦二世後便壽終正寢了。關於「秦」字，還有一副絕妙對聯。民國十五年，一家報紙出一上聯「章貢合流成贛水」徵下聯。在江西省南部，有兩條河，一條叫章水，一條叫貢水，這兩條河流到贛州匯合後，叫做「贛河」。江西婺源縣東山村的江峰青（湘嵐）以「春秋半部剩秦灰」應對，被評為第一。這下聯對得非常巧妙，取「春秋」二字各一半，合成「秦」字，又說明孔子所作的春秋，在秦始皇焚書時被焚毀一半，現在流傳下來的是焚剩的半部。

魯迅雜文中所說的「且介亭」，也是一種很特殊的析字，即取「租界」二字的偏旁合在一起構成一個詞形結構———「且介」。魯迅先生寫且介亭雜文中的作品時，居住在上海北四川路帝國主義越界築路區域。這是被稱為「半租界」的地方，所以魯迅稱自己的住所為「且介亭」，意即「半

租界的亭子間」。「且介」即取「租界」二字各一半而成，意喻中國的主權只剩下一半。住在「半租界亭子間」寫成的雜文，故名「且介亭雜文」。

趣解漢字，一般採用以下兩種方法：

■ 據形會意，如：

○臭：自大了一點，就惹人討厭了。

○夫：誰說天最大，我就敢把它捅個窟窿。

○歸：思鄉的心情太迫切，把山都望倒了。

○絕：好色，是一條死路。

○呂：嘴大的不一定占上風！

○鬧：能清靜嗎？門前就是市場！

○閂：已經找到門路了，你卻橫插一槓子。

○自：走不出自我的小天地，是因為一葉障目。

○暴發戶的特色就是，明明是「土」，偏偏自以為「士」。

○人應當像「人」一樣，永遠向上又雙腳踏地。

■ 拆合言理，如：

○嫁：女人有家，就是嫁。

○犬：長一個「口」便「叫」，長兩個「口」就只「哭」不「叫」了。

○舒：活得輕鬆，是因為懂得捨棄和給予。

○古文故人做，真話八成是直話！

○孔方兄張開口，你是人，它把你「囚」住；你是樹，它就把你「困」住！

○「戀」是個很剽悍的字，它的上半部取自「變態」的「變」，下半

部取自「變態」的「態」。

○「忙」是「心」加「死亡」的「亡」，如果太忙，心靈一定會死亡。

○儒家講入世，道家講出世，佛家講遁世，灑家講混世……這不，灑家前腳已邁進酒家！酒家進酒家，開口就殺價！

○生活有時就像這「行」字，「行」則行矣，拆成「彳亍」也行。

○我們大家都植樹造林，有的人卻植數造○。

○藝術界有些人是被棒殺的，有些人卻是被捧殺的。

漢字屬對射謎擷趣

古人學詩，須先學對對子，且從一字漸次增至七字。對對子，要求非常嚴格，相對應的詞的詞性要相同，所對之物要相稱，如笠翁對韻裏便作了嚴格的規定：「天對地，雨對風，大陸對長空⋯⋯」

民間曾流傳著這樣一個故事：從前有一塾師出一「墨」字，要學生屬對，有學生以「書」、「筆」等字應對，先生搖頭。後有一聰明學生以「泉」字相對，先生稱是。先生又出一字：「默」。學生對以「鵑」（jīng）。又出「滑」。學生以「坡」對之。先生連連點頭。思索片刻後，先生書一大大的「黯」字，學生即回一大大的「趖」（suō）字。先生說：「你錯了，我這字『有聲有色』。」學生應道：「沒錯，我這字『有動有靜』。」

「好，我再出一字，你若對得上，那真可稱奇了！」先生道，「吞，吞天口。」學生略加思索，對道：「志，志士心。」先生大喜。

雖然許多漢字的偏旁不僅是獨體字，而且可會意成具有完整意義的詞（如「嵐」、「斛」等），但能成對的字卻是很少的。可以說，「一字對」的數量是極有限的，可遇不可期。不過利用偏旁之間的位置關係和意義關係，人們製作出了不少妙趣橫生的謎語。

■ 字詞聯謎

A. 漢字互射

岸－滂　　冰－涸

川－畫　　刃－召

B. 字詞互射

觀—重逢　　體—自己

柱—棟樑　　救—徵稿

三 漢字與成語聯謎

A. 互射成趣

黯—有聲有色　　俄—先人後己

回—表裏如一　　焦—有目共睹

林—玩火自焚　　昇—天天向上

體——解方休　　爻—上行下效

意—肺腑之言　　莊—沃野千里

B. 偏旁「架橋」

泵→硯—水落石出　　道→邋—改頭換面

鈷→鈴—古為今用　　瓜→爪—瓜熟蒂落

杭→航—木已成舟　　皿→血——針見血

票→飄—聞風而動　　勝→盲—生死存亡

亞→啞—有口難言　　奏→春—偷天換日

C. 「移珠」改錯

約定風成—移風易俗　　淺不可測—深入淺出

大心便便—推心置腹　　萬心俱灰——念之差

入花三分—移花接木　　情投形合—得意忘形

中流砥梁—偷樑換柱　　九九歸二——來二去

煥然十新—以一當十　　亡牛補牢—以羊易牛

D. 漏字會意

繪□繪□─不露聲色　　知己知□─顧此失彼
□雞起舞─前所未聞　　□盤□踞─龍騰虎躍
□曠□怡─心馳神往　　□□人意─取之不盡
□誠所至─無精打採　　□山□海─無人之境
不脛□走─半途而廢　　□首之禮─無稽之談

趣說象形字

　　我常常面對一些漢字發愣，它為什麼這樣構形而不那樣構形？比如「傘」，它是一個象形字，但為什麼一把傘要遮那麼多人呢？現在將「傘」簡化為「伞」，似乎更符合事物的形貌特徵。而且讓人覺得，大概是古代物質貧乏，四個人共一把傘，現在生活好了，一個人一把傘了！

　　那麼，「丫」又怎麼說呢？為什麼把女孩叫做丫頭？有人說：「丫」是一個對事物進行臨摹的象形字，它像的就是樹枝的分叉。之所以把女孩子叫做「丫頭」，就是因為其頭上梳雙髻，有如樹丫杈。

　　「竹」也是象形字。曾看過一個字謎，謎面是：跨欄比賽，謎底就是：竹。

　　這是制謎者根據象形字的形象特徵製作的一個佳謎。現在有人這樣來趣解「飛」字：親愛的，你慢慢飛，掉了翅膀你別怪誰……

　　這些都是對象形字進行趣味演繹的結果。

　　象形是根據事物形狀摹擬描畫成字的造字方式，用這種方式造出的字就是象形字。象形字具有明顯的圖畫特徵，一望即知其為何物，即都是有形可像的實物，故都是名詞。現行漢字經歷了漫長的演變過程，象形字已不怎麼象形了，許多已線條化、符號化。

　　在所有漢字中，象形字約有三百多個。這些象形字，有的像工筆畫，如：

冊　丁　鼎　刀　豆　網
井　口　鹿　矛　鳥　馬

傘　鼠　田　亭　丫　豸

有的像寫意畫，如：

川　飛　禾　戈　瓜　牛

人　犬　山　勺　舍　豕

獸　羊　衣　魚　舟　竹

文字是一種書寫符號，它不可能畫得很細緻，也不必畫得很細緻。而且，漢字是否象形，不能根據已演化幾千年的現代漢字進行分析，而應根據篆文甚至更早的漢字來詮釋。如「日」是一個象形字，最初的「日」字是圓圈中間加一點（☉）這一點表示太陽的光，而現在的「日」字，其輪廓特徵就沒有那麼明確了。下面這些漢字儘管已是現代形體，但仍讓我們對其摹畫的實物形狀產生遐想：

包　匕　旦　耳　弓　宮

龜　壺　虎　畫　立　眉

黽　木　目　牛　勺　身

手　象　燕　易　雨　帚

漢字經歷過幾次大的簡化，如用隸書改造小篆便是漢字發展史上一次空前的大簡化，漢字從曲圓到方直，使原來一些象形字也不象形了。尤其是我國上世紀 50 年代所進行的漢字簡化，更使不少漢字「脫胎換骨」。但是，還是有一些象形字的輪廓得到了保留，如「馬、　、飛、黽、龜、鼉、芻、鳥、烏」等字，簡化後變成「馬、虎、飛、黽、龜、鼉、芻、鳥、烏」，其外部輪廓仍有象形特徵，我們可視之為「現代象形字」。

象形的造字方法雖然簡單，卻有很大的局限性。複雜的事物之形難以象，抽象的概念又無形可像，而且客觀事物無限紛繁，要一律造出象形字，那是根本不可能的。儘管如此，在這裏還是讓我們將悠悠情思寄予遠古先民，並對古人的傑作投以敬佩的目光！

趣說指事字

在給學生講解指事字時，我喜歡先以「刃」字為示例———在刀口上加一個點，表示刀的刃。一個很機靈的學生接道：「老師您說的『刃』是單刃劍，我有一把雙刃劍……」他跑上講臺，寫了一個大大的「刅」字。對這個「刅」字我早有準備，它讀作 chuāng，古同「創」，創傷，也指兩刃刀，這個學生說是雙刃劍也是有道理的。但「刅」是不是指事字，我至今未見過相關資料。不過由「刃」推論，把「刅」看做指事字是站得住腳的。

剛分析完「刅」字，下面有個女學生舉起了手，她說：「老師，這麼說來，『辦』就是有長柄的刀啦？比如樸刀、鉤鐮槍……」

當然，這樣的問題不會把我難住。我表揚她幾句之後，即對「辦」字進行瞭解釋———「辦」由「辦」簡化而來，「辦」為形聲字，力形，聲。由此可見，「辦」與「刀」毫無干連，也無法用古代的「六書」進行分析。

所謂指事，就是用象徵性符號，或者在象形字上附加指示性符號來構成新字的方法。用指事方法造出的字就是指事字。一、二、三、四（三）就是最明顯的指事字。「本」，在木下面加個圓點，後來點變成一個短橫，指出此處是木的根；「末」，木上面加一橫，指出此處是木的末梢。「上」和「下」則以弧線或長橫線為基準，上邊或下邊加一個點或一短橫，就分別表示「上」和「下」。「閂」是「門」裏加橫，「一」表示門上的橫插。

指事字的數量並不多，下面再選擇幾個常見的指事字作點粗淺的分

析：

「寸」，在象形字「手」上加一符號，表示人手腕向下一寸的地方。

「甘」，從口，中間的一橫像口中含的食物。能含在口中的食物往往是甜的、美的。從「甘」的字往往與「甜」、「美味」有關。

「天」，下面是個正面的人形（大），上面指出是人頭，小篆變成一橫，本義是頭頂。

「血」，上面的短撇像血形，表示器皿中盛的是血，本義指牲血，供祭祀用。

「只」，上為「口」，下面兩點表示氣向下，其本義是句末語氣詞，表示感歎。詩・鄘風・柏舟：「母也天只，不諒人只！」

有些指事字依據現代漢字形體已很難進行分析，如「片、十、世、太、夕、凶、戍、亦、元、言、音、曰、正、中」等。指事字與象形字一般是單一形體，故稱之為「獨體字」。有些問題值得注意，如不能依據「末」是指事字而推斷「未」也是指事字。「未」是象形字，其基本義是「沒有」（有時候也當「不」字講，但「未」否定過去，不否定將來，與「不」有別）。

有些字從形與義看都像是指事字，但無文獻查考，不敢妄斷。如「丼」（jǐng），在「井」字中間加上一點，原意有二，一為古「井」字，一為投物井中所發出的聲音。日本自唐後引入漢文化，此字在日文中為飯盒之意。

趣說會意字

　　項羽是秦末農民起義的領袖，秦亡後自封為西楚霸王。他與劉邦爭天下失敗，退到烏江。有人勸他回江東重振旗鼓，可他想到當初跟著自己一起反秦的八千弟子所剩無幾，不禁羞愧交加，覺得再無顏見江東父老，於是拔劍自刎而亡。別看項羽一生剛愎自用，最後導致滅亡，但少年羽項卻也有著為人稱讚的品德。自古以來，民間便流傳著一則「項羽護樹」的故事。

　　項羽從小就愛樹，用我們現在的話說，是一個保護環境的積極分子。他只要發現誰砍樹，就一定會上去勸阻。有一次，他看到鄰居要把院子裏的一棵枝繁葉茂的大樹砍掉，就問鄰居：「你為什麼要把院子裏的大樹砍掉？」鄰居說：「院子方方正正的，有了這棵大樹，豈不成了困守的『困』字，多不吉利呀？」項羽一聽，笑著勸道：「照你的說法，你站在方方正正的院子裏豈不成囚犯的『囚』字了嗎？更不吉利了！」鄰居覺得有理，就不砍樹了。

　　這個故事除讓我們受到環境保護教育外，還讓我們學到了一些關於會意字的知識。故事中說到的「困」和「囚」就是兩個會意字。「困」字的「囗」指圍牆，「木」被圍在裏面，「困」便是被控制在一定範圍裏的意思。「囚」字的「囗」指房子的四壁，「人」被圍於其中，「囚」的意思就是關押、拘禁。

　　關於「六書」中的「會意」，現代漢語詞典裏是這樣解釋的：會意是說字的整體意義由部分的意義合成，如「公」字、「信」字。「背私為

公」，「公」字由「八」字和「ム」（私）字合成，「八」表示違背的意思，跟「自私」相反叫「公」。「人言為信」，「信」字由「人」字和「言」字合成，表示人說的話有信用。上述例子表明，會意字就是將兩個或兩個以上的字組合在一起且整體意義由部分意義融合而成的新字。如「掰」，意思是用手把東西分開或折斷。有些會意字一見便知，如「從、比、林、尖、休」等。

會意造字法最大的優點是能夠造出意義抽象的字，克服了象形、指事的不足。

從造字法看，繁體的「婦」（婦）與「男」都是會意字，這正符合古代「女內男外」、「男耕女織」的社會情況，也由此可見古人造字是很講究理據的。簡化的「婦」字以「ヨ」易「帚」，是否暗喻推翻了幾千年來壓在婦女頭上的沉重的大「山」？這或許正是「婦」字如此簡化的理據所在。漢字簡化使一些漢字原始的造字方法發生了變化，有的變得更明確，更好理解了。如「塵」，「尘」是「塵」的簡化字，兩個字都是會意字。將「塵」簡化成「尘」，會意為「小土」，似更有理據，更易於被接受。有的會意字簡化後更具形象性，如「氹」，音 dàn，是「凼」的簡化字，意思是水坑或田地裏漚肥的小坑，如水氹、糞氹。

趣說形聲字

　　古代有三個秀才常聚在一起談天論地。一天，他們又走到了一起。在爭論一個問題時，甲、乙兩個秀才因觀點不合而爭吵起來，以至口不擇言。

　　首先，甲秀才針對乙秀才吟詩一首：

　　有水也是溪，無水也是奚，

　　去掉溪邊水，加鳥變成雞（鷄）。

　　山中無虎猴稱霸，鳳凰脫毛不如雞。

　　乙秀才不甘示弱，也按甲秀才的形式吟詩一首，予以回擊：

　　有水也是淇，無水也是其，

　　去掉淇邊水，加欠變成欺。

　　龍入淺水遭蝦戲，虎落平陽被犬欺。

　　甲、乙爭執不下，便都把目光投向丙秀才。丙秀才老好人一個，他不偏袒任何一方，也按他們的形式吟詩一首：

　　有水也是湘，無水也是相，

　　去掉湘邊水，加雨變成霜。

　　各人自掃門前雪，休管他人瓦上霜。

　　這三個秀才所吟之詩除形式相同外，還有一個共同的特點，即拆合形聲字構成詩句。

　　所謂形聲字，就是用一個字作偏旁表示字義，一個字作偏旁指示字的讀音的方法造出來的漢字。表示字義的偏旁叫形旁，表示字音的偏旁叫聲

旁。形聲造字法考慮到了語言的音義兩個要素，所造之字既表義又表音，看到一個字，可以見形知義，因形知音。例如「媽」形旁是「女」，表示這個字意義與女性有關；聲旁是「馬」，表示「媽」字音同「馬」。

　　值得注意的是，有些字，如「錦」，容易誤判形旁為聲旁。在大多數情況下，「钅」都是作形旁，而在此字中，「帛」是形旁，「钅」是聲旁。又如「知」和「扣」，「口」在「知」中作形旁，在「扣」中作聲旁。尤其是漢字隸變、簡化後，字形和結構都發生了很大變化，已經不合古代造字方法，如「難、雞、歡」原來都是形聲字，三個字的聲旁分別是「　、奚、雚」，簡化後被非聲非形的「又」代替，這就不能用傳統的造字方式來解釋了。所以，我們今天在分析形聲字時，切不可見形旁而生義，據聲旁而定音。

趣說形旁與字義的關係

美國人：你看過木頭做的杯子嗎？

中國人：沒有！

美國人：那為什麼你們中國字的「杯」是木字旁？

中國人：「杯」字旁邊不是有個「不」字嗎？也就是說它不是木頭做的。

在此，美國人的話不能說全對，但還是有一定的道理。「杯」是個形聲字，屬左形右聲。從造字之初看，杯子曾用木材製作（現在有些作為工藝品的杯子也用木材製作），可見「杯」字的形旁「木」對「杯」字的意義有提示作用。只是現在已不用木材作為主要材料製作杯子，所以二者沒有了直接關係。相反，這位中國人的回答倒是不科學的，他把「杯」字曲解（或誤解）成了會意字。

形旁最突出的作用是提示字義。不過，形旁並不是表示字的確切意義，而是表示字的類屬意義，它的作用是從視覺上給人提供一個關於字義的信息，縮小理解字義的聯想範圍。如看到「說、講、談、議、評、論、譏、諷、訓、訴」中的形旁「訁」，就會聯想到這類字義同語言有關；看到「饞、餓、飽、餅、餌、飼、餃、飯、饅」這類字中的「食（飠）」字旁，就知道字義與食物有關……

據有關方面的研究統計，現代形聲字形旁和字義相同的字只有 48 個，占總數的 0 暢 85％，如「爸、爹、爺」與「父」；「皎、皚、皓、皙」與「白」；「船、舸、舢」與「舟」；「膚」與「月（肉的變形）」；「骸」

與「骨」;「馥」與「香」;「輝」與「光」等。

形旁與字義有某種聯繫的字有 4389 個，約占總數的 85. 87%。其中有兩種情況：一是形旁與字義是屬種關係。形旁是屬概念，屬上位概念；構成的字是種概念，屬下位概念。這類形聲字比較多，如「木」與「桉、桃、楊、柳、杉、椿、樺、松、柏、槐、梅」等。二是形旁與字義是相關關係。這類形聲字也不少，如「木」與「椅、桌、櫃、櫥、柄、床、架、案、椽、枷、杯」等。

字義與字形無關的字有 748 個，占總數的 13. 6%。由於古今觀念的不同，加之字義的引申發展，現代形聲字形旁與字義的聯繫已越來越少，有些根本就看不出聯繫了。例如從「金」（變形為「釒」）的「鏡」，在古代「金」這一形旁與字義是有實質性聯繫的，可以唐太宗「以銅為鏡，可以正衣冠」之語為證。現在做鏡子的材料變了，「鏡」這個字的形旁與字義也就失去了現實的聯繫。另如從「馬」的「騙、驗、驕、驅、駐」，從「女」的「嫉、妄、妖、婪、嫌」，從「絲」（變形為「糸」）的「紅、級、紀、經、終」，這些字，從現代漢字的角度看，其中的形旁實際上已成了純粹的字形區別符號，與字義無關。如果不結合漢民族的歷史文化加以考察，就很難看出這幾組形聲字的意義與形旁有什麼聯繫。

（參閱張斌現代漢語）

趣說偏旁相同的漢字

　　偏旁與偏旁構成合體字，其組合方式有以下幾種情況：左右結構、上下結構、內外結構、左中右結構、上中下結構等，另外還有「品」字形結構，俗稱「疊羅漢」字。其中上下結構和左右結構的字可看作是漢字結構的基本形式。

　　我們這裏要說的是構字偏旁相同的漢字。

　　構字偏旁左右相同的，如：林、從、朋、雙、羽、竹、雙、羽、棘、赫、弱、競、從、朋、皕（bǐ）、林（bǐ）、豩（bīn、háo）、踔（chuò）、龖（dá、tà）、騳（dú）、牪（yàn）、竝（bīng）、砳（jí、lè）、（jìng）、競（jìng）、競（競）、秝（lì）、楳（méi）、鎷（piān）、梣（qīn）、覞（yào）、賏（yīng、yìng）、耴（tiē、dié）、林（zhuǐ）、孖（mā）、澀（sè）、妽（shēn）、屾（shēn）、牲（shēn）、祘（suàn）、囍（xǐ）、牪（yàn）、喆（zhé）、斦（zhì）、輊（zhì）等。

　　構字偏旁上下相同的，如：呂、昌、圭、哥、丝（絲）、（bīng）、爻（yáo）等。

　　相同的構字偏旁呈「品」字形組合的，如：鑫、森、淼（miǎo）、焱（yàn）、垚（yáo）、壵（zhuàng）、磊、矗、眾、姦（奸）、聶（聂）、品、晶、皛（xiǎo）、譶（huà）、猋（biāo）、驫（biāo）、犇（bēn）、麤（cū）、龘（dá、tà）、鱻（xiān）、蟲（蟲）、贔（bì）、雥（zá）、蟲（xún）、毳（cuì）、掱（pá）、轟（轟）、歮（sè）、飝、卉、芔（huì、hū）、孨（zhuǎn）、惢（suǒ）、譶（tà）、劦（xié）、馫（xīn）、飍（xiū）、蟲（xún）、

驫（yuán）、嚞（zhé）、voteforthem（bìng）等。

　　由三個相同偏旁並列而成的字可謂鳳毛麟角，似乎僅見「雦（jí、chóu）」一個。

　　由四個相同偏旁重疊、並列而成的漢字，也偶見數例，如：（zhuó）、茻（mǎng、mù）、燚（yì）等。

　　把有些形體相關的漢字放在一起，讓人覺得很有意思。如有些字筆畫遞增：一二三 、氣气氜氞、十廿卅卌、弋式弍弎……有些字偏旁遞增：口呂品、日昌晶、金鋅鑫、木林森、水沝淼、火炎焱、土圭垚、牛牪犇、馬驫驫、耳聑聶、吉喆 、子孖孨……這種用相同的偏旁構成的字，有一些在意義上有聯繫，如「木林森」、「火炎焱」等，但大多數沒有意義上的聯繫。

　　最有趣的是「人從眾」，把它反過來便是「眾從人」。有人說：一個人要想走一條「眾從人」的「個體化」之路，先必須走一條「人從眾」的「社會化」之路！是啊，多麼富有哲理！

趣說漢字簡化與六書

昨天，我給同學們講了漢字簡化的有關知識，晚上我就做了一個奇怪的夢。我夢見許多漢字都來向我訴說衷腸，有高興的，也有悲傷的。

「叢（丛）」說：我已不被事業所累，今日得閒與戀人乘獨木舟游於赤壁之下。

「飛（飞）」說：我是「越鳥巢乾後，歸飛體更輕」啊！「寧（宁）」卻哭了：心都沒了，我還怎麼安寧？

哭得最傷心的還是「愛（爱）」：為什麼要把我中間的「心」字挖走？無「心」我怎麼去愛？

是啊，缺「心」之愛便是「簡愛」，簡化的愛，簡單的愛，不用「心」之愛！不用心之愛，也算得上真愛？談得上刻骨銘心？文字工作者在進行文字簡化時為什麼偏偏要將「愛」字的「心」簡化掉？

其實，「愛」簡化之弊還不全在簡省一「心」字，「夊」也是不應當簡化的。「夊」與「久」何其相似，說不定「愛」中之「夊」就是由「久」衍化而成的。

我對「愛」進行了安慰：愛人之「心」不是隨意袒露的，含蓄的愛如那深深窖藏的美酒，一旦打開便醇香四溢！簡化的「愛」更反映了時代的特徵，它似乎提示我們，應當把愛人當朋友，在平等的基礎上共創幸福的人生！至於「夊」的簡化也不是沒有道理的，君不聞「兩情若是久長時，又豈在朝朝暮暮！」

「愛」似有所悟，破涕為笑。

漢字簡化，即將繁體字簡化為簡體字。所謂繁體字是指被簡體字代替，現在已不使用的那些結構複雜的漢字；而所謂簡體字則是指原來結構複雜，筆劃多，後經人們改造、簡化而產生的筆畫、結構簡單的漢字。由繁趨簡是文字發展的一般規律，也是漢字字體發展的一大特點。可以說，漢字簡化是我國文字發展史上的一個偉大的具有革命性意義的事件！

　　簡化後的漢字與相應的繁體字讀音、意義相同，有的保留了原來的造字法，有的發生了變化，其情形還比較複雜，試分述如下：

■ 簡化前後均屬象形造字法

芻―芻　飛―飛　龜―龜　虎―虎

馬―馬　黽―黽　鳥―鳥　傘―傘

鼉―鼉　烏―烏

■ 簡化前後均屬會意造字法

筆―筆　塵―塵　從―從　氹―氹　壘―壘

仙―仙　閖―閖　眾―眾　災―災　竈―灶

■ 簡化前後均屬形聲造字法

有些形聲字簡化後形旁不變，只變聲旁，如：

幫―幫　斃―斃　畢―畢　賓―賓　補―補

達―達　擔―擔　膽―膽　遞―遞　燉―燉

膚―膚　趕―趕　溝―溝　鉤―鉤　滬―滬

極―極　機―機　膠―膠　艦―艦　階―階

進―進　劇―劇　據―據　懼―懼　糧―糧

遼—遼　療—療　鄰—鄰　嶺—嶺　轤—轤

蘋—蘋　撲—撲　僕—僕　樸—樸　遷—遷

竅—竅　竊—竊　犧—犧　蝦—蝦　嚇—嚇

鹽—鹽　藥—藥　億—億　憶—憶　蓺—藝

癰—癰　傭—傭　擁—擁　憂—憂　郵—郵

猶—猶　園—園　遠—遠　運—運　醞—醞

戰—戰　徵—徵　症—癥　腫—腫　種—種

有些形聲字簡化後形旁、聲旁都發生了變化，如：

邨—村　護—護　夥—夥　驚—驚　響—響

饟—餉　饑—饑　欝—鬱　證—證　鍾—鍾

四 簡化前後屬不同的造字方法

有的簡化前為會意字，簡化後為形聲字，如：

竄（會意）—竄（形聲）　姦（會意）—奸（形聲）

薦（會意）—薦（形聲）　態（會意）—態（形聲）

憂（會意）—憂（形聲）　籲（會意）—籲（形聲）

有的簡化前為形聲字，簡化後為會意字，如：

叢（形聲）—叢（會意）　睏（形聲）—困（會意）

簾（形聲）—簾（會意）　淚（形聲）—淚（會意）

滅（形聲）—滅（會意）　溺（形聲）—尿（會意）

澀（形聲）—澀（會意）　巖（形聲）—岩（會意）

嶽（形聲）—嶽（會意）　莊（形聲）—莊（會意）

趣說漢字與「五行」

「五行」是古人對客觀事物多樣性的一種概括，即將宇宙間的物質分為金、木、水、火、土五類。今天看來，這一說法顯然不恰當，但在古代能認識到自然界由這五種基本物質構成，已經是難能可貴的了。

大概是「五行」的緣故吧，以「金、木、水、火、土」作偏旁的漢字特別多，僅在為數不多的「品」字形結構的漢字中，即都有與「五行」相對應的字，如：

鑫　森　淼　焱　垚

有的偏旁（或部首）同時與「金、木、水、火、土」配合，而成為五個字，如：

鎣　榮　滎　熒　塋
銅　桐　洞　烔　垌
鐙　橙　澄　燈　墱

這類字例雖然不多，但也在一定程度上說明了「五行」對古人造字的影響。

相傳，古時一文人清晨出外散步，見池塘邊的翠柳被煙霧繚繞著，不禁吟出：

煙鎖池塘柳；

這五個字的偏旁恰巧成「金、木、水、火、土」「五行」。他未能對出下句，當時也沒人對出。20 世紀 60 年代，有人遊覽廣州鎮海樓，見樓下山坡上遺有舊炮壘，遂出新句：

炮鎮海城樓。

　　終於完成了這個曠日持久的「五行」難對。後來，有人以「茶烹鑿（鑿）壁泉」去對。與前者相比，優劣眾說不一。

趣說漢字中的形近字

從前有個財主，他吩咐僕人到集市上去買雞和兔，怕僕人忘記，還特地寫了一張條子。結果僕人只買回來一隻雞，財主將他一頓臭罵。僕人覺得委屈，於是爭辯道：「老爺的條子上明明寫著買一隻雞，不信你自己看！」財主接過紙條一看，哭笑不得，原來條子上寫著：

買雞二隻，免一隻。

這則笑話旨在嘲笑財主不學無術，但從另一方面看，也說明一些漢字形體上實在是太相近了，有時還很難分辨，例如「日」和「曰」這兩個字，在形體和構件上都沒有什麼區別，只是一個「瘦」一些，一個「胖」一些。人們戲稱這些形近漢字為「孿生兄弟」。

這樣的「孿生兄弟」還真有不少呢，如：

哀—衷	昂—昴	螫—螯	撥—拔	霸—覇	白—臼
背—脊	本—夲	閉—閈	敝—敞	辨—辯	茶—荼
拆—柝	唱—喝	翅—翹	處—外	春—舂	刺—剌
崇—祟	寵—龐	戳—戮	代—化	貸—貨	第—第
刁—刀	叼—叨	釣—鈎	范—苑	分—兮	趺—跌
丐—丏	竿—竽	感—惑	苟—茍	官—宮	管—菅
冠—寇	毫—毫	黑—黒	亨—享	狠—狼	侯—候
勿—匆	壺—壼	互—瓦	劃—剗	幻—幼	肓—盲
宦—宧	獲—穫	惠—蕙	幾—凡	角—甪	屈—屆
鳩—鴆	九—丸	灸—炙	卷—卷	刊—刋	客—容

匡—匡　覽—覔　冷—泠　栗—粟　臉—臉　梁—粱
寥—廖　冽—冽　卯—卵　麼—麼　妹—姝　孟—盂
汨—汩　蓬—篷　拼—拚　貧—貪　晴—晴　沁—泌
扠—執　朮—朮　冉—再　人—入　葺—葺　戎—戒
撒—撤　侍—待　肆—肄　瘦—廋　睢—雎　徒—徙
兔—兔　余—氽　微—徽　未—末　胃—胄　幹—斡
烏—鳥　鳴—鳴　鶩—鶩　宵—霄　須—順　垚—壵
要—耍　也—乜　冶—治　曳—曵　奕—弈　尤—尢
譽—膳　折—析　浙—淅　莊—庄　準—淮　圮—圯
己—已—巳　戊—戌—戍　母—毋—毌　柳—栁—桺

　　不瞞大家說，我小時候也曾經將「兔」寫作「兔」。其實，只要仔細想想是斷然不會搞錯的。雖然歇後語說「兔子尾巴———長不了」，但它畢竟還是有尾巴的，想必那個「丶」所象徵的就是兔子的尾巴。在此，我鄭重呼籲：從今往後，兔子尾巴———免割！

趣說漢字的「戶籍」

我國早在漢代便實行了編戶制度，被正式編入政府戶籍的平民百姓，稱為「編戶齊民」。如今誰家生了孩子便要上個戶口，取得一個戶籍。沒有戶籍的人，被稱作「黑人」。

漢語字典、詞典，便是漢字的「戶籍」。

究竟有多少漢字，很難作出精確的統計，但我們可通過歷代的「字典」來瞭解漢字的數量。東漢時的說文解字收字 9353 個，晉代的字林收字 12824 個，宋初的廣韻收字 26194 個，明代的字匯收字 33179 個，清代的康熙字典收字 47043 個，20 世紀 80 年代出版的漢語大字典收字 6 萬個，近年出版的中華字海收錄漢字達 8 萬個，這是迄今為止收字最多的字典。也就是說，漢字發展到現代，已積纍了 8 萬個不同形體的字。如此多的字，一個人就是窮其一生也學不完。其實，也根本沒有必要把所有的漢字都掌握，我們日常的言語交際、閱讀以及書面寫作還涉及不到漢字的十分之一。我國國家出版局曾對政治理論、新聞通訊、科學技術和文學藝術四類書刊 190 本、文章 7000 多篇作過調查，共計 2160 餘萬字。其中現代報刊只用到 6335 個。這 6000 多字按出現的次數可分為五級，最常用的字只有 560 個。

在眾多的漢字成員中，有一個字近幾年才解決「戶籍」，即「囍」；另有兩個字迄今沒有「戶籍」。說無「戶籍」，是指所有的辭書均未將它們收入。近年來已可以在電腦裏打出「囍」字，讀作「xǐ」，這說明「囍」字的「戶籍」問題已經解決。

「囍」等字，雖長期或迄今無「戶籍」，但它們不但不是一些「黑字」，反倒是廣受人們喜愛的「紅字」。尤其「囍」字，更是與人們的生活息息相關。儘管它過去一直無「戶籍」，但在人們眼裏它不是一個流浪者，它一直定居在人們心中。

說起這個字的來歷，還有一段佳話。相傳，王安石年輕時赴京趕考，考試完畢便被人招為女婿。成婚喜慶之日，恰好來人報說金榜有名。王安石喜不自勝，揮筆在大紅紙上寫了個「囍」字張貼於門上，頓時大大增添了婚禮的喜慶和歡樂的氣氛。從那時起，人們紛紛仿傚，以之作為結婚喜慶的標誌，此風俗沿襲至今。

即今天的「壽」字，人們用來祈求長壽的圖案字。讀音為「百吉」，它用繩線模擬編結成「一百個」結，假借「百吉」之聲，作為百事吉祥如意的象徵，它還帶有源遠流長的寓意。如今，中國聯通公司將它用作標誌圖案。這兩個字之所以迄今無「戶籍」，我想一個重要的也是根本的原因，就是它們的讀音不符合漢字讀音規範或書寫規範。在漢字裏，一個字便是一個音節，而筆畫是有起止和筆順（點橫豎撇捺等）的，這兩個字在讀音或書寫上不完全符合漢字的讀寫規範。由此看來，它們都還不能叫做字，只能稱為圖案或符號，

還有一個奇特的字，我們謂之漢字家族的新夥伴———「〇」。阿拉伯數字「0」，13 世紀遠渡重洋，來到我國，廣泛運用於數字領域。現在，它已被正式接納為方塊漢字，成了漢字家族的一員，用來表示數和數位。這算是唯一一個突破漢字書寫規範的字，它也不辱使命，起到了其它漢字不可替代的作用。在書寫時，此字一般不寫成阿拉伯數字「0」，而寫作漢版的「〇」。比如「二〇〇二年」、「九二〇農藥」、「三〇一房間」以及郵政編碼「五一〇〇〇一」等。值得注意的是，這個「〇」並不可與

漢字「零」相等同或互換著使用。譬如：「七零八落」、「湖南零陵」等處的「零」均不得由「○」取而代之。不過，當零具有明顯的的數的意義時，也可以將「零」寫作阿拉伯數字「0」，以其本來形貌使用於漢文中，亦屬符合用字規範，譬如「氣溫為零度」，也可寫作「氣溫為 0 度」或「氣溫為 0℃」。

趣說漢字的奇異功能

我們住地附近是一個風景區，那裏風景美麗，遊人如織。然而，在一把遮陽傘下卻擺著一個抽籤算命的攤子，讓人覺得大煞風景！

那裏的生意還挺火呢！我也常湊過去瞧瞧，去看算命先生煞有介事的滑稽樣子，看祈福者虔誠的表情。不過，這些前來抽籤算命的人或許不知道他們的虔誠常遭戲弄與褻瀆。舉個例子說吧。

有一次，有個人抽到一個「吉」字。測字先生說：「你是大吉大利之人啊，近段沒有大吉，也有小喜呢！」於是，抽籤人眉開眼笑，慷慨解囊。也同是這個「吉」字，測字先生在另一個時間，對另一個人卻說：「士表示土，口代表人，人在土下，不是好兆頭。」抽籤人自然一臉沮喪。接著便是向算命先生討詢逢凶化吉之術，破財以求消災。

還有更神的。若有人抽得一「女」字，算命先生可能說：「好籤！」若見抽籤人是未婚女子，他會說：「加『子』便是『好』，你很快會找到一位如意郎君！」若見抽籤人是已婚未育女子，他便說：「要使你的生活美滿，你必須生一個男孩，才會『好』！」同是這個「女」字，有時他又會說：「這個籤不好！單『女』無『子』，不是『好』兆頭！」

在測字先生那裏，漢字似乎成了百變精靈，他們對前來抽籤算命的人察言觀色，並善於隨機應變，隨時改變自己的解釋，測字的人常常被騙上當。

在此，我要提醒各位：「求神不如求人，求人不如求己！」

文字能用以教化、歌頌、傳情，也能用以煽動、貶謫和說謊。漢字便

可將這兩種功能表現到極致。漢字是由筆畫、偏旁構成的，因而它可通過析字顯示出神奇的功效。漢字的這種析字功能，也常常被一些從事迷信、騙人錢財的「測字」先生利用。有打油詩云：「測字先生造字手，字裏字外翻筋頭；測字先生神仙筆，加點添畫不費力。」漢字是由點、橫、豎、撇、捺等筆劃組成的，算命先生通過對漢字偏旁的拆合，筆畫的增減，以及漢字的不同組合，實施他們騙人的手段，以達到他們騙人的目的。

趣說「錯位」的漢字

　　一天，有 A、B 兩個學生找到我，說是他們各有一個新的發現要告訴我。我說是不是又發現了新大陸？他們說不亞於發現新大陸。

　　原來，A 生「發現」的是「矮」與「射」兩個字「錯位」了。他說，「矮」由「矢」與「委」兩個偏旁構成，「矢」之本義是箭；「委」有一個義項是「拋棄」。而「射」則更明瞭，「寸」、「身」乃是不高也，不高便是「矮」。

　　B 生的「發現」是「穢」與「穗」兩個字讀音「錯位」了。「穢」與「穗」都是形聲字，「穢」讀 huì，而「穗」卻讀 suì。形聲字聲旁表音，「穢」的聲旁「歲」讀 suì，「穗」的聲旁「惠」讀 huì，所以「穢」與「穗」的讀音按理應當互換。

　　他們這已算不上什麼新「發現」了，因為很早以前就已經有人質疑過此二字。

　　如果不去探究「矮」、「射」的字源，單從形體看，讓人覺得這是兩個互相錯位的會意字。其實，「射」在金文中是由「弓、矢、手」三部分組合成的會意字，意即箭搭弓上，以手發射，故其本義是射。「矮」字右邊的委旁，甲骨文的形體是一個跪在地上的奴隸手拿一　乾枯蜷曲的禾，禾稻枯萎蜷縮，比盛長挺拔之時顯得矮小，矢加委，表示枯萎的禾只有一箭之長了，故本義為矮小。

　　古代漢字造字法一般是就漢字的篆體形態而言的，漢字隸變、簡化後，結構已發生了很大變化，已經不合古代造字法，因此不能根據漢字形

體對隸變、簡化前的漢字妄加分析。

　　至於「穈」與「穗」是否錯位，那不是由我們說了算的，雖然我們覺得兩個字的讀音換一下位似乎更合理。要知道，在形聲字中能準確地表示字音的聲旁是極少的，絕大多數聲旁都不能準確甚至根本不表示字音，如「海」的聲旁「每」便與字音相去甚遠。

趣說一撇一捺的「人」字

　　曾讀過三篇關於「人」的文字，至今難忘。這三篇文字窮形竭態具言「人」之魅力，構思新穎，意義深刻，給人以品味的樂趣，亦給人以做人的啟迪。現輯錄如下，與讀者共賞。

　　一篇是佳甘的撇捺之間：

　　「人」字的寫法極簡單，只兩筆，那一撇像頂天立地的男人，那一捺則是撐其腰杆的女人。「撇」有時難免重心傾斜，因此，使之穩定的那一「捺」便倍覺重要。

　　舞池是人海的縮影，一對對歡樂的男女正在草書著活蹦亂跳的「人」字。看，那「撇」多剛勁有力，那「捺」則溫順抒情，兩筆之間只有互相照應，人字才寫得格外瀟灑別致。

　　古人把「田」、「力」兩字合成一個「男」字，而「女」字則像蹺著腿端坐著繡花的人形。又說「女人家、女人家，沒有女人不像家。」所以寶蓋頭（宀）下寫個「女」字便成了「安」字。沒有女人，家裏便不安寧。造字的倉頡可真聰明！

　　撇向左斜下，捺向右斜下，殊途而同歸，相反相成。管它哪一筆是男人，哪一筆是女人，只要相互支撐，這「人」字便能在世界上永生！

　　一篇是著名演員侯耀華寫的一首歌，其中有這麼一段：

　　「……你知道『人』字有幾畫？／你個頭雖然不高，其實一點也不差。／沒錢你能開心地笑，有錢你得悠著點花。／窮怕親戚富怕賊，夠吃夠喝是造化。／別管別人吵吵個啥，咱們也得幹點啥。／『人』字是一撇

加一捺，咱們總要對得起它！」

　　還有一篇是伊甸寫「大雁」的一首小詩：

　　好久不見大雁／在天空寫「一」字和「人」字了／／這兩個最簡單的字／確實是愈來愈難寫了

　　詩的前兩句說由於環境日趨惡化，在天空中排成「一」字陣勢飛行的大雁越來越少了，警示人們愛護環境。後二句承前轉旨，說「一」字和「人」字愈來愈難寫了，其寓意十分深刻。寫好「一」字，意謂應從不起眼的小事做起，「不積跬步，無以至千里」；寫好「人」字，意謂要做正直的、頂天立地的人！

　　為什麼「人」字就兩筆呢？古人造字是講理據的。其實「人」字乃仿人形而造，至於做人則是各人的事了。所以人僅僅像「人」還不行，還得學習做人！

趣說「發、發、髮」

　　由繁趨簡是漢字必然的發展方向，因此可以說，漢字簡化是符合文字發展的一般規律的。1956 年國務院公佈了漢字簡化方案，五十多年的實踐表明，我國推行漢字簡化方案是成功的，深受人民大眾的歡迎，並且順利地完成了從繁體字到簡體字的過渡。國務院正式公佈的簡體字，已取得了法定地位，原來的繁體已被廢除，只能用於某些特定場合，因此，一般書刊報紙不應再用繁體字。然而，近幾年來，已匿跡近半個世紀的繁體字又冒了出來，繁體之風愈演愈烈。如許多商品包裝、說明書、影視劇字幕、牌匾等，都用上了繁體字，有的甚至亂用。如把「頭髮」寫作「頭髮」，已是見多不怪了。真是不倫不類，讓人啼笑皆非。

　　有一家理髮店取名「髮中髮」，這一店名或許承載著店主希望通過理髮來發財發家的宏願，遺憾的是「髮」並沒有發財發家的意思。店主大概不知簡化字「发」對應的繁體字有兩個，一個是「髮」（fà），「頭髮」的「发」；一個是「發」（fā），「發財」的「发」，兩者的意思相去甚遠，是不能混用的。「髮中髮」，繞來繞去還是頭髮，與發財發家毫無關係。若把它改成「髮中發」，意思是表達出來了，卻又太直露了。其實，用簡化字「发中发」就挺好，有語義雙關的效果。

　　影視明星周潤發為「百年潤發」洗髮水做的廣告就很好，其中心語便是「百年潤發」。這則廣告語好就好在「發」字的巧妙運用。周潤發的「發」對應的繁體字是「發」，而「百年潤發」的「發」對應的繁體字是「髮」。「發」與「髮」在此融合為一，可謂至巧。

趣說漢字中的「口」

　　曾讀過這樣一則故事，說的是有一個語文教師給學生講解「商」字。他說：「古人造字是很講究的，一筆畫一偏旁皆具精義。你去商店裏買衣服，生意人總是巧舌如簧，比如你試穿的衣服嫌大了，他說縮縮水剛好；如果你嫌小了，他又說，撐撐就大了，正合適，所以『商』字內從『八口』。」

　　時隔不久，有個學生在作業中把「商」字寫成「商」字，老師罰他重寫一百遍。學生不服：「古時候的商人八張嘴，現在的商人加上音箱、電喇叭不是十張嘴嗎？」

　　他們的說法是有趣的，但對我們學習漢字的造字法卻不足為訓。那位語文老師是在曲解漢字，因為他所說的那些並不是「商」字的造字理據，而學生所說的將「商」寫成「商」的理由則是聰明的狡辯。

　　我還看過這樣一個趣題：歷史上誰最多嘴？

　　「嘴」，「口」也。按數學裏的幾何方法，漢字中「口」的計算還挺複雜，比如「日」，不是兩個「口」，而是三個「口」。如此算來，「目」有六個「口」，「田」有九個「口」，「曹」有十八個「口」，「嘈」還多一個「口」，十九個「口」。

　　按出題者給出的答案，歷史上最多「嘴」的是曹操。其實，曹植的「嘴」還多。

　　「口」是組成漢字的最常用的部件，平均每 100 個不同的漢字中，就大約有二十個「口」出現。「口」分佈於漢字的各個部位，在上的如「只、

呆、弔、兄、雖」；在下的如「古、吝、咎、答、啻」；在左的如「葉、叫、啊、唱、嚷」；在右的如「如、和、加、知、扣」（右邊帶「口」的字極少，僅有上述五字。所以，有人據此編了一個順口溜：「除了『如和加知扣』，漢字右邊沒有口，有人再能尋一字，賞他一壺茅臺酒。」）；在中間的如「叵、回、喜、常、燕」；在外的叫框，如「國、園、圖、囫、囿」。其它還有在左上角的，如「跌、勳、鄙、鶚、剮」等；在左下角的，如「跟、鴿、鵠、鴟、鵒」；在右上角的，如「保、強、絮、程、智」；在右下角的，如「嘉、悟、酷、估、祐」；也有四角都是「口」的，如「器、囂、嚚（yín）」。

「口」在漢字結構中，有獨立完形與錯雜交織兩種情況，前者如「回、呂、品、唱、噩」等，後者如「日、目、田、由、曲」等。

作為偏旁，「口」在形聲字中基本上是作形旁，但在「扣」和「叩」等字中，則是作聲旁。

趣說以姓氏筆劃為序

　　魏家生了個兒子，大家都歡天喜地。喜慶之餘，孩子的父親忽然想起給孩子取名字的事，於是他提議集眾人之智慧給孩子起個好名字。

　　孩子的奶奶先發言：「我看呀，還是請姓名館的先生取，字形筆畫都會影響命運的！」

　　孩子的叔叔是搞行政的，他說：「媽，你說的那是偽科學，要是姓名筆劃都能決定命運，天下就沒有受苦人了。本來，從字形字義的角度看，叫『魏巍』最好，可惜這名字早被一位著名作家用了。我看就緊跟時代步伐，取名求義，叫『魏人民』怎麼樣？」

　　「還不如叫『魏大家』呢，一看就是個政治產兒，土老帽一個！」孩子的姑姑是個大學生，她不喜歡將名字與政治掛鉤。

　　孩子媽說：「乾脆跟我姓丁，就叫丁魏。」

　　孩子爸說：「叫丁魏倒是不錯的，但總不能改了我家的姓啊！這樣吧，兒子是我們共同的，就叫魏丁吧！這個『丁』字除指姓，還有『人口』之義，一語雙關，多有意思！」

　　孩子的爺爺作最後總結：「我相信名字是可以決定命運的，我這一輩子就吃了筆畫的虧！現在許多場合排名都以姓氏筆畫為序，我們這個『魏』字 17 畫，排名總在老後。人家投票一般都只關注前面幾名，誰會有耐心去看你後面的，我就因為這排名失去了很多機會。依我看，姓名越簡單越好，就叫丁魏吧！」馬上他又更正道：「還是叫丁一或丁乙吧，看誰還能排到我孫子前面去！」

大家都驚訝地看著老爺子，這位姓氏情結根深蒂固的老爺子竟然作出如此決定！將孫子的姓改「魏」為「丁」，看來是權衡了利弊得失後的慎重選擇啊！

姓名雖是個符號，但在現實生活中確實有著潛在的作用。一個好的名字，往往更易被人關注。前面故事中魏老爺子的觀點儘管有點滑稽，但卻是非常現實的，因為排名在現實生活中是常有的事。

百家姓是我國古代家喻戶曉的簡明姓氏手冊，全書共收 408 個單姓，78 個複姓（其實，我國的姓氏還遠不止這麼多。據統計，我國的姓氏超過 4100 個）。這麼多的姓怎麼排列呢？誰先誰後？這確實是個值得思考的問題。

百家姓的編者是北宋初年浙江錢塘的一位「老儒」，因北宋皇帝姓趙，係當朝國姓，所以他將趙姓列於百家姓之首；當時占據浙江的是吳越王錢敘，因而將錢姓排在第二；「孫」是皇帝正妃的姓；「李」是南唐後主的姓。這樣，百家姓打頭的四姓便是「趙錢孫李」。

百家姓的編排規則是編者自定的，顯然不是一種社會公認的規則。

姓名排序具有現實的必要性，只要是排列人員名單就必須有個先後順序。這種先後順序有些場合要按職務的高低排列，有些場合要按年齡的長幼排列，但就大多數情況下是「排名不分先後」的，即排名的先後順序並不表示職務的高低和其它因素，須體現平等的原則。怎樣排列才能體現平等的原則，同時又講究科學呢？目前在一些正式的場合，如選舉大會主席團、各項選舉事項公佈候選人名單等，普遍採用的是「按姓氏筆畫排列」這種方法。這種排列方法網路上有較詳細的介紹，茲予摘錄：

■ 按筆劃多少排列

1. 暢按姓第一個字的畫數多少排列，即以姓名第一個字的畫數多少排列順序。畫數少的在前，多的在後，依次排列。單姓、複姓以及少數民族中的長姓均以姓名的第一個字，而不是以姓的多少為序。如「歐陽雄」與「柯蘭田」，自然筆劃少的「歐」排在筆劃多的「柯」之前。

2. 暢同姓同字，則比較排列。若姓名的第一個字相同，則應以第二個字的筆畫相比較。如「王文生」與「王志江」，則「王文生」排在「王志江」之前。

3. 暢遇到單名時有兩種處理方法，一種是按姓氏筆畫排列方式，另一種是按姓名筆畫排列方式，兩種方式的區別在於對姓名為兩字時的處理不同。按姓氏筆劃排列方式每凡遇到兩字時，中間算作空格，即算作一空字，空字和單名組成兩字名參加排序，如「田大利」與「田富」，田富則排在前。使用這種方式的有全國政協會議和全國黨代會；按姓名筆畫排列是全國人民代表大會和地方各級人民代表大會所採用的編排方式，它不認為兩字中間有空字，因此，單名的第二字必須參加排序，據此，「田富」的「富」字算作第二個字參與排序，「富」字比「大」字筆畫要多，田富要排在「田大利」後面。

■ 按筆劃順序排列

1. 暢按漢字書寫順序排列。畫數相同的漢字，按漢字書寫筆順，自上而下，從左到右，由外及裏的寫法排列，即按一（橫）、丨（豎）、丿（撇）、丶（點）、乛（折）五種基本筆形順序排列。起筆是橫的排在豎的前面，起筆是豎的排在撇的前面，以此類推。如「廣」與「千」相比，「廣」起筆是點，「千」起筆是撇，「千」排在「廣」之前。

2. 按筆順類推排列。如筆劃數相同，而且起筆的筆形也相同，就比較第二筆，以此類推。如「林」與「武」都是八畫，起筆又都是橫，就比較第二筆，「林」的第二筆是「丨」（豎），「武」的第二筆是「一」（橫），所以應把「武」排在「林」之前。

■ 按字形結構排列

1. 畫數和筆形都相同的字，按字形結構排列。先左右，再上下，後整體。如「晚」與「冕」相比，「晚」是左右形，「冕」是上下形，「晚」排在「冕」之前；「葉」與「申」相比，「葉」是合體字，「葉」排在「申」之前。

2. 筆劃、筆形完全相同的字，字形比較簡單的排在前頭。如「中」、「內」，「中」排在「內」之前。

在此，順便提及一下「音序排列法」。

音序，顧名思義，就是以漢語拼音為順序。音序字母表是ABCDEF-GHI J K LMNOP Q RSTW X Y Z。其中少了 V，因它不能做音序，而且讀不出來，不過現在已經可以用在「女」字之類的字的注音中了，可以在電腦裏打出來，即 ü 被 V 代替。「音序排列法」，即以拼音字母為順序，並且逐個字母比較排序。先聲母后韻母，如果音節的各個字母相同，則再按聲調排序。如：啊、寶、白、崩、本、不、補，這幾個字按音序排列，就是：啊（a）、白（bai，b 在 a 後面）、寶（bao，ba 一樣，o 在 i 後）、本（ben，e 在 a 後）、崩（beng，比 ben 多一個 g，排在後）、補（bǔ，u 在 e 後）、不（bù，聲調在「補」後）。

「音序排列法」通常用於字典上的字詞排列，有時也用於作品選集中的作者排序或篇目排序。其優點是順序明晰，便於查檢。

演繹漢字成佳構

　　析字是對漢字結構進行拆合演繹的一種手法。這種手法在古代的趣聯中常見。相傳宋代徽宗皇帝與李妃郊遊，徽宗欲在地上坐，口占一上聯：「二人土上坐……」李妃一驚，我是妃子怎能與皇帝平起平坐，便連忙答道：「一月日邊明。」此下聯是說，我把皇帝比作太陽，把自己比作月亮，我是借皇帝的光輝來照耀自己。此類趣聯還如：

　　長巾帳內子女好，少女更妙；

　　山石岩中古木枯，此木為柴。

　　成語中亦見有一例。「止戈為武」便是拆合「武」字演繹而成。戈是古代的一種武器，「武」字是由「止」、「戈」二字合成的，意思是說能制止戰爭，才是真正的武功。

　　析字詩，即利用漢字字形結構特點，通過對漢字拆合化形構成詩。如湖南桃源縣桃花源遇仙橋頭就刻著這樣一首怪詩：

　　機時得到桃源洞

　　忘鐘鼓響停始彼

　　盡聞會佳期覺仙

　　作惟女牛底星人

　　而靜織郎彈斗下

　　機詩賦又琴移象

　　觀道歸冠黃少棋

　　碑上的提示告訴人們，此詩應從中間念起，按順時針方向從裏往外旋

轉著念，且上聯最末一字的一半是下聯的第一個字。依此提示，可將上述文字讀成一首七言八句詩：

牛郎織女會佳期，

月底彈琴又賦詩。

寺靜惟聞鐘鼓響，

音停始覺星斗移。

多少黃冠歸道觀，

見機而作盡忘機。

幾時得到桃源洞，

同彼僊人下象棋。

上面這首詩只是析字詩的一個特例，不具有普遍性。析字詩不能停留在析字的層面，因為析字本身不是寫詩，如析「潘」為「有水有田兼有米」，析「何」為「添人添口又添丁」，可謂窮形極態；而將「地」與「巒」析為「地大也為土，巒低亦是山」（儘管地域面積很大，但還是由土壤構成；那山巒雖然很低，但同樣可以叫做山），則已可謂之出神入化了，但此二例僅僅是析字，不可謂之寫詩。析字詩是詩的特質（或者說詩意）與析字的理據相結合的產物。從這個意義上說，下面幾首堪稱佳作。

文源的辦：

光用力不行

左左右右都得打點

妙解「辦」字，意味深長。現代人活得累，求人辦事，找關係，借人情，累得筋疲力盡；左左右右，上上下下都得打理好，否則一著不慎全盤皆輸。此詩之妙，集中在「打點」二字。「打點」表面指在「力」兩邊打點，深一層的意思是送人錢財以疏通關係，託人關照。兩種意思復合於一

體，意趣盎然。

兢山風影的呂：

嘴大的

不一定占上風

這首析字詩讀起來令人忍俊不禁，在構思寫作上也很有特點。它沒有對「呂」這個漢字的結構進行拆合，而是據形索義，揭示出深刻的生活哲理。當然，「嘴大的」與「占上風」，表面上是寫實，而實際上是以實寫虛，以具象之物言抽象之理！平常所說的有理不在聲高、事實勝於雄辯、以理服人等，都可以視為其注腳。這「嘴大的」，既指那些蠻不講理者，亦指那些倚仗權勢強詞奪理的人。歷史和生活的經驗都告訴我們，「占上風」的，永遠屬於擁有真理的一方！

鍾琴的乒乓：

那場戰爭真殘酷啊

不然我們現在還是軍人

要不是那場殘酷的戰爭，「乒」和「乓」都不會失去「一條腿」，就都還是一個「兵」。如此言「兵」，令人忍俊不禁。此詩表層是析字，而其深層所表現的卻是關於戰爭的主題。用第一人稱敘述，真切地表達了抒情主體對戰爭的憤慨！

劍客的行：

「行」則行矣

拆成「彳亍」

也行

「行」，有「走」、「可以」等義；「彳亍」，是「慢步走」的意思。「也行」在意蘊上是「也是『行』」與「也可以」的復合。兩個義項並用，亦

此亦彼，饒有趣味。此詩是析字詩，也是哲理詩。有社會規則，有道德規則，有遊戲規則……還有許多的潛規則，但沒有真正意義上的死規則。可謂是：說你行你就行，不行也行；說不行就不行，行也不行！正是這樣也可，那樣也行，導致了當權者處理問題的主觀性和隨意性，給腐敗以可乘之機。

　　兢山風影的《蒼》：

草簷下

糧囤裏

空空如也

　　「草簷」指「艸」；「糧囤」指「倉」；「空空如也」是一個成語，意思是空空的，什麼也沒有，其中的「也」是語氣助詞，詩中卻故意將「空空如也」曲解為「空空如『也』」。「倉」下偏旁「　　」，形似「乜」，中間加一「丨」便是「也」，故曰「空空如『也』」。這首析字詩語意明確，不牽強附會，而且有詩的意境，實為難得的佳品！

　　析字詩要據形釋義，不可牽強附會。

有趣的漢字「對話」

曾看過一位小朋友寫的一篇有關「兵」的故事，覺得頗有意思———

建軍節到來，一群「兵」應邀出席軍分區組織的慶祝大會。

「兵」說：戰爭多麼殘酷啊，「乒」和「乓」都失去了一條腿，「丘」的兩條腿都給炸飛了！

「乓」也頗有感慨地對「乒」說：那場戰爭真殘酷啊，我們都失去了一條腿！

「丘」說：是的，那天我們死守著一座山丘。我們的口號是：人在陣地在！戰友們都犧牲了，而我只失去了雙腿。我深深地懷念他們！

這時又進來幾個「兵」，他們都作了自我介紹。

「賓」說：我是空降兵，現在轉業了，被安排在政府接待處。

「檳」說：我是現役空降兵。今天訓練跳傘時落在了樹上，你瞧身上還有小樹枝呢！

「浜」說：我是海軍。隨即，他唱了起來：年輕的水兵來到了海上，共同度過這美好的時光……

「濱」說：我是海軍航空兵，藍天是我們青春的布景，浪花是我們開懷的笑聲！

「嶽」說：我是工程兵，逢山開路，遇水搭橋！

「兵」說：聽了你們的介紹，我很感動，在此我謹代表全體現役軍人向在座的首長、戰友以及所有的復員、退伍、轉業軍人致以崇高的敬意和節日的問候！

雖然從根本上說，這是在做析字遊戲，但不可否認的是，它展示、強調了漢字的字形特徵，彰顯了漢字的神奇魅力！

這種「漢字對話」的例子我也見過不少，重形是其顯性特點，有的還形意俱佳。如「禿」：摘下假髮／還能認出我嗎／———卓別林；「秦」：一場大火把歷史燒焦／孔子的春秋也未能幸免／所以如今只剩得半部；「問」：我也是門／———貓眼防盜門……

一些「漢字對話」也很有意思，例如：「辦」對「為」說：平衡才是硬道理！

「北」對「比」說：小樣！你扭過臉去我就認不出你了嗎？「比」對「北」說：夫妻一場，何必鬧離婚呢！

「叉」對「又」說：什麼時候整的容啊？臉上那顆痣呢？

「臣」對「巨」說：和你一樣的面積，我卻有三室兩廳。

「尺」對「盡」說：姐姐，結果出來了———你懷的是雙胞胎。「川」對「州」說：你那是攔河壩還是橋墩啊？

「寸」對「過」說：老爺子，買躺椅了？

「大」對「爽」說：孩子，這次考試一共才幾道題呀，你就給爸爸錯了四道。

「旦」對「但」說：膽小的，還請保鏢了？

「噩」對「王」說：誰給你蓋的房子呀，連個窗戶都不安？

「個」對「人」說：比不得你們年輕人了，沒根手杖幾乎寸步難行。「乖」對「乘」說：你什麼時候拄上雙拐了？

「狠」對「狼」說：你昨晚在哪裏偷了雞，頭上還簪著一根雞毛呢！

「交」對「每」說：我戴上禮帽，你披上頭巾，兒女們都會認不出我們了！

「介」對「個」說：從你身上可以想見戰爭是多麼殘酷啊！「巾」對「幣」說：你戴上博士帽，就身價百倍了。

「晶」對「品」說：你家難道沒裝修？

「呂」對「昌」說：和你相比，我家徒四壁。

「茜」對「曬」說：出太陽了，咋不戴頂草帽？

「全」對「金」說：你那兩點，就真的那麼值錢？「人」對「從」說：你怎麼還沒去做分離手術？

「人」對「囚」說：憑啥將我關進牢房？

「人」對「仙」說：堂堂正正做人，何必尋找靠山。「日」對「曰」說：該減肥了。

「失」對「矢」說：我早就說過，出頭的椽子先爛！

「申」對「電」說：心情不錯呀，小尾巴搖得挺歡哪！「王」對「主」說：當心槍打出頭鳥！

「烏」對「鳥」說：你什麼時候長雀斑了？

「心」對「敢」說：只憑膽量而不用心，那就是憨。

「杏」對「呆」說：把嘴長在頭頂上，人家就會說你傻。「兄」對「兌」說：紮上一對小辮，就不像個男人了。

「由」對「甲」說：這樣練一指禪挺累吧？

「予」對「矛」說：我立正，你卻邁開正步了。

「與」對「寫」說：老兄啊，你戴上帽子就成了讀書人。「占」對「點」說：買小轎車了？

「正」對「歪」說：誰給你扣上這樣的帽子？

「至」對「到」說：老兄進屋了還不放下佩劍？

「下」說：我家簷下有弔燈！「卜」說：我家是壁上掛燈！「卞」說：我家屋頂有路燈！

096 ──────── 097　漢語的魅惑

趣說漢語中的「四呼」

　　地球上目前存在的語言有三千種之多，使用人口在 5000 萬以上的語言就有漢、英、俄、日、德、法等十三種。

　　在這些迥然不同的語言裏，都有「媽媽」一詞。雖然它的拼法和書寫形式不盡相同，但發音基本上是一致的。「媽媽」一詞可說是國際上不同民族、不同語言對母親的通稱。

　　古時候有兩個歌妓，一個牙齒生得烏黑，一個牙齒生得雪白，一個欲掩其黑，一個欲顯其白。有人問黑齒妓姓什麼，黑齒妓將口緊閉，鼓一鼓，在喉中答應姓顧。問多少年紀，又鼓起腮答年十五。問擅長做什麼，她又在喉中答應敲鼓。問白齒妓姓什麼，白齒妓將口一呲，答曰姓秦。問青春幾歲，口又一呲，答年十七。問她會做什麼事，她又將口一大呲，白齒盡露，說道會彈琴。

　　以上兩個例子都涉及漢語音韻學中的「四呼」問題。「四呼」是按韻母韻頭的有無和韻頭的異同分出來的類別。普通話的韻母可分為四類，即開口呼、齊齒呼、合口呼、撮口呼。開口呼韻母指不是由 i、u 單獨充當韻母，也不是 i、u、ü作韻頭的韻母；齊齒呼韻母是指由 i 單獨充當韻母或 i 作韻頭的韻母；合口呼韻母是指由 u 單獨充當韻母或 u 作韻頭的韻母；撮口呼韻母是指由ü單獨充當韻母或ü作韻頭的韻母。

　　第一個例子所說的「媽媽」一詞的發音（ma）為什麼全世界的語言都幾乎相同？這是因為「不圓唇元音」a是個開口呼韻母，開口最大，且易發音，開口便是；聲母 m 是個「唇輔音」，m 音最容易發，張嘴可得。

另外，「媽媽」的聲音實際上是嬰兒吸乳後的咂嘴聲。所以嬰兒初學語言，ma音最先發出。

第二個例子說黑齒妓為掩黑掩醜，回答客問的幾個字「顧、五、鼓」，其韻母是 u，是「合口呼」，發音時雙唇向前突起，口形最小；而白齒妓要顯白顯美，答客問的「秦、七、琴」幾個字，其韻母的韻頭是 i，是「齊齒呼」，發音時嘴唇向兩邊咧開，牙齒儘量露出，氣流從舌尖順齒縫擠出。

原來，字的發音方法不同，會直接影響人的面部表情。如果再問她們都喜歡吃什麼？大概秦妓會說喜歡吃雞，而顧妓則會說喜歡吃魚。因為「雞」的韻母（i）是齊齒呼，而「魚」的韻母（ü）則是撮口呼，其發音方法與 u 相近，雙唇前伸，形成圓形。

有趣的「的」字

　　「的」是漢字中使用頻率最高的字。在漢字文章裏，大約每二十五個字就有一個「的」字。「的」在現代漢語詞典裏標注了三個讀音，即「de、dí和dì」。讀「de」時作結構助詞用，如「北京的大學」。讀「dí」時作副詞用，意思是「真實、實在」，如「的確」、「的當」等。讀 dì時作名詞用，意思是箭靶的中心，如「目的」、「眾矢之的」等。除上述三個讀音外，「的」還有一個讀音 dī，在唱歌時常用。這個音在詞典裏沒有「備案」，屬於「默認」。

　　近年來，人們把計程車叫做「的士」，把「的士」司機稱作「的哥」或「的姐」，這裏的「的」也讀「dī」。「的士」是英語taxi的音譯詞，首先在廣州流行，廣州人把「搭的士」簡化為「搭的」，現已波及全國各地。在這裏，「的」取得了「的士」的整體意義。從此，帶「的」的詞應時而生，如「面的」、「摩的」以及「的哥」、「的姐」等。近年來，竟有人管坐飛機叫「坐飛的」。

　　「的」在句子中作結構助詞，在普通話裏讀輕聲，其一般用法是放在定語和中心詞之間作定語的標誌。

　　「的」字在語法結構中，雖只是一個標誌，但不是可有可無的。有的時候，有無「的」字意義迥然有別，如「北京的大學」與「北京大學」是不同的，「北京的大學」涵蓋北京地區的全部大學，而「北京大學」則是「北京的大學」中的一所。試比較「新書」與「新的書」，「新書」只表示了一種情狀，而「新的書」除此之外還帶有對比的意味。有這樣兩

個句子：

　　①今年水稻畝產超過去年 20％。

　　②今年水稻畝產超過去年的 20％。

　　兩句相比，後一句多一個「的」字，而兩句的意思卻大相徑庭。前一句是說今年水稻增產了，後一句是說今年水稻只比去年畝產的 20％略多，即大大地減產了。

　　「的」字還可與某些詞或短語結合在一起，構成「的」字短語，如「農村的」、「穿紅風衣的」、「做買賣的」。「的」字短語屬名詞性短語，在句子中一般作主語和賓語。如：

　　③那個背槍的是我叔叔。（作主語）

　　④前面來了一個挑擔的。（作賓語）

　　值得注意的是，「的」字短語在用於稱呼時具有貶義色彩，不能亂用。如：

　　⑤她姐姐找了個教書的。

　　⑥姓李的，你等著瞧吧！

漢字與數位擷趣

　　兩位朋友搬了新居，固定電話號碼也隨之更換。一日小聚時，甲朋友說：我的電話號碼非常好記———我要二兩酒三兩肉。乙朋友說：我的電話號碼也非常好記———我要雞肉不要狗肉。根據諧音不難猜想，他們的電話號碼分別是 51229326 和 51768196。

　　在數學裏有一個流傳很廣的關於數字與漢字諧音的故事。據說，有一天一位數學老師要上山去與山頂寺廟裏的和尚對飲，臨走時布置學生背圓周率，要求他們背到小數點後 22 位：3. 1415926535897932384626。大多數學生背不出來，十分苦惱。有一個學生把老師上山喝酒的事結合圓周率數字的諧音編了一句順口溜：「山巔一寺一壺酒，爾樂苦煞吾，把酒吃，酒殺爾，殺不死，樂而樂。」待老師喝酒回來，個個背得滾瓜爛熟。

　　生活中有許多數字與漢字諧音的情況。如「8」諧「發」、「3」諧「生」、「4」諧「死」等。有一朋友的手機號碼為 13837211318，諧讀之則為：要升發，（不管）三七二一，要升要發！由於諧音之故，摩托車牌號 1794（一騎就死）便為人們忌諱。人們還普遍不喜歡 140 這個數字，因為它與「要死人」音近。

　　前面兩個小故事講的是數字與漢字諧讀的問題，在這裏我說一個有關數字書寫的問題。在平常的運算和交際中我們比較多地使用阿拉伯數字，但在正規的檔或書面材料中，一般要求使用漢字的數目字。漢字數目字有大小寫之分，小寫為「一、二、三、四、五、六、七、八、九、十」，與之相對應的大寫為「壹、貳、三、肆、伍、陸、柒、捌、玖，拾」。為什

麼會有大小寫之分呢？其實最初只有小寫沒有大寫，小寫字易識易寫，但是也容易被改動，如「一」可改成二、三、五、六、七、十等。於是，有人從浩瀚的漢字中找出十個讀音相同，但不易篡改的字來作為莊重場合（如銀行支票、財務收據）的專用數目字。實際上這些字的原意並非指數目。如：壹：即專一；貳：變節，背叛；三：「參」的另一種寫法，加入，謁見；肆：任意妄為；伍：古有「五人為伍」之說；陸：高出水面而地勢平坦的土地；柒：漆樹或漆料；捌：有齒為耙，無齒為捌；玖：黑色的美石；拾：把東西撿起來。

錯別字擷趣

一個小學生走進一家「批零兼營」的商店，指著牌子上「批另兼營」的「另」字，對售貨員說：「阿姨，這是一個別字。」售貨員不耐煩地斥道：「去去去，『別』字還有個立刀呢！」這是一則關於寫錯別字的笑話。其實，寫錯別字在現實社會中已不是個別現象。

錯別字是錯字和別字的合稱，錯字指筆畫有誤的字；別字指將字寫成了讀音相同、相近或其它的字，叫寫錯字。

寫錯別字的原因有以下幾種：

一是形近而誤。

前幾年，報紙上登過這樣一則笑話：某單位採購員在商店買了斧頭，拿著發票回去報銷時，會計一看，大吃一驚：「你怎麼把你爹的頭買來了？」採購員拿起發票一看，才知道是商店的營業員將「斧頭」寫成了「爹頭」。採購員怒氣衝衝地去重開了一張發票。會計再一看，不但沒改，反而升級了：「爹頭」換成了「爺頭」。

走在街上，我們常可看到這樣的字樣：「通霄營業」、「承辦晏席」等，「霄」、「晏」分別是「宵」、「宴」的誤寫。更滑稽可笑的是將「大鯿魚」、「小鯿魚」寫作「大便魚」、「小便魚」，這樣的魚誰敢吃呢？

二是音近而誤。

有人將「聽裝奶粉」寫成「廳裝奶粉」，讓人覺得他家的奶粉也實在太多了。有人將「首屈一指」誤寫成「手缺一指」或「手曲一指」，讓人啼笑皆非。若說某領導常與婦女「觸膝談心」（「觸」應為「促」），那就

不只是笑一笑的事了。

三是濫寫而誤。

曾讀魏欣趣詩文字「改革」，至今難忘：

饑腸轆轆進飯店，

一看菜單傻了眼：

「花連」究竟為何物？

「布菜」是布還是菜？

玄上加玄「反加」湯，

令人驚心炒「九王」……

「劉姥姥」走進大觀園，

頭昏腦脹眼發酸。

無奈只得湊過去，

虛心請教營業員。

得到答案很圓滿：

「寫字也須『深圳速』，

望文生義即可辨。

不信你到隔壁看，

『寸三』即是『襯衫』意，

『同莊』任君隨意選。

當然還有『電四支』，

樣樣東西都齊全……」

老翁聽了心盤算，

還得再進識字班……

此詩用幽默的語調抨擊了近年來亂寫濫用漢字的不良現象。

曾看過這樣一則笑話：

學校食堂的牆上有一幅巨大的菜譜，上面的字都是用彩紙貼上去的，常有人故意撕掉一些筆劃而引人發笑。

那天大家看見「黃瓜炒蛋」變成了「黃瓜炒蟲」，「白菜炒肉」變成了「白菜少肉」，都覺得好笑。

但第二天的菜譜更嚇人：「火腿冬瓜」變成了「人腿冬瓜」；更有甚者，「虎皮尖椒」變成了「虎皮大叔」。乖乖！食堂變成了黑店，誰敢吃啊？

這雖是一則編撰的笑話，但我們如果不注意規範地書寫，這笑話就有可能變成現實。

形近而誤似情有可原，因為有些漢字在字形上確實極為相似。但是，我們沒有理由因此責備漢字。試想，八種基本筆畫竟然組合出數以萬計的漢字，如此多的形體居然不重複，這本身就是一個奇跡！至於形似，則不足為奇了。如「日」與「曰」、「孟」與「盂」等，簡直就是孿生兄弟。不過，即便不少漢字在形體上極似，但只要認真觀察，仔細分辨，記住特徵，這種誤寫現象是不難克服的。漢字中有些字，字形及筆劃數量均相近，但細察可知，它們中有的筆形不同，如「戍─戌」、「貨─貸」、「拼─拚」；有的筆劃長短不同，如「己─已─巳」、「士─土」、「未─末」；有的筆畫多少有異，如「沁─泌」、「侯─候」、「宦─宧」；有的偏旁有異，如「盲─肓」、「睢─睢」、「撒─撤」；有的結構微殊，如「丐─丏」、「分─兮」、「譽─膺」；有的正反有別，如「人─入」、「余─氽」、「片─爿」；有的「胖瘦」懸殊，如「日─曰」、「泪─汨」，等等。音近而誤，大概是由於讀書識字不細緻或馬虎潦草引起，自當克服；至於濫寫而誤，輕說那是一種不負責任的行為，往重裏說那是對我國文字的不尊重，甚至是褻

潰！

　　當今有些「錯別字」錯得很「別致」，屬「明知故錯」，如「這年頭，到處都是錯別字：愚民同樂、植樹造〇、白收起家、勤撈致富、擇油錄取、得財兼幣、檢查宴收、大力支吃、為民儲害、提錢釋放、攻官小姐……」

別字先生的故事

　　從前，有一個讀書人由於愛寫別字，所以儘管他多次應試，也總是榜上無名。

　　有一次病了，很想吃杏，因為在當地買不到，便寫信託他的岳父在外地代買。但由於那個人寫字潦草，竟把「杏」字寫得沒出頭而成了「否」字。他岳父接到信，知道女婿因病讓他給買「否」，便滿街尋找，結果沒有找到什麼「否」。後來他岳父又把那封信拿出來仔細分析、琢磨，覺得女婿平時寫字潦草，似是而非，可能出現筆誤，最後斷定「否」一定是「杏」字，於是趕忙買了幾斤黃杏，寫了一封回信，給人一同捎去。信是這樣寫的：

　　賢婿來信要買「否」，急得老漢滿街走。

　　買了一筐小黃杏，不知是「否」不是「否」？

　　別看他肚裏沒幾滴墨水，但他巴結權貴卻很有一套。聽說新來的知縣喜歡吃枇杷，他便特地到枇杷產地買了一筐上等枇杷給知縣送去，並且派人先把帖子呈上。帖子上寫著：「敬琵琶一筐，望祈笑納。」知縣看過帖子十分納悶：「我又不會彈琵琶，他為什麼要送我琵琶，而且還是『一筐』呢！」隨後，實物送到，才知是一筐新鮮的枇杷。知縣哭笑不得，他從兜裏掏出那張帖子順口吟道：「『枇杷』不是此『琵琶』，只恨當年識字差。」底下的詞兒一時想不起來。剛好有一位客人在座，一時見景生情，續了兩句：「若是琵琶能結果，滿城簫管盡開花。」知縣聽了，拍案叫絕。

　　這個假讀書人實在是水準太差，儘管他臉皮厚，且善於溜須拍馬，但

還是始終未能得到重用。

在有的人看來，寫幾個錯字不是什麼大不了的事。如果老寫錯別字，會讓人覺得你工作不認真，辦事草率，因而將會失去很多的機會。這樣的例子古今皆有。

相傳李鴻章有個遠房親戚，不學無術，大比之年去參加考試。試卷到手，一個字也答不出，他急中生「智」，忙在考卷末尾寫上自己是李鴻章的親戚。無奈「戚」字不會寫，寫成了「我是中堂大人的親妻」。主考大人閱後，提筆在旁批道：「所以我不敢娶（取）！」

小張給他的女友寫了一張字條：「晚八時公元前見面。」不久，他收到女友的回條：「我生活在公元二十一世紀，無法與古人見面。」

一位姑娘向一個小夥子求愛，她主動寫了一封求愛信：「人人都說我是一位漂亮的女狼，假如我倆……」小夥子很有禮貌地給她寫了回信，信上說：「狼姑娘，謝謝你的一番好意，非常遺憾，我不能答應你，我幸虧是在信上遇見你，要是在路上碰見可就沒命了！」

龍飛鳳舞話書寫

　　「龍飛鳳舞」一般用以指書法筆勢生動活潑，雄奇奔放。相近的成語有「筆走龍蛇」。這兩個成語一般都用來形容「草書」。漢字字體從古到今的發展，經歷了好幾個階段。根據字體的結構特點和發展順序，大致可分為「篆、隸、楷、草」四個階段。「草書」的「草」，有「草率、潦草」之意。陸游詩句「矮紙斜行閒作草」中的「草」，指的就是「草書」。草書分為章草、今草、狂草三種。章草是比較規範的草書，今草與隸書形體相差很遠，幾乎沒有什麼聯繫了，不但筆畫相連，而且字字相連（世稱一筆書），書寫十分潦草，有時一個字僅只保留了一點輪廓。而狂草簡直就是任意揮灑，隨意增減筆劃，寫出來的字如龍蛇飛舞，實在太難辨認，因而也沒有多少實用價值，而僅僅是作為漢字特有的書法藝術而存在了。

　　相傳，古代有一位丞相，他很喜歡草書。一天，他偶得一佳句，即揮毫疾書，寫得可謂是滿紙龍蛇。他讓侄兒替他抄寫一遍。侄兒拿回草稿鋪開一看，頓時傻了眼，不知如何下筆。他只得拿著手稿去問丞相：「伯父，我不認識您寫的字。請告訴我這是些什麼字？」

　　丞相反覆看了許久，連自己也認不出來，便責備侄兒道：「你為什麼不早來問我？到現在我也忘記寫了些什麼！」

　　古代有個「買豬千口」的笑話，流傳甚廣。從前有個縣官，寫字非常潦草。一天，他要請客，便寫了一張字條叫一個差役去「買豬舌」。那時寫字是豎著寫，由於縣官把「舌」字距離拉長了一點，差役便誤認作是「買豬千口」。這個差役走鄉串戶，好不容易才買到五百口豬，可限期已

到，他只得向縣官求情。縣官聽後，大發雷霆：「我叫你買豬舌，你怎麼花這麼多錢去買五百口豬？」差役忙把縣官寫的字條拿出來。縣官一看，瞠目結舌，但仍硬要差役去把豬退掉。差役發牢騷說：「五百口豬還可退掉，以後要是買肉，千萬把肉字寫得短點，如果讓人看成『買內人』，那內人可就沒法退了。」

這兩則笑話告訴我們，即便寫草書也要注意規範，否則就會弄出笑話。

據說有位幹部作動員報告，當他念到「我們要大幹、苦幹、23 幹」時，臺下頓時轟動起來。原來秘書把「巧」字寫得太草，這位幹部把「巧幹」誤念成了「23 幹」。不過這位幹部很老練，他見臺下轟動，知道有錯，就解釋說：「『大幹』、『苦幹』大家都明白，我這裏就不多講了。至於『23 幹』，我說明一下。我們平時不是說，十分指標，要有十二分幹勁嗎？十二分翻一番，就是二十四分幹勁了。為什麼只說『23 幹』呢？我們要留有餘地嘛！」

那位不學無術的領導自當予以嘲諷，但那位秘書也應當負書寫潦草的責任。

上面所說的還只是笑話而已，也許無關宏旨，或者不傷大雅，然而歷史上確有不少誤寫致敗的故事。

中國古代讀書人很注重文字的書寫，字體要「入格」，一筆一畫都不馬虎草率。科舉考試要求更嚴，不能有一個錯別字，不能有一處錯筆漏畫，不能有一字塗改，否則不予錄取。

清道光年間，某省舉行鄉試。一考生頗負才氣，考完後在家專候捷報。黃榜張貼出來了，卻沒有他的名字。他幾乎不相信自己的眼睛，心想：莫非主考官舞弊了？待我去查詢查詢。主考官接待了這個怒氣沖沖的

小夥子，心平氣和地對他說：「你這篇文章從義理到辭章，堪稱上乘，難得，難得！可惜你有一處誤筆，故不能取。」這位考生說：「學生向來書寫嚴謹，未敢錯字誤筆。」主考官說：「好吧，讓我指給你看，你把這個『員』字寫成『貟』了。」這位考生心中不服氣：「『貟』即『員』字，世人多這樣寫。」主考官慢慢道來：「倘若『口』字與『厶』相通，請問，

在上『兄』與『允』相不相通？在下『吉』與『去』相不相通？在右『和』與『私』相不相通？」這位考生聽了，再也沒有話說了，只怪自己的書寫還不十分嚴謹，貽誤了功名前程。

更有甚者，歷史上竟有一場敗在一撇上的戰爭。

1930 年 4 月，閻錫山、馮玉祥組成反蔣聯盟，發動了討蔣的中原大戰。閻、馮所部預定在豫晉交界處的沁陽會師，以期一舉聚殲駐河南的蔣軍。誰料想，馮的參謀在擬制命令時，誤將「沁陽」寫成「泌陽」，正巧河南南部有泌陽一地，與沁陽相隔數百里。結果，馮部誤入泌陽，貽誤了聚殲蔣軍的有利時機，使閻、馮聯軍處處陷於被動，導致聯合作戰的失敗。後人戲稱這場中原混戰是「敗在一撇上的戰爭」。

字母縮寫擷趣

在一本雜誌上看到一則字母縮寫引出的笑話，覺得很有意思，茲錄於下：

某城大街上。一輛行駛著的面包車內，乘坐著一群外出旅遊的某大學中文系的老師。

忽然，A 老師問：「哪位知道 NCS 是什麼意思？」

「Numerical Control Society 的縮寫，意思是『數字控制學會』。這是美國的一個學術組織。」B 老師做過訪美學者，馬上給出了回答。

「不，我說的不是英文，是中文拼音縮寫。」

「『南昌市』———Nan chang shi。」C 老師答道。

「我認為是『牛沉山』———Niu chen Shan，好像旅遊指南上說，本市有這麼座山。」D 老師說。

「不對不對！」不等 A 老師開口，E 老師就搶著說：「肯定是他剛才在街上看見的，大概是招牌廣告什麼的。會不會是『牛叉燒』———Niu cha shao？」

「去去去！只有『羊叉燒』！我想應該是『男襯衫』———Nan chen shan，現在正是賣夏令服裝的時候嘛！」F 老師說。「都不是。」A 老師還是一味搖頭。

「難道是『拿臭屎』不成？對，就是『拿臭屎』———Na chou shi！」B 老師打趣道。

「算了算了，都別猜了！告訴你們吧，是男廁所———Nan ce suo。剛

才我看見牆上寫著這三個字母，一個老頭一邊係褲子一邊往外走。」A 老師把包袱徹底抖開。

眾皆啞然失笑。

過了片刻，C 老師忽然喊道：「不對頭，不對頭！女廁所———Nan ce suo 的縮寫也是 NCS 啊！」

這是由中文拼音縮寫而導致的語言多指現象，我們在運用漢語拼音縮寫時，一定要充分注意。

還有一種情況，那就是把英語縮寫視作中文拼音字母，從而引起曲解。

如有人把我國銀行名稱的英語縮寫曲解為中文拼音縮寫，而後將它跟與之拼音縮寫相同的詞語、短語或語句聯繫在一起，讓人覺得既幽默又滑稽：

中國建設銀行（CBC）：「存不存？」

中國銀行（BC）：「不存！」中國人民銀行（PBC）：「呸！不存！」中國農業銀行（ABC）：「啊？不存？」中國工商銀行（ICBC）：「愛存不存！」民生銀行（CMSZ）：「存嗎？傻子！」興業銀行（CIB）：「存一百。」招商銀行（CMBC）：「存嗎？白癡！」光大銀行（CEB）：「存二百！」國家開發銀行（CDB）：「存點吧？」滙豐銀行（HSBC）：「還是不存！」

詞彙趣話

趣說詞的本義與引申義

　　從前，有一個讀書人，難說他是勤奮還是懶惰。有人說他拿著書都睡覺，也有人說他睡覺都拿著書。雖然說法不同，但他無心讀書卻是事實。他說這都是環境不安靜造成的。臨近院試，他到幽靜的寺廟裏租了兩間房子，彷彿真要潛心讀一段時間書。

　　一天中午，他在外面散了一會兒步後回到了書房，不久便聽到他叫書童拿書來。書童先拿了蕭統的文選一書給他。他瞧了一眼，說：「低。」書童又去拿了班固編寫的漢書給他，他看了看，又說：「低。」書童再去拿了司馬遷著的長達 52 萬字的史記來，他仍然說：「低。」

　　和尚在一旁聽了，大吃一驚，心中暗想：文選這部書是我國現存的最早的文章總集，漢書是我國第一部斷代史，史記是我國第一部紀傳體通史，這三部書只要熟讀了其中的一部，就可稱得上學識豐富了，秀才卻說它們「低」。這是什麼道理呢？於是上前詢問，才明白他是嫌枕頭矮了，要拿書來當枕頭。

　　這個讀書人儘管常有立志讀書的願望，但終究敵不過討厭的瞌睡蟲，這使得他一生一事無成！

　　這則笑話涉及詞的本義與引申義問題。那個讀書人說的「低」，是指用書作枕頭的高度不夠，用的是「從下向上距離小」的本義，但和尚卻以為他還嫌那三部書的「內容淺薄，不夠深」，用的是引申義。兩個義項混雜在一起，造成歧義，於是鬧出了笑話。

　　本義是一個詞的初始意義，也就是一個詞剛被創造出來時所具有的意

義。詞在長期的使用過程中，又派生出新的意義，這是詞義發展的基本規律。詞義派生的方式可以分為直接引申、比喻引申、借代引申三種。

直接引申就是由本義直接發展、派生出新的意義的方式，由直接引申方式發展起來的派生義叫引申義。例如：「月」的本義是「月亮」，派生義有三項：

①計時單位：一年有十二個月；

②每月的：月產量、月收入；

③形狀像月亮的：月餅、月琴。

比喻引申就是通過本義的比喻用法派生出新的意義的方式，由比喻引申方式發展起來的派生義叫比喻義。例如：「暗礁」，本義是指海洋或江河中經常隱藏在水面以下的岩石，比喻義指前進中所遇到的困難、阻力；「咀嚼」，本義是指用牙齒磨碎食物，比喻義是指對事物反覆體會玩味。

借代引申則是通過詞的借代用法派生出新的意義的方式，由借代引申發展起來的派生義叫借代義。例如：「狼煙」，本義是燃燒狼糞冒出的煙；借代義指戰爭、戰火。「鐵窗」，本義指安有鐵柵的窗戶；借代義指監牢。

不久前在網上看過這樣一則小幽默，讓人忍俊不禁：有一位醫生一向馬虎，一次在病歷上寫的診斷結果是「肛門發言」。主任醫生發現後非常生氣，在其下方醒目處批道：「屁話！」此「言」非彼「炎」，既然「肛門發言」，當然就是「屁話」了。「屁話」一般喻指不切實際的或不可信的話，而在這裏則真正稱得上是「本義」了。

趣說詞的比喻義

　　借用一個詞的基本義長期固定地比喻某一事物，使二者建立起密切的聯繫，這時本義便獲得了新的指稱功能，產生了本義以外的新的意義，這就是比喻義。

　　通過本義來體會比喻義，不但具體可感，而且生動形象，深刻含蓄。

　　例如：「幕後」本義是指舞臺帳幕的後面，比喻暗地裏操縱；「近視」本義是指視力有缺陷，比喻眼光短淺；「堡壘」本義是指在重要地點作防禦用的堅固建築物，比喻難以攻破的事物；「迷霧」本義是指濃厚的霧，比喻讓人迷失方向的事物；「搖籃」本義是指供嬰兒睡的像籃子的可搖動的傢具，比喻幼年或青年時代的生活環境或文化、運動等的發源地；「包袱」本義是指用布包起來的包兒，比喻影響思想或行動的負擔；「帽子」本義是指戴在頭上保暖、防雨、遮日光或做裝飾的用品，比喻罪名或壞名義，等等。

　　許多慣用語的意義便是通過比喻的方式獲得的。如下面這些喻人的慣用語便超越了它的本義，獲得了本義以外的指稱功能：

　　絆腳石喻指阻礙前進的人，保護傘喻指庇護壞人的人，
　　變色龍喻指見風使舵的人，出氣筒喻指無故受氣的人，
　　狗腿子喻指做人幫兇的人，糊塗蟲喻指不明事理的人，
　　癩皮狗喻指不要臉皮的人，老古董喻指思想陳舊的人，
　　落水狗喻指失勢時的壞人，門外漢喻指不懂業務的人，
　　母老虎喻指極凶蠻的女人，馬大哈喻指粗心大意的人，

氣管炎喻指害怕老婆的人，牆頭草喻指立場搖擺的人，

軟骨頭喻指沒有骨氣的人，三隻手喻指專幹偷竊的人，

書呆子喻指死啃書本的人，替罪羊喻指代人受過的人，

鐵公雞喻指吝嗇錢財的人，土皇帝喻指稱霸一方的人，

笑面虎喻指外善內凶的人，眼中釘喻指令人痛恨的人，

應聲蟲喻指隨聲附和的人，睜眼瞎喻指目不識丁的人，

紙老虎喻指外強中乾的人，中山狼喻指恩將仇報的人。

雖然詞的比喻義大都是通過修辭的比喻用法逐漸形成的，但是它已經成為詞義中的固定成分，我們在運用時幾乎感覺不到它是一種比喻了。有的詞的比喻義甚至比本義還要常用，如「光明」、「高峰」、「小鞋」、「出臺」等。詞的比喻用法所獲得的意義，是在特定的語境中產生的臨時意義，即其語義並沒有固定在詞中，不是詞的一個義項。如「海上的漁火亮了，像是碧空裏閃爍的星星。」這句話中的「星星」同「漁火」的聯繫是臨時的，只是一種比喻用法，「星星」並沒有獲得指稱「漁火」的功能，換個語境，也許就會指稱其它事物，如「街燈」、「火把」之類。如果單說「星星」，不會使人聯想到「漁火」。比喻義在詞中則是固定的，不因語境的變化而改變指稱內容。

趣說詞的借代義

宋代著名詞人晏殊的蝶戀花裏有這麼兩句詞：

欲寄彩箋兼尺素，山長水闊知何處？

詞句裏所言「彩箋」和「尺素」為何物？書信也。古代書信常用潔白的絹來寫，長一尺左右，稱為「尺素」，故書信即稱「尺素書」。紙發明以後，人們製作了一種小巧精美，專門用來題詩和寫信的紙張，叫做「箋」。彩色的箋即為「彩箋」。「彩箋」和「尺素」也就成了書信的代稱。

在日常言語交際中，一提到「而立」、「不惑」、「花甲」、「古稀」，人們就知道它們所指代的是年齡：三十歲、四十歲和六十歲、七十歲。當讀到杜甫的詩句「烽火連三月，家書抵萬金」時，我們便會由「烽火」想到戰事，因為「烽火」與「狼煙」一樣，都指代戰爭。又如「鐵窗的滋味可不是好品嘗的！」「鐵窗」本指安有鐵柵的窗戶，但人們一見到這兩個字眼馬上就會想到監牢，這是因為「鐵窗」已成為監牢的代稱。上面提到的這些詞的詞義，是通過詞的借代用法派生出來的意義，即借代義。事物間相關性是借代義產生的客觀依據。

在長期的語言實踐中，許多詞語的借代義已被固定下來。例如：

軒轅代指祖國；金甌代指國土；

社稷代指國家；廟堂代指朝廷；

縉紳代指官宦；汗青代指史冊；

椿庭代指父親；萱堂代指母親；

鬚眉代指男子；巾幗代指婦女；

丹青代指畫家；白丁代指文盲；

墨水代指學問；東西代指物品；

桑梓代指家鄉；魚雁代指書信；

泰山代指岳父；東床代指女婿；

玉兔代指月亮；蟾宮代指月宮；

龍泉代指寶劍；垂髫代指少年；

束髮代指成年；桑榆代指老年；

干戈代指戰爭；玉帛代指和平。

　　詞的借代義不同於修辭上的借代用法。詞的借代義是由於反覆使用本義代指某個對象而獲得的一項意義，已凝固於詞內，只要一提到這個詞，人們就會聯想到其借代義。詞的借代用法只是臨時產生的意義，並沒有成為詞的一個義項。如「只見二胡回頭笑了笑」，這裏的「二胡」臨時指稱拉二胡的人，但這個含義並沒有固定在「二胡」中。

趣說漢語中的單數與複數

老師：「薛雨文，『人』的複數形式是什麼？」

薛雨文：「人們。」

老師：「很好。那麼，『孩子』的複數形式呢？」

薛雨文：「雙胞胎。」

老師：「？！……」

學生薛雨文說「人」的複數形式是「人們」，這是對的，但說「孩子」的複數形式是「雙胞胎」則是錯的。

這只是一個笑話而已。大家知道，「孩子」的複數形式不是「雙胞胎」，而是「孩子們」。

在漢語中，人稱代詞和代表人的名詞或擬人的名詞加上後綴「們」，便可組成以人為主體的人稱代詞的複數，如「我們」、「你們」、「他們」、「鄉親們」、「作家們」等。在這裏，「們」附著在人稱代詞或指人的名詞後邊，表示「群」，是不計其數的多數。

可帶「們」的代詞有「我、你、他、她、它」，除了「它」以外，其餘都是指人的代詞。在漢語中，指物的第三人稱代詞的複數似乎只有一個「它們」。對於動物的複數，有時出於表達的需要，也在動物名詞後面加上尾碼「們」，變通地作為動物複數代詞，如「蜜蜂們」、「螞蟻們」。文學作品中對於沒有生命的事物也採用加尾碼「們」的方法表示複數，如「天上的星星們」。但這不能濫用，如一般不說「桌子們」、「香蕉們」之類。

在魯迅的文章中，我們還看到有「陳西瀅們」的說法，在一些報刊中也見有「現代的阿Q們」的說法，這些複數形式表示同一類型的人。

有兩點值得注意，一是，「您」是「你」的敬稱，可用於單數，也可用於複數。「您」沒有「您們」的複數形式，但可以用後加數量短語的形式來表示複數，如「您二位」、「您幾位」。二是，「他」一般指男性，表複數的「他們」則不專指男性，在複數中男女性都存在時，只寫「他們」，但在有意區別性別的語境中，「他們」專指男性，「她們」專指女性，如「他們和她們」。

古代漢語人稱代詞沒有單複數的區別，要表示多數，一般在人稱代詞後加「徒、屬、儕、曹、輩、等」一類名詞。如「些小吾曹州縣吏，一枝一葉總關情」、「江山留勝蹟，我輩復登臨」等。

有人問：「山」、「河」的複數是什麼？分別是「一座座山」、「一條條河」嗎？「山」、「河」是無生命的事物，一般沒有複數形式。「一座座山」、「一條條河」不是「山」與「河」的複數形式。這裏的「山」、「河」是獨立的，「座座」和「條條」不是複數，而是量詞重疊表示多數。

「哥們兒」、「爺們兒」「娘們兒」也不是「哥」、「爺」、「娘」的複數，這裏的「們」屬於尾碼。

趣說合成詞構成中的假象

由兩個或兩個以上的語素構成的詞，叫做合成詞。從語素之間的關係看，組合式合成詞可分為並列式（文字、歲月）、限定式（密碼、優待）、補充式（說服、花朵）、支配式（碰壁、操心）、陳述式（性急、人為）等基本類型。

一般來說，組合式合成詞的構成方式是不難辨識的，但也有一些似是而非的情形。

■ 貌似重疊式合成詞的疊音式單純詞

由一個語素構成的詞叫單純詞，如「天、地、人」等。一個音節構成的詞（單音詞）無疑是單純詞，但單純詞不都是單音詞，下面這些雙音節的疊音詞便都是單純詞：

茫茫　蟈蟈　猩猩　栩栩

漸漸　悠悠　皚皚　濛濛

除上述疊音詞外，多音節的單純詞還有聯綿詞（蜘蛛、尷尬）、音譯詞（卡通、邏輯）、象聲詞（嘩啦、撲通）、感歎詞（哈哈、嘍呵）等。

疊音式單純詞與下面這些重疊式合成詞在形式上很相似：

爺爺　奶奶　伯伯　爸爸

媽媽　弟弟　姐姐　妹妹

重疊式合成詞與疊音式單純詞之所以容易混淆，是因為重疊式合成詞也是疊音詞。所不同的是，重疊式合成詞是由兩個（或兩個以上）語素構

成的，每個語素都能獨立表義、獨立運用；疊音式單純詞雖有兩個（或兩個以上）音節，但它只由一個語素構成，幾個音節合在一起才能產生詞彙意義。如「爸爸、媽媽」中的「爸、媽」有獨立的詞彙意義，可以單說單用，而「茫茫、蟈蟈」中的「茫、蟈」沒有獨立的詞彙意義，也不能單說單用。

▤ 貌似支配式合成詞的限定式合成詞

支配式合成詞，即動賓式合成詞。構成支配式合成詞的兩個語素，前一個語素表示動作行為，後一個語素是動作行為支配的對象，二者有支配與被支配的關係，其形式是「動＋賓」，如「碰壁、聊天」等。下面這些詞的結構形式也是「動＋賓」，因而貌似支配式合成詞：

拖鞋　圍巾　煎餅　榨粉

熏肉　燒雞　掛麵　把手

上面這些詞都是限定式合成詞。下面試通過「拖鞋」與「拖犁」、「圍巾」與「圍脖」這兩組詞來分析這一問題。「拖鞋」與「拖犁」、「圍巾」與「圍脖」都屬「動＋賓」形式，結構方式相同，但結構關係不同，極易混淆。上述二例中每一組的前者是限定式合成詞，後者是支配式合成詞。限定式合成詞後一語素的意義是整個詞義的中心，支配式合成詞則沒有這種中心語素。也就是說，「鞋」與「巾」是整個詞義的中心，而「犁」與「牆」卻是動詞支配的對象，非整個詞義的中心。

▤ 貌似陳述式合成詞的限定式合成詞

陳述式合成詞，也叫主謂式合成詞。這類合成詞前一語素多表示事物，後一語素表示性質、狀態或動作，二者構成被陳述與陳述的關係，

如：「性急」、「人為」等。但是，有一些限定式合成詞在形式上卻貌似這種陳述式合成詞，如：

A. 雪白　筆直　火熱　冰冷
B. 雲集　蠶食　尾隨　鳥瞰
C. 筆談　牛耕　蜂療　袋裝

按理，限定式合成詞與主謂式合成詞是不難區分的，但由於這種特殊的限定式合成詞在構成形式上是「名＋形」或「名＋動」式，如「雪白」、「雲集」等，而陳述式合成詞的構成形式也是「名＋形」或「名＋動」式，如「眼紅、目擊」等。

上面所舉的三組限定式合成詞，較一般的限定式合成詞有其特殊性。A、B 兩組詞有一個相同點，即都具有比喻性質，其前一個語素用以比況，如「像雪一樣白、像火一樣熱、像雲一樣集、像蠶一樣食」。所不同的是，A 組是形容詞，有程度加深的特點；B 組是動詞，有形象突出的特點。B、C 兩組也有一個共同點，那就是後一個語素，即中心語素是動詞，兩組都是「名＋動」式，所不同的是 C 組的前一個語素不表比況，而表方式。

要將這種限定式合成詞與陳述式合成詞區分開，也並不困難。限定式合成詞的前一個語素限制或修飾後一個語素，後一個語素是中心語素，它的意義是整個詞的基本意義，其形式為「定（或狀）＋中」，如「白菜、臥鋪、正視」等。陳述式合成詞的前一語素多表示事物，後一語素表示性質、狀態或動作，其形式為「主＋謂」，如「地震、膽怯、心寒」等。換言之，限定式合成詞中後一個語素是作為表義中心的語素，而陳述式合成詞中沒有作為表義中心的語素。

四 貌似後附式合成詞的補充式合成詞

後附式合成詞由單音節語素加上一個疊音定位語素構成，如：

白茫茫	綠油油	紅彤彤	金燦燦
熱辣辣	熱烘烘	香噴噴	鬧哄哄
喜洋洋	笑眯眯	笑嘻嘻	軟綿綿
眼睜睜	淚汪汪	血淋淋	病歪歪
活生生	雄赳赳	空蕩蕩	乾巴巴

這類合成詞大多是形容詞，有程度加深的含義，它們的形象色彩十分突出，往往給人以身臨其境之感，如「白茫茫」是「白得一望無際」；「熱辣辣」是形容「像被火烤著一樣熱」……現在有一種食品取名「爽歪歪」，「爽歪歪」作為一個詞，也可歸入此類。正是因為它們的這種意義特徵，人們極易誤認之為補充式合成詞。

補充式合成詞與後附式合成詞有著明顯的區別。補充式合成詞的前一個語素是詞義的中心，後一個語素對前邊的語素作補充說明，其形式是「動＋補」，一般為雙音節，語素間在意念上可插入「得」這一作為補語標誌的助詞，如「看見─看得見、說明─說得明」等；而像「慢悠悠、亂糟糟」這種三音節的後附式合成詞，是由一個單音節成詞語素加上一個疊音語素構成的。這個單音節語素（詞根），可以是名詞性的（「淚汪汪」），可以是動詞性的（「笑嘻嘻」），也可以是形容詞性的（「熱哄哄」）。在後附式合成中，單音節成詞語素（詞根）與疊音語素之間不能插入成分，不能說「酸得溜溜、沉得甸甸」等。

五 貌似並列式合成詞的連動式、兼語式合成詞

連動式合成詞，由兩個表示動作、行為的語素依動作先後組合而成。

如「販賣」，是先「販」後「賣」。另如「報考、扮演、認領、查封、撤換、接管、借用、退休」等。

兼語式合成詞，由中間隱含一個同前後語素都有結構關係的兩個語素構成，中間隱含的語素同前一語素構成支配關係，又同後一語素構成陳述關係。如「逼供」，中間還隱含著一個作為「逼」的賓語，「供」的主語的成分。另如「逗笑、遣返、請教、討嫌、誘降、引見、召見、召集」等。

連動式合成詞與兼語式合成詞均由兩個動詞性成詞語素構成，而有一種並列式合成詞也由兩個動詞性成詞語素構成，如「開關、考試、游泳、勞動」等，因而它們在形式上極為相似。儘管如此，它們之間的區別仍是顯然的，因為這種並列式合成詞的兩個語素意義相近或相關，兩個語素所表示的動作、行為沒有先後、支配、陳述等關係，語素間也沒有隱含的成分。

趣說詞與短語同形現象

曾讀過一個小學生的作文片斷:「表哥對我說,殺豬殺屁股,各有各的刀法。我想也是,有人殺腳,有人殺手。電影中殺手好像是一種找錢的工作。」

這則片段之所以令人捧腹,是因為這位學生將作為支配式合成詞的「殺手」與作為述賓短語的「殺手」混為一談了。在此,詞與短語同屬一個形體,我們稱之為詞與短語的同形現象。

詞是最小的能夠獨立運用的語言單位。短語也稱詞組,是詞和詞按照一定方式組合起來的語言單位。二者有一個顯著的區別,那就是詞的結構和意義都比較穩定,而短語則是一種臨時的組合。但當雙音節合成詞與雙音節短語同形時,往往不好辨識,如「早點」、「憑證」等。請看下面的例子:

①明天出行的時間提前了,你要早點去買早點。

②這次會議憑證就餐,工作證可作為憑證。

例①中的前一個「早點」是短語,可擴展為「早一點」,指時間提前,屬述補結構短語;後一個「早點」是一個限定式合成詞,指早上吃的食品。例②中前一個「憑證」是述賓結構短語,後一個「憑證」是限定式合成詞。

詞與短語同形的現象很多,如:

A. 相對:a. 相對而言;b. 兩兩相對。

B. 看好:a. 前景看好;b. 看好東西。

C. 馬上：a. 馬上就去；b. 騎在馬上。

D. 偏食：a. 今夜月偏食；b. 小孩偏食。

E. 打手：a. 打手來了；b. 打手犯規。

上述例子中的「相對」、「看好」、「馬上」、「偏食」、「打手」，在 a 中是詞，在 b 中是短語。

此處試以「看好」為例，對詞與短語同形現象作進一步闡述。「看好」的反序詞「好看」，與之近似，故並例分析。

這對反序語，在具體的語境中，既可作合成詞，也可作短語，其情形還比較複雜，在此試作簡要分析。

「看好」：以為前景不錯或希望較大。「好看」有四個義項：1. 美觀，看著舒服；2. 引人入勝的；3. 光彩，體面；4. 使人難堪。如：

○這個片子好看，票房肯定看好。今晚我們一起去看好嗎？你把東西看好，丟了就會有你好看的。

例句中「這個片子好看」裏的「好看」，是「引人入勝」的意思；「票房肯定看好」裏的「看好」，是「前景不錯或希望較大」的意思；「一起去看好嗎」裏的「看」、「好」分屬兩個構詞系統；「把東西看好」裏的「看好」是述補短語，意思是「照看好」；「有你好看的」裏的「好看」，是「難堪」的意思。又如：

○看書好，看好書，書好看。

例句中的「看好書」應是「看／好書」，「看」與「好」在不同的構詞系統中；「好看」，是狀中式合成詞，意謂「內容好，有看頭」。

「網路簽名」裏也常見故意混淆詞與短語的語句。如：

○讓未來到來，讓過去過去！（前一個「過去」是詞，後一個「過去」是短語。）

○我是白領，今天領了薪水，交了房租水電，買了油米泡面，摸摸口袋，感歎一聲，這個月工資又白領了！（前一個「白領」是詞，後一個「白領」是短語。）

○人流是叫人痛苦的，早上地鐵站的人流更是叫人痛苦。（前一個「人流」是「人工流產」的縮略，後一個「人流」是詞。）

有些微型詩常藉詞與短語同形的現象營構復合意蘊，請看唐淑婷的一首微型詩：

籠鳥

關

愛

題目「籠鳥」，是說「籠」與「鳥」呢？還是說「用籠子將鳥裝起來」？「關愛」是「關心愛護」呢？還是「將愛囚禁起來」？「關愛」是一個並列式合成詞，而「關／愛」則可看成是一個述賓短語。從詩意指向看，前一種理解是顯性的，是人們所熟悉的，但屬於偏解；後一種理解是隱性的，也是人們感到陌生的，卻是正解。看似「關愛」，實為「關／愛」（虐愛）！這個看似養鳥的話題，實際隱指一種關於「愛」的目的或方式與結果相背離的現象。此詩以技巧勝，可以說文字技巧（故意混淆詞與短語）對這首詩的成功起著決定性的作用。她的雪（冷／落）、鞋（知／足）亦屬此類。

某一語言形式究竟是詞還是短語，只有在具體的語境中才能顯現出來，如「炒菜」，在「我們吃炒菜，不吃火鍋」中，是偏正式合成詞；在「我在家的任務是煮飯炒菜」中，是一個述賓短語。又如「拖車」，既可以是詞，也可以是短語，如「他用拖車拖煤，上坡的時候我還幫他拖車

呢」這一語境中，前一個「拖車」是限定式合成詞，後一個「拖車」是述
賓短語。

趣說反序詞

今年的春之聲主題晚會由索拉拉主持。索拉拉普通話標準，音色優美，是我們班乃至全校的金牌主持。然而，那天晚上她卻讓我們吃驚不小。

「請欣賞下一個節目：新疆歌舞———掀起你的頭蓋來！」

她話音剛落，臺下便一片哄笑，因為她把「掀起你的蓋頭來」中的「蓋頭」念成了「頭蓋」。「蓋頭」與「頭蓋」雖只是顛倒了一下語素的順序，但意思卻迥異。尤其是要掀別人的「頭蓋」，真讓人恐怖。

「不好意思，是掀起你的蓋頭來！」她馬上予以糾正。

晚會快接近尾聲的時候，主持人索拉拉說：「下一個是大家共同參與的節目，我們這個節目要求參與者按我說的話的語言形式說一句話。出題之前我先讓大家猜一個詞語謎———有個詞順著念大家都愛聽，反著念大家都害怕。這是一個什麼詞？」

臺下有人答道：「故事！」

「正確！『故事』與『事故』是一對反序詞。就以『事故可不是好的故事』為基本範式仿寫一句話吧，仿句不要求結構完全相同，但一定要有一對反序詞。」

參與者紛紛登臺，我一數竟有二十多位。他們中有些人的句子仿得很好，茲擇錄數句：

學科的分類是一門科學；

議會正在召開緊急會議；

黃昏時刻天幕一片昏黃；

報警裝置發出危險警報；

一根火柴點燃一堆柴火；

要人證必須先找到證人；

平生無大事何以寫生平；

錯過青春是一生的過錯；

蜜蜂釀造甘甜的蜂蜜；

毒販的罪過就是販毒；

好看的海貝行情看好；

過路人從我門前路過……

所謂反序詞，即兩個語素正反排序都是可通行使用的合成詞，亦稱迴文詞，如「情感」與「感情」、「風采」與「采風」等。這類詞有的正反同義或近義，如前例；有的正反不同義，如後例。

漢字是方塊字，一個字便是一個音節，而且絕大多數都是具有意義的構詞語素。其構詞能力之強，是拼音文字無法比擬的。比如「語」，前加可組成「言語、漢語、短語、成語、話語」等數以百計的詞語，後加又可組成「語言、語句、語調、語音、語義」等數以百計的詞語。這便為反序詞的形成奠定了詞彙基礎。顯而易見，即使組成詞語或句子的語言材料相同，但只要改變語序，其意思也將發生變化，如「語言」與「言語」、「火柴」與「柴火」等。

「網路簽名」中也有許多類似嵌入反序詞的妙語。如嵌入「錯過」與「過錯」的「人生沒有回程，錯過便是過錯」、「在愛的路上，最大的過錯是錯過」、「過錯是暫時的遺憾，而錯過則是永遠的遺憾」……嵌入「故事」和「事故」的「故事好聽，事故可怕」、「當兩個人遇見，接下來的

不是故事就是事故」、「火車上，一個女孩靠在男孩肩膀上睡著了，這是一個故事；一個男孩靠在女孩肩膀上睡著了，這是一個事故。我就納了悶，為什麼我的生活中處處充斥著事故而不是故事」、「婚外戀在文藝作品裏是一個故事，在現實生活裏是一場事故」……

還有許多，再舉幾例：

○沒有情人味，哪來人情味！

○我不是名人，就是一人名。

○遇到情場高手時要虛心，才不至於遭遇情場殺手時心虛。

反序詞的情況比較複雜，有些反序詞詞性、詞義、用法完全相同或基本相同。如：

直爽—爽直　互相—相互

兄弟—弟兄　察覺—覺察

煎熬—熬煎　來往—往來

代替—替代　阻攔—攔阻

大部分反序詞在詞性、詞義、用法等方面或多或少有不同之處，還有一部分則完全不同。如：

白雪—雪白　黃金—金黃

國王—王國　證人—人證

到達—達到　負擔—擔負

嚮導—導向　鬥爭—爭鬥

有些反序詞結構方式相同，詞義也極為相似，但仍有細微區別，應注意區分。如「裁剪—剪裁」、「刷洗—洗刷」、「叫喊—喊叫」、「互相—相互」等。試對前兩例略作分析。「裁剪—剪裁」：「裁剪」與「剪裁」都是動詞，都可表示縫製衣服時把衣料按一定的尺寸裁開，但「剪裁」還可以

比喻做文章時對材料的取捨安排。「刷洗—洗刷」：都可表示用刷子等蘸水洗，或把髒東西放在水裏清洗，但「洗刷」還有引申義，即表示除去恥辱、污點、錯誤、罪名等。

在小品不差錢裏，主人公將「蘇格蘭情調」讀成「蘇格蘭調情」，幽默而滑稽。「情調」與「調情」，從根本上說不是一對反序詞。這是因為，互為反序的詞詞序相反，變序而不變音。「調」在「情調」裏讀「diào」，而在「調情」裏卻讀「tiáo」。這兩個「調」讀音不同，也沒有意義上的聯繫，因此屬同形詞。由此推論，「情調」與「調情」只是形貌上反序而已，並非真正意義上的反序詞。若非要說它們是反序詞，也只是一個特例。

有些詞反序後變成了短語，嚴格說來，也不屬於反序詞。如：
○結婚是人生大事，更是生人大事。
○酒店是富人紅臉窮人臉紅的地方。
○我鼓起勇氣向她表白，可是白表。

有些詞無反序形式，但在有的語句裏卻「確確實實」可見到它們的「反序」形式，如「過節」：「不能因為咱倆有過節，你就把我當節過。」這種情形不是很多，此處聊備一格。

英語中也有一些迴文形式的耦合詞，形似漢語的「反序詞」，如pot-top，dog-god，powder-red wop 等，但回讀還是原詞，沒有產生新的意義，因而不具備漢語「反序詞」那種特有的造句功能。

趣說音同義近詞

漢語詞匯中，有一些音同（近）義近的雙音節詞，在使用上極易混淆，值得注意。如「必需—必須、停止—停滯、允許—容許、吸取—汲取、年輕—年青、界限—界線、以致—以至、商定—商訂、從新—重新」等。這些詞語在意義和用法上都是有區別的。試析兩例：

■ 必需　必須

「必需」表示一定得有、不可缺少的意思，多用在名詞前面作定語，也可以當動詞，作謂語用。「必須」表示一定得那樣做的意思，通常用在動詞前面作狀語。

■ 出生　出身

「出生」是動詞，指胎兒從母體分離到世上，即通常所說的「人生下來」。「出身」是根據人的家庭經濟狀況所定的身份或指早期的經歷，通常作名詞用。

還如：「以至」表示程度，「以致」引出結果；「界限」表示抽象意義，「界線」表示具體意義……

我們先來讀讀下面這篇文章———

他出生在生活水準大為提高的八十年代，但由於他出身在一個貧困的家庭，所以他的童年仍算不上幸福。正因如此，他在生活上毫無嬌氣，工作中也沒有驕氣和傲氣。

為了保護藏羚羊，他自願加入到了志願者隊伍之中，奔赴條件十分惡劣的可哥西里。他說，保護野生動物，是他一生重要的抉擇。於是，他一身戎裝，義無反顧地踏上了征程。為了終生奮鬥的事業，年近三十，他還沒有考慮自己的終身大事。

　　在可哥西里這片神奇的高原上，聚集了一大批來自全國各地的有志青年，他們將行李聚積在一起，馬上投入到了追捕盜獵者的戰鬥中。

　　高原氣候惡劣，剛剛還是青天白雲，不容分辯，大霧說來就來了，讓你分辨不清方向，因此迷路是常事。

　　寒冷的氣候，使很多人身體不適，以致患上了重感冒。他們在這裏要堅持一年，以至更長時間。

　　他用手中的筆記錄下了發生在可可西里的難忘的故事，記者還根據他提供的材料專程到可哥西里拍攝了一部紀錄片。

　　他們在可哥西里的事跡被電視臺報導後，在社會上引起了強烈的反應，這充分反映了廣大觀眾對保護野生藏羚羊的迫切願望和對自願者們的崇敬之情。

　　一年的志願者生活結束了，臨別之際，當地政府領導和群眾帶著禮物前來為他們送行。他們的領隊對送行的人們說：「你們的心意我們接受，但我們不能接收你們的禮物！」

　　在此文中，作者有意嵌入了「出生／出身、嬌氣／驕氣、自願／志願、一生／一身、終生／終身、聚集／聚積、分辯／分辨、以致／以至、記錄／紀錄、反應／反映、接受／接收」等音同（音近）義近詞，營造出一種獨特的辭趣，我們可從中受到一定的啟發。

　　下面幾個句子是故意用音同（音近）義近詞造出的，對我們辨析同義詞當有所啟示。

○過渡‧過度———現在是身體恢復的過渡時期，鍛鍊時不能過度疲勞。

○法治‧法制———要實行法治，首先要健全法制。

○考查‧考察———搞一次業務考查，選拔幾名優秀者出國考察。

○違反‧違犯———他們違反了紀律，但沒有違犯法律。

○學歷‧學力———當下有不少人是高學歷，低學力。

音同（音近）義近詞，就結構關係看，大致有以下兩種情形。

A. 有的前一語素相同，如：

包含─包涵不齒─不恥化妝─化裝交匯─交會截止─截至品味─品位啟示─啟事情節─情結權力─權利說和─說合通信─通訊委屈─委曲原型─原形正規─正軌主意─主義B. 有的後一語素相同，如：

定金─訂金溝通─勾通忌日─祭日厲害─利害流傳─留傳謀取─牟取期間─其間申明─聲明提名─題名凸顯─突顯訊問─詢問盈利─營利優美─幽美終止─中止駐地─住地音同（音近）義近詞，是同義詞的一個特例，要注意辨析。

這類詞中，有的雖有一個語素相同，但一看即能區分，如「權術─拳術」、「灌注─貫注」、「變幻─變換」等，不難區分；有的只是音同而已，詞義相去甚遠，無須辨析，如「抱負─報復」、「會話─繪畫」、「童話─同化」等；有的兩個語素都不同，只是音近，詞義卻稍有聯繫，這類詞很少，如「留戀─流連」。

趣說多音多義詞

漢語裏存在著大量的破音字，相應地也就存在著大量由這些多音字組合起來的多音多義詞。有些多音多義詞若離開了具體的語境，是無法辨識的。如「重創」一詞，你能準確地讀出來嗎？其實，沒有具體的語境，這個詞是無法讀的，原因是組成這個詞的兩個漢字都是多音多義字，只有在具體的語境中，它們的讀音和語義才是確定的。如：

〇我們的部隊在前線重創敵軍，人民群眾在收復的土地上重創家業。

前一個「重創」讀 zhòngchuāng，動詞，指狠狠地打擊；後一個「重創」讀 chóngchuàng，也是動詞，指重新創建。

又如「倒車」。在「坐直達車不用倒車」中讀 dǎochē，意謂途中換乘另外的車輛；在「倒車是駕照考試的一個項目」中讀 dàochē，意謂使車往後倒退。

上面的「重創」與「倒車」承載著兩種不同的讀音和意義，我們謂之多音多義詞，或曰形同音異義殊詞（或短語）。這類詞（或短語）數量不少，試舉數例：

■ 公差

①這個等差數列的公差是 5。

②我明天要去出公差。

「公差」在①中讀 gōngchā，名詞，等差數列中任意一項與它的前一項的相等的差叫公差；在②中讀 gōngchāi，也是名詞，指臨時派遣去做公

務，也指執行公務的差役。

■ 播種

①春天是播種的季節。

②這種雲杉，我們今年播種了三千畝。

「播種」在①中讀 bōzhǒng，支配式合成詞，意為撒播種子；在②中讀 bōzhòng，並列式合成詞，意為用播種（bōzhǒng）的方式種植。

■ 當年

①想當年，我們一身戎裝，戍守著祖國的邊關。

②他正當年，幹活不知累。

③當年栽種，當年受益。

「當年」在①中讀 dāngnián，名詞，指過去某一時間；在②中也讀 dāngnián，名詞，指某人的事業、活動或生命的那個全盛時期；在③中讀 dàngnián，也是名詞，指同一年。

■ 結實

①這小夥子長得很結實。

②這種植物只開花不結實。

「結實」在①中讀 jiēshi，形容詞，意為健壯；在②中讀 jiēshí，述賓短語，意為結出果實。

■ 結果

①我們要在這片土地上生根、開花、結果。

②這個案子結果怎樣？

③我們把那一小股敵人結果了。

「結果」在①中讀 jiēguǒ，動詞，意為長出果實；在②中讀 jiéguǒ，名詞，指在一定階段，事物發展所達到的最後狀態；在③中也讀 jiéguǒ，動詞，將人殺死之意。

「碰壁」、「碰牆」及其它

　　小學課本裏有一篇題為「我的伯父魯迅先生」的回憶文章，是魯迅的姪女周曄寫的。文中有這樣一段記述：

　　有一次，在伯父家裏，大夥兒圍著一張桌子吃晚飯。我望望爸爸的鼻子，又望望伯父的鼻子，對他說：「大伯，您跟爸爸哪兒都像，就是有一點不像。」

　　「哪一點不像呢？」伯父轉過頭來，微笑著問我。他嚼著東西，嘴唇上的鬍子跟著一動一動的。

　　「爸爸的鼻子又高又直，您的呢，又扁又平。」我望了他們半天才說。

　　「你不知道，」伯父摸了摸自己的鼻子，笑著說，「我小的時候，鼻子跟你爸爸的一樣，也是又高又直的。」

　　「那怎麼———」

　　「可是到了後來，碰了幾次壁，把鼻子碰扁了。」

　　「碰壁？」我說，「您怎麼會碰壁呢？是不是您走路不小心？」「你想，四周黑洞洞的，還不容易碰壁嗎？」

　　「哦！」我恍然大悟，「牆壁當然比鼻子硬得多了，怪不得您把鼻子碰扁了。」

　　在座的人都哈哈大笑起來。

　　在這段話裏，魯迅所說的「碰壁」是雙關語。表面上，「碰壁」是碰牆壁，這是本義，而魯迅在這裏是用它的比喻義來說明舊社會很黑暗，處

處要受到挫折或打擊，表示了對舊社會的強烈不滿。「碰壁」與「碰牆」的意義不同，「碰壁」經常用以「比喻受到挫折或打擊」，因而它在本義的基礎上又獲得了新的指稱功能，這一比喻義便成了固定在詞中的一項意義。

「釘釘子」與「碰釘子」也與之類似。將釘子釘進質地較為堅硬（像木頭一類）的東西里去，這叫釘釘子；這裏的「釘子」指的是實物，而「碰釘子」是一種比喻說法，是大家所熟知的慣用語，意謂辦事遭到拒絕或受到斥責。小學課文冬眠裏有這樣一句話：「我向這位小朋友問早安，沒想到碰了個大釘子，他兇狠地向我嘶叫。」這裏的「碰了個大釘子」是「碰釘子」的擴展說法。

反義詞擷趣

小佳放學回家後，爸爸問他：「今天語文學了什麼？」

小佳答道：「學了反義詞。」

爸爸：「那好，我問問你，『好』的反義詞是什麼？」

小佳：「不好。」爸爸：「『黑』呢？」小佳：「不黑。」爸爸：「混帳！」小佳：「不混帳！」

爸爸搖了搖頭，說：「如果不好好讀書，將來就回老家種田去！」說起老家，爸爸顯然有點激動，「我們老家很美麗，那裏有山，有河……」

小佳很是嚮往，問道：「那裏的山有多矮？那裏的河，河面有多窄？河水有多淺？」

爸爸呆呆地看了小佳好一陣，然後用手摸摸小佳的額頭，關切地問道：「孩子，你沒病吧？」

讀者諸君，也許你們也會懷疑小佳有病，不然他的話聽起來怎麼會這麼彆扭呢？

小佳的話確實讓人覺得有點彆扭，首先是他把詞語的否定形式當成反義詞。更可笑的是，他把罵他的話「混賬」誤為用以詢問反義詞的本詞，因而爆出「不混帳」的笑料。

小佳的回答無疑是錯誤的，但正確的答案又是什麼呢？「好」的反義詞應是「壞」，而「黑」卻對應多個反義詞，如「白」、「紅」、「黃」等。

其次，是小佳老用程度低的詞發問，因而聽起來很不習慣，甚至彆扭。在日常的言語交際中，如果有人向你作如下提問，你一定會懷疑他

（她）是否有病———

這個人有多小？這棵樹有多矮？

那條路有多窄？昆明湖有多淺？

這根繩有多短？他跑得有多慢？

關於這個問題，張斌先生在其現代漢語一書中闡述得很清楚：語言有其自身的語法規則，但更有社會的約定俗成。在現實的言語交際中，習慣上不用程度低的詞發問，因為程度高的詞所表示的意義，包括了與之相對立的程度低的意義，如用「大」發問，對象並不一定是大的，因此可以用「很大」或「很小」回答。詢問距離，一公里路程可以問「多遠」，幾千公里也可用「多遠」發問。如果用程度低的詞發問，則不能包括對立的程度高的詞的意義，例如「這房子有多矮」的前提是房子一定很矮，沒有「高」的含義，而「這房子有多高」，房子不一定很高，「高」在這裏概括了從高到低的全部外延，回答既可以是「高」，也可以是「矮」。

綜上分析可知，如果不知道對象形狀大小、程度高低，常用程度高的詞表示疑問，將反義詞的含義概括在其中，而程度低的詞不能這麼用。

有些詞或短語，從形貌上看好像是互為反義的，其實不然，請看下面這幾句「父子對話」———

兒子：「爸爸，『開心』是什麼意思？」

父親：「『開心』就是很高興的意思。」

兒子：「那麼『關心』一定是不高興的意思了？」

「開」與「關」是一對反義詞，而語言現實告訴我們，「開心」與「關心」卻不是反義詞。

「小人」與「大人」的情形還顯得更複雜一些。

「大」與「小」是一對反義詞，但是由它們分別加同一語素「人」構

成的「大人」與「小人」卻不一定是反義詞。

「大人」這個詞有三個義項，一、敬稱長輩；二、指成人；三、舊稱地位高的官長。而「小人」則是指人格卑鄙的人（在古代，那些地位低下的人亦賤稱自己為「小人」）。由此可見，在這三個義項上「大人」都不與「小人」構成反義詞。「大人」可指年紀大的人，而年紀小的人一般不稱作「小人」，而稱作「小孩」、「小夥子」等。

在具體的語境中，「大人」與「小人」是可以構成反義詞的。如在俗語「大人不記小人過」（「記」亦作「計」）中，「大人」與「小人」便是一對反義詞，不過它們的詞義會隨著語境的變化而發生一些改變。如：

①爸爸，今天我犯了個小錯誤，希望您大人不記小人過。

②寶貝，爸爸每天上班很辛苦很累，夜裏你又吵得他不能睡覺，所以他一時情緒失控，打了你的小屁屁，還希望你小人不記大人過，原諒他這一回。

③鑒於爸爸如此「優良」的表現，媽媽當然也就大人不記小人過了，於是我們的日子又恢復到正軌了。

④兄弟我年輕氣盛，今天錯了，還請兩位大哥大人不記小人過，原諒小弟一回。

⑤我們犯不著與這種小人較勁，俗話說：大人不記小人過！

①中的「大人」與「小人」分別指年紀大的人和年紀小的人。

②是「大人不記小人過」的反用，與①中的意思相同。

③中的「大人」與「小人」有調侃之意，非實指。

④中敬稱對方為「大人」，自稱「小人」，以懇求對方原諒自己的過錯。這裏的「大人」是指「大度的人」，「小人」是謙稱，與「大人」相對，可理解為「小肚雞腸的人」。

⑤中的「大人」有「君子」之意，即人格高尚的人；而「小人」則是指人格卑鄙的人。

由上述例子可知，形貌上「反義」的詞，在概念意義上不一定是反義的，但在具體的語境中對舉出現時，可成為臨時的「反義詞」。

「有聊」與「無聊」的情況有所不同。請看下面幾個例句：

他們倆可真有聊。

他們倆可真無聊。

一個人真無聊，待會朋友來了就有聊啦。

「有聊」與「無聊」貌似反義，其實在意義上並沒有什麼聯繫。「有聊」是個短語，是一種臨時性組合，意謂有話說。「無聊」是個詞，意指精神空虛，無所寄託，如：閒得無聊；也指著作、言談、行為等沒有意義而使人討厭，如：無聊文人｜別老說些無聊的話。

下面幾組詞雖然貌似反義詞，但在概念意義上並不相對：「大話」與「小話」、「內人」與「外人」、「失手」與「失足」、「白手」與「黑手」、「上流」與「下流」、「插手」與「插足」等。

「大話」指虛誇的話，「小話」指在比較嚴肅的場合（如開會）竊竊私語。如：我們常對孩子說：「生活中不講大話，課堂上不講小話。」

「內人」指自己的妻子，「外人」指沒有親友關係或某個範圍以外的人。如：一位女子對其男同事說：「你可不能把我當外人啊！」男同事笑道：「我也不能把你當內人啊！」

「失手」指手沒有把握住而造成意外的不好的結果，「失足」通常用以比喻人墮落或犯嚴重錯誤。如：「在一次鬥毆中，他失手致人重傷，因而受到了法律的嚴厲懲處，真是一失足成千古恨啊！」

「白手」指空手，手中一無所有，「黑手」比喻暗中進行破壞活動的

人。如：「白手起家者，多從黑手幹起。」

「上流」舊時常用以指社會地位高的，「下流」則常常用以形容卑鄙、齷齪。如「上流社會的人總喜歡做點下流的事。」

有一種情況值得注意，那就是有些詞只在某一個義項上構成反義詞。如「白人」與「黑人」，從膚色的角度看是一對反義詞，但在「這個白人在我們這裏可是個黑人」中，它們卻不是反義詞，因為此處的「黑人」是指姓名沒有登記在戶籍上的人。

這類形而上的「反義詞」，雖不是很多，但使用時也要注意，否則容易鬧出笑話。

網路詞語擷趣

　　有人說中國出現了一個新的「民族」，這個民族人數超過兩個億，受教育程度遠高於其它民族，它就是第 57 個「民族」———「上網族」。並倡議要像尊重少數民族一樣，尊重「上網族」的語言、習慣。這種說法不乏幽默，但也令人深思。

　　「上網族」確實有他們自己的語言，他們的許多語詞已進入社會的流通管道，而且在日益擴散。對此，我們應當給予足夠的重視。

　　網路語言中，有不少是具有生命力的，有價值的，如在網友的回帖中常可見到一個「頂」字，它的意思是「贊同」或「支持」，這個詞所表現的內涵和力度是其它任何詞都無法替代的。

　　現將一些流行較廣的網路詞語輯錄如下，以饗各位讀者。

　　「偶」：在網路裏流行的第一人稱代詞，即「我」。此詞未給詞匯添加新的信息，但願僅限於在網路上使用。

　　「汗」：此詞具有形象色彩，在慚愧、羞愧、內疚或者尷尬的情景下都可用這個詞。此詞似與「汗顏」有關，也似乎可以當作「汗顏」來理解。

　　「暈」：在網路上，這是一個意義很寬泛的詞。當你頭腦發昏，感到周圍物體好像在旋轉，有跌倒的感覺時，可以說「暈」；當你十分無奈時，你可以說「暈」；當你實在受不了時，你可以說「真暈」；當你不知該如何回答時，你可以說「暈啊」；當你被人不停嘮叨時，你可以說「暈了」；當你對他人的所作所為感到極端驚訝時，你可以說「暈死」。總之，

「暈」是一個表示你當前狀態的詞，任何讓你無奈、受不了的事，你都可以輔以無奈的表情說「暈」！

　　「酷」：英文cool 的漢語譯音。cool 本來是「冷」的意思，上世紀 60 年代開始成為美國青少年的街頭流行語，初期是指一種冷峻的、反主流的行為或態度，後來泛指可讚美的一切人和物。70 年代中期，這個詞傳入臺灣，被臺灣人譯成「酷」，意思是「瀟灑中帶點冷漠」。90 年代，它傳入大陸，迅速取代了意思相近的「瀟灑」一詞，成為青少年群體中最流行的誇讚語。「特立獨行、充滿個性」，是「酷」的精髓所在。這個詞是近些年青少年流行語中最具有代表性的一個重要詞語。當代青少年對某一個人、某一種行為表示讚賞會說「酷」，如果讚賞到極點就會說「酷斃了」。說一個人很帥，帥到極致，則說「帥呆了」。「帥呆了」尚可理解，「酷斃了」則有點令人費解了。

　　「撮」：現在有人管吃飯不叫吃飯，而叫「撮」。「撮」一般指的是到館子裏吃，如：「什麼時候請我們撮一頓？」

　　「菜」與「菜鳥」：「菜」是很糟，很不好的意思。例如：我這次考得很菜！（考試考得不好）你這人真菜！（做事做得不好）等等。「菜鳥」的本義是指用於做菜的鳥類，現在網絡上用以喻指初級水平的新人，或指在某方面水準較差者，如在教學方面的低水平者會被他人戲稱為「菜鳥教師」。與「菜鳥」同義的還有「小蝦、初哥」；與之相對的有「大蝦」，即「大俠」的諧音，有「高手、老手」之意。

　　「菜單」：原指菜譜，現指主要節目，主要內容。

　　「粉絲」：英語「fans」的諧音。「fan」是「運動、電影等的愛好者」的意思，所以「filmfan」是「影迷」的意思。也可以理解為「○○迷」或者「○○追星族」一類意思，如：「他是○○的粉絲。」「fans」是「fan」

的複數形式。有時候，會聽到有人說，自己是某一文藝或體育項目或者某明星的「鐵絲」甚至「鋼絲」，這是一種詼諧的說法。這種說法，也是由「粉絲」仿擬演化而來的。

「驢友」：「旅友」的諧音，喜歡旅遊的人，一般指背包一族。

「發燒友」：指對某項事業或活動格外迷戀或十分專注，也指狂熱的愛好者。

「灌水」：發無關緊要的帖子。

「放電」：指釋放電能，一般用以比喻「傳達情感、情意」。「主打」：主要，主要的。

「鑽石王老五」：單身男人。「拍磚」：批評、點評。

「作秀」：含有誇大其詞和做表面文章的意思。

「給力」：中國北方的土話，表示給勁、帶勁的意思。「給力」一詞最初的火熱源於日本搞笑動漫西遊記：旅程的終點中文配音版中悟空的一句抱怨：「這就是天竺嗎，不給力啊老濕。」所謂「不給力」就是形容和預想目標相差甚遠，而「給力」一般理解為有幫助、有作用、給面子。在2010 年世界盃期間，「給力」開始成為網路熱門詞彙。莆田方言「給力」，是勤快的意思，淮北方言「給力」，具有加油的意思。

「囧」：jiǒng，古同「冏」，本義是光明的意思！因其造型像一個哭喪著臉的表情，所以網友把「囧」比喻成鬱悶、悲傷、無奈、無語等，指處境困迫，喻尷尬、為難。對於這個字在網絡上的流行，杭州師範大學的郭梅認為：「網友們實際上是根據這個字的象形特徵給它賦予了新的意思，和這個字的本義完全無關，這可以看作是在某些特定人群中約定俗成的認知。」

「槑」：méi，「梅」的異體字，篆體的「槑」具有明顯的象形特徵。

在結構上「槑」由兩個「呆」組成，但二者在意義上毫不相干。然而在網絡流行語中，將「槑」當成了會意字，不僅呆，而且很呆，呆到家了。作為「梅」的異體字，它早已淡出人們的視線。有人推測，也許若干年後，「槑」這個字就是「極傻」的意思。

「雷」：網路中一個意義強大，使用頻率極高的字眼。「雷」不僅是一種網路用語，更成了年輕人的世界觀。當「暈」已經無法表達對他們的滔滔崇敬之心情和嗷嗷反胃之感覺，「雷」挺身而出，義無反顧地戰鬥在了網路第一線。網上這樣解釋「雷」：在現代的網絡語言中，雷可以說成是被驚嚇，被嚇到了。當看到某些文字，腦子裏忽然轟地一聲，感覺像被雷擊過一樣。被雷到或者看了雷文，簡單講就像是人不小心踩到地雷被炸的意思，就是你在不知情的情況下，誤看了自己不喜歡的類型的文章，就會感覺不舒服。當一個雷不足以表達自己的驚訝程度時，可以出動三個———「靁」。當代網絡文化將該詞理解為比「雷」還「雷」，即非常「雷」。

2010 年春晚小品不能讓他走裏有一條經典語錄，很是「雷人」：「我哪是活雷鋒，我頂多算是雷鋒的傳人，你們就叫我雷人吧！」

「哇塞」與「爽歪歪」是時下中國社會上廣泛流行的兩個新詞語。

「哇塞」是個歎詞，表示驚歎。這個詞已在社會上廣泛使用，不管男的女的老的少的，開口一個「哇塞」，閉口一個「哇塞」。其生命力之強，歎為觀止。「爽歪歪」是一個由形容詞詞根加詞綴構成的附加式合成詞。這個詞雖出身低俗，但成長性良好，現在可用以形容人心情特別好，以至樂不可支。如今有一種憂酪乳飲品也取名「爽歪歪」，名字有趣，銷售自然不錯。可以說網路裏有一個龐大的詞彙系統，而且日新月異。這裏所舉的例子，都是一些有積極意義的、有生命力的詞語，相對於網絡詞彙的整

個系統來說，不過是冰山一角。我們應當正確地對待網絡詞匯，吸取其精華，摒棄其糟粕。

（本文根據網路資料整理）

詞語深究擷趣

我們知道,「剎那」、「瞬間」、「彈指」「須臾」等,都是表示時間的概念,而且所表示的都是極短暫的時間。其中「瞬間」、「彈指」似有衡量的依據,「瞬間」就是眼睛眨一下的時間;「彈指」則是手指彈撥一下的時間;而「剎那」和「須臾」則無從考據。詞典裏對這些詞語的解釋幾乎沒有什麼區別,即都比喻時間極短暫。這些概念所表示的時間到底有多久?是否有差別?這本是無法辨析,也無須辨析的,但在古代的梵典僧祇律中竟然有這樣的記載:「一剎那者為一念,二十念為一瞬,二十瞬為一彈指,二十彈指為一羅預,二十羅預為一須臾,一日一夜有三十須臾。」據此,即一天 24 小時有 480 萬個「剎那」,24 萬個「瞬間」,1 萬 2 千個「彈指」,30 個「須臾」。再細算,一晝夜有 86400 秒,那麼,一「須臾」等於 2880 秒(48 分),一「彈指」為 7 暢 2 秒,一「瞬間」為 0 暢 36 秒,一「剎那」卻只有 0 暢 018 秒。

這種計算是否有依據,是否準確,我們不必去細究,只是在使用這些詞語的時候,要注意根據語境去擇用。

有的成語所指的人事確有所指,如「三姑六婆」:三姑指尼姑、道姑、卦姑(占卦的);六婆指牙婆(以介紹人口買賣為業從中牟利的婦女)、媒婆、師婆(女巫)、虔婆(鴇母)、藥婆(給人治病的婦女)、穩婆(接生婆)(見於元陶宗儀報耕錄卷十)。舊社會裏三姑六婆往往借著這類身份幹壞事,因此通常用「三姑六婆」比喻不務正業的婦女。

然而,有些成語則只需理解其概念義即可,有人卻偏要把它們「落到

實處」，讓人覺得牽強附會。如「三教九流」與「五花八門」這樣的成語，我們只需知道「三教九流」比喻社會人物複雜多樣，「五花八門」指事物繁多，變化莫測即可，不必深究，古代卻有人將「三教九流」與「五花八門」坐實：「三教九流」中的「三教」指儒教、佛教、道教，「九流」指儒家、道家、陰陽家、法家、名家、墨家、縱橫家、雜家、農家，「三教九流」泛指宗教、學術中各種流派或社會上各種行業，也用來泛指江湖上各種各樣的人。對「九流三教」還有不同說法，即「三教」指的是儒、釋、道，「九流」分為「上九流」、「中九流」、「下九流」。「上九流」指帝王、聖賢、隱士、童仙、文人、武士、農、工、商；「中九流」指舉子、醫生、相命、丹青（賣畫人）、書生、琴棋、僧、道、尼；「下九流」指師爺、衙差、升秤（秤條手）、媒婆、走卒、時妖（拐騙及巫婆）、盜、竊、娼。「五花八門」中的「五花」指金菊花（比喻賣茶的女人）、木棉花（比喻上街為人治病的郎中）、水仙花（比喻酒樓上的歌女）、火棘花（比喻玩雜耍的）、土牛花（比喻挑夫）。「八門」指一門巾（算命占卦）、二門皮（賣草藥的）、三門彩（變戲法的）、四門掛（江湖賣藝的）、五門平（說書平彈的）、六門團（街頭賣唱的）、七門調（搭棚紮紙的）、八門聊（高臺唱戲的），簡稱為巾、皮、彩、掛、平、團、調、聊。

作為一個成語，我們不必如此細究，會用即可，但作為一種文化知識，那倒不妨兼收並蓄。

趣說符號中隱含的概念意義

曾讀過郁建中一首題為橋的小詩，覺得很有趣，謹錄於下：

人生有千萬座

不是橋的橋

最難過的一座

是鄭板橋

鄭板橋，即鄭燮，字克柔，「板橋」是他的號，「揚州八怪」之一。鄭板橋，是一座藝術之橋，更是一座人格之橋，當然不是好過的。為藝者，就應當像他那樣去「畫竹」，對藝術精益求精———「四十年來畫竹枝，日間揮寫夜間思。冗繁削盡留清瘦，畫到生時是熟時。」為官者，就應當像他那樣去做官，心裏時刻裝著百姓———「衙齋臥聽蕭蕭竹，疑是民間疾苦聲。些小吾曹州縣吏，一枝一葉總關情。」所以，鄭板橋確實難過！

在此詩中，作者賦予符號化的人名以詞匯意義，或者說使隱性的詞匯意義顯性化。「板橋」作為人名，它已符號化，沒有了作為詞匯的意義，但客觀上其詞彙意義還是給人以暗示。

春節時，收到不少朋友發來的短信，其中有兩條至今難忘。

祝您：身體長安，兒女遵義，生活長樂，前途昆明，愛情長春，人生瑞麗，事業嘉興，萬事旅順！致富踏上萬寶路，事業登上紅塔山，財源遍布大中華！

祝您：家庭順治，生活康熙，人品雍正，事業乾隆，萬事嘉慶，前途

道光，財富咸豐，內外同治，千秋光緒，萬眾宣統！您的朋友率大清全體皇帝祝您新年快樂！

這些短信的一個共同點就是賦予符號化了的事物名稱———地名、人名、商標名以詞彙意義，使之產生雙關效果。

一般來說，符號沒有概念意義，只具有暗示意義。但是，用文字表示的符號，在客觀上會顯現出與它同形的詞彙的概念意義。比如人名和地名這些專有名詞，將它們譯為其它語言時，一般都是音譯。雖然它們都是符號，但有不少仍具有隱性的概念意義。若將它們放在具體的語言環境中，其概念意義就會顯性化。

有名的明朝文學家李夢陽在任江西提學副使時，一天來到一個學堂，看到有個學生也叫李夢陽，竟跟自己的名字一模一樣。李夢陽挺感興趣，於是叫人把小李夢陽找來。李夢陽一見小李夢陽便開玩笑道：「你難道沒聽說過我的大名嗎？你幹嗎也起個跟我一樣的名字呢？這不是成心冒犯我嗎？」小夢陽不慌不忙地答道：「小人的名字碰巧與您相同，可不是我成心要冒犯大人，名字是父親取的啊！」李夢陽想了一下說：「我出個對子考考你，要是對得好，我就饒了你。」李夢陽說了這麼一個上聯：

藺相如，司馬相如，名相如，實不相如；

藺相如是戰國時候趙國的上卿（當時最高的文官），司馬相如是西漢時期著名的文學家。李夢陽的上聯是說：藺相如、司馬相如這兩人都叫「相如」，可一個是政治家，一個是文學家，名字相同，實際上卻不相同。李夢陽出聯暗含的意思是，我叫李夢陽，你也叫李夢陽，我們的名字相同，可你有什麼本事與我相比？你也配叫「李夢陽」？

小夢陽思索片刻便對出了下聯：

魏無忌，長孫無忌，彼無忌，此亦無忌。

魏無忌是戰國時候魏國的大臣，又叫信陵君，是有名的「戰國四公子」之一；長孫無忌是初唐人，李世民時的高官。小夢陽的對句是說：戰國時的信陵君叫無忌，唐朝的長孫無忌也取名叫「無忌」，他可以取跟別人一樣的名字，一點兒也沒有顧忌，我取個名幹嗎要有顧忌呢？李夢陽一聽，非常高興，不但沒有責備他，還獎賞了他。

藺相如、司馬相如、魏無忌、長孫無忌都是人名，但在這個具體的語境中，「相如」、「無忌」都顯現出了它們隱含的概念意義。在這裏，「相如」有「相同」的意思；「無忌」有「沒有顧忌」、「沒有顧慮」的意思。

有這樣一道語文趣題：下面這段文字裏有一個多餘的字，請找出來。

從前有四個人，他們的名字分別叫：每個人、一些人、任何人和沒有人。有一項艱巨的工作需要他們去做。每個人相信一些人會去做，任何人也可以做，但沒有人去做。一些人對此很生氣，因為那是每個人應做的工作。每個人認為，任何人也可以做，但沒有人意識到每個人不願意做。結果是每個人都責怪一些人，實際上當時沒有人責怪任何人。

上面這段文字裏多了一個「都」字，因為「每個人」是其中一個人的名字，屬單數，不應用「都」。「都」是一個表範圍的副詞，在這個句子中表示總括，總括前面提到的人，表明所述的情況沒有例外，其前面應是複數。「每個人」、「一些人」、「任何人」和「沒有人」已經符號化，它們在句中起著一個單數名詞或代詞的作用，同時也失去其固有的概念義。

若將有些具有概念意義的人名放到具體的語言環境中，其效果常常會讓人忍俊不禁。請看下面兩則笑話———

笑話一：

有個老學究，快到七十歲時生了個兒子，取名「年紀」。一年後，又生了個兒子，像個讀書人，取名「學問」。第三年又生了一個兒子，學究

自嘲說，想不到年逾古稀還生兒子，真是笑話，便取名「笑話」。

兒子長大後，學究吩咐他們上山砍柴。兒子們砍柴回家後，他問妻子，三個兒子誰砍得多？妻子指桑罵槐地說：「年紀一大把，學問一點也沒有，笑話倒有一擔。」

笑話二：

一家有三兄弟，老大叫流氓，老二叫菜刀，老三叫麻煩。一天老三丟了，老大帶老二去報警。到了警察局，老大說：「我是流氓，今天帶菜刀來是找麻煩的。」

名字是一個人的標籤，它比我們的生命存在的時間更長久。名字雖然不能改變我們的命運，但若擁有一個有意味的名字，你肯定更易受人關注！如今有不少人的名字就取得很好，如馬識途、牛得草、餘心言、何遜男等。這些人名雖然也是符號，但其概念意義也是非常明確而美好的。

趣說中外地名中的漢語知識

　　世界地名串串燒是一篇嵌入外國地理名詞的妙文，輯錄於此，與大家「奇文共欣賞」：

　　我坐著洛杉磯飛到了一個曼谷，在港口我又坐上了豪華的阿根廷（艇）。船的前頭插著幾束鮮豔的攀枝花，船尾掛著美麗的哥曼圖和西雅圖，中間高豎著結實的吐魯番（帆）。到達碼頭後，我又去租了匹巴拿馬。這馬跑得還挺快，沒一會兒就爬過了一段新加坡，登上了梵蒂岡。而後走小路，過康橋。行進中，幾匹長著好望角的馬向我沖來，其中有羅馬、利馬……

　　我立刻躲進了柬埔寨。進寨子一看，哇———稻田裏種的都是丹麥。在那裏我有四個哥哥，他們分別叫摩洛哥、摩納哥、墨西哥、芝加哥；還有三個姐姐，一個叫蘇格蘭，一個叫英格蘭，一個叫愛爾蘭。有意思的是，我的幾位嫂子的名字中也都有一個「蘭」字，她們是波蘭、荷蘭、新西蘭、格陵蘭。

　　他們熱情地款待我，把我帶到一棟房頂上蓋著日內瓦的名古屋。進到屋裏，只見桌上擺滿了各種各樣的水果，最引人注目的是剛果。我拿起一個，咬了一口，竟不小心弄掉了兩顆大阪牙———一顆西班牙和一顆葡萄牙。我哥哥心疼我，馬上給我換上了一盤巴黎（梨）和一盤不來梅，還給我吃了一粒止疼的鹿特丹。開餐了，嫂子端上來一大鍋清蒸烏拉圭（龜），一大盤紅燒俄羅斯（絲），還有美味的朝鮮。我盛滿一立陶宛（碗），大飽了一頓口福。不一會兒，突然停電了，眼前一片慕尼黑。主

人急忙點燃希臘，我這才發現地上鋪著的巴基斯坦（毯），在燭光下格外漂亮。我睡了上去，蓋上哈薩克（毯），彷彿睡進了薩拉熱窩，竟熱得我出了一身阿富汗。我突然想上WC方便一下，結果發現裏面有人，他的名字叫阿拉伯。此時，又來了一個伯明翰（漢）。他說，你先蹲，我後蹲，咱們兩個倫敦（輪蹲）。

第二天，我要繼續趕路。我哥哥牽來一隻萬象，說騎它比騎亞拉巴馬都穩健。經過一片開闊的緬甸，我越走越南……

這篇短文嵌入的地理名詞，除「攀枝花」和「吐魯番」外，皆為外國地理名詞。這些地理名詞只有「大阪」和「新加坡」是原形直引的，其它均為音譯詞。此文通過兩種方式賦予符號化的專有名詞（地名）以概念意義。一是直接賦予，即直接通過專有名詞中一個具有隱性意義的字符生發，如「巴拿馬」的「馬」、「西雅圖」的「圖」等。「丹麥」、「越南」也是直接賦予，稍有不同的是把地名直接視作詞語或短語。二是間接賦予，即通過諧音將專有名詞中後一個或兩個字符轉化為指稱某事物的同音字後生發，如「巴黎」的「黎」（梨）、「烏拉圭」的「圭」（龜）、「倫敦」（輪蹲）等。

我們偉大的祖國，幅員遼闊，大大小小的地名數不勝數。如果你細加玩味，還會發現其中有些地名相當有趣，而且可以從中學到不少漢語知識。此處僅以縣（市、區）以上行政區名稱為例，略述其趣。

■ 反序之趣

安福（贛）─福安（閩）　　安吉（浙）─吉安（贛）
安龍（黔）─龍安（豫）　　安寧（甘）─寧安（黑）
安平（冀）─平安（青）　　安慶（皖）─慶安（黑）

安西（甘）—西安（陝）　安新（冀）—新安（豫）

保康（鄂）—康保（冀）　北海（桂）—海北（青）

北湖（湘）—湖北（鄂）　昌都（藏）—都昌（贛）

昌樂（魯）—樂昌（粵）　昌平（京）—平昌（蜀）

東海（蘇）—海東（青）　東山（粵）—山東（魯）

東陽（浙）—陽東（粵）　封開（粵）—開封（豫）

高陽（冀）—陽高（晉）　海南（瓊）—南海（粵）

海寧（浙）—寧海（浙）　和政（甘）—政和（閩）

懷仁（晉）—仁懷（黔）　江南（桂）—南江（川）

江寧（蘇）—寧江（吉）　江浦（蘇）—浦江（浙）

南山（粵）—山南（藏）　寧武（晉）—武寧（贛）

寧鄉（湘）—鄉寧（晉）　平武（川）—武平（閩）

平原（魯）—原平（晉）　山陽（陝）—陽山（粵）

武宣（桂）—宣武（京）　仙遊（閩）—遊仙（川）

信陽（豫）—陽信（魯）　長子（晉）—子長（陝）

三 對仗之趣

白水（陝）—黑山（遼）　北流（桂）—南匯（滬）

赤水（黔）—黃山（皖）　崇仁（贛）—尚義（冀）

翠巒（黑）—青岡（黑）　大理（滇）—長治（晉）

稻城（川）—棗莊（魯）　蝶山（桂）—鶴崗（黑）

東城（京）—西鄉（陝）　獨山（黔）—雙江（滇）

鳳翔（陝）—龍遊（浙）　古田（閩）—新野（豫）

海口（瓊）—江門（粵）　漢川（鄂）—蜀山（皖）

鶴崗（黑）－鷹潭（閩）　　紅河（滇）－藍田（陝）

花垣（湘）－錦屏（黔）　　蕉嶺（粵）－荔灣（粵）

金山（滬）－銀川（寧）　　老城（豫）－新鄉（豫）

梨樹（吉）－蓮花（贛）　　麗江（滇）－秀山（蜀）

林甸（黑）－竹山（鄂）　　鹿寨（桂）－馬村（豫）

南昌（贛）－西寧（青）　　南寧（桂）－西安（陝）

瓊海（瓊）－玉山（贛）　　山東（魯）－江西（贛）

上海（滬）－下陸（鄂）　　銅陵（皖）－鐵嶺（遼）

文山（滇）－武水（鄂）　　文市（桂）－武鄉（晉）

文水（晉）－武山（甘）　　錫山（蘇）－鹽湖（晉）

霞浦（閩）－雲溪（湘）　　夏邑（豫）－周村（魯）

三 接龍之趣

北京（京）　京山（鄂）　山丹（甘）　丹巴（川）

巴馬（桂）　馬關（滇）　關嶺（黔）　嶺東（黑）

東平（魯）　平武（川）　武漢（鄂）　漢壽（湘）

壽光（魯）　光澤（閩）　澤普（新）　普蘭（藏）

蘭西（黑）　西寧（青）　寧海（浙）　海豐（粵）

豐順（粵）　順德（粵）　德保（桂）　保定（冀）

定遠（皖）　遠安（鄂）　安慶（皖）　慶雲（魯）

雲龍（蘇）　龍遊（浙）　遊仙（川）　仙桃（鄂）

桃江（湘）　江陵（鄂）　陵水（瓊）　水富（滇）

富平（陝）　平泉（冀）　泉港（閩）　港閘（蘇）

閘北（滬）　北湖（湘）　湖南（湘）　南通（蘇）

通許（豫）　許昌（豫）　昌吉（新）　吉隆（藏）

隆子（藏）　子長（陝）　長沙（湘）　沙河（冀）

河曲（晉）　曲阜（魯）　阜新（遼）　新鄉（豫）

鄉城（川）　城固（陝）　固始（豫）　始興（粵）

興仁（黔）　仁懷（黔）　懷來（冀）　來賓（桂）

賓陽（桂）　陽信（魯）　信宜（粵）　宜黃（贛）

黃石（鄂）　石屏（滇）　屏南（閩）　南京（蘇）

從「媽」不等於「娘」說起

「媽」與「娘」都是對母親的稱謂，有的地方叫「媽」，有的地方叫「娘」。由此看來，「媽」與「娘」是同義詞。

按照數學的規則，如果B＝C，那麼則有：A＋B＝A＋C，A×B＝A×C，而在語文中則不然。有這樣一則笑話：

有個小夥子向姑娘求愛，寫了一封情書，開頭一句就將「親愛的姑娘」寫成了「親愛的姑媽」。過了幾天，姑娘就把他的信退了回來，還附了一首打油詩：

怪你眼睛瞎，姑娘喊姑媽。

若還嫁給你，羞死我一家。

這青年不服氣，也提筆回敬了一首：

媽也就是娘，娘也就是媽。

姑娘沒有錯，姑媽哪會差？

媽是娘，姑媽卻不等於姑娘，婦孺皆知。這個小夥子的笑話也實在鬧得太大了，因而也就怪不得那位姑娘要拒絕他的求愛了！

其實，「媽」與「娘」的意義並不對等，只能說是部分同義。查閱現代漢語詞典便知：

「娘」有三個義項：①母親。②稱長一輩或年長的已婚婦女：大嬸｜嬸娘。③年輕婦女：新娘｜姑娘。

「媽」也有三個義項：①母親。②稱長一輩或年長的已婚婦女：姑媽｜姨媽｜大媽。③舊時連著姓稱中年或老年的女僕：王媽｜魯媽。

「姑媽」的「媽」用的是「稱長一輩或年長的已婚婦女」這個義項，「姑娘」的「娘」用的是「年輕婦女」這個義項。杜甫江畔獨步尋花詩句「黃四娘家花滿蹊，千朵萬朵壓枝低」中的「娘」亦為「年輕婦女」之意，「黃四娘」指的就是一位姓黃的年輕婦女。

由「媽」與「娘」，讓人聯想到「賣」與「售」這兩個詞。「賣」與「售」的意思應當說是相同的，但「出賣」與「出售」卻大相徑庭！如「出賣朋友」就不能說成「出售朋友」。當然，「出賣」與「出售」與上述情況略有不同，因為它們的差異不是語素的義項造成的，而是屬於社會認同的固定用法。

類似的還如這樣一副對聯：

膏可吃，藥可吃，膏藥不可吃；

脾好醫，氣好醫，脾氣不好醫。

在漢語裏，即使 A 即 B，但 A+C 卻不一定會與 B+C 等同，其根本原因就在於漢語詞語具有多義性。由此可知，我們不能簡單地用數學方法解決語言問題。

我的世界就是全世界

一日，在朋友的博客裏看到這樣兩句對話：

男：可以讓我走進你的世界嗎？

女：來吧！我的世界就是全世界！

我覺得這一對話很有些意思，無須細思便知，其佳妙盡在「世界」一詞。

「世界」一詞在現代漢語詞典裏有以下五個義項：

①自然界和人類社會一切事物的總和：世界觀｜世界之大，無奇不有。②佛教用語，指宇宙：大千世界。③地球上所有的地方：全世界人民團結起來。④指社會形勢、風氣：現在是什麼世界，還允許你不講道理？⑤領域：人的某種活動範圍：內心世界｜主觀世界｜科學世界｜兒童世界。

上述問話「你的世界」中的「世界」，屬第⑤個義項，但既可理解為交往的圈子，也可理解為「內心世界」，即精神深處。問話似可讓人理解為問話人希望與對方深交。

答話顯得很機智，讓人覺得「無理而妙」！「我的世界就是全世界！」

其主要意思是說，我生活的圈子很大，其中似乎還隱含著我的內心世界很博大，很豐富。答話人想要表達的意思，大概是說我並不在意你的到來，我並不會因為你的到來而表現出特別的熱情。這句答話將這個意思表達得很含蓄，很委婉，這是其妙處！言其「無理」，指的是在這個判斷句

中主語與賓語的搭配超出常規，讓人感到陌生。

歸根結底，這是同一個詞在同一語言結構中連續出現而詞義義項發生轉換的問題。「你的世界」、「我的世界」中的「世界」與「全世界」中的「世界」不屬於一個義項，「全世界」中的「世界」的正常理解應為第③個義項，即「地球上所有的地方」。

竊以為「我的世界就是全世界」一語很經典，故仿照它的格式給一文學愛好者寫了一句留言：

「大步走進文學的世界吧，文學的世界就是全世界！」

寫完之後猛然覺得，「文學的世界就是全世界」與「我的世界就是全世界」在形式上，即在句型與結構上沒有什麼區別，但在表達的意義上卻存在著微殊。這一微殊與語境有關，「我的世界就是全世界」是針對問話的答語，有較強的說話人的主觀色彩，隱含著概念意義以外的附加意義，而「文學的世界就是全世界」則類似宣言，意謂文學的世界博大、豐富，包孕一切，意義更具客觀性。

趣說「和」

你能想出一句有五個「和」字接連出現而沒有其它字插入其中的句子嗎？下面這則有趣的故事中就有這麼一句。

從前，某地有一家「馬和車」客棧，門外豎著一塊畫有一匹馬和一架馬車的招牌。由於招牌的畫面已陳舊，主人決定請人翻新。他請來一位畫家，並要求在畫面上寫上「馬和車」幾個大字。

幾天後，主人察看翻新後的招牌，對畫面上畫的馬和車很滿意，但對那幾個字卻非常不滿。於是，他對畫家說：「不行！不行！『馬』和『和』和『和』和『車』之間的距離太寬了！」

「和」是一個形聲字，右形左聲，其繁體為「龢」，左邊是笙簫之類的古樂器，上面二口是笙孔，右邊是聲符「禾」。後來左半邊簡化為「口」，其本義是古代的一種樂器。

「和」有五個讀音，即：hé、hè、hú、huó、huò。

有這麼一段話，它把上述五個讀音的「和」和到了一起———

第 29 屆奧林匹克運動會在我們中國舉行，我們的運動員占盡天時地利人和。開幕式上劉歡演唱的奧運會會歌，韻味悠長，雅俗共賞，沒有曲高和寡之感。村裏人家家都在和麵，他們要烙 2008 張餅，送到奧運村去，讓各國運動員都嘗嘗我們中國的鄉村風味。為了做好這件事，平時喜歡和稀泥的村主任可毫不含糊，他說你們打麻將不和牌是小事，做不好這件事我可要將你們的軍！他要求全村人一定要和衷共濟，為奧運會圓滿成功，為宣傳中國，做出我們應有的貢獻。

「天時地利人和」與「和衷共濟」的「和」，讀 hé，意思是：和睦；和諧。

　　「曲高和寡」的「和」，讀 hè，意思是：和諧地跟著唱。

　　「和麵」的「和」，讀 húo，意思是：在粉狀物中加液體攪拌或揉弄使之有黏性。

　　「和牌」的「和」，讀 hú，意思是：打麻將或鬥紙牌時某一家的牌合乎要求，取得勝利。

　　「和稀泥」的「和」，讀 huò，意思是：粉狀或粒狀物摻和在一起，或加水攪拌使之成較稀的東西。「和稀泥」比喻無原則地調解或折中。

　　「和」，具體說，「和諧」的「和」，是中國傳統儒家的基本精神，是儒家文化的基本取向。它提倡在承認差異的基礎上，去尋求整體的和諧、共生、共長。「和」的思想在當今有著重要的意義，也日益受到普遍重視。

好大一片「海」啊

　　一位姓海的戰友復員後，二十多年來我們一直未取得聯繫。當時家裏沒有電話，更談不上手機，連具體的通訊地址也忘了。茫茫人海何處尋找啊！我曾經滿世界海找，但仍是杳無音訊。然而事有湊巧，今年在北京旅遊時我們不期而遇。交談中知其復員後在家鄉的海邊從事網箱養魚，如今已成了遠近聞名的養魚專業戶，掙的票子海海的。我應邀來到了他的養魚基地。他家乾淨的院子裏種有兩棵海棗樹和許多海棠花，一看便知主人具有勤勞、愛美的品性。

　　望著大海，我的心潮像海水一般起伏，真是海到無邊天作岸啊！戰友用最好的海鮮盛情招待我們一行。我們一邊用海碗海吃海喝，一邊海聊。在新疆那無邊的瀚海從軍的歲月，成了我們海聊的中心話題。戰友真是海量，似乎要把我們別後沒喝的酒都補上。

　　飯後他還告訴我，他參加了這一屆村委會主任的競選，海選已榜上有名。我知道，我的這位戰友是一個幹實事的人，絕不是那種老海。我故意調侃說：自古宦海無涯，回頭是岸啊！他接道：當一個村委會主任也談不上步入宦海，即使當上了，也只是多了一份責任而已，我人依舊，我心依舊！

　　一看便知，這是一篇專為「海」而刻意營造的文字，它欲全面地將「海」的詞義展現出來。

　　「海」的本義是指大洋靠近陸地的部分，有的大湖也叫海，如青海、裏海。「海到無邊天作岸」中的「海」即用的本義。所謂本義，指的是一

個詞的初始意義，也就是一個詞剛被創造出來時所具有的意義。詞語在長期的使用過程中，在本義的基礎上又產生了許多新的意義，謂之派生義，即引申義，這是人們創造性地使用詞語的結果。在上面這篇短文中，多處出現「海」這個詞，除上面所列舉的本義外，更多的是使用了它的引申義。如：

「海海的」，方言中極言其多。「海找」，指漫無目標地尋找。

「海棗」、「海棠」中的「海」，指從海外引進的，與「洋油」中的「洋」類似。

「大碗公」，指特別大的碗。

「茫茫人海」中的「人海」，指像大海一樣的人群，極言人多。「海聊」，指漫無邊際地盡情地聊。

「瀚海」，指沙漠。

「海量」，形容酒量極大。

「海選」，指一種為確定候選人而進行的普選。

「絕不是那種老海」中的「老海」，指那種不切實際，愛吹牛皮的人。

「宦海無涯」中的「宦海」，古時指官吏爭奪功名富貴的場所，一般指官場。

由此可見，同一個詞在不同的語境中所顯現的意義是不同的，要注意分析。

趣說「捨得」

　　有人將「捨得」一詞拆開並插入別的成分，使之成為一條生活格言：「捨得捨得，先舍後得。」與「先與之，後取之」相類似。

　　其實，「先舍後得」並不是「捨得」的擴展。從構詞語素看，「先舍後得」的「得」已不是「捨得」的「得」；從詞義看，「捨得」意謂願意割捨，不吝惜，即只「舍」而「不得」。

　　「得」在此處應為助詞，讀輕聲（de）。「先舍後得」的「得」讀為陽平（dé），是「得到」的意思。

　　在實際語言交流中經常有人故意用語音停頓的方式曲解詞語，如：「我是舍／得，你是舍／不得，他是不捨／得！」此話意謂「我」是有舍有得，「你」是只捨棄而不獲取或未獲取，「他」是不捨棄卻有收穫。「舍不得」是「捨得」的否定形式，詞典裏解釋為「很愛惜，不忍放棄或離開，不願意使用或處置」，在有些方言裏「捨得」的否定形式是「不捨得」。

　　這種「拆詞重組」現象我們經常遇到，如有人為了強調做生意的重要性，便說：「生意，生意，生活的意義！」在詞義上，「生活的意義」與「生意」沒有任何的聯繫，與將「捨得」拆拼為「先舍後得」有根本的區別。

趣說「朋友」

「千里難尋是朋友，朋友多了路好走⋯⋯」朋友是我們在人生路上結伴同行的人！當然，這不是「朋友」的詞彙意義，「朋友」的詞彙意義主要指交誼深厚的人。

在現代漢語中，「朋友」除指一般意義上的朋友外，還具有特殊的指稱意義，即「對象、戀人」，如常常有人問：「你兒子（女兒）找朋友了嗎？」

未婚者若這樣將一個年齡相仿的異性介紹給他人：「她（他）是我朋友。」一般都會認為這個人是他（或她）的戀人或對象。

如果在「朋友」前冠上「男」或「女」，如「她是我女朋友」或「他是我男朋友」，這「男（女）朋友」便不是普通關係的朋友，而是具有戀愛關係的特殊朋友。

當非要把與自己同行的異性介紹給他人時，還真讓人有點尷尬。說「她（他）是我的朋友」吧，易讓人誤解；說「她（他）是我的女朋友」吧，除非自己與被介紹者是戀愛關係。然而，你總不能說「她是我的女性朋友」或「他是我的男性朋友」吧，因為這不符合語言的習慣。若說「她（他）是我的一個朋友」，指稱雖然明確了，但又不免讓人覺得彆扭！

趣說「臉」與「面」

　　古時候，有個南方人在北方做官，在老家請了個鄉下傭人。傭人到來伊始，便訓導他要學會說官話。他曾對傭人說：「在我們南方老家說『面』，官話應當說『臉』。你以後說『請老爺洗面』，應改為『請老爺洗臉』，知道嗎？」傭人連忙回答說：「知道了！」

　　有一次，這位老爺去給一財主祝壽，他大吃大喝了一頓，肚子已經發脹了，可巧這時廚師又端來了壽面，他便搖搖頭表示不能再吃了，廚師沒明白是什麼意思。跟隨老爺的傭人，連忙對廚師說：「你快拿走，我家老爺不要臉（面）！」

　　聽了傭人的話，廚師一下愣住了，莫名其妙，只好退了出去。

　　這個笑話是由傭人混用「臉」與「面」造成的。在並列式合成詞「臉面」中，「臉」與「面」是兩個意思相同的語素，指稱的是人體的同一部位，即頭的前部，從額頭到下巴。然而它們並不完全相同，因為除這一義項外，它們各自還有其它義項。如果使用時把它們等同起來，便會鬧出笑話。

　　「要臉」與「要面」中的「臉」與「面」，已不是同義詞。「要臉」指的是「要面子」，而「要面」則是指要一種食品。即使「要臉」與「要面子」概念意義相近，在使用上也還是有差異的。

　　「面」在古代所指範圍要比臉大，包括整個頭的前部，而臉只是面的一部分。哲學家成中英指出：對華人而言，「臉」的基本內容就是儒家所講的五倫，它代表個人最基本的尊嚴，不能喪失或有所破損。「面」則比

「臉」多樣化，每個人都只有一張臉，但他在不同的場合及位置上，卻可以有許多個「面」。「臉」與「面」的關係，正如儒家所講的「實」和「名」，從一個「實」可以衍生出許多個「名」。

「面」加以擴展便是「面子」，在現實語言交際中，常有「要臉」和「要面子」的說法。南開大學校長張伯苓先生說：「中國人要面子不要臉」。原來面子和臉是完全不同的兩件東西。中國舊戲裏有一套臉譜，這花花綠綠的臉譜就是「面子」，而真正的臉卻反不能辨認清楚了。做戲子的只要上臺的時候，臉譜彈得像個樣子，至於真正的臉，長得好看不好看，那是不相干的。其實中國人一切都如此：只要保全面子，丟臉卻全不在乎。

在漢語中，意義、用法完全相同的詞是極少的，除像「土豆、洋芋、馬鈴薯」之類的完全等義的事物名稱外，我們所說的同義詞指的都是近義詞。它們所表達的概念意義即使基本相同，但在程度、範圍、色彩、功能等方面也會有一些細微差別。

趣說「夏至」與「洗澡」

「夏至」與「洗澡」有什麼關係呢？是說夏至到了，要洗個澡嗎？當然不是。這裏要說的是「夏至」與「洗澡」不同尋常的結構關係。

張撝之先生將「夏至」定為陳述式（張撝之現代漢語 P95，高等教育出版社，2000 年 4 月版），張斌先生把「洗澡」歸入支配式（張斌現代漢語 P209，中央廣播電視大學出版社，1996 年 1 月版），二人的觀點，筆者認為都值得商榷。

先說「夏至」。若把它定為陳述式，則其意應為「夏天來了」。大家知道，「夏至」是我國農曆的一個節氣，夏天到來的標誌節氣應是「立夏」，而繼「小滿」、「芒種」之後來臨的「夏至」，已是盛夏的標誌節氣。「夏至」日，是北半球一年中白晝最長，黑夜最短的一天，之後白晝一天一天縮短，黑夜一天一天增長。由此可知，「夏至」之意應為「夏之極致」，即夏天的極點（在辭海裏，「至」有「極、最」的義項）。這樣看來，「夏至」的構詞方式應為偏正式，而非陳述式（「冬至」亦然）。

再說「洗澡」。「洗澡」若是支配式合成詞，則「澡」是「洗」的對象：「澡」是什麼？或者說是人體的哪個部位？關於「澡」的使用，在古文獻中可見。有一個成語曰「澡身浴德」，意謂砥礪志行，使身心純潔清白。三國志‧管寧傳中有這樣一句話：「夏時詣水中澡灑手足」。這兩處的「澡」均有「沖洗」之意，故應為動詞。據此，筆者認為，「洗澡」應為並列式合成詞。值得注意的是，我們常常很容易被「洗了一個澡」這種語言形式迷惑，以為「澡」是受事賓語。殊不知，這是一種習慣用法，有

時候，社會的約定俗成也會讓語法瞠目結舌。類似的還如「考試」，人們常說「考了一次試」，「試考完了沒有」，但絕不能據此把屬於並列式的「考試」誤為支配式。這種插入詞語的說法不能泛濫，否則還會出現一些令人啼笑皆非的語言現象，如「勞了一次動」，等等。

趣說成語中的數詞

　　數詞的基本功能是表示數目及事物的數量關係，然而在中國傳統的歷史文化背景下，在長期的使用過程中，漢語的數詞除了表示數量功能外，有些還兼有神秘的意義色彩，成為「玄數」，有些在具體的語言環境中也含有不同的意義。由於陰陽五行理論的作用，古人把十以內的數分為兩大數列，奇數一三五七九為陽數，偶數二四六八為陰數。這兩大不同的數列被附上不同的色彩。當數詞進入修辭範疇後，它們則更多地體現出概念意義以外的象徵意義。尤其當數字嵌入成語後，其象徵意義便明確地顯現出來。

　　「一」的象徵義很豐富。從老子「道生一，一生二，二生三，三生萬物」可知，「一」是「有」的開始。由無到有，一切始於「一」。「一」作為一切的本源，有開始和存在的內涵，並由此引申出了「相同」、「少許」多種含義。如可見一斑、聞一知十、言行不一、心口如一、始終如一、萬眾一心、表裏如一、不識一丁、不名一錢、九牛一毛、一字之師、滄海一粟、曇花一現等。「一」除了作數詞外，還可作副詞，表示範圍，有「整個、全部」之義，如一統天下、煥然一新等。

　　「三」的象徵義由三辰———日月星衍化而宇宙有三材———天地人，人間有三世———往世今生來世，王有三皇，祭祀有三禮……「三」既是變化的象徵又是多的象徵。如入木三分、三頭六臂、三思而行、三六九等、三令五申、三顧茅廬、三番五次、狡兔三窟、繞梁三日、約法三章等。

「五」的象徵義與「五行說」有密切關係，可能是遠古人觀察星象運行的結果，認為天上有金、木、水、火、土五星，比附地上提出五方———東、西、南、北、中，人倫有五常，人體有五髒，飲食有五味……「五」象徵無所不包的觀念，也代表各種觀念、屬性、功能。比如：五花八門、五彩繽紛、五光十色、五勞七傷、五顏六色、五臟六腑等。

「九」的象徵義與遠古的圖騰崇拜有關，蚩尤部落一向以強悍、善戰著稱，其圖騰就是九頭龍。據說這是強大、凶猛、人口繁盛的象徵。因此人們以其比喻強大的部落，漸漸地「九」成為所指高、大、多的象徵，如九霄雲外、九牛一毛、九泉之下、九牛二虎之力等。

「十」、「百」、「千」、「萬」的象徵義，有表示完備甚至達到極點的意思。如「十拿九穩、十惡不赦、身價十倍、神氣十足」等。既然「十」已經達到了極點，已經是圓滿、完備的象徵，那麼其倍數，其倍數的倍數自然也就有了「多」、「極點」、「包攬無餘」的象徵，如百折不撓、百無聊賴、百業凋敝、百錬成鋼、百里挑一、百發百中、百廢待舉、百般刁難、百孔千瘡、千金一笑、千姿百態、千載難逢、千言萬語、千山萬水、萬象更新、萬物復蘇、萬死不辭、萬念俱灰、萬不得已、萬般無奈、萬無一失、萬紫千紅等。

成語與數詞有著不解之緣，可以說從「一」到「十、百、千、萬、億」均有相應的成語，如：一日千里、二三其德、三思而行、四平八穩、五彩繽紛、六根清淨、七情六欲、八面威風、九九歸一、十拿九穩、百折不撓、千鈞一髮、萬籟俱寂、億萬斯年等。

數詞對成語準確地表達意思，增強表達效果，有很大作用，具體可從以下幾個方面分析。

一、描寫作用。有的數詞在成語中有描摹事物情狀的作用，使成語表意更加形象可感。如「三三兩兩」，這是一個全用數詞構成的成語，逼真地描繪出人們三個兩個在一起的情形。又如「萬紫千紅」用上「萬、千」兩個數詞，真使我們彷彿看到了春色滿園，生氣勃勃的景象。

二、對比作用。同一個成語中用上兩個數詞，構成對比，使表達的意思更加鮮明突出。如「一本萬利」，「一」與「萬」數量懸殊，形成強烈的對比，十分突出地表達了「本錢小，利潤大」這一意思。這樣的成語還如「千鈞一髮」，一根頭髮弔著千鈞重的東西，「千」與「一」相對，危險不言而喻。成語中的對比一般是以表示多的「十」、「百」、「千」、「萬」和表示少的「一」放在一起，烘雲托月般映襯出鮮明的效果，給人以深刻的感受。例如：一曝十寒、千鈞一髮、萬眾一心、聞一知十、殺一儆百、百里挑一等。

三、強調作用。有些成語中的數詞，通過對比對所表達的意思起著強調突出的作用。如「一刀兩斷」中的「一」、「兩」兩個數詞，強調斷絕關係的堅決態度。又如「十拿九穩」，嵌入「十」、「九」兩個數詞加以強調，更讓人感到把握十足，信心倍增。此類成語還如一模一樣、一絲一毫、獨一無二、一清二楚、一乾二淨、一落千丈、五大三粗、十全十美、百戰百勝、千真萬確、萬無一失，等等。

四、湊足音節。有些數詞在成語中並不表意，只是為了湊足音節，構成四字形式，讀起來悅耳動聽，如「一清二白、一清二楚、一差二錯、四平八穩、四分五裂、七零八落、七拼八湊」等成語，完全可以去掉其中的數字，而剩餘的詞依舊絲毫不差地保留了原來的意義，即「清白、清楚、差錯、平穩、分裂、零落、拼湊」，但加上數詞構成四字成語後，讀起來就更加有節奏，當然也有一定的程度加深的意味。

成語中數詞的作用當然不止這些。上述四種也可能同時體現在某一個成語中，如「萬無一失」中「萬」、「一」，既有對比作用，又有強調作用，分析時應當注意。

　　在這裏還要特別地提一提「三」、「四」這兩個數詞。含有「三」、「四」的成語，一般都具有貶義色彩。如：說三道四、不三不四、低三下四、丟三落四、朝三暮四、推三阻四、顛三倒四、欺三瞞四等等，這些成語的意思都多少有點「那個」。

（本文根據有關資料整合）

趣說成語與廣告

　　我們班的艾晨雨同學是個成語謎，他說話寫作文都喜歡用成語，對廣告中那些被竄改過的成語更是津津樂道。他開口一個○○胃藥讓您告別「胃」老先衰的日子，閉口一個○○電腦三維動畫片令你觸「幕」驚「新」……

　　還是來看看他的一篇作文吧：

　　我生長在一個普通的家庭，平時沒事的時候爸爸喜歡下棋，媽媽喜歡聲樂，我喜歡無事偷著樂，我們一家人是「棋」樂融融。

　　家裏新買了一輛摩托車，星期天爸爸就馱著我到郊外去兜風，真是樂在「騎」中。我們每次兜風回來，總是滿身塵土，好在家裏新買的熱水器讓我們隨心所「浴」，愜意得讓人「浴」罷不能。最近這次逆風騎行，爸爸和我都傷風感冒了，還不停地咳嗽。媽媽給我們買來桂龍咳喘寧，她說「咳」不容緩啊！還要我吃點華素片，說是此藥「快治」人口。

　　還是來介紹一下我的家吧！經過裝修改造，家裏煥然一新！家裏的傢具都是新置的，燃氣灶是「燒」勝一籌，洗衣機如同「閒」妻良母，「美的」空調讓我終身無「汗」。我們都用一種科技含量很高的牙膏，所以全家人都「牙」口無「炎」。

　　媽媽特別喜歡很早以前買的那臺華南牌縫紉機，直到現在她還「衣衣」不捨華南牌呢！我陪媽媽逛街，一進服裝店，媽媽就被牆上的大字———「望眼欲穿」吸引住了。媽媽身材好，買衣服總是百「衣」百順。

媽媽是家裏的賢內助，她煮菜總喜歡添油加醋，最後還要畫龍點「精」。媽媽還喜歡熬稀飯，爸爸幽默地說，我們家是同「粥」共濟。

爸爸是個很有智慧的人。現在他年紀大了，往他頭上一看，還真是聰明絕頂呢！媽媽總是要爸爸注意著裝，說現在場面上的人都重名牌，「衣帽」取人。爸爸患有結石病，媽媽催他盡快去治療，說現在醫療設備先進，可以大「石」化小，小「石」化了。

為了保持家裏潔淨清新的環境，爸爸還與媽媽訂立了家庭戒煙協議，用媽媽的話說是家裏告別了「郎」煙四起的時代！

新裝修的家真舒適！今年夏天，蚊子靠邊，因為有驅蚊器默默無「蚊」的奉獻。

今年暑假我要回老家看看，我們老家風景秀麗，物產豐富，那裏的石材可是「石」全「石」美，小吃也是「食」全「食」美。

我很喜歡我們的班級，但對個別班幹部老是以「聲」作則，個別同學經常出口成「髒」，還是頗有微詞的。

為學好語文，我要多讀點課外書。今天我又買了一本新書，等寫完這篇小文章我就要坐到陽臺上去「讀」領風騷！

艾晨雨還有一些搞笑的滑稽事，此舉一例。

有一次數學課上，老師指著數學作業本上的錯誤責問他：「你怎麼把 2 寫成 0？」

「成語中不是有句『掩 2 到 0』嗎？」他振振有詞。老師聽了哭笑不得：「那叫『掩耳盜鈴』，你真敢亂用！」他又辯道：「不是亂用，我這是不同凡『想』。」老師氣極，指著艾晨雨訓道：「不動腦子，光長膘！」艾晨雨自嘲道：「有啥辦法，俗話說笨鳥先『肥』嘛！」

老師始覺失態，忙和聲細語問道：「你幹嗎老是篡改成語？」

「老師，不好意思！」他故意輕輕地敲了敲桌子，笑道，「我也笑自己這是木工做傢俱———弄巧成『桌』！」

老師聽後瞠目結舌，無言以對。

艾晨雨同學非常聰明，對成語能做到自如地運用，這是應當肯定的。他對成語的非常規使用，我們不能以一言蔽之曰「篡改」，而應一分為二地進行分析。

下面試對上述故事中所涉及的成語進行還原，並分類進行分析。

第一類，換形，也稱同音置換，即用讀音相同的字詞取代成語中的字詞，給人以既熟悉又陌生的感覺。這在廣告用語中隨處可見。如：某豬飼料廣告：「飼」半功倍；雁牌啤酒廣告：「飲」以為榮等。

在上述故事中，此類例子最多，如：

「胃」老先衰———未老先衰

觸「幕」驚「新」———觸目驚心

樂在「騎」中———樂在其中

隨心所「浴」———隨心所欲

「浴」罷不能———欲罷不能

「咳」不容緩———刻不容緩

「快治」人口———膾炙人口

「燒」勝一籌———稍勝一籌

「閑」妻良母———賢妻良母

終身無「汗」———終身無憾

「衣衣」不捨———依依不捨

百「衣」百順———百依百順

畫龍點「精」———畫龍點睛

同「粥」共濟———同舟共濟

「衣帽」取人———以貌取人

「郎」煙四起———狼煙四起

默默無「蚊」———默默無聞

以「聲」作則———以身作則

出口成「髒」———出口成章

「讀」領風騷———獨領風騷

掩「2到0」———掩耳盜鈴

不同凡「想」———不同凡響

笨鳥先「肥」———笨鳥先飛

弄巧成「桌」———弄巧成拙

上述成語中有些改得還是很有意思的，如「『咳』不容緩」，這是桂龍咳喘寧的廣告詞。這則廣告借用成語「刻不容緩」，將表示時間概念的「刻」換上表述病症的「咳」，一字之差，將表達重點轉向生病不容拖延，讓患者認準桂龍牌止咳藥上，言辭委婉，富有言猶在耳的感召力，真正起到了暗示的作用。

雖然也是換形，但以下幾例較為特別。

「棋」樂融融———其樂融融

「牙」口無「炎」———啞口無言

大「石」化小，小「石」化了———大事化小，小事化了

「石」全「石」美、「食」全「食」美———十全十美

「棋樂融融」將「其樂融融」中的「其」置換為「棋」，同時又將媽媽的音樂和「我」的快樂融於一體，何其妙也！「牙口無炎」和「大石化小，小石化了」雖分別由「啞口無言」和「大事化小，小事化了」置換而

來，但它們具有實際的指事意義，已可以獨立使用。「石全石美」與「食全食美」不但換形於「十全十美」，同時也隱含著「十全十美」之意，令人難忘！

這種「換形」現象，在廣告語中常見。如：

鈣片：「鈣」世無雙（蓋世無雙）

胃藥：無「胃」不「治」（無微不至）

油墨：「墨」名其妙（莫名其妙）

塗料：好色之「塗」（好色之徒）

空調：智者見「質」（智者見智）

假髮：○○假髮，幫您告別無「發」無天的日子（無法無天）

磁化杯：有「杯」無患、有口皆「杯」（有備無患、有口皆碑）

去污劑：「淨」如人意（盡如人意）

布藝店：加盟○○，共發「布藝」之財（不義之財）

燒雞店：○○燒雞，「雞」不可失（機不可失）

火鍋店：○○火鍋，聞「鍋」則喜。（聞過則喜）

汾酒廣：喝酒必汾，汾酒必喝（合久必分，分久必合）

取名公司：○○取名，一「名」驚人（一鳴驚人）

策劃公司：○○策劃，與您「推新致富」（推心置腹）

成衣毛料商店：○○商店，神奇的「布」毛之地（不毛之地）

這種成語「換形」現象，有人認為具有積極意義，其理由是，以成語的「知名度」，移花接木，既廣而告之，又易於傳誦，而且頗有中國特色的文化氣息，一舉多得。有人認為負面影響大，因為對廣告記憶和傳播最多的人群是中小學生。如此這般的移花接木、偷梁換柱，最終將誤導中小學生把「廣告用語」當成「成語詞典擴大版」去學習、記憶，容易誘導學

生寫別字，從而誤人子弟。

著名作家沙葉新對此是持否定態度的，他在壯「痔」凌雲一文中，對這種現象進行了辛辣的諷刺。

沙葉新在文中虛擬了一個夢境，說他到了一家以「痔者必得」作為廣告語的製藥廠。他剛進廠門，只見黑壓壓的一片，全是「痔」同道合、躊躇滿「痔」者，煞是壯觀。廠長出來接待，並致辭：

「同痔們，你們好！我代表『痔者必得』全體職工歡迎大家。痔瘡是常見病，多發病，不但老年人老驥伏櫪，痔在千里；青壯年也壯痔凌雲；就是小孩也有痔瘡，有痔不在年高嘛！如今是十男九痔，十女九痔，無所不痔，無微不痔，不久就要全民所有痔！所以我們全體同痔，鬥痔昂揚，專心致痔，終於有痔者事竟成，研痔成功了『痔者必得』特效藥，歡迎諸位試用！」

於是他和他的同「痔」們都爭相購買「痔者必得」，並立即服用。夢醒後，他發現他的痔瘡並未見好，肛門部位更是淋漓盡「痔」！

沙葉新的嘲諷真可謂入木三分，淋漓盡致！

第二類，換義，即利用詞語的多義性這個條件，在一定的語言環境中，將原來表示甲義的詞語換過來表示乙義，並使這兩種意義建立起某種聯繫的修辭手法，也叫別解，其修辭效果類似雙關。這種手法在廣告語中也有較多的使用，如打印機廣告語：不「打」不相識。將「打鬥」與「打字」混雜在一起，一明一暗，顯得新穎獨特。與之類似的還有手機廣告：一機在手，打遍天下！「打」，常用義為「毆打」，在此換過來表示「發出」，非常切合行動電話神通廣大的功能屬性。

上述故事中，這類例子只有「望眼欲穿」、「聰明絕頂」、「添油加醋」等幾個。

「望眼欲穿」，直接移用成語，讓人感到既熟悉又陌生。作為成語，「望眼欲穿」用以形容盼望的迫切，「穿」是「破」的意思；而在這裏，「望眼欲穿」是看一眼就想穿的意思，它故意別解「穿」為「穿衣」的「穿」，何其妙哉！

「聰明絕頂」中的「絕頂」在成語中是「極端、非常」之意，「絕」與「頂」屬同義並列，均為「極」的意思。在這裏別解為述賓短語，「絕」作動詞，「頂」作名詞。「絕頂」，意謂頂部頭髮脫光了。

此類精妙的廣告語還如：

刻字店：一刻千金。

絲織廠：一絲不苟。

「添油加醋」在此用的是字面義（本義），因平時我們都是用它的引申義，所以用字面義（本義）倒有點不習慣了。有一則豐胸產品廣告亦屬此類：用○○，關鍵時刻，女人才能「挺身而出」。「花花世界」以其字面義用作花店的廣告語，也非常精彩，而牙刷廣告語「一毛不拔」，則更是經典。

成語妙對

　　漢語成語是漢民族長期慣用的定型化短語，具有形式整齊，結構固定等特點。兩個結構相同、意思相近相似或相反相對的四言成語對稱地排列在一起，就構成了成語對聯。成語屬對，純屬天然，毫無人工斧鑿痕跡。如：

按圖索驥—順藤摸瓜　　百家爭鳴—萬馬齊喑
抱殘守缺—推陳出新　　才高八斗—學富五車
長籲短歎—大呼小叫　　巢毀卵破—脣亡齒寒
沉渣泛起—死灰復燃　　承前啟後—繼往開來
沉魚落雁—閉月羞花　　懲前毖後—承上啟下
炊沙作飯—指雁為羹　　大家閨秀—小家碧玉
刀山火海—龍潭虎穴　　地大物博—源遠流長
顛倒黑白—混淆是非　　東鱗西爪—南腔北調
動如脫兔—靜若處子　　獨木難支—孤掌難鳴
翻山越嶺—赴湯蹈火　　釜底抽薪—火上加油
隔岸觀火—臨淵羨魚　　狗血噴頭—馬革裹屍
狗仗人勢—狐假虎威　　顧名思義—嘗臠知味
瓜熟蒂落—水到渠成　　拐彎抹角—開門見山
管中窺豹—霧裏看花　　光宗耀祖—封妻蔭子
海底撈針—甕中捉鱉　　海枯石爛—日久天長
浩如煙海—寥若晨星　　吉星高照—怒火中燒

將錯就錯—以訛傳訛　　見鞍思馬—睹物傷情
將功補過—以德報怨　　交頭接耳—瞠目結舌
金石可鏤—朽木不雕　　津津有味—遙遙無期
經天緯地—安邦定國　　精雕細刻—粗製濫造
空中樓閣—世外桃源　　苦中作樂—忙裏偷閒
夸父追日—愚公移山　　崑山片玉—桂林一枝
濫竽充數—魚目混珠　　狼心狗肺—虎頭蛇尾
理直氣壯—義正詞嚴　　伶牙俐齒—笨嘴拙舌
良藥苦口—忠言逆耳　　流芳百世—遺臭萬年
盲人瞎馬—老牛破車　　眉清目秀—齒白唇紅
門當戶對—志同道合　　名正言順—理直氣壯
匿影藏形—　頭露面虮　　蚨撼樹—螳臂當車
旗開得勝—馬到成功　　棋逢對手—將遇良才
杞人憂天—葉公好龍　　千頭萬緒—兩面三刀
前思後想—上傳下達　　敲山震虎—打草驚蛇
勤能補拙—儉以養廉　　秋高氣爽—春和景明
區區小事—鼎鼎大名　　三長兩短—五大三粗
三頭六臂—七手八腳　　色厲內荏—外強中乾
山高水遠—地大物博　　山窮水盡—地老天荒
捨本逐末—買櫝還珠　　捨生取義—殺身成仁
繩鋸木斷—水滴石穿　　死記硬背—生吞活剝
手舞足蹈—耳濡目染　　守株待兔—緣木求魚
碩果累累—野心勃勃　　樹碑立傳—歌功頌德
損人利己—假公濟私　　順風駛船—逆水行舟

桃羞杏讓—燕妒鶯慚　　　騰雲駕霧—乘風破浪
天昏地暗—海晏河清　　　銅牆鐵壁—金城湯池
偷天換日—烘雲托月　　　投石問路—打草驚蛇
兔死狗烹—鳥盡弓藏　　　脫胎換骨—洗心革面
望梅止渴—畫餅充饑　　　危如累卵—固若金湯
臥薪嚐膽—破釜沉舟　　　吳牛喘月—蜀犬吠日
五體投地—一手遮天　　　物華天寶—人傑地靈
相提並論—等量齊觀　　　先斬後奏—東借西挪
銷聲匿跡—隱姓埋名　　　興利除弊—吐故納新
興師動眾—調兵遣將　　　胸有成竹—目無全牛
雪中送炭—錦上添花　　　薰蕕同器—梟鸞並棲
尋根究底—追本窮源　　　循規蹈矩—按部就班
嚴於律己—寬以待人　　　咬牙切齒—張口結舌
移花接木—偷天換日　　　一身正氣—兩袖清風
蠅營狗苟—狼奔豕突　　　引狼入室—調虎離山
有容乃大—無欲則剛　　　有頭有尾—無影無蹤
與虎謀皮—對牛彈琴　　　雨過天晴—水落石出
張牙舞爪—指手畫腳　　　張冠李戴—鵲巢鳩佔
照貓畫虎—指桑罵槐　　　之乎者也—嗚呼哀哉
直木必伐—甘泉先竭　　　指鹿為馬—點石成金
櫛風沐雨—披星戴月　　　左顧右盼—東拉西扯
左鄰右舍—前因後果

　　此處列舉的「成語妙對」多為工對，即這些由成語構成的上下兩聯，結構相同，詞性一致，平仄相對，無重複字。從內部結構看，「二二式」

對（如「臥薪嘗膽／破釜沉舟」、「左鄰右舍／前因後果」）占絕對優勢，只有少量的「一三式」對（如「動如脫兔／靜若處子」、「狗仗人勢／狐假虎威」）。從組合方式看，有單層關係的，如「主謂式」對（夸父逐日／愚公移山）、「並列式」對（風花雪月／琴棋書畫）、「狀中式」對（雪中送炭／錦上添花）、「述賓式」對（顛倒黑白／混淆是非）、「述補式」對（才高八斗／學富五車）、「連動式」對（投石問路／打草驚蛇）、「兼語式」對（引狼入室／調虎離山）；有雙層關係的，其中「二二式」中的並列式還比較複雜，因為並列式成語內部並列的兩個部分又形成對仗，如在「承前啟後／繼往開來」中，「啟後」又與「承前」相對，「開來」又與「繼往」相對。這種結構形式又可分為並列套述賓式（興師動眾／調兵遣將）、並列套主謂式（山窮水盡／地老天荒）、並列套定中式（千頭萬緒／兩面三刀）、並列套狀中式（精雕細刻／粗製濫造）等多種類型。

成語接龍

近日學校將舉行一次成語知識大賽，為在比賽中取得好成績，我們班於昨天進行了一次選拔賽，葉童、龍吟樂、師友誼、勞軍章等四名同學初選出線。今天班上舉行復賽，要從他們四人中選二人參加學校的比賽。

我給他們出的題目很簡單，就做一個成語接龍遊戲，讓他們分別以「成語接龍」中的一個字為「龍頭」，同時也以這個字為「龍尾」，各做一條成語「龍」，一題定勝負。誰做的成語「龍」符合要求，並且所用成語數量居前二位者為優勝，時間是十五分鐘。

通過抽籤，龍吟樂抽到「成」，師友誼抽到「語」，葉童抽到「接」，勞軍章抽到「龍」。

十五分鐘後，他們的成語「龍」都成了，我要他們寫在黑板上，讓大家來評———

龍吟樂：成人之美／美玉無瑕／瑕瑜互見／見機行事／事不宜遲／遲疑不決／決一雌雄／雄才大略／略見一斑／斑駁陸離／離群索居／居高臨下／下車伊始／始終如一／一意孤行／行雲流水／水到渠成。

師友誼：語重心長／長篇大論／論功行賞／賞罰分明／明知故問／問鼎中原／原封不動／動輒得咎／咎由自取／取法乎上／上下同心／心安理得／得意忘形／形單影隻／隻言片語。

葉童：接二連三／三心二意／意氣風發／發揚光大／大同小異／異想天開／開天闢地／地老天荒／荒無人煙／煙消雲散／散兵遊勇／勇往直前／前所未有／有備無患／患難之交／交頭接耳／耳鬢廝磨／磨杵成針／針

鋒相對／對症下藥／藥到病除／除暴安良／良藥苦口／口蜜腹劍／劍拔弩張／張皇失措／措手不及／及時行樂／樂極生悲／悲天憫人／人定勝天／天經地義／義無反顧／顧全大局／局促不安／安邦定國／國計民生／生財有道／道聽途說／說長道短／短兵相接。

勞軍章：龍爭虎鬥／鬥志昂揚／揚眉吐氣／氣象萬千／千載難逢／逢凶化吉／吉人天相／相機行事／事在人為／為人師表／表裏如一／一諾千金／金戈鐵馬／馬到成功／功成身退／退避三舍／舍短取長／長驅直入／入不敷出／出神入化／化為烏有／有目共睹／睹物思人／人各有志／志在四方／方寸之地／地久天長／長治久安／安步當車／車水馬龍。

結果葉童和勞軍章勝出，他們將代表我們班參加全校的角逐。

最後，我也以他們四人姓名的首字起末字落各做一條成語「龍」————

龍吟樂：龍馬精神／神來之筆／筆底生花／花天酒地／地久天長／長歌當哭／哭笑不得／得道多助／助人為樂；

師友誼：師出有名／名正言順／順水人情／情急智生／生離死別／別有天地／地大物博／博大精深／深情厚誼；

葉童：葉公好龍／龍爭虎鬥／斗轉星移／移山填海／海底撈針／針鋒相對／對答如流／流連忘返／返老還童；

勞軍章：勞而無功／功德無量／量力而行／行雲流水／水漲船高／高朋滿座／座無虛席／席卷天下／下筆成章。

成語接龍，也叫成語頂真。進行成語接龍訓練，可以提高學生學習成語的興趣，加速對成語的記憶和理解。

成語雜趣

在元旦遊藝晚會上，做主持的語文老師說：「漢語成中有許多形容『快』的成語，誰說出的成語表示的速度最快，我手中的獎品就給誰。」

老師的話音剛落，同學們就活躍開了。大家七嘴八舌說出來一大串，如「風馳電掣、快如閃電、大步流星、腳不點地、一瀉千里、倍道前進、健步如飛、疾如雷電、一日千里、白駒過隙」，等等。

這下可把老師給難住了，究竟誰說的成語表速最快呢？正在斟酌之時，外面進來兩個學生。一個學生說：「迅雷不及掩耳！」另一個學生爭辯道：「你們說的都不夠快，『說曹操，曹操到』比誰說的都快！」

「有道理！有道理！」有人高聲贊同。

「我看沒道理！我說的更快：『說時遲，那時快！』連說都來不及，還不快嗎？」

這下真的不好評了，大家莫衷一是。有學生說：「『說曹操曹操到』和『說時遲，那時快』不是成語，不合參評要求！」針對這個問題大家又展開了熱烈的爭論，兩派意見勢均力敵。

最後，老師總結道：「對於前面說的那些四字格成語，沒有什麼爭議。

至於『說曹操曹操到』和『說時遲，那時快』，語文界的看法也不一致，有人說是成語，有人說是俗語……」

「說曹操曹操到」和「說時遲，那時快」，究竟是成語還是俗語，確實難以定論。有一些語法書把它們稱作俗語，但也有一些比較權威的成語

辭典已將它們作為成語收錄。不過，它們都是以曲說的方式言速度之快，是一種討巧的說法。

值得指出的是，上述形容速度快的成語是有區別的，大都不能互相替代，使用時要注意它們的差異以及它們所適用的對象。

晚會上，主持的老師還出了不少關於成語的題目。現將部分題目和答案輯錄於此，對大家學習語文應當有所幫助。

■ 聲調依次漸升的成語

哀鴻滿路	安常處順	安貧守道	鞍前馬後	兵強馬壯
冰魂雪魄	窗明几淨	車塵馬跡	瘡痍滿目	燈紅酒綠
低吟淺唱	雕蟲小技	多言賈禍	發凡起例	幡然悔悟
飛禽走獸	飛簷走壁	風調雨順	風行雨散	高朋滿座
瓜田李下	光明磊落	規行矩步	呼朋引伴	花紅柳綠
花明柳暗	花團錦簇	積年累月	雞零狗碎	雞鳴狗跳
激流勇進	擊搏挽裂	江湖險惡	精誠所至	妻離子散
千錘百鍊	千奇百怪	搴旗斬將	三頭兩日	三足鼎立
山長水闊	山重水複	山盟海誓	山明水秀	山青水綠
山窮水盡	山肴野蔌	深謀遠慮	生財有道	聲名炬赫
斯文掃地	酸甜苦辣	吞雲吐霧	巍然聳立	稀奇古怪
相濡以沫	逍遙法外	心懷叵測	心明眼亮	心直口快
胸懷坦蕩	胸無點墨	虛情假意	煙條雨葉	一勞永逸
一無所獲	因循守舊	陰謀詭計	優柔寡斷	張牙舞爪
獐頭鼠目	斟酌損益	中流砥柱	朱唇粉面	諸如此類

◨ 聲調相同的成語

卑躬屈膝	春生秋殺	東郭先生	科班出身	天高聽卑
挖空心思	烏七八糟	含糊其辭	名垂竹帛	名存實亡
前庭懸魚	隨俗沉浮	文如其人	循名責實	尺有所短
寸步不讓	大處落墨	對症下藥	墮甑不顧	見利忘義
蛻化變質	萬籟俱寂	萬事俱備	夜不閉戶	意氣用事

◲ 首尾同字的成語

床上安床	防不勝防	話裏有話	見所未見	精益求精
舉不勝舉	輪扁斫輪	夢中說夢	難乎其難	親上加親
忍無可忍	日復一日	神乎其神	數不勝數	山外有山
天外有天	人外有人	痛定思痛	微乎其微	為所欲為
聞所未聞	玄之又玄	賊喊捉賊	仁者見仁	智者見智

◴ 聲母或韻母相同的成語

自作主張	單打獨鬥	將計就計	斤斤計較	惺惺相惜
戶樞不蠹	入不敷出	一字之師	知己知彼	自食其力

◵ 部首相同的成語

波濤洶湧	涇濁渭清	洶湧澎湃	源清流潔	魑魅魍魎

趣說簡稱

洪豆豆小學時寫的有朋自遠方來這篇小文章，現在讀起來還仍是趣味無窮———

爸爸的一位老戰友攜妻自遠方來，我們全家人都不亦樂乎。

爸爸與這位遠方的叔叔已有二十年沒見面了，一見面他們便彼此寒暄起來。

叔叔說：「我從部隊轉業後就分配到了上吊廠工作。」他又指著阿姨說，「她現在南大繼院工作。」

聽著叔叔的話，爸爸幾乎成了丈二和尚：「什麼？上吊廠？南大妓院？」

「別誤會，我說的是上海吊車廠、南京大學繼續教育學院。」叔叔解釋道，「走得匆忙，只給你們帶了兩個蒙古包。」

「什麼？」我也有些驚訝了，「蒙古包那麼大，不是還要託運？」

叔叔摸摸我的腦袋，笑道：「我說的這蒙古包不是用來住人的氈房，而是蒙古皮包。」他又對爸爸、媽媽說，「現在我們那裏皮貨都很便宜，男牛、女牛一律按進價處理！」

「叔叔，您說的男牛、女牛，就是男牛皮鞋和女牛皮鞋吧？」「小侄真聰明！」叔叔把我拉到他身邊。

爸爸設宴為他們接風。飯後，媽媽提議道：「是不是上街隨便轉轉？我們這座小城還挺漂亮的呢！」

神情有點疲倦的阿姨說：「今天有點累了，改個時間吧！」「好吧，

下午就在賓館安息吧！」叔叔附和道。

這又讓我納悶了，「安息」也能隨便說的嗎？「安心休息」是不能簡稱為「安息」的，因為「安息」是對死者而言的。

我覺得叔叔講話有點怪怪的，有些話還很不好理解。我把我的看法說給了爸爸。爸爸解釋說：「叔叔喜歡開玩笑，在部隊時就是有名的滑稽才子。」

這位叔叔是故意說幽默話，而他的幽默是由故意簡稱不當構成的。

簡稱，又叫縮略語，它是通過壓縮短語而形成的一種語言結構，與全稱相對而言。如「瞿塘峽、巫峽、西陵峽」是全稱，「三峽」是簡稱。簡稱最突出的作用是用簡短便捷的語言形式傳達豐富的信息。

不過，使用簡稱一定要注意表義明確。有些全稱形式不同，但簡稱形式一樣，容易造成歧義，如「中國人民大學」與「全國人民代表大會」的簡稱都是「人大」，「南京大學」與「南開大學」在當地都稱為「南大」。因此，為表義明確，應根據不同情況選用全稱或簡稱，如不注意語境，就會引起誤解。

有些簡稱與全稱大相徑庭，不能濫用，否則會讓人啼笑皆非。如「蒙古皮包」不能簡稱為「蒙古包」，因為「蒙古包」專指蒙古等游牧民族的帳篷房子；但「意大利皮包」卻可以簡稱為「意大利包」，因為它沒有負載別的意義。與此同理，「鐵道部文藝代表隊」也不能簡稱為「鐵道部隊」。有的簡稱與某個詞語或稱謂音同，因而容易產生歧義，如「繼續教育學院」不能簡稱為「繼院」，因為「繼院」容易被人誤聽為「妓院」。

趣說歇後語

我們班上有個滑稽學生，他特別喜歡歇後語，開口閉口都是歇後語。

去年暑假，他跟他爸爸媽媽去了一趟呼倫貝爾大草原，他說那美麗的大草原啊，真是「老太太打哈欠———一望無牙（涯）！」

他常常這樣評價一些好的文章：這文章在我看來，是「啞巴看戲———妙不可言！」

他與我們的一名班幹部似乎結下了八輩子冤仇。我要他客觀公正地評價一下那名班幹部。

他說要我評價他，真是「船老大帶徒弟———從河（何）說起？」依我看，他是「瞎子逛商店———目空一切！」他說起話來，就如同「閻王出告示———淨是鬼話」！他從不身體力行，常常是「啞巴開會———指手畫腳」！

他對壞人壞事總是「白開水畫畫———清（輕）描淡寫」！你以為那小子聰明能幹啊，他是「豬八戒的脊梁———悟（無）能之背（輩）」！他有時花言巧語唆使我幫他抄作業，當我是「蠢人吸煙———盡冒傻氣」！他下次再那樣，我就來個「老太太塗口紅———給他點顏色看看」！我不肯幫他做作業，他就到老師那裏告我不遵守紀律，簡直是「裁衣不用剪子———胡扯」！快期中考試了，我要他給那些成績差的同學一點告誡。他說：搞舞弊是很醜的事，也是會受到嚴厲處分的！我們一定要好好復習，千萬不能「孕婦過獨木橋———挺（鋌）兒（而）走險！」

歇後語是由前後有解說關係的兩個部分組成的現成語句，有的前一部

分是個比喻，後一部分是意義的解釋；有的前一部分說出一個事物或現象，後一部分用一個雙關詞語加以解說。歇後語的前一部分像一個謎面，著重從形象方面給人以啟示、聯想，後一部分解釋意義，類似於謎底。

歇後語可分為喻義性的和諧音性的兩種。

■一 喻義性的，如：

穿沒底的鞋———腳踏實地；

大海裏撈針———無處找尋；

擀麵杖吹火———一竅不通；

快刀切豆腐———兩面光；

跛子走路———一步步來；

騎著毛驢看唱本———走著瞧；

禿子跟著月亮走———沾光；

王八翻身———四腳朝天；

甕中捉鱉———手到擒來；

芝麻開花———節節高。

■二 諧音性的，如：

唱戲的騎馬———不行（步行）；

狗咬屁股———肯定（啃腚）；

和尚的房子———妙（廟）；

和尚住山洞———沒事（沒寺）；

空中布袋———裝瘋（裝風）；

老虎拉車———誰敢（誰趕）；

賣布不帶尺———存心不良（存心不量）；

皮匠不帶錐子———真行（針行）；

石頭落水———沉默（沉沒）；

外甥打燈籠———照舊（照舅）。

有的歇後語的解釋部分運用歧義手法，讓人覺得既幽默又滑稽。如：墳場上敲鑼———吵死人。「吵死人」是個歧義短語，既可理解為「吵死／人」，也可理解為「吵／死人」。

點點滴滴話詞語

□「我們」與「咱們」

「我們」可以包括聽話對方（我們去走走），也可以不包括聽話對方（我們去走走，你去嗎？）「咱們」多用於口語，總稱說話人與聽話人雙方。「咱們」和「我們」對舉時，「我們」不包括對方。所以有人強調：在工作中，應當少說「我們」、「你們」，而應當多說「咱們」。

□「寡人」與「寡婦」

老師：「小青，皇帝的自稱是什麼？」「是寡人。」小青站起來答道。「那麼皇后呢？」

「啊！皇后……是……皇后……他支吾著。忽然，他靈機一動，說道，「對了，皇后的自稱是寡婦。」

寡人，寡德之人，君王自稱。說寡人之妻是寡婦，那肯定是不對的。寡婦者，喪夫之婦也。說商人之妻是商婦，這是對的，但不能據此稱農夫之妻為農婦，農婦的擴展應是農村婦女。

□「男兒」與「女兒」

語文組的黃老師生性幽默，好開玩笑。一日，其妻產下一對雙胞胎。人問嬰兒性別，他答曰：「兩兒。」「祝賀你喜得『雙龍』！」

「不，是一男兒，一女兒！」

他的話不免讓人納悶兒：「兒」還分男女嗎？

詞典上說得很清楚，「兒」指子女中的男性孩子，「男兒」則一般指

青年男子，如「男兒有淚不輕彈」；「女兒」指子女中的女性孩子，如「九九女兒紅」。

　　「男兒」、「女兒」都是並列式合成詞，所不同的是，「男兒」的「兒」意義較實，「女兒」的「兒」幾乎無義。像「女兒」這種詞，詞的意義以其中一個語素為基礎，另一個語素的意義弱化甚至完全消失，只起陪襯作用，通常把這種詞叫做偏義復詞。偏義復詞在古漢語中常見，現代漢語裏也有不少襲用。如：

　　兄弟女兒妻子柴火出入窗戶存亡動靜國家好歹緩急利害深淺死活睡覺品質

□「便衣」與「布衣」

　　一條警犬看到馬路上過來一條普通狗，就氣勢洶洶地跑去質問它：我是警犬，你是什麼東西？普通狗不屑一顧地看看它說：蠢貨，看清楚點，老子是便衣！

　　便衣，何許人？據現代漢語詞典解釋，便衣是平常人的服裝，區別於軍警制服。現在，人們把身著便衣執行任務的軍人、警察稱作便衣。你瞧，連狗都知道。

　　布衣，顧名思義是布做的衣服，而且是麻布做的衣服。鹽鐵論中說：古代普通人要到八九十歲才能穿絲綢衣服，在這以前，只能穿麻衣，所以稱老百姓為布衣。如諸葛亮在出師表中所道：「臣本布衣，躬耕於南陽……」意思是：我本來是個普通的老百姓，親身在南陽耕種……

　　「便衣」和「布衣」一般都不用本義，而用其借代義。

□「下流」與「便飯」

　　漢語連中國人自己都覺得難學，外國人就更加了。初來中國的約翰就

因為說一口夾生漢語而常鬧笑話。每次走到樓梯口，約翰都會略微躬著身，一派典型的英國紳士風度，口中念念有詞：「請小心裸體（樓梯），下流、下流，一起下流吧！」他把「下樓」說成了「下流」。

　　一次，約翰陪一位外交官參加中方的一個晚宴。中方官員客氣地說，晚上只是請你們吃頓便飯。菜上來後，約翰見滿桌的山珍海味，吃驚道：「如果說這是一頓便飯，那可真正是一頓『大便飯』了。」

□「丟人」與「偷人」

　　丟了東西，若找回來了，那叫失而復得，甚至有完好無損的可能。但有一種東西一旦丟了，就絕對不可能完好無損地找回來，那就是「丟人」！「丟人」，意思不是人丟失了或被拐了，而是指丟臉，與丟丑、丟面子意思相同。生活中即使丟失了小孩，也不能叫丟人！

　　有意思的是，「偷」也有講究，有一種東西不能偷，那就是人不能偷！

　　偷人指不正當的男女關係。即使偷小孩賣，也不能叫偷人，而叫拐賣！

□越野——越玩越野

　　某越野車的廣告語很特別，給人以深刻的印象：

　　越野———越玩越野！

　　這句廣告詞用了兩個「越野」，前一個「越野」屬支配式合成詞，是「越野賽跑」的縮略，指在運動場以外進行的長距離賽跑，在此為車輛品牌代稱。「越玩越野」屬緊縮復句，其中「越野」屬狀中結構的短語，意謂「更加野」。這則廣告語之所以給人以深刻的印象，主要是因為兩個「越野」構形相同，而結構形式和表達的意義不同使然。

□在你方便的時候去

一位妙齡女郎與一瀟灑小生，約會於公園。忽然，小生有些侷促不安。女郎問：「你怎麼了？」

小生不好意思地說：「我要方便方便。」女郎不解，只見小生向公共廁所走去，方知「方便」就是上廁所。

過了一會兒，女郎問小生：「你什麼時候到我那裏去玩？」

小生答道：「我想在你方便的時候去。」

女郎愕然！

「方便」一詞本沒有上廁所的義項，而把上廁所說成「方便」，是一種婉曲說法，正是這種婉曲說法讓聽話者誤解了。

□形形色色的詞語

○音同音近語素構成的詞（或短語）

初出都督各個翻番結節陸路秘密全權逝世行刑行星意義異義異議意譯做作稱秤出處此次夫婦敢幹公共股骨會徽積極技擊聚居轆轤買賣命名傾情仁人審慎事實實施世事適時史實即時實事時事失事時勢時世失實失勢素數先賢顯現信心想像相像相向嬉戲蓄須咽炎移易疑義遇雨淵源知止直至紙質制止精進近景品評親情誓死私事十四四十巳時市肆新型新興新星心性心形陰影影音影印真正梔子稚子質子駐足佇足資質侄子子侄自知自制自治租住拙作

○意義相同（或相近）而感情色彩不同的詞

愛護—庇護　　成果—後果　　聰明—狡猾　　鼓動—煽動
果斷—武斷　　含蓄—晦澀　　堅定—頑固　　教育—教唆
揭發—告密　　理想—妄想　　領袖—頭子　　團結—勾結

修改—篡改　　嚴厲—尖刻　　依靠—依賴　　讚揚—吹捧

○意義相同（或相近）而形象色彩不同的詞

蟬聯—連續　　唇舌—言辭　　掂量—斟酌　　龜縮—躲藏

巾幗—婦女　　零星—少量　　漏洞—破綻　　眉目—頭緒

鬚眉—男子　　續弦—再婚　　眼紅—嫉妒　　折磨—煎熬

○意義相同（或相近）而語體色彩不同的詞

爸爸—父親　　媽媽—母親　　老公—老婆　　吵架—口角

催促—敦促　　惦記—想念　　丟失—遺失　　高興—愉快

害怕—畏懼　　拿手—擅長　　散步—徜徉　　邋遢—骯髒

聊天—談話　　禮數—禮節　　商量—磋商　　頭兒—領導

嚇唬—恐嚇　　小氣—吝嗇　　攜手—連袂　　虛假—虛偽

語法趣話

趣說名詞活用為動詞

名詞活用為動詞，在古漢語中非常普遍。西漢賈誼的過秦論是一篇古文名作，「過秦」不是「經過秦國」，而是「指出秦國的過失」。另如：

○一狼洞其中。（洞：打洞）

○驢不勝怒，蹄之。（蹄：用蹄子踢）

○假舟楫者，非能水也。（水：游泳）

○籍吏民，封府庫。（籍：造冊登記）

○（邑人）稍稍賓客其父。（賓客：以賓客之禮相待。）

「糞土當年萬戶侯」、「魚肉百姓」中的「糞土」、「魚肉」，便是從古漢語沿襲下來的名詞作動詞的用法。

現代漢語中也有不少名詞活用為動詞的例子。如：

○一個牧童猴在牛背上。

○說話呀，你啞巴了？

○我是喝黃酒的，如果你們一定要喝白乾，那我也可以白乾一下。

○那天，他跟一群文學愛好者文學了一番。

○賺了那麼多錢，也該意思意思了！

上述例子中的「猴」、「啞巴」、「白乾」、「文學」、「意思」等詞語，都是名詞活用作動詞。

詞類活用是指為了表達上的需要，加強修辭效果，在特定的條件下，偶而把甲類詞用作乙類，要把它與詞的兼類現象區分開。「活用是臨時的，偶而出現的用法，在詞典上活用的義項不必另作解釋；兼類是經常具

有兩類詞的意義和用法，因而不管用作哪一類，人們都有新鮮的感覺。」
（張靜）

趣說名詞與副詞結緣

熊丹妮同學要我替她審閱一篇稿件，其中一段文字激起了我的興趣：

這段時間我一直在注意一種語言現象，如「很陽光」、「很垃圾」、「最中國」、「最現代」等。開始覺得很彆扭，但是越來越覺得有意思，而且好像不能用別的語言形式替代。

於是，我開始搜集這方面的語言實例。我發現這種現象在廣告裏不少。例如：

安踏鞋業廣告語：「越磨礪，越光芒！」NBA 籃球宣言：「無兄弟不籃球！」上海有一家專門刊登小小說的雜誌，叫做「最小說」。

某服裝廠廣告語：「穿上我們廠生產的服裝，男人將更男人，女人將更女人！」

湖南衛視都市頻道有兩個專題欄目：「太重點」、「太新聞」。

這是一個很四月的黃昏，我搭乘上飛往海口的航班。在這次航班中，有一位服務員一看就知道是很淑女的那一類，那迷人的微笑似乎就是她的秘密武器。她給我倒了一杯咖啡，還給了我一個很職業的微笑。可是，有一個女乘客卻非常刁蠻，沒事找事，與她形成鮮明的對比。這個女人長著一副馬臉，兩個眼珠子 轆 轆轉，一看就知道很狐狸……

你們覺得我這段話有意思嗎？你看，「很四月」、「很淑女」、「很職業」、「很狐狸」多麼有意思！

最後，我以一句網上的話作結———總是有人在玫瑰滿街的情人節很阿Q地說：「只要曾經擁有！」

我現在還沒有能力對這種語言現象進行透徹的分析，在此我謹向老師和同學們討教。

　　熊丹妮提出的問題很有意思，它涉及一種語言現象，即副詞直接修飾名詞的現象，如她所舉例句中的「不」、「太」、「很」、「最」、「更」、「越」等都是副詞，但它們直接修飾名詞。這種語言現象雖不具普遍性，但它們畢竟還是對傳統語法提出了挑戰。儘管初聞覺得彆扭，但人們還是接受了，或者說逐漸習慣了。

　　如今，人們用「很陽光」來形容那些健康開朗、朝氣蓬勃的男孩或女孩，而用「很垃圾」來形容低級、粗劣、水準差的人或事，此時我們好像忘記了語法規範，反倒覺得這樣說更顯得用語經濟、洗練，詞約意豐，似乎沒有更好的詞語可以取代它們。

　　這樣的語言結構，還如「非常古典、比較小兒科、特別色情、非常哲學」等。

　　有人把這種不合傳統語法，卻又具有生命力的語言現象稱為「陌生化」現象，而語法界比較統一地稱之為「副名結構」。

　　其實，這種「副名結構」在古代漢語裏早已有之，只是不很普遍。例如，劉禹錫陋室銘中的「山不在高，有仙則名」，副詞「則」直接修飾名詞「名」；關漢卿拜月亭二折裏的「俺這夢魂無夜不遼陽」，副詞「不」直接修飾名詞「遼陽」，等等。

　　在現代漢語裏，這算得上是一種「新的語言現象」。這種「副名結構」在社會的集體無意識中悄無聲息地進入到語言流通渠道，而且被廣泛地運用於語言交際中，這說明「副名結構」已成為一種語言事實。我們再通過下面幾個語言實例來進一步認識它。

　　○她卸了妝，穿上這身衣服，顯得更生活。

○飢餓給我們的教育，是最唯物主義的。

○丹頂鶴成為國鳥唯一候選，可有人認為鴛鴦最中國。

例句中的「生活」、「唯物主義」、「中國」均為名詞活用為形容詞。這些名詞與其前面的副詞結成比較「穩定」的語言結構，即「副名結構」。對此我們除有陌生感外，也有一種新奇感。

這種「副名結構」最常見的有兩種形式，一種是「程度副詞＋名詞」式（如「很陽光」），一種是「否定副詞＋名詞」式（如「無兄弟不籃球」）。從根本上說，前者為名詞用作形容詞，後者為名詞用作動詞。

現在，「你很牛啊」、「他越來越牛啦」之類的說法很流行，但「很牛」、「越牛」不是「副名結構」。大家知道，「牛」是一個名詞，但又可作形容詞，用以比喻固執或驕傲，如牛氣、牛市等。如今，對在某方面很有本事也稱「牛」，如「在電學方面，他可是很牛的！」「馬」也與「牛」有類似的功能。對那些不細心、辦事草率、疏忽大意的人，人們常說「他很馬」或「他馬得很」，這大概與「馬虎」一詞有關。

趣說名詞作狀語

　　名詞作狀語，是指名詞放在動詞的前面，對這個動詞起著直接修飾或限制的作用。名詞一般是不能作狀語的，作了狀語就意味著帶了副詞的性質，所以名詞作狀語也是一種詞類活用的現象。在文言文中，名詞作狀語的現象是很普遍的。如：

　　○吾得兄事之。（兄：像對待兄長一樣）

　　○一狼徑去，其一犬坐於前。（犬：像狗似的）

　　○箕畚運於渤海之尾。（箕畚：用箕畚）

　　名詞作狀語的語言形式，有不少已經凝固化，有的已作為雙音節詞保留在現代漢語之中，如：

　　狐疑　鳥瞰　雲集　蠶食

　　鯨吞　尾隨　席卷　瓜分

　　這種表比況的狀語可以理解為「像……一樣」，類似比喻，其形式為「名＋動」。

　　有的已作為成語保留在現代漢語詞彙系統之中，如：

　　虎踞龍盤　日積月累　風馳電掣

　　土崩瓦解　裏應外合　左顧右盼

　　現代漢語裏也有少量的名詞作狀語的用法，但仍屬古代漢語的遺留格式，如：

　　圈養　風乾　水煮　筆談

　　函授　窖藏　籠養　牛飲

在現代漢語中，時間名詞和方位名詞作狀語是常見的，如：

①他從前做過勞工。

②他剛才走了。

③儘管道路坎坷，我仍將繼續前行。

④亮紅燈了，我們可以右轉彎。

①②中的「從前」、「剛才」都是時間名詞，分別作「做」與「走」的狀語；③④中的「前」、「右」都是方位名詞，分別作「行」與「轉」的狀語，意謂「向前」、「向右」。

另外，「雪白、墨黑、金黃、火熱、冰冷、筆直」這些「名＋形」結構中的「雪、墨、金、火、冰、筆」，雖然也屬名詞作狀語，但不是古漢語名詞狀語格式的遺留，它們與後面的形容詞組合是現代漢語中一種較特殊的成詞現象，屬於限定式（偏正式）合成詞。

趣說詞語的超常重疊

曾讀過一篇小小說，裏面有一個很有意思的人物，名叫堯子。堯子是鄉里先富起來的農民。他開了一個小商店，生意紅火，日子過得很滋潤。富裕起來了的堯子，做派也顯得與眾不同了。他常常戴上老花鏡，蹺起二郎腿，坐在店門口煞有介事地看參考消息之類的報紙，經常說一些「過去現在的時候呢」、「因為所以呀」、「一切等等等等」之類的話，以顯示他的與眾不同。在鄉里人看來，他的學問莫測高深。

他介紹家人時如此說：「我有兩個兒子，都在外地工作。大兒子是常回家看看，小兒子是常常回家看看。今天他們都回來了，大兒子是剛回來，小兒子是剛剛回來。」

說起自己的兒媳和孫子孫女，他更是眉飛色舞：「大兒媳的確很漂亮，小兒媳的的確確很漂亮。孫子像他爸，白胖白胖；孫女像她媽，白白胖胖。」

他經常抱著孫子或孫女出來走走，嘴裏則哼哼嘰嘰：「上街街，走路路，看車車……」

他說的話，鄉里人是半懂不懂。他常對那些向他提意見的人說：「在這方面你是內行，歡迎你指點指點，但不歡迎你指指點點。」

有人在他那買水果挑來選去，他就說：「蘋果不是太好，挑選挑選是可以的，但如果都像你這樣挑挑選選，差的賣給誰？」

那人不高興了，嘴裏不停地「嘀咕」。

「嘀咕」久了，堯子便不耐煩了：「你嘀咕嘀咕我沒意見，你老是嘀

嘀咕咕我就不高興了！」

　　他常向人居功擺好：「是我疏通上上下下的關係，上面才撥款修好了這條石階路，現在鄉親們上上下下都方便了。」

　　太陽出來了，他把家裏的棉絮拿出來翻曬，嘴裏仍是念念有詞：「這是三年前買的新棉絮，你看現在還是新新的。」

　　堯子有些話確實很有意思，但它卻確確實實讓人不得其解，或者說不得甚解。

　　其實，在堯子的那些話裏，除「過去現在的時候呢」、「因為所以呀」、「一切等等等等」這幾句屬胡言亂語外，其它不少話語是值得探究的。他的話之所以不好懂，主要是因為他較多地使用了一些超常的詞語重疊形式。具體可按以下幾種情況探討：

　　一是超常的名詞重疊形式。

　　關於名詞重疊，語法界的觀點不很一致，綜合多家觀點，可作如下表述：名詞一般不能重疊，但是有兩種情況是可以重疊的：一是少數兼有量詞性質的單音節名詞可以重疊，如「家家戶戶、村村寨寨、時時刻刻」等；二是部分名詞對舉時可以重疊，如「山山水水、上上下下、方方面面」等。

　　上述「上上下下的關係」中的「上上下下」屬名詞 AABB 式重疊，而「鄉親們上上下下都方便了」中的「上上下下」則是動詞 AABB 式重疊。

　　此外，還有一種單音節名詞的重疊，如我們常跟幼兒說「起床床、穿衣衣、洗臉臉、吃飯飯、上街街」等，「床床、衣衣、臉臉、飯飯、街街」屬於一種特殊的名詞重疊形式，有明顯的「喜愛」、「親切」或「細小」的色彩，多見於兒童語言、兒歌及民歌中。「爸爸、媽媽、哥哥、姐姐」一類詞應是重疊式名詞，而非名詞的重疊。「人人」也是一種非量化的單

音節名詞的重疊，這是個例，屬古漢語遺留格式。另外，像陝北的「信天遊」裏有許多名詞重疊現象，如「藍花花、山溝溝」等，這在整個漢民族語言中不具普遍性，我們這裏所說的詞語重疊，是以漢民族共同語———普通話為依據的。

二是超常的動詞重疊形式。

傳統語法認為動詞有兩種重疊形式，即「AA」式和「ABAB」式。單音節動詞按 AA 方式重疊。如：看看、走走、玩玩、唱唱、聽聽。有時可以在中間加入「一」，如「走一走、聽一聽、看一看、唱一唱」，這種重疊形式附加一種「嘗試」意義，如「走一走，你會有新的發現」、「聽一聽，你就明白了」等。有時可在中間插入「了」，如「走了走、看了看、聽了聽」，這種形式表示動作延續的時間短暫。雙音節動詞按 ABAB 方式重疊，如「觀察觀察」、「考慮考慮」、「嘗試嘗試」等，重疊後也有表示時間短暫或緩和語氣的作用。

但是，在現實的語言應用中，動詞的 AABB 式重疊客觀地存在著，如上述「指指點點」和「挑挑選選」便屬此類。

很顯然，「指點指點」與「指指點點」都是動詞「指點」的重疊形式；「挑選挑選」與「挑挑選選」是動詞「挑選」的重疊形式。其中「指指點點」與「挑挑選選」都是 AABB 式，這似乎有悖於傳統語法。

ABAB 式和 AABB 式是兩種不同的動詞重疊方式，雖然都表示動作的時量和動量，但是量的大小正好相反。如「指點指點」、「挑選挑選」與「指指點點」、「挑挑選選」相比，後者所表示的時量有所延長，動量也有所增加，而且略帶貶義。

三是超常的形容詞重疊形式。

傳統語法認為，單音節形容詞有兩種重疊形式：一是單音節形容詞

AA 式重疊，如「好好、白白、慢慢、藍藍」等。這種 AA 式重疊修飾動詞時表示程度的加強，如「大大提高了效率」；修飾名詞時有描寫意味，但表示程度減弱，如「大大的眼睛」（與「大眼睛」相比程度減弱），同時還可表達一種憐愛之意，如「他那個小寶貝長得胖胖的、嫩嫩的、白白的……」還如上述「新」與「新新」。「新棉被」是未使用過的，「新新的棉被」雖用過，但還很新。「新新」與「新」相比，有程度的減弱。二是 BAA 式，如「香噴噴、亮閃閃、冷冰冰、新嶄嶄」等，其語法義是表示程度增強。

雙音節形容詞有三種重疊形式：一是按 AABB 式重疊，如「高高興興、熱熱鬧鬧、整整齊齊、痛痛快快」等。這種重疊式主要表示程度的加強。二是 A 裏 AB 式，如「小裏小氣、土裏土氣、傻裏傻氣、糊裏糊塗、囉裏囉嗦」等。這裏的AB限於某些含貶義的形容詞，重疊後既表示程度加強，還附加一種貶義色彩。三是 ABAB 式重疊。這種重疊形式，大多數的語法書都未提及，我們謂之超常的形容詞重疊形式。這種重疊式可分兩類：一類是雙音狀態形容詞的重疊形式，如「雪白雪白、瓦藍瓦藍、金黃金黃」等。這種重疊式的基式，如「雪白、瓦藍、金黃」等，其語義特徵是通過比況表程度，那麼其重疊式的語法意義便是對「程度」的再一次強化，表程度中的「極量」。另一類是雙音性質形容詞的重疊形式，如「自在自在、舒服舒服、安靜安靜、快活快活」等。這種雙音性質形容詞的ABAB重疊形式含有「嘗試、輕微、短時」等語法意義。

上述「白胖」，既可按 AABB 式重疊，又可按 ABAB 式重疊，即既可重疊為「白白胖胖」，又可重疊為「白胖白胖」，但意義有差異，如「白白胖胖」指「又白又胖」，表現的是一種狀態；而「白胖白胖」指「很白很胖」，既表狀態，又表程度。

四是超常的副詞重疊形式。

副詞是一種虛詞，其作用是用來修飾動詞、形容詞，還可以修飾全句，說明時間、地點、程度、方式等。很多語法書都說副詞一般沒有重疊形式，個別程度副詞可以重疊，表示程度的加深，如「狠狠（狠狠地打、惡狠狠）」。其實不然，在現實語言交際中，副詞的重疊現象還是不少的。如「常」重疊為「常常」、「剛」重疊為「剛剛」、「的確」重疊為「的的確確」等。下面對這些詞語做一點簡單分析。

「常」與「常常」這兩個詞是有一定差異的。「常」作為副詞有兩個義項。a. 表示行為、動作屢次發生，強調行為動作的經常性；b. 表示行為、動作的長久、一貫性。而「常常」只有「常」的第一個義項，即強調動作行為的經常性。因此，「常常」與「常」相比，語法意義有所縮減。堯子的主觀意思應當是說小兒子回家的次數多，而從上述分析看，「常」比「常常」更具經常性。

「剛」與「剛剛」在語法意義上也有差異。在堯子的話中，「剛剛」與「剛」都是表時間，但「剛剛」比「剛」離說話的時間似乎更近。另外，在表示數量的時候，「剛」表示勉強達到，強調數量少，有「只」、「才」的意思，「剛剛」則偏重於表示「正好」、「剛好」的意思。如「現在剛八點」、「現在剛剛八點」。在這一層面上，堯子所說的「剛」、「剛剛」與其說話的主觀意圖應當是一致的。

「的確」與「的的確確」，是難以進行語法意義上的區分的。堯子說「大兒媳的確很漂亮」、「小兒媳的的確確很漂亮」，我們實在難以從文字上判定大兒媳與小兒媳到底誰漂亮？從堯子的主觀意思看，似乎小兒媳比大兒媳更漂亮一些，若進行客觀的分析，「的的確確很漂亮」與「的確很漂亮」是無法進行比較的。「的的確確很漂亮」與「的確很漂亮」的語義

都是模糊的，並不表示一個客觀的精確的「量」。認為「的的確確很漂亮」比「的確很漂亮」更漂亮，這只是主觀感覺不同而已，這是因為當人們主觀上覺得單用「的確」並不足以用來強調自己的想法時，便產生了它的重疊式。

　　堯子畢竟不是一個語言工作者，他只是喜歡在語言的表達上獵奇，以顯示他的高深莫測，實際上他進入了一個語言誤區，他認為詞語的重疊形式都較基式在程度上有所加強。不過，堯子的話不僅「的確」，而且「的的確確」給了我們很多的啟示。

趣說量詞

　　量詞是表示事物單位和行為單位的詞，表示人或事物單位的叫名量詞（物量詞），如「個、斤、些」等；表示動作行為單位的叫動量詞，如「次、遍、下」等。漢語的量詞十分豐富，而且還饒有趣味。

　　限制之趣。不論是名量詞還是動量詞，其主要作用都是衡量與限制。「一根木頭」、「一塊磚」的「根」、「塊」限制了木頭和磚的形狀；「抽了一鞭子」的「鞭子」在表示了行為方式的同時，也在為這一行為計量；「一群人」、「一堆稻穀」的「群」、「堆」本身就有數量意義。有的量詞，如「一座山」、「一座橋」和「一座村莊」的「座」，很難說清楚是從哪個角度對後面的名詞進行限制的，「山」、「橋」、和「村莊」形狀不同，而量詞都可用「座」。有些東西形狀差不多，但所用量詞卻不一樣，如「一頭牛」、「一匹馬」、「一隻羊」、「一口豬」中的量詞並未對形狀作描繪，這或許是屬於約定俗成吧。尤其，衡量限制老虎和鳥的量詞都用「只」，實在有點不可思議，一個體大，一個體小，一個是走獸，一個是飛禽。有的事物可用幾個量詞，如可說「一個同學」、「一名同學」、「一位同學」等。方言裏的量詞更是千奇百怪。如「一眼針」（廣州）、「一頭雞」（福州）、「一籠帳子」（昆明）……有些方言中的量詞，還有點滑稽，如「一條村子」、「一塊歌」、「一塊故事」、「一腳水桶」等。

　　形象之趣。不少量詞具有修飾作用，用得恰當，可顯示出其特殊的藝術魅力，即可寓比喻於限制之中，體現出特殊的形象美，如「一星綠」、「一縷炊煙」、「一掛瀑布」、「一串葡萄」等。描寫月亮的量詞就更多了，

如：「一盤圓月」、「一輪皓月」、「一彎新月」、「一鈎新月」、「一眉嬌月」、「一鏡明月」等。這些量詞本身就含有比喻，給人以無窮美感。這些量詞大都借用名詞，而這名詞本身就是它所限制事物的絕好的喻體。還有的量詞用得很藝術，如唐代詩人劉禹錫生公講堂中的詩句：「高座寂寞塵漠漠，一方明月可中庭。」「方」指方塊形狀，「一方明月」的「方」字用得很奇特尖新。「方」字說明從窗口照射到屋裏來，因受到窗框的限制，所以月光成為方形的了。正如一副趣聯的上聯所云：「明月照方窗，有規有矩。」

模糊之趣。「模糊」不是一個褒義詞，卻是一個屬於美學範疇的概念。有些量詞在運用中，既談不上限制，也談不上修飾，甚至有點莫名其妙，但讓人感到和諧，感到一種模糊之美，如「一方和平」、「一泓寧靜」。「和平」、「寧靜」本身就不是具體的事物，因而也無法用具體的單位去衡量限制它們。有些事物說得出形狀，但所用的量詞卻無法說清是怎樣與之結下不解之緣的。「一爿水果店」中的「爿」為何物？辭海裏釋為

「劈開的竹木片」，水果店絕不可能像「竹木片」，現在一般把店子說成「個」或「家」，說「爿」倒挺雅的呢，這或許有「模糊」的緣故吧！

趣說虛詞

　　漢語中的詞可分為兩大類，即實詞和虛詞。實詞是指意義比較具體的詞，包括名詞、動詞、形容詞、數詞、量詞、代詞六類；虛詞則是一般不能單獨成句，意義比較抽象的詞，包括副詞、介詞、連詞、助詞、歎詞、象聲詞六類。虛詞的主要作用是「連接」和「附著」，如連詞的作用是連接，介詞、助詞、語氣詞的作用是附著（介詞附著於名詞，表示名詞和動詞或形容詞的種種關係；助詞附著於某些實詞，表示某些語法關係和語義關係；語氣詞附著於句子，表示句子的語氣）。

　　虛詞並不是可有可無的詞，它在句中的作用與實詞同等重要。如「他不在」與「他不在了」、「我們班只有十個人」與「我們班只有十個人了」，意思迥異。

　　有一個關於洪承疇的故事，頗能說明虛詞在句子中的作用。洪承疇是明代崇禎時的寵臣，官至兵部尚書，後因受命抗清被俘變節而成為千古罪人。然而，這個恬不知恥的民族敗類，竟手書一聯高懸於大門兩側：

　　「君恩似海；臣節如山。」

　　一位讀書人看了，在其上下聯尾各添一字，改為：

　　「君恩似海矣！臣節如山乎？」

　　「矣」和「乎」都是文言虛詞，本沒有實在意義，但「矣」字用在句尾，表示一種確定的語氣；「乎」則表反詰。改聯用上這兩個虛詞後，頓覺其辭鋒利，其味辛辣，產生了妙不可言的諷刺效果。

　　「初唐四傑」之一的王勃，其名作滕王閣序歷來膾炙人口，尤其是其

中的名句「落霞與孤鶩齊飛，秋水共長天一色」更是讓人交口傳誦。可是有人說去掉其中的「與」、「共」兩個虛詞，句子會變得更精鍊。

去掉「與」、「共」二字，的確是精鍊了，但同時也削弱了原句的意境。在句中，「與」、「共」二字雖然起不到動詞的作用，然而卻賦予了落霞、秋水一種主觀能動性，使人在閱讀時能夠充分地想像出落霞是怎樣主動地攜同孤鶩齊飛的，秋水是怎樣主動地與長天混成一色的。避其游離，凝為一體，展現出一幅廣闊、深遠、生動的江南水鄉晚秋圖。而去掉「與」、「共」二字呢？那則是另一番情景。雖然繪畫的審美特徵表明了落霞具有輕快、明朗的色調，外形特點也決定了它自身的流動感，並且「秋水」、「長天」也鋪展出了開闊的意境，但按一般的欣賞習慣，難見有幾個讀者從這方面去看一篇詩作。由此看來，修改後的「落霞」句無非是給讀者提供了幾個呆板的形象，或者說是幾種客體的自然存在狀態，雖有「齊飛」、「一色」作綴，終也難以救其所損。

再者，「與」、「共」二字的音調也表明了它們在句中具有不可忽視的作用。此二字可使整個句子顯得舒緩且富有節奏感，讀來抑揚頓挫，平添一分韻律美和音樂感。

據宋稗類鈔記載：歐陽修有一次給韓琦寫了一篇相州畫錦堂記，開頭兩句是：「仕宦至將相，富貴歸故鄉。」文章寫好之後叫人給韓琦送去。文章送走了，歐陽修仍然在琢磨，經過反覆推敲後，他又派人騎快馬把送文章的人追回來，再行修改後才送出去。韓琦收到文章，仔細校對、閱讀，發現起筆句「仕宦至將相，富貴歸故鄉」改成了「仕宦而至將相，富貴而歸故鄉」，較原稿增加了兩個「而」字。

歐陽修改稿只增加了兩個「而」字，雖語意沒有什麼改變，但意思卻更突出鮮明，語氣由急變緩，節奏和諧流暢，因而增加了語言的和諧之

美。

　　詩歌講究節奏音律，散文也講究節奏協調，音節和諧，也應該用字如珠落玉盤，流轉自如，聽來順耳，讀來順口。

趣說擬聲詞

擬聲詞是用來摹繪聲音的，也叫摹聲詞、象聲詞，如「叮當」、「撲通」、「稀裏嘩啦」、「嘰裏咕嚕」等。擬聲詞本身沒有概念意義。恰當地使用擬聲詞，能使語言形象、生動，給人以聞其聲臨其境的感覺。擬聲詞的用字應遵循社會的約定，不能隨意生造，如不能用「普通」替代「撲通」，不能用「稀裏滑了」替代「稀裏嘩啦」等，除非為了滿足某種修辭效果的需要。下面這副擬聲趣對便屬於這種情況。

獨覽梅花掃臘雪；

細睨山勢舞流溪。

從意思上看，這是一副描寫山水景色的對聯，然而這副對聯的上聯所模擬的卻是音樂簡譜1、2、3、4、5、6、7七個音，下聯則與上聯相對，模擬的是一、二、三、四、五、六、七這七個數字的字音，不過下聯模擬的是浙江方言的讀音。

下面這副對聯更是自然天成：

山童採粟用筐盛，劈粟撲籠；

野老賣菱將擔倒，傾菱空籠。

「劈粟撲籠」和「傾菱空籠」都是擬聲詞，像這類無社會約定的詞，一般來說，同音即可。此聯妙在選用的擬聲詞與內容密切相關，這類情形非常少見。

還有這樣一副節日慶聯：

普天同慶，當慶當慶當當慶；

舉國若狂，且狂且狂且且狂。

「當當慶」、「且且狂」既是實詞，又是虛詞中的象聲詞，擬樂器聲。

在網上讀到這樣一則幽默，至今難忘：

我讀小學的時候，老師讓我們用「況且」造句，結果老師給我造的句子打了個叉。我記得我造的那個句子是：「一列火車經過，況且況且況且況且況且……」

「況且」是一個連詞，句中把它當成了擬聲詞，因而產生了幽默的效果。

動物的叫聲與住處擷趣

小貓怎麼叫，喵喵喵！

小狗怎麼叫，汪汪汪！

小雞怎麼叫，嘰嘰嘰！

小鴨怎麼叫，嘎嘎嘎！

小羊怎麼叫，咩咩咩！

老牛怎麼叫，哞哞哞！

老虎怎麼叫，嗷嗷嗷！

老鼠怎麼叫，吱吱吱！

青蛙怎麼叫，呱呱呱！

蟋蟀怎麼叫，瞿瞿瞿！

蟲子怎麼叫，唧唧唧！

這是一首幼稚園阿姨教的兒歌，旨在對低齡兒童進行啟蒙教育。「喵喵喵」、「汪汪汪」等，都是對動物叫聲的摹擬，叫做擬聲詞。

其實，動物的叫聲還另有稱謂，如李白早發白帝城裏的詩句「兩岸猿聲啼不住，輕舟已過萬重山」中，稱猿叫為「啼」；有一個成語叫做「雞鳴狗吠」，稱雞叫為「鳴」，狗叫為「吠」。另如「獅吼虎嘯，熊吟狼嚎，蛙呱鳥喳，鶴唳鵲噪，鴨呷貓咪」等。

不過這也不是絕對的，雞與鳥叫都既可稱「鳴」，也可稱「啼」，如熟語「十年難逢母雞啼」、古詩「春眠不覺曉，處處聞啼鳥」等。當然，所有動物的叫都可以用同一個詞來稱謂，那就是「叫」。

動物的住處也有特定的稱謂，如羊的住處稱「牢」，如「亡羊補牢」；虎的住處稱「穴」，如「不入虎穴，焉得虎子」；兔的住處稱「窟」，如「狡兔三窟」。其它如：蛇的住處稱洞，牛的住處稱欄，馬的住處稱廄，豬的住處稱圈，鳥的住處稱巢，蠶的住處稱架，雞的住處稱窩，蜜蜂的住處稱箱，蜘蛛的住處稱網等。

　　這也同樣不是絕對的，雞的住處既可稱「窩」又可稱「籠」；鳥的住處既可稱「巢」，又可稱「窩」，等等。

程度副詞擷趣

　　副詞是用來限制、修飾動詞或形容詞性詞語，表示程度、範圍、時間等意義的詞。而「程度副詞」，顧名思義，就是用來表示程度的。常用的程度副詞有：很、非常、極、十分、最、頂、太、更、挺、極其、格外、分外、更加、越、越發、有點兒、稍、稍微、略微、幾乎、過於、尤其等。

　　一個句子裏有無程度副詞，以及副詞所表示程度的高低，都直接影響著句子的意義。試比較：

　　①他成績好。

　　②他成績很好。

　　③他成績最好。

　　這三句話所表達的「好」的程度，無疑一句比一句高，一句比一句中聽。

　　但是，程度副詞也有無奈的時候，如：

　　④我愛你。

　　⑤我很愛你。

　　⑥我最愛你。

　　這三句話中，④最中聽。按理，⑤比④程度高，但總讓人感到愛似乎還有所保留。⑥中的「最」表現了最高的程度，然而它是將眾多所愛的人（起碼三個）進行比較而言的。

　　為什麼不加任何修飾的「我愛你」顯得最摯誠中聽呢？究其原因，不

是程度副詞失效了，而是因為愛情是自私的，具有排他（她）性。

有意思的是，有一個關於程度副詞「太」的爭議已持續了兩千多年，至今尚無公斷，真可謂之歷史「懸案」了。

宋玉在登徒子好色賦一文中，對「東家之子」的美麗有這樣一段描寫：

東家之子，增之一分則太長，減之一分則太短。著粉則太白，施朱則太赤。

宋玉之意是說「東家之子」的身材、膚色都恰到好處。這段描寫歷來為人稱道，但也有人認為此番讚美並非恰到好處。關於這個問題，金代王若虛在滹南詩話一書中已有論述：

夫其紅白適中，故著粉太白，施朱太赤。乃若長短，則相形者也；增一分既已太長，則先固長也；而減一分乃復太短，卻原是短，豈不相窒乎？

在王若虛看來，文中兩個「太」字是多餘的，而用「增之一分則長，減之一分則短」來描寫「東家之子」的身材適中，那才可說是恰到好處。

筆者認為，王若虛的觀點失之片面。其實，這兩個「太」字不能坐實去理解，它們在此已失去了作為程度副詞的語法功能，如同「太好了」、「太漂亮了」並不意味著好過了頭、漂亮過了頭。

「增之一分則長，減之一分則短。」簡去了原句中的兩個「太」字，意思似乎更準確，但語氣顯得太硬，亦缺乏節奏感，一句話，韻味大減。

非數詞而表數目的詞

紀曉嵐幼時，與數名孩童在街上玩球，恰好碰上府官乘轎經過，他一不小心，把球擲進了府官的轎裏，打在他的烏紗帽上。府官大怒，夥伴見了，嚇得四竄逃走。他只好硬著頭皮，上前討球。

「誰家野孩子？在大街上撒野！」府官鐵青著臉問。

他答道：「大人政績卓著，境內平安，人民康樂，小子得以與眾共戲球藝。」

「頑皮的孩子！」府官轉變了語氣說，「看你蠻聰明伶俐的，我出一對聯，對得上，就還球給你。」

「請大人出題。」他說。

「童子六七人，惟汝狡！」府官說。

「太守二千擔，獨公……」他故意留下一個字不說，而後狡點地看了府官一眼，調皮而機智地補道，「要是你把球還給我，就是『獨公廉』，不然，就是『獨公貪』。」

府官聽了微笑道：「這孩子長大後，一定是個刁客！」紀曉嵐拾起府官投回的球，長揖後轉身就溜了。

在他們的對句中，「獨」和「惟」都不是數詞，卻隱含著數的意義。在對句中，這類詞不能以數詞與之相對，如「獨角獸」，不能用「九頭鳥」或「三腳貓」去對，較佳的對句應是「比目魚」，因為「比」有一個義項是「緊靠，挨著」，所以可表示雙數。這類詞還如「單、半、倍、孤、奇、偶」等，由它們構成的詞或成語如：「單獨、孤立、勢單力孤、事半

功倍、無獨有偶」等。這類詞有時與量詞合在一起使用，如成語「形單影隻、單槍匹馬」便是。

趣說詞的兼類與同音同形

爸爸對小明說：「這兒有一個鐵錘，一個瓷碗，你用鐵錘去錘瓷碗，錘不碎，你信嗎？」小明不信，說：「錘是鐵的，碗是瓷的，一錘下去一定把碗錘得粉碎。」爸爸說：「你說得很對，但我也沒有說錯呀！」你說爸爸為什麼沒有說錯呢？

「錘」字既可做名詞，也可作動詞。小明說的「錘得粉碎」的「錘」是動詞，爸爸說的「錘不碎」的「錘」是名詞，指鐵錘。所以，父子倆說的都對。「錘」兼屬名詞與動詞。

詞的兼類是指一個詞具有兩類或兩類以上的語法功能，換言之，即一個詞兼屬兩種或兩種以上詞性。例如：

①他在家。

②他在家看書。

③他沒有錢。

④他沒有買。

①中的「在」是動詞，後邊的名詞是賓語；②中的「在」是介詞，與「家」構成介賓短語修飾動詞性短語「看書」；③中的「沒有」是動詞，後邊的名詞「錢」是賓語；④中的「沒有」是副詞，它修飾後邊的動詞謂語「買」。

詞的兼類，是語言中一種很普遍的現象，如下述「豐富、繁榮、要求」都是兼類詞。

豐富—生活豐富（形） 豐富生活（動）

繁榮—市場繁榮（形） 繁榮市場（動）

要求—提出要求（名） 要求進步（動）

由上面的例子可知，兼類詞不僅同形同音，而且意義相通，互有聯繫。

漢語中有一種奇特的音形共用現象，即形式、讀音完全相同的一個語素構成體，表示兩個或多個意思殊異，而且語法上完全不相干的詞語。這些詞在意義上沒有聯繫，屬同音同形詞。

先來看兩個實例：

⑤在白雲飄過山那邊這篇短文中，有好幾個白字，所以意思沒表達明白，作者對此作了一番表白，但無論怎樣解釋也等於白說。

⑥她是一位大家閨秀，卻不養尊處優。她從小愛好丹青，終成書畫大家。她淡定的生活態度，勤奮的學習精神，都是值得我們大家學習的。

在⑤中，「白雲」的「白」是形容詞，指白色；「白字」的「白」是形容詞，是「錯誤」的意思；「明白」的「白」也是形容詞，是「清楚」的意思；「表白」的「白」是動詞，意謂「說明、陳述」；「白說」的「白」是副詞，意謂「沒有效果、徒然」。

在⑥中，「書畫大家」的「大家」是名詞，指著名的專家；「大家閨秀」的「大家」是名詞，指世家望族；「我們大家」中的「大家」是代詞，指一定範圍內所有的人。

順便指出，「舍小家為大家」中的「大家」不是合成詞，而是定中短語，是相對「小家」而言的。

⑤、⑥兩例中的「白」和「大家」均為同音同形詞。又如：

一把刀（把，量詞） 把燈點上（把，介詞）

把花別上（別，動詞） 別說話（別，副詞）

上面的「把」、「別」都不是兼類詞，而是同形同音詞。

有這樣一段像繞口令一般的趣語：

女人天生喜歡什麼花？玫瑰花？百合花？山茶花？牡丹花？櫻桃花？錯！應該是有錢花！經常花！大方花！拼命花！不花白不花，花了是白花。這個周末不用錢，到郊外去看花花，看看紅花花，看看藍花花，也別忘街上白花花！

句中用了許多「花」，但此「花」非彼「花」。「玫瑰花、百合花、山茶花、牡丹花、櫻桃花」中的「花」和「藍花花」中的「花花」，是名詞，指花兒；「有錢花、經常花、大方花、拼命花」的「花」和「白花花」中的「花花」是動詞，指花錢。這兩組詞（或短語）中的「花」是同形同音詞，而非兼類詞。

同音同形詞與多義詞也難做到界限分明，下面試以花為例加以區分。同音詞和多義詞都是用同一語音形式來表示不同的意義內容，但多義詞指的是一個詞具有幾個不同的意義，這些意義之間有一定聯繫；同音詞則是幾個意義不同的詞具有相同的語音形式，它們在意義上沒有聯繫。例如，「鮮花、雪花、禮花、花白、眼花、水花」中的「花」，它們在意義上有聯繫，都是從「花朵」的「花」這一基本義派生出來的，因此是一個多義詞；而「花錢、花時間」中的「花」跟「花朵」的「花」雖然語音形式相同，意義上卻沒有聯繫，它們就不是多義詞，而是同音同形詞。

還有一種同形異音詞，即書寫形式相同而讀音不同，意義也沒有聯繫的一組詞。例如：「長征」的「長」（cháng）和「成長」的「長」（zhǎng），二字同形異音異義，怪不得有人將「縣／長毛兔會議」誤為「縣長／毛兔會議」。「角（jiǎo）度」和「角（jué）色」中同形異音異義的「角」，人們也常常混淆不清。前述二例，雖形音難辨，但放在詞或

短語中便可區分。而「行」是讀「háng」還是「xíng」，在「同行」或「與你同行」這樣的短語中還無法分辨，必須在更大的語境中才能區分。如：

　　○你在銀行工作？真巧，我與你同行。（「行」讀「háng」，名詞）

　　○下次去北京旅遊，還希望與你同行！（「行」讀「xíng」，動詞）

趣說「超常的偏正結構」

　　「定語＋中心語」結構是漢語短語偏正結構的一種形式。這種偏正短語的後一部分是中心語，主要由名詞充當；前一部分是定語，對中心語起修飾限製作用。通常情況下，修飾語所表現的性狀與中心語所代表的事物的性狀是相一致的，如「火紅的太陽」、「潔白的雲朵」、「溫暖的春天」、「親切的關懷」等。但是，有一些超出常規的偏正式結構，如：

　　①然而悲慘的皺紋，卻也從他的眉頭和嘴角出現了。（魯迅全集第二卷）

　　②廣場上又燒起歡樂的篝火。（曲波林海雪原）

　　①中的「悲慘」本來是描寫、形容「命運」、「遭遇」等的，這裏卻移來形容「皺紋」。②把原來描寫、形容人的「歡樂」移來描寫、形容「篝火」。

　　類似的還如「蒼白的日子」、「快樂的小樹林」、「寂寞的梧桐樹」等。這實際上是一種詞語活用現象，即把原屬於形容甲事物的修飾語移來修飾乙事物，而且通常是把形容人的修飾語移用於物，以增強表達效果，在修辭學上叫做移就。

　　戴厚英的長篇小說人啊，人裏有這樣一段文字：

　　飄逸的庸俗。敏感的麻木。洞察一切的愚昧。一往無前的退縮。沒有追求的愛情。沒有愛情的幸福。許恒忠身上和所有人一樣，有著無數個對立的統一。

　　在這段文字中，作者把相互矛盾對立的兩個概念組合在一起，形成修

飾與被修飾的關係，形成「對立的統一」。修辭界稱這種語言形式為「反飾」。「美麗的憂傷」、「美麗的錯誤」、「憂傷的皎潔」、「熟悉的陌生人」等都屬於這種「反飾」。這是一種特殊的「超常偏正結構」。

還有一種「數量詞＋中心語」的超常偏正結構。如：

③我的鋼槍，

　　以一杆警惕，

　　撐起青色的黎明。

④你在凝視的眸子裏

　　坐成一枝含苞欲放的荷花了

　　一朵粉紅的夏天

⑤然後再騎士般躍入水中撈起水靈靈的荷花

　　栽入我盈盈的渴望開一支浪漫

「一杆警惕」、「一朵粉紅的夏天」、「一支浪漫」，都不是一種尋常搭配，但比尋常搭配更富有表現力，更富有美感。

趣說「超常的述賓結構」

　　有一首新詩題為「讀清真寺」，乍一看，覺得「讀」與「清真寺」搭配不當。清真寺可看、可望，甚至可窺，豈可讀？然而，在這裏用「讀」，比用「看」、「望」等詞更具表現力，因為「讀」更能顯示出神情的專注性和時間的持續性。

　　這種語言的「錯位」搭配，在詩歌創作中運用得較多。詩人有時故意迴避那種「準確」的、符合語言常規表達習慣的說法，而別出心裁地代之以一種貌似不當，乃至「荒謬」的「錯誤」表述，以取得某種精當的詩意效果。

　　「夜讀清真寺」這種語言的「錯位」搭配，我們把它叫做「超常的述賓結構」。

　　曾讀過一則短文，覺得作者用語非常新穎，茲推薦給大家，奇文共欣賞：

　　在故鄉，我春看漫山遍野鵝黃的嬌嫩，夏閱一望無際碧綠的深沉，秋來採菊東籬悠然遙對南山，冬臨披蓑垂釣獨佔寒江風景。

　　走進故鄉的夏季，彌眼所見是「接天蓮葉無窮碧，映日荷花別樣紅」的景象。在這個星羅棋佈的夜晚，我佇立在荷塘邊上，久久地朗讀故鄉五月的燈火，聆聽一望無際的蛙鳴。

　　清晨，我喜歡登上屋後青翠的山巒，看那些山羊專心地攻讀三葉草。

　　故鄉在長江邊上，我在那裏度過了幸福的童年時光。那時我常跟小夥伴們在那裏徜徉起沙灘的金黃，走向大海的蔚藍。在兒時的記憶裏，我們

這臨江的山村，沒有綠色的郵筒，大姐姐們總是沿小路到鎮裏去投遞羞澀。

隨著旅遊業的發展，我們這裏成了一個熱鬧的地方。你看那金黃的沙灘上，綠陽傘斜斜地撐著夏日的悠閒，鵝黃色的連衣裙，飄揚著青春的浪漫，連村裏的少女們也常常穿著比基尼在江水裏偷洗黃昏……

往事如煙。如今，我坐在異鄉一家簡單的餐廳裏，獨飲這山城之夜。有朋不邀，讓我獨飲一回故鄉！

從語法的角度看，上文反映出了一個述賓超常搭配的問題，即所謂述賓搭配的「錯位」。這種超常搭配有幾種情況，試以文中句子為例予以分析。

第一種情況，述語與表示有形之物的賓語相搭配。如：

○久久地朗讀故鄉五月的燈火。

○看那些山羊專心地攻讀三葉草。

「朗讀———燈火」、「攻讀———三葉草」，確實不合常規，但比常規說法更富有詩意。

第二種情況，述語所支配的賓語只是一個形容詞。如：

○春看漫山遍野鵝黃的嬌嫩，夏閱一望無際碧綠的深沉……

○綠陽傘斜斜地撐著夏日的悠閒。

○鵝黃色的連衣裙，飄揚著青春的浪漫。

○徜徉起沙灘的金黃，走向大海的蔚藍。

○山村，沒有綠色的郵筒，大姐姐們總是沿小路到鎮裏去投遞羞澀。

「看———嬌嫩、閱———深沉」、「撐著———悠閒」、「飄揚———浪漫」、「徜徉———金黃，走向———蔚藍」、「投遞羞澀」等，這樣的超常搭配是極富表現力的。

第三種情況，述語支配的是一個具有借代義的賓語。如：

○坐在一家簡單的餐廳裏，獨飲山城之夜。

○有朋不邀，讓我獨飲一回故鄉！

○連村裏的少女也常常穿著比基尼在江水裏偷洗黃昏。

「獨飲山城之夜」是指在這山城之夜獨飲，以「山城之夜」代酒；「獨飲一回故鄉」，即以「故鄉」代酒，指飲酒思鄉；「偷洗黃昏」是指在黃昏時偷偷下河洗澡，「洗黃昏」代洗澡。這樣的語言結構，給人以耳目一新之感。

這種看似「用詞不當」的「超常的述賓結構」，與修辭中說的「飛白」有相似之處，但它並不像飛白那樣「將錯就錯」，而是「將錯就『對』」。

句類擷趣

還記得初中時的一堂語文課，老師給我們講句類知識。老師和過去一樣，用他那具有磁性的聲音開始講課———

我們在進行語言交流時，說話人根據需要常常採取一定的說話語氣，這種語氣大體可以分為陳述、疑問、祈使、感歎四種。陳述句對客觀事物或現象加以說明，疑問句提出問題，祈使句要求對方行動或制止對方行動，感歎句抒發自己的某種感情。例如：

①他明天去北京。

②他明天去北京？

③咱們一道去北京吧！

④北京多麼美麗啊！

上面四個例句中，①是陳述句，②是疑問句，③是祈使句，④是感歎句。

此時，我的鄰桌打起了呼嚕。老師走過來把他叫醒，他卻仍是睡眼惺忪。老師見他手上戴著一根紅豆串成的手鏈，便問道：「你知道這手鏈是用什麼豆子串成的嗎？」

「紅豆。」這位同學沒精打采地答道。

「你如果能背出一首與紅豆有關的詩，我就不罰你了！」

他想都沒想，王維的絕句相思便脫口而出：「紅豆生南國，春來發幾枝？願君多采擷，此物最相思！」

老師沒作聲，似乎想起了什麼。突然，他興奮地說道：「有意思！有

意思！」

我們大家都莫名其妙，個個投去詢問的目光。

接著，他說道：「這四句詩不正好代表了四個句類嗎？你們看，第一句陳述，第二句疑問，第三句祈使，第四句感歎，這在古詩中可謂絕無僅有啊！」

在我看來，這簡直是一個偉大的發現！偉大的發現是否往往來自一些不經意的啟示呢？

老師繼續給我們講句類知識———

根據語氣區分的句子類別就是句類，陳述、疑問、祈使、感歎這四種句類反映了句子幾種最基本的用途。

要區分一個句子屬於句類中的哪一種，一般並不難，從語氣上便可辨別，但在實際的語言運用中，卻有一些例外現象。例如：

①（母親對孩子）七點了。

②（飲食店裏的顧客對服務員）能給我點醋嗎？

①是陳述句，用途是祈使，催孩子起床。②是疑問句，用途也是祈使，要求服務員拿醋。

一種奇特的句式

在古典詩詞中，有一種奇特的句式，即以名詞或名詞性短語構成的無動詞、形容詞作謂語的句式，如元代馬致遠的著名小令天淨沙·秋思的前三句：「枯藤老樹昏鴉，小橋流水人家，古道西風瘦馬。」這三句便是由九個名詞三個一組排列成三組，每組展現一個鏡頭，三個鏡頭共同構成一幅蕭瑟蒼涼的秋景，並從中帶出奔波在他鄉的遊子，在景物中又透露出遊子的身世。用語經濟，表意豐贍。

這方面的例子在古典詩詞曲中並不少見。如：

①雞聲茅店月，人跡板橋霜。（溫庭筠商山早行）

②三十功名塵與土，八千里路雲和月。（岳飛滿江紅）

③樓船夜雪瓜洲渡，鐵馬秋風大散關。（陸游書憤）

④試問閒愁都幾許？一川煙草，滿城風絮，梅子黃時雨。（賀鑄青玉案）

⑤為報先生歸也，杏花春雨江南。（虞集風入松）

有的修辭書上稱這種手法為列錦，正確使用這種特殊句式，可收到比常式句更佳的藝術效果！

關於「言」與「筆」的整句

　　整句是形式整齊的句子，而散句則是形式參差不齊的句子。制約句子整散的因素，首先是句子的結構。結構相同或相近，句式整齊，構成整句，否則成為散句。其次是語音節律。整句要求在結構相同或相近的前提下，音步勻稱，音節相同或相近，散句則無須如此。

　　下面是兩段非常經典且給人以教益的整句。

■ 關於「言」的整句

　　寫在書前的話叫序言，有所寄託的話叫寓言，
　　教育鞭策的話叫格言，公開宣告的話叫宣言，
　　宣誓所說的話叫誓言，名人說過的話叫名言，
　　富於哲理的話叫哲言，預測未來的話叫預言，
　　分別勉勵的話叫贈言，臨走留下的話叫留言，
　　生前留下的話叫遺言，發自肺腑的話叫真言，
　　坦率表白的話叫直言，婉轉表達的話叫婉言，
　　誠懇勸告的話叫忠言，規勸告誡的話叫箴言，
　　勸人改過的話叫諍言，勸人進步的話叫良言，
　　應允別人的話叫諾言，討人喜歡的話叫甜言，
　　不滿抱怨的話叫怨言，不切實際的話叫濫言，
　　令人吃驚的話叫危言，隨便嬉笑的話叫戲言，
　　欺騙臆造的話叫謊言，捏造事實的話叫謠言，

虛假偽裝的話叫佯言，說長道短的話叫流言，
挑撥離間的話叫讒言，狂妄自大的話叫狂言，
骯髒下流的話叫污言，胡說八道的話叫胡言。

三 關於「筆」的整句

　　提筆撰文或作畫曰命筆，集體討論一人寫曰執筆，自己親自動手寫曰親筆，本人口述他人寫曰代筆，文章的起始部分曰起筆，寫作過程的中斷曰輟筆，文章的韻味風格曰文筆，細緻入微的描寫曰工筆，寫得不好的文字曰敗筆，寓意含蓄的文字曰曲筆，輕鬆自如的文字曰逸筆，特別精彩的文字曰神筆，無拘無束的寫作曰信筆，臃腫多餘的文字曰贅筆，與題旨無關的話曰閒筆，結束後補充的話曰餘筆，與上級寫信時謙稱謹筆，與下級寫信時謙稱草筆，親手寫出的文字曰手筆，一生最後的文字曰絕筆。

趣說錯誤「造句法」

一位學生的日記，寫得很有趣，讓人耳目一新———

記得讀小學的時候我們總是為造句發愁，那時同學們造的句子真是五花八門，如下面這樣的句子就讓人啼笑皆非。

愛戴：外出旅遊，我們都愛戴太陽帽。

難過：我家門前有條水溝，很難過。

老師說這樣的句子不合要求，誰要再這樣造句，就罰誰掃地。我們幾個同學湊到一起，很快研究出了一種新的造句法。欣賞一下我們的成果吧！

周而復始：老師要我們用周而復始造句，真把我給難住了。

老師說我們這用的是「萬能造句法」，不符合造句要求，誰還要這樣造句，我罰誰掃一個星期教室。

這下我們都沒招了，只能搞單幹了。

後來，我創作了不少「經典」作品，現在還可隨口道出。例如：

三長兩短：我想了很久都沒造出這個句子來，突然，我伸手一看，豁然開朗，五個指頭不正好三長兩短嗎？

七手八腳：我們四兄弟，大哥因車禍失去了一隻手，今年過年爸爸要我們去抬一件重物，我們七手八腳很快就完成了任務。

老師說「三長兩短」造得不對，說我生吞活剝，只看到字面義而沒有理解成語義。

「七手八腳」這個句子得到了老師很高的評價。他說此句不但符合造

句要求，而且語意雙關，滑稽與幽默兼有。

他的這一表揚，可真是讓我一生受用。

從那以後，我不但句子造得好，作文也寫得非常出色。

讀了這篇日記，我對「錯誤造句法」進行了比較深入的思考。造句的基本要求是將某一詞語（或成語）嵌入一句話中，並使其詞匯義了無痕跡地融入句中，使之與整個句子水乳交融。

錯誤「造句法」大致有以下幾種：

一是「拆詞另組法」。即將構成詞語的語素拆開，分別與其相鄰的語素另行構詞。這樣，詞語在句中只有其形而無其實。這是最低級的造句錯誤。上文「愛戴」一句便屬此類。另如：

○天真：今年夏天真熱！

○道路：我們都不知道路如此難走。

二是「變詞為短語法」。即把結構、意義固定的詞當成了臨時組合而成的短語。如上文「難過」一句，其錯誤正在於將「難過」當成了短語，意謂「難以跨過」。「難過」的詞義有兩個義項，一是指不容易過活；一是指難受。若把句子寫成「從前我們家生活困難，日子很難過」或「他聽到爺爺去世的消息，心裏非常難過」，那就沒有問題了。另如：

○重點：他買西瓜總是愛買重點的。

○格外：在方格紙上寫，不會把字寫到格外去。

「重點」是一個限定式合成詞，上句把它誤為述補短語，即「重一點」。「格外」是一個副詞，其詞匯義是表示超過尋常，而句中的「格外」是一個定中式短語，是「格子之外」的縮略。如果說成「一輛大巴坐不下這麼多人，格外還找了一輛麵包車」，那是可以的。在這個句子中「格外」顯現的是另一個義項，即「額外、另外」，但是造句一般不使用這個義

項。三是「嵌詞造句法」。即把用以造句的詞語直接嵌入句中，而詞義不與句子發生任何聯繫，是形而上的造句，我們稱之為「萬能造句法」，上述「周而復始」一句便屬此類。另如：

○空穴來風：「空穴來風」這個成語的意思很容易弄錯，在使用時我們應當注意。

「空穴來風」的意義未與句子發生聯繫，所以還是屬於「嵌詞造句」。

四是「字面義造句法」。一般來說，合成詞，尤其是成語，其意義並不是相關語素義的簡單相加。如「三長兩短」，其意義並非是三個長兩個短。作為成語，它的意義是通過引申派生出來的，指的是意外的災禍或事故，與「山高水低」相近。

這一類還有另一種情形，即用本義造句。之所以把二者歸為一類，是因為在很多時候本義即字面義。如下面兩例：

○添油加醋：我爸爸是飲食公司副主任，他每天到中心飯店吃早點時，小王師傅都要往他的碗裏添油加醋。

○十字路口：雖然十字路口的紅綠燈失靈，但交警們仍把這裏管理得井井有條。

在上面這兩個例句中，「添油加醋」和「十字路口」都屬於短語，用的是字面義（也是本義）。在非指定造句的語境中，這兩個句子無疑是沒有問題的，但不符合作為成語的造句要求。作為成語，它們的意義都是通過比喻引申獲得的。「添油加醋」比喻為了誇大或挑撥離間而故意增加原來沒有的內容，與「添枝加葉」相同；「十字路口」比喻處在對重大事情要作出選擇的境地，而非實指兩條路交叉的地方。下面這兩個句子符合造句要求：

○事情已發展到這一步，你再不能添油加醋了！

〇我現在正處於人生的十字路口，眼前一片茫然，不知向何處去。

前面「七手八腳」那樣的造句屬幽默造句，不是每個造句成分都可以這樣造的。另如：

〇毛手毛腳：在動物園裏，我看到大猩猩總是慢吞吞地去拾遊客扔進去的東西，那毛手毛腳的樣子，把我肚子都笑痛了。

「毛手毛腳」既實指大猩猩那毛茸茸的手腳，又形容它笨拙、粗心、不沉著的樣子。二義復合，令人解頤。

趣說附加成分

「鐵和木頭，哪一個重？」

不少人會不假思索地回答：「鐵重！」但只要認真思索一下，便不難發現，這是個無法回答的問題，因為在「鐵」和「木頭」前缺了一個必不可少的定語———「同一單位體積」。否則，就可以得出如下結論：「一公斤鐵比一立方米木頭重。」

主語、謂語和賓語是句子的主幹，是主要成分；定語、狀語屬附加成分。附加成分併非不重要，正確地使用它們，可起到修飾、限制的作用。試比較下面兩句話：

太陽照著湖水。

溫暖的太陽照著平靜的湖水。

前一句顯得很平板，後一句因增加了「溫暖」和「平靜」兩個定語而大放光彩。

定語是附加在主語或賓語前面的修飾成分。古代有一個「五頂帽子」的笑話，說的是有個人拿一塊布讓裁縫給他做頂帽子。這個人貪心不足，問裁縫：「這塊布能做兩頂帽子嗎？」裁縫說：「能。」「那麼三頂呢？」「也能。」「四頂？四頂能做嗎？」「也可以。」「五頂可不可以？」「五頂也可以。」「好，那就做五頂吧！」幾天後，這個人來取了五頂帽子，可是每個帽子小到只能戴在手指頭上。這當然是笑話，現實生活中既不會有這樣貪心不足的人，也不會有這樣不負責任的裁縫。須指出的是，他們都犯了一個錯誤，即只講帽子，而不講什麼樣的、多大的帽子。也就是說，他

們的話裏都缺少起限製作用的定語。

狀語是附加在謂語中心詞前面對謂語進行修飾或限制的成分。狀語在句子中的作用同樣是重要的，請看下面兩個句子：

李逵用刀子殺死三隻老虎。

武松用拳頭打死一隻老虎。

儘管李逵「殺死三隻老虎」，而武松只「打死一隻老虎」，但人們更讚歎武松的英武，原因在於武松是「用拳頭」。「用拳頭」和「用刀子」便是狀語，表示方式。

蘇軾年少時，一度自驕，曾寫了一副明志聯：

識遍天下字，讀盡人間書。

後來被一位老者所難，他深感羞愧，當即將那副對聯改為：

發憤識遍天下字；立志讀盡人間書。

添上「發憤」、「立志」兩個狀語，就沒有先前的狂妄之氣了。

我們再來看一則與狀語有關的故事：

從前有個名叫覃老四的人，靠著祖上留下的財產，過著奢侈的生活，由於好逸惡勞，懶惰成性，很快就把家當揮霍光了。

春節到了，人家高高興興地殺豬宰羊，辦年貨，可覃老四家窮得無隔夜糧。他打腫臉充胖子，在門上貼了一副對聯：

行節約事；過淡薄年。

人們見了對聯，不禁哈哈大笑。有人在他的對聯上，每聯加了一個字（狀語），變為：

早行節約事；不過淡薄年。

也有人在其上、下聯的前面各加三個字（狀語），變為：

過去懶行節約事；今日難過淡薄年。

有趣的智力題

「樹上有 10 只鳥，一槍打死 1 只，還剩幾隻？」

這是一道傳統的智力題，幾乎所有的小學數學老師都會嚮學生問這個問題，而答案也幾乎是眾口一詞：沒有了！但也有學生對這一答案提出質疑：如果有一隻鳥耳聾，沒有聽見槍聲呢？當然，這一質疑已超出了數學本身。也有學生提出了這樣的質疑：如果那只被打死的鳥掛在了樹上，沒有掉下來呢？這些質疑大概是出題者始料未及的。出題者預設的答案應當是樹上沒有鳥了，因為一隻鳥被打死後，其它的鳥聽到槍聲都飛走了。我們就算不考慮是否有聾鳥占枝不飛，但死鳥掛枝的情況是應當考慮的。死鳥也是鳥啊，否則與公孫龍的「白馬非馬」有何異？由此看來，這道題還有諸多的待定點，而且與其說這是一道數學題，還不如說是一道語文題或哲學題。

當然，如果要使這個問題「滴水不漏」，那麼起碼應當這樣問：「樹上有 10 只活鳥，一槍打死 1 只，樹上還剩幾只活鳥？」不過，這樣一來這個問題就沒意思了。

單從語文的角度看，這個問題也是值得分析一番的。這裏有一個成分省略問題，即「還剩幾只」的前面有一個地點狀語———「樹上」，承前省略了。

由這一問題又衍生出了幾個類似的問題：

①天上有 10 只大雁，一槍打死一隻，還剩幾隻？

②湖裏有 10 只水鴨，一槍打死一隻，還剩幾隻？

③水中有 10 條草魚，一槍打死一條，還剩幾條？

這三個問題各自都隱含著一個地點狀語，它們分別是「天上」、「湖裏」和「水中」。這樣，這三個問題的答案便分別是：「天上還有 9 只大雁」、「湖裏還有 1 只水鴨」、「水中還有 10 條草魚」。

標點符號擷趣

　　我國古代的書籍、文獻沒有標點，人們在誦讀或校勘時加上一些簡單的符號，這就是所謂句讀（dòu）。句是較大的停頓，讀是較小的停頓。句讀相當於我們今天的標點符號。

　　由於文章中沒有標點，古時候的人讀書只能憑語感去斷句，所以難免出現誤斷誤讀現象。如有甲、乙二生在一起念大學裏的同一段話：

　　知之而後能定定而後能靜靜而後能安安而後能慮慮而後能得

　　甲生把它念成：「知之而後能，定定而後能，靜靜而後能，安安而後能，慮慮而後能（得）……」他懷疑原文有誤，多了一「得」字。

　　乙生把它念成：「知之而後能定定，而後能靜靜，而後能安安，而後能慮慮，而後能得（得）……」他也懷疑原文有錯，不過他認為少了一「得」字。

　　甲、乙二生爭執不下，便請先生裁斷。先生告訴他們正確的念法應是：

　　知之而後能定，定而後能靜，靜而後能安，安而後能慮，慮而後能得。

　　由此可見，要準確理解文意，首先必須正確地標點斷句。

　　論語・泰伯裏有這樣一句話：「民可使由之不可使知之。」有人把它斷為「民可使由之，不可使知之」，直譯則為「只需叫百姓去做什麼，而不必讓他們懂得其中的道理。」這句話歷來被認為是典型的「愚民政策」。近代的康有為在鼓吹「變法維新」時，在這兩個分句中各加了一個

逗號，變成「民可，使由之；不可，使知之」。其意思頓成：「民眾的認識程度可以了，就讓他們去做；如還不到那個程度，就教育他們，使他們懂得其中的道理。」康有為改造古訓為自己的政治主張服務，可謂高明，而且可以說這才是真實地反映了孔子這位致力於教化人民的偉大教育家的本意。真是斷句不同，意思迥異！

有個人在路邊建了一所新房，過路的人總愛在新房的屋角小便。這時他想起了于右任的「不可隨處小便」的字條，他想是不是也把這幾個字寫在紙上貼到貼到牆上去？不過轉念一想，不敢照抄人家的，免得讓人說是剽竊，而且若寫成字條又怕別人撕掉。為此，他在那牆上寫了這樣一句話：

過路人等不得在此小便！

所謂「過路人等」，它的原意是「過路的一切人」。誰知自那以後，在那兒小便的人反而比原來增多了。為什麼呢？因為有人跟他開了個玩笑，將原來的語句加上了標點，於是句子就斷成了這樣：

過路人，等不得，在此小便！

將「不可隨處小便」改為「小處不可隨便」，屬改變詞序所致；而將「過路人等不得在此小便」加上標點，從而改變了其本意，關鍵在於「等」的詞性改變。「過路人等」的「等」，是助詞，用於列舉後煞尾；而「等不得」的「等」則是動詞，意為「等待」。

有這樣一個短語：

下雨天留客天留人不留

這個短語要表達的意思，是留客還是逐客？讓人莫衷一是，因為這個短語有六種斷句方法，可作三種理解：

下雨天，留客，天留人不留。（不留客）

下雨天，留客天，留人？不留！（不留客）

下雨，天留客，天留，人不留。（不留客）

下雨天，留客天，留人不留？（留否待定）

下雨天，留客天，留人不？留！（留客）

下雨，天留客，天留人不？留！（留客）

在俄國竟有一個標點救人性命的故事。沙皇亞歷山大三世的皇后瑪麗亞‧菲德列娜，在皇帝簽署的某犯死刑判決的「赦免不得，流放西利亞」

一句裏，悄悄移動標點符號位置，使其意變為「赦免，不得流放西伯利亞」，從而救了一個死刑犯的命。

由此可見，標點在句中的作用是舉足輕重的，正確地使用標點，有助於我們精確地表情達意。

趣說語序與句意

　　現代書法家于右任，以其字蒼勁有力，別具一格，為許多書法愛好者所傾慕，常常求之而不可得。有一次，于右任發現有人在室外隨處小便，既不雅觀，也不衛生，便信手寫了一張「不可隨處小便」的字條貼在牆上。後來有人發現字條是于右任的筆跡，喜不自勝，便輕輕將字揭起，帶回家中，將其拼改為：「小處不可隨便」，並表成條幅貼於書房，竟成了此人的座右銘。

　　這是一個通過改變語序來改變句意的典範故事，想必大家已耳熟能詳。

　　在漢語裏，構成句子的語言材料不變，只要語序或詞語的位置改變，那麼句意或所強調的內容也會發生變化。試比較：

　　①藍色的天空像大海一樣。

　　②像大海一樣的藍色天空。

　　①是主謂句，主要述說「天空」怎麼樣，不僅突出「天空」與「大海」二者的色澤相似，而且指出了二者同樣平靜和無際無涯。這一主謂句表意明快，給人以形象而完整的印象。②的意思和①差不多，但它是一個獨詞句，它不是述說「天空」如何，而是強調天空的屬性。

　　再看下面的例子：

　　③我是昨天在上海買了這幾本書。

　　④我昨天是在上海買了這幾本書。

　　⑤我昨天在上海是買了這幾本書。

③強調時間，④強調地點，⑤強調行為。類似的語言現象很多，讀書寫作時都要注意分析。如：

$$\left\{\begin{array}{l}一會兒再談。（表示談話時間的推遲）\\ 再談一會兒。（表示談話時間的持續）\end{array}\right.$$

$$\left\{\begin{array}{l}他早來了。（贊許的口氣）\\ 他來早了。（不以為然的口氣）\end{array}\right.$$

$$\left\{\begin{array}{l}三天總得下一場雨。（下雨的次數多）\\ 一場雨總得下三天。（下雨的時間長）\end{array}\right.$$

$$\left\{\begin{array}{l}她不止是一個孩子的母親。（實際上他只有一個孩子）\\ 她是不止一個孩子的母親。（她有幾個孩子）\end{array}\right.$$

通過語序顛倒迴環構成的妙句頗多，此輯數例：

○把事情變複雜很簡單，把事情變簡單很複雜。

○簡單的事情複雜做，複雜的事情簡單做。

○本人畢業於打雜專業，目前專業打雜！

○孩子把玩具當朋友，成人把朋友當玩具。

○接受不能改變的，改變不能接受的！

○客來了，喜出望外；來客了，手忙腳亂！

○沒錢的時候，老婆兼秘書；有錢的時候，秘書兼老婆。

○面對愛情，有人視死如歸；面對婚姻，有人視歸如死。

○男人通過征服世界來征服女人，女人通過征服男人去征服世界！

○男人以世界為家，女人以家為世界。

○女人沒有愛就沒有性，男人沒有性就沒有愛。

○女人因崇拜而愛一個男人，男人因愛而崇拜一個女人！

○讓讀書人有錢，讓有錢人讀書。

○網路上用假名說真話，現實中用真名說假話。

○我可以選擇放棄，但不能放棄選擇。

○我們都有一個愛情的理想，就是得不到一份理想的愛情。

○想你，一天一次；想你，一次一天。

○小時候，快樂是件簡單的事；長大之後，簡單是件快樂的事。

○要麼工作不認真，要麼認真不工作。

○以前上學是拿錢混日子，現在工作是在拿日子混錢。

○有些人白天文明不精神，晚上精神不文明。

○友誼般的愛情才能長久，愛情般的友誼才能永恆！

○友誼般的愛情太虛假，愛情般的友誼太可怕！

○走在一起是緣分，在一起走是幸福，一起在走是浪漫！

「醉翁之意」話語序

　　一童顏鶴髮、幽默風趣的老者，與一青春帥哥及一妙齡美女係忘年交。一日，他們三人共飲於江心島上。

　　酒至半酣，見月出於東山之上，老者興起，吟道：「惟江上之清風，與山間之明月，耳得之而為聲，目遇之而成色；取之無禁，用之不竭……」（蘇軾前赤壁賦）

　　月光靜靜地灑在江面上，水光激灩。他們互相頻頻勸酒，不多時三人均微醉。帥哥乘著酒意對老者說：「你是『醉翁之意不在酒』啊！」接著，又對美女道，「你是『醉酒之意不在翁』，是吧？」美女不好意思，低頭不語。隨後他又轉向老者：「醉酒之翁在意不？」老者抿一口酒，仰望著天空，若有所思地說道：「我是『醉酒之翁不在意』啊！」

　　此時，美女對著帥哥發話了：「你平時總是狗嘴裏吐不出象牙，而今天說的這幾句話倒是很經典。不過，我『在意不醉之酒翁』。要知道，淹死會水的，醉死愛酒的，我們還是趁著尚未大醉回家吧！」

　　女孩端起一杯酒倒進江裏，傷感地吟道：「月光如水，人生如夢，一樽還酹江月！」

　　這是一個非常有趣的語文故事，下面小作分析。

　　歐陽修醉翁亭記有語云：「醉翁之意不在酒，在乎山水之間也。」其中「醉翁之意不在酒」，後世已作成語使用，其意思是說喝酒人的本意並不在酒，比喻做一件事時別有用意。

　　在上面這則故事裏，故事人物將「醉翁之意不在酒」作了另外四種演

繹：

　　醉酒之意不在翁！

　　醉酒之翁不在意！

　　醉酒之翁在意不？

　　在意不醉之酒翁！

　　這樣一來，同樣的語言材構成了五個意思不同的句子，均為改變語序使然。前三個句子結構基本相同，都有主語，只是前兩個句子在語氣上可為感歎或陳述，第三個句子為疑問語氣，最後一個句子在語氣上與一、二句相同，但在結構上有較大改變，且無主語。在特定的語境裏，這些句子各盡其妙，趣味橫生。

　　這種通過變序來改變句子意思的例子不少。我國現代著名學者聞一多先生有一段名言：「人家說了再做，我是做了再說；人家說了不一定做，我是做了不一定說。」只「說」與「做」兩字易位，便反映了兩種截然不同的人生態度，讓人回味無窮。

　　這樣的語言現象在實際的言語交際中亦常見，如「雨下了」與「下雨了」，構句材料相同，但語序不同，所表達的意思有很大區別。「雨下了」中的「雨」，是說話人心目中的雨；「下雨了」中的「雨」，是並未料到的雨。同樣地，「客來了」中的「客」不同於「來客了」中的「客」，前者是說話人心目中的客，後者是不速之客。

語句環讀之趣

朋友從外地給我帶回來一套茶具，從包裝上就可以看出，它產自我國著名的陶瓷之都江西景德鎮。

打開包裝一看，茶壺、茶杯的造型都十分精美，色澤浸潤，甚是可人。不過最吸引我眼球的，是壺蓋和杯蓋上的字：

可以清心也

我早已知道這五個字是可以環讀的，即從任何一個字念起，都可以獨立成句，都可以表達一個完整的意思，只是此時似乎更有深一層的意會：

1. 可以清心也。

2. 以清心也可。

3. 清心也可以。

4. 心也可以清。

5. 也可以清心。

這是漢語的一種環讀現象，就「鳥、上、山」這三個語素，便可組成「鳥上山、鳥山上、山上鳥、上山鳥、上鳥山」等五個不同結構、不同意思的短語。

從前有一個省學政大人主持某縣生員們考試，閱卷時發現這些生員實在太差，可上面非要他矮子裏面挑高子，無奈之下他從中選了三名。他給這三名生員的批語是：第一名「放狗屁」，第二名「狗放屁」，第三名「放屁狗」。這樣的評語也真夠絕的了！

「放」、「狗」、「屁」三字按不同的順序讀，意思截然不同。「放狗

屁」，說明此類生員尚是人，只不過寫的答卷是在放狗屁；「狗放屁」，說明這類生員已是狗，答卷是在放屁；「放屁狗」，說明這類生員不僅是狗，而且是除了放屁什麼也不會的狗。

這裏再舉幾個這方面例子。

○做人難，人難做，難做人！

○江西人不怕辣，湖南人辣不怕，四川人怕不辣。

○豐胸的四種結果：大不一樣，不大一樣，一樣不大，不一樣大。

在以上的話語中，詞語的位置互換後，意思就發生了微妙的變化，多麼巧妙！

有一則幽默，如此諷刺某官員的年終述職報告：「存在問題：好喝酒；尋找原因：酒好喝；改正措施：喝好酒。」如此嗜酒，真令人啼笑皆非！

修辭趣話

從「月亮掉進水裏」話修辭

一首題為「詩人」的小詩，給「詩人」作了如下擬喻式判斷：

一群讓心滿世界流浪的人

一群胡言月亮掉進水裏的人

一群試圖把飯變成酒的人

一群最浪費紙張的人

一群要扭斷語法脖子的人

一群被黃金絆倒在貧困中的人

其中「月亮掉進水裏」一語引發出一個很有意思的問題，那就是關於邏輯、語法、修辭的區分。

從邏輯的角度看，這種說法不對，因為這不是事實。

從語法角度看，這個句子通，因為它符合漢語的習慣和規律，沒有語病。

從修辭角度看，這個句子好，因為它形象而真切地描寫出了晴朗的夜晚月亮倒映水中的情景，絕妙無比。

據此，我們不難看出邏輯、語法、修辭三者的區別：邏輯是回答對不對的問題，也就是看是否符合客觀事實；語法是回答通不通的問題，也就是看是否符合語法規範；修辭是回答好不好的問題，也就是看是否能運用一些表現方法，使語言表達得準確、鮮明而生動有力。

由此看來，詩人所說「月亮掉進水裏」，不但不是胡言，反而是超出常規的慧語。

所謂修辭活動，就是根據表情達意的需要而對語言進行加工提煉的一種活動。客觀存在的語言中的詞與句，本身是沒有什麼優劣之分的，再平常的詞，只要使用恰當，也會收到不同尋常的效果。修辭活動的目的，就是要找到一個詞、一個句子的最佳位置，使表達更加生動，從而收到更好的表達效果。修辭活動加工語言，就是要使語言表達達到藝術化的境界，充分突出語言的表現力，強化信息傳遞，以感染別人，達到交際目的。

選擇和創新是修辭活動中對語言進行加工提煉的具體方式，有人認為，修辭即選擇。所謂選擇，就是在眾多的同義手段中選擇一種更為貼切的說法。所謂創新，就是創造新的說法，以取得特殊的表達效果。有這樣一則外國幽默：

推銷員菲爾是個大酒鬼。一天中午他來到一個陌生的城市，未談生意，先進一家酒店為自己洗塵。過足了酒癮，他頭重腳輕地走出酒店，朦朦朧朧看見一個人站在馬路中間。

那個人比菲爾喝得更多，用手向天空一指，問菲爾：「先生，請您告訴我，那是太陽，還是月亮？」

菲爾看了看天，搖搖頭說：「對不起，我不是本地人。」

這則小幽默的聚光點就投射在「我不是本地人」這一句答話上。要說明菲爾喝醉了，起碼還可以為他設計兩個答案————一是「我不知道！」二是「那是月亮！」然而，這樣就真的黯淡無光了，還有什麼幽默可言呢？所以，遣詞、造句、為文，僅僅把事情交代清楚是遠遠不夠的。一篇好文章或一首好詩，應當有讓人耳目一新的東西，那就是要在語言的礦藏裡選擇一種最佳的表達方式，讓你的作品閃耀出智慧的光芒！

我們平常講到修辭，一般都把目光投注在辭格上。其實，修辭格只是人們在組織、調整、修飾語言，以提高語言表達效果的過程中長期形成的

具有特定結構、特定方法、特定功能，為社會所公認，符合一定類聚系統要求的言語模式。相對於龐大的修辭系統來說，它只是一個子系統。詞語修辭和句子修辭，是我們遇到最多的也是最不經意的修辭活動。

詞語修辭的內容十分豐富，包括同義詞語、反義詞語、模糊詞語等的運用，賈島的「推敲」便是詞語修辭的一個上佳範本。詞語修辭，就是要「尋求唯一需要的詞的唯一需要的位置」（托爾斯泰），從而準確、生動地表達我們的思想。關於詞語修辭，法國作家福樓拜有一段十分精闢的論述：「我們不論描寫什麼事物，要表現它，唯有一個名詞；要賦予它運動，唯有一個動詞；要得到它的性質，唯有一個形容詞。我們必須繼續不斷地苦心思索，非發現這個名詞、動詞、形容詞不可。僅僅發現與這些名詞、動詞、形容詞相似的詞句是不行的，也不能因思索困難，用類似的詞句敷衍了事。」

句子修辭包括句子的安排、句式的選擇等諸多複雜的內容。在郭沫若的歷史劇屈原裏，嬋娟有這樣一句臺詞：「宋玉，我特別恨你！你辜負了先生的教訓，你這沒骨氣的無恥文人！」「你這沒骨氣的無恥文人」原為「……你是沒骨氣的無恥的文人」，改句將判斷句改成了名詞性非主謂句。這種名詞性非主謂句具有濃烈的感情色彩，更能讓人感受到發話人的強烈感情。這一改句，可看作是豐富多彩的句子修辭的一個縮影。

辭格是言語活動中運用最為廣泛的手段之一。運用修辭格，可以化平淡為生動，化抽象為具體。例如比喻、誇張、借代、比擬等辭格，由於它們多與日常生活中人們熟知的事物相聯繫，這樣就給聽者和讀者的創造性思維提供了一個可想像的基點。在這個基點上，人們通過自己的體會，把它化成更為具體的內容而接受下來。例如說一個人不識字不直接說，而說成「斗大的字認不了一籮筐」；說一本書好看，說成「一口氣就把它看完

了」，這裏是有意突出被描寫的對象，所以用了誇張。一個初次跳傘的人，當他登上高高的傘塔時，發現地上的景物全變小了：「房屋像鴿子籠，綠樹像小草，汽車像甲蟲，公路像一條線。」這裏連續使用比喻，使每個事物變小的情況都具體化了，給人以身臨其境之感。如果籠統地說「房屋、綠樹、汽車、公路都變小了」，其表達效果就遠遠不及用比喻具體實在、生動形象。又如「帝國主義夾著尾巴逃跑了。」這句話，使人彷彿親眼看到了帝國主義及其走狗滾出中國的狼狽不堪之狀。辭格的這種表達效果，是其它修辭手段所不及的。（胡吉成現代漢語學習指導）

趣說比喻

　　比喻，也叫打比方，即用某一個事物或情境來比另一個事物或情境，把抽象的事物變得具體，把深奧的道理變得淺顯。著名文學理論家喬納森·卡勒是這樣給比喻下定義的：比喻是認知的一種基本方式，通過把一種事物看成另一種事物而認識了它，也就是說找到甲事物和乙事物的共同點，發現甲事物暗含在乙事物身上不為人所熟知的特徵，而對甲事物有一個不同於往常的重新的認識。

　　比喻是人們最常用的辭格之一，自古就受到人們的重視，古人甚至認為不用比喻簡直就無法進行語言交際。劉向編撰的說苑·善說裏記載了這樣一個故事：

　　有位賓客對梁惠王說：「惠子談論事情特別善用比喻。大王您如果讓他不使用比喻，他簡直就不能說話了。」梁惠王說：「好吧。」第二天，梁惠王召見惠子時說：「希望先生有什麼話直接說好了，不要用比喻。」惠子回答：「一個人不知『彈』是什麼，如果只告訴他『彈』的形狀就是『彈』，他能明白嗎？」梁王說：「那怎麼能明白呢！」惠子接著說：「那麼，如果告訴他『彈』的形狀像把弓，弦是用竹子做的，是一種射具，這樣一說明白沒有？」梁王說：「明白了。」惠子又說：「說話的人，本來應以人們所知道的來比喻所不知道的，從而使人明白。現在大王卻說不要用比喻，那怎麼能行呢？」梁惠王說：「是啊，先生說得對。」

　　這個故事說明用比喻來對某事物的特徵進行描繪和渲染，使被比喻的事物具體化、通俗化，形象生動，給人以鮮明深刻的印象，並使語言文采

斐然，更富有感染力。

　　大家或許看過「侯白論馬」的故事。南北朝時期，北朝的陳國派使臣來隋，隋國為探查陳國使臣的應變能力，就派侯白穿著破爛衣服，裝成服務人員去見陳國的使臣。侯白一進陳國使臣的房間，使臣見是穿著破爛的服務人員，就躺在床上沒有起身，而是側著身子放屁。侯白很生氣，但又一時找不到機會整治他。恰在這時，使臣問侯白京城的馬價如何，侯白馬上說：「有一定技能，品相優良的馬，每匹三十貫左右；品相一般，但能乘騎的馬，每匹二十貫左右；品相較差，只能馱東西的馬，每匹三五貫錢；而品相惡劣，長得頭不像頭，蹄不像蹄，連尾巴都長不直溜的，什麼也不能幹，只會側著身子放屁的馬，是一文錢也不值的。」使臣見侯白不是平凡之輩，馬上起身笑臉相迎。當使者知道他就是大名鼎鼎的侯白時，感到非常慚愧，慌忙向他道歉，請他原諒。

　　顯而易見，侯白借用劣馬連「一文錢也不值」，暗指那個使者，這裏是用打比方來「回敬」對方的，由此可見比喻的作用之大。

　　一些絕妙的比喻，總是讓人久久難忘。如：

　　○盆裏水少，洗腳像磨墨。

　　○在游泳池裏游泳，像下餃子。

　　○胖姑娘穿緊身褲，讓人想起「雙匯」火腿腸！

趣說博喻

用幾個喻體從不同角度反覆設喻去描繪一個本體，叫博喻，如：「一株巨大的白丁香把花開在了屋頂的灰色的瓦瓴上，如雪，如玉，如飛濺的浪花。」（王蒙春之聲）

博喻在新詩裏用得很多，如鄒荻帆的小詩蕾：

一掬年輕的笑

一股蘊藏的愛

一缸原封的酒

一個未完成的理想

一顆正待燃燒的心

詩中由五個名詞性短語構成五個比喻句，從不同角度對花蕾的形象和精神內涵加以形象渲染，給待放的花蕾及其所象徵的青春以熱情的褒贊。

舒婷思念一詩的第一節也運用了博喻：

一幅色彩繽紛的畫圖

一題清純而無解的代數

一具獨弦琴撥動簷雨的念珠

一雙達不到彼岸的槳櫓

在這裏，作者用四個擬喻式判斷形成排比，從不同角度闡述「思念」這一中心意象，賦予抽象的思念以具象，即化無形為有形。

有一首廣受聽眾喜愛的影視歌曲苦樂年華（張藜），是博喻手法運用得非常好的一例：

生活是一團麻，那也是麻繩擰成的花；

生活是一根線，也有那解不開的小疙瘩；

生活是一條路，怎能沒有坑坑窪窪；

生活是一杯酒，飽含人生酸甜苦辣；

生活是一根藤，總結著幾個苦澀的瓜；

生活是七彩緞，那也是一幅難描的畫；

生活是一片霞，卻又常把那寒風苦雨灑；

生活是一首歌，吟唱著人生悲喜交加的苦樂年華。

　　生活是什麼？一言難以盡之，所以歌詞作者連用八個比喻試圖全方位予以喻說。儘管喻體在變換，但喻解卻是一致的，即生活跟這八種喻體一樣，不是那麼順順當當的。這個比喻群從不同的側面對生活這一本體進行描述，使我們對生活有了更全面、更深刻的理解。這種博喻在渲染氣氛、加強語勢方面具有獨特的作用，從而獲得別具一格的修辭效果。

趣說縮喻

　　縮喻，簡而言之便是比喻的緊縮，即省略比喻詞，把本體和喻體構成偏正短語，以本體來修飾喻體或用喻體修飾本體。

■ 一　以本體修飾喻體式

　　「本體＋喻體」式，即把被比喻的本體變成修飾語，把喻體放在中心地位，其結構形式大致為「本體的喻體」。

　　○在人類生活的礦層裏，有些東西也會結成光輝四射的寶石。（楊朔寶石）

　　○我的思想感情的潮水，在放縱奔流著。（魏巍誰是最可愛的人）

　　在上面兩個例句中，「生活」、「思想感情」都是本體；「礦層」、「潮水」都是喻體，都省去了喻詞，本體所用的詞和喻體所用的詞都直接結合成為偏正片語，本體是起修飾或限製作用的修飾語，喻體倒成了中心語。

　　與此同類的還如：「時代的列車、改革的春風、復仇的火焰、商品經濟的大潮、記憶的長河、感情的風帆」等。這種體式的結構較為鬆散，多為臨時組合，可以任意插入別的成分，如「改革的浩蕩春風」、「復仇的熊熊烈火」。

■ 二　以喻體修飾本體式

　　「喻體＋本體」式，即用具有相似點的喻體直接修飾本體。在這種結構的內部，本體與喻體的相似點是明確的，結構本身也是自足的，有的已

成為可以獨立運用的固定結構（合成詞、慣用語或成語），如「盆地」、「蛙泳」、「劍膽琴心」、「風燭殘年」等；即使未成為固定結構（合成詞、慣用語或成語），但也同樣可以像一般詞語那樣自由運用。如「馬蹄蓮、馬尾松、貓耳洞、龍須面、五指山、蜂窩煤、蘑菇雲、流水對、閃電戰、工字樓、鵝卵石、鴨舌帽、瓜子臉、杏核眼、刀削臉、雞冠花、羊腸小道、蠅頭小利、奶油小生、鐵石心腸、釘子精神、山頭主義、十字路口、刀子嘴豆腐心」等。

　　這種結構一經出現，往往容易固定下來，成為成語或熟語。這一類型具有描述本體，使之生動、形象的效果。這種體式的結構也相對要凝固一些，除了「似的」、「一樣」、「一般」之外，中間一般不能插入別的成分，本體與喻體的對應關係也比較固定。

充滿諧趣的比喻

　　讀過法國著名小說家都德短篇小說柏林之圍的人，對文中的一個比喻一定印象深刻：

　　她長得很像他，他們在一起，可以說就像同一個模子鑄出來的兩枚希臘古幣，只不過一枚很古老，帶著泥土，邊緣已經模糊，另一枚光彩奪目，潔淨明亮，完全保持著新鑄出來的那種光澤和柔和。

　　作者用「同一個模子鑄出來的兩枚希臘古幣」來比喻儒夫上校和他的小孫女長得酷像，既貼切又形象。

　　臧克家說：「詩人對自己的詩句決不像浪子手中的金錢，相反的，應該像一個慳吝的老婦人叮噹噹地敲著他不容易掙得來的一個銅元。」這個比喻精譬而有趣。

　　曾看過一個關於「固執」與「執著」的比喻，可謂幽默至極：如果一頭驢子賴在地上，你怎麼打都不起來，那叫固執；而一頭驢子的頭上放了一堆青草，它拼命地要吃到，那就是執著。

　　愛因斯坦是當今世界最偉大的量子物理學家，相對論的創立者。他曾這樣向前來請教他的人闡述相對論的基本原理：「如果你在一個漂亮的姑娘身旁坐一個小時，只覺得坐了片刻；如果你在一個熱火爐上坐片刻，會覺得坐了一個小時，這就是相對的意思。」他這個精彩的比喻，讓我們覺得相對論離我們很近。

　　生活中也有許多絕妙的比喻，讓人久久難忘。

　　從前有個人，剃頭後，總愛戴一頂瓜皮帽。一日，他坐在院子裏，取

下帽子曬太陽。一個路過的讀書人見狀，即興吟道：「揭開蒸籠蓋，露出白饅頭。」把帽子比作蒸籠蓋，把光腦袋比作白饅頭，讓人忍俊不禁。

網路語中的一些比喻句更是千姿百態，美不勝收。例如：

○愛情就像打籃球，有進攻有防守，有時還會有假動作！

○愛情就像一把沙，抓得越緊，撒得越多。

○愛情就像一雙襪子，越是瞧起來不順眼的襪子，越有可能永遠陪在你身邊，越是喜歡的漂亮襪子經常會少一隻。

○愛情是什麼？是藍天裏像白雲的東西，是大地上像綠蔭的東西，是海洋裏像浪花的東西……

○處女和處男就好像木板和釘子：木板被釘了個窟窿就不是好板子了，而釘子釘過幾個木板卻不會有人在意。

○懷才就像懷孕，時間久了才能讓人看出來。

○婚姻就是給自由穿件棉衣，活動起來不方便，但會很溫暖。

○婚姻是一臺冰箱，它的目的是為愛情保鮮，但結果往往把愛情放涼了。

○浪漫是一襲美麗的晚禮服，但你不能一天到晚都穿著它。

○路是大地一道難愈的傷痕，因此人生每一步都是隱隱的痛。

○明星和緋聞是一個配套的工程，就像買一套房子，你不可能只買那個大客廳，還必須要買衛生間、下水道，但你不能把它們看成是骯髒的。

○生活就像拉屎，雖然已經很努力了，但有時擠出來的只是一個屁！

○生活就像我的歌聲，時而不靠譜，時而不著調。

○生活是一張巨大的畫布，你應該竭盡全力將所有的顏料都塗在上面。

○時間是一輛奔馳的馬車，人們對於它的選擇只有兩種：要麼做它的

馭手，要麼成為它的貨物。

○思戀一個人的滋味就像喝了一大杯冰水，然後用很長很長的時間流成熱淚。

○同事的恭維就像香水，可以聞，但不要喝。

○幸福像掉到沙發下面的一粒紐扣———你專心找，怎麼也找不到，等你淡忘了，它自己就滾出來了。

○幸運和不幸是一雙筷子，缺了哪一根都吃不了人生這碗飯。

○尊嚴感如胸衣，把女人托得高貴，但故意顯露，則流於庸俗。

這些比喻與其它文體中的比喻並無二致，只是因為它們都是一些獨立性較強的語錄體文字，因而缺少上下文這種可供參照的語境。由於這些原因，「網路簽名」中的比喻以明喻和暗喻見多，而借喻（如「皮帶留不住腰，不是皮帶不夠漂亮，而是它還少個心眼」）則相對較少。

趣說比喻與比較

　　我知道這是一堂很難講的修辭課，儘管我做了比較充分的準備。

　　備課時我認真研讀了劉大為先生的「凡喻必以非類」、「同類作比即比較」的質疑與比喻理論的建構和崔應賢先生的也談比喻和比較的區別以及相關的一些文章，但其中有一些看似簡單的問題還是很難講得清楚。

　　我們知道，許多比喻都以「像」作喻詞，但用「像」連接主謂的句子不一定是比喻句，如「她像她母親」就不是比喻句。一般認為，這是同類作比，不是比喻，而是比較。

　　比喻與比較的區分，在修辭學界多有分歧，此處只能做一些簡略的分析。

■ 一 比喻可否在同類對象之間進行

　　構成比喻最基本的條件，修辭學界似乎早已達成了共識：一是用來比喻（喻體）與被比喻的事物（本體）必須有相似點；二是用來比喻與被比喻的事物必須是兩種不同類型的事物，並且認定了比較的兩個基本條件：

　　一是相比的兩個事物必須有相似點；二是相比的兩個事物必須是同類事物並且本質相同。概言之，即「凡喻必以非類」，「同類作比即比較」。關於比喻，過去注意的焦點主要放在了同類與否上。

　　有一年高考的語文全國卷中，有這樣一道選擇題———在下面四個選項中，選出是比喻的一項：

　　a. 這幾天跟過節一樣熱鬧。

b. 那裏的蔬菜跟水果一樣貴。

c. 她的臉色跟紙一樣白。

d. 這裏的老鼠跟貓一樣大。

據說標準答案是 c，其判別的依據大概是，這四個句子的語言格式雖然相同，但 a、b、d 三項中拿來對比的兩個對象都可以劃在同一個類中，因而是比較；c 項中的「她的臉」與「紙」不是同類的。

答案我們可以接受，但匯出答案的依據卻不能令人信服。

比喻究竟能否在同類事物之間進行呢？我們先來看下面兩個例子：

①浩渺的江水中，巨大的輪船也像一隻扁舟隨洶湧的波濤劇烈地顛簸著。

②他的褲子我穿著太短，褲腳弔在腳踝上，褲筒晃晃蕩蕩的，走起路來像個演雜耍的小丑。

「輪船」與「扁舟」都是船，是同類；「他」與「小丑」都是人，因而也是同類，但是我相信人們不會認為這兩例是比較，而不是比喻。這種語言事實，讓我們對修辭學界長期奉行的「凡喻必以非類」、「同類作比即比較」的原則不由得產生懷疑。

當然，就一般而言，同類的事物在類屬特徵上應該是完全相同的，因而它們在這些特徵上就不可能再有相似關係，也就是說它們之間再不能建立比喻關係，而只能建立比較關係。但也要看到，任何一個事物在本質特徵之外一定還有非本質特徵，同類的事物在這些特徵上完全可以有很大的差異。這些差異，便給比喻的構成提供了可能性。

雖然都是人，張飛粗魯強悍，林黛玉多愁善感……是啊，都是人，怎麼差異就那麼大呢？我們常說的「他像個莽張飛」、「她像個病黛玉」……就不應看作比較，而應視為比喻。

同類與非同類的辨別，是一個非常難的問題。貓與狗是否同類？這得視分類的角度和分類的標準而定。從動物的科屬層面看，貓屬貓科，狗屬犬科，它們不是同類。然而，相對於人類，它們是一類；相對於鷹鷂（飛禽），它們是一類（走獸）……由此可見，同類還是非同類並不總是能夠清楚地加以區分的，這就意味著「凡喻必以非類」、「同類作比即比較」的原則也並不總是能夠落實的。

■ 比喻與比較的本質區別是什麼

　　其實，比喻與比較區別的關鍵不在於類的不同，而在於對象體是否具有特徵的典型性。

　　（一）從本質上講，比較屬於科學範疇，其中的本體和對象體一般都有比較強的現實性要求。特別是對象體，多不能是虛妄的，如神話世界的巨人、上帝、神仙、鬼怪等，甚至與現實世界中距離大的，本體也往往不能與之形成比較關係。相反，對於比喻來講，對象體是否有現實的真實性卻是構不成限制條件的，如「他像西施一樣漂亮」，就肯定不是比較。而正因如此，比較中的本體與對象體建立的基礎是一種平等關係。說「A 像 B 一樣高（長、重……）」，從理論上講，完全可以轉換成「B 像 A 一樣高（長、重……）」。比喻中的本體與對象體情況就不一樣了，通常表現為「一頭沉」，也就是說，在表現觀念上兩者之間是不等值的，人們通常將對象體看作某種特定類型的具體代表，體現為不可逾越的至高境界。

　　（二）比較中的本體和對象體往往是確指的，尤其對象體更是如此。

　　與此相反，比喻中的對象體是不確指的。如：

　　③今年的糧食產量像去年一樣好。（比較）

④今年的糧食產量真像放了衛星。（比喻）

很多時候，對象體是否明確，確實體現出了能夠區別比喻和比較的價值。試比較：

⑤她像她媽媽一樣體貼關心我們。（比較）

⑥她像媽媽一樣體貼關心我們。（比喻）

⑤中的「她媽媽」是確指性的，「她媽媽」的「體貼關心我們」不具有較普遍的為人們知曉認可的特徵，不足以成為比喻的喻體，而⑥中的「媽媽」卻是類指的，具有某種特徵的典型性，極易作為喻體出現。

確指性的詞往往是具體事物中對特定人、事物的稱指，通常不附帶為社會群體普遍承認的屬性特徵，不可能給人們形成某一方面的特定具象，因而一般不容易具有喻體的資格。而用於喻體的類指性詞語卻相反，多能體現特定方面的典型意義，從而引發人們相似性的認知聯想，如「她媽媽」不能給人們形成「漂亮」的原型意識，而「媽媽」卻最能體現人際間最真摯的親情。類似的還有，像「慈父一般的關懷」、「姐姐對親弟弟一樣的疼愛」等。由此可以看到對象體確指與否在比喻和比較中所顯示出的重要作用。

（三）比的結果是否具備實證性，同樣構成了比較和比喻間的明顯對立，從而它也就成為將兩者區分開來的又一項重要標準。例如：

⑦他像桌子那麼高。

⑧他像大山一樣高。

⑦中的「高」顯然可以驗證，並可以達到相對精確的程度，而⑧中的「高」卻是難以驗證甚至是無法驗證的。從這點上也可判定，⑦是比較，⑧是比喻。有些比的結果好像不容易認定，但還是可以找到具體的「量化指標」。如：

⑨她像她媽媽一樣漂亮。

⑩她像花兒一樣漂亮。

兩者比的結果都是「漂亮」，但一個是比較，一個是比喻。例⑨中的「漂亮」雖然語義上不夠精確，但仍能化為具體的細節來給予明確的認定，如身材、面目、皮膚、頭髮等，都可以有確切的認定指數，即本體與對象體具有可比性，而⑩中的「漂亮」則不能用具體的指標進行衡量，只可意會不可言傳，不能化為具體的東西進行認定，本體與對象體不具有可比性。

順便提及一個問題，那就是⑦、⑧兩句中的「像」在語義上是不一樣的，⑦中的「像」，實際為「等同」義，可改為「有」或「像有」，但與「有」的語義也不絕對等同，如可以說「他有一米高」，該句中的「有」不能改為「像」。而⑧中的「像」則為「好似」義，且不能當作「有」或「像有」來理解。

劉大為先生認為：任何一個比喻都包含了一個比較，沒有比較，本體、喻體以及它們之間的相似關係就無從確定。崔應賢先生指出：一種比喻往往以寬泛的比較作前提。如果比較的雙方在認識前提預設上是等值的話，比喻卻是不等值的。比喻比比較的範圍大，但與此相對，因為比較的對象現實性強，任何特定的人或事物都具備這種資格，不受典型性特徵要求的限制，所以說它又比比喻對象體的選取自由得多。

三 關於喻體的一點補白

一般來說，符號化的專有名詞可用來做喻體，如「他像個莽張飛」中的「張飛」便是一個通用的喻體。「張飛」這一人物形象，經過千百年來各種形式的傳播影響，已經漸漸成為一種特徵意義凝固化的符號：男性粗

魯強悍的象徵。諸葛亮、曹操、周瑜、潘安、西施、陳世美、希特勒以至唐老鴨等歷史人物（或文藝形象）也是（或日漸成為）特徵意義凝固化的符號，但劉備、孫權等一些歷史人物的特徵意義並不很明確，社會認同程度也較低，尚未成為凝固化的符號，因而不宜用作喻體。至此，本文還得來個「回鋒收筆」。前面把「張飛」作為同類事物也可構成比喻關係的例證，但並不意味著「張飛」作為對象體在任何語境中都是比喻體，而非比較體。如在「他一臉絡腮鬍子，酷似毛張飛」這一語境中，「張飛」就是一個比較體，而非比喻體，這主要是因為比的結果具備實證性。

趣說對仗與對偶

　　春節到，敲鑼打鼓放鞭炮！「爆竹聲中一歲除，春風送暖入屠蘇。千門萬戶曈曈日，總把新桃換舊符。」（王安石元日）若把「桃符」看做是最早的春聯，那麼過年貼春聯這一傳統在我國已延續一千多年了。春節到來，無論城市還是鄉村，家家戶戶都要將大紅春聯貼於門上，為春節增加喜慶氣氛，寄託自己對新一年的殷切希望。如：「爆竹聲聲辭舊歲，紅梅朵朵迎新春」、「東風吹出千山綠，春雨灑來萬象新」等。

　　新婚喜慶之時，人們也會在門上張貼紅對聯，謂之婚聯。如：「柳暗花明春正半，珠聯璧合影成雙」、「雙飛紫燕迎春舞，並蒂紅蓮出水香」都是上佳的婚聯。婚聯中不乏幽默詼諧者，如某人贈給數學老師的婚聯：

　　「自由戀愛無三角，幸福人生有幾何。」也不乏調侃戲謔者，如一官員遺棄糟糠之妻，讓二奶「轉正」。晚上有好事者在他家門上貼了一副對聯：「一對新夫婦，兩箇舊東西。」見之者無不捧腹。

　　江山勝蹟，亭臺樓榭，處處可見妙聯。如「雲帶鐘聲穿樹出，月移塔影過江來」（湖南邵陽雙清亭聯）、「四面湖山歸眼底，萬家憂樂到心頭」（湖南嶽陽樓聯），都將傳覽千古。

　　春夏秋冬，湖光秋月，萬事萬物皆可入聯，如「松竹梅歲寒三友，桃李杏春暖一家」、「春風放膽來梳柳，夜雨瞞人去潤花」，等等。

　　對聯無處不有，可謂聯苑繁花似錦，但無論什麼樣的對聯，都有一個基本的共同點，那就是對仗。

　　從讀小學我們就開始接觸修辭，其中一種辭格叫「對偶」，想必我們

大家都已經很熟悉。但是，現在把它與「對仗」放在一起，也許會讓人多少感到有些模糊。

　　簡而言之，結構相同或基本相同、字數相等、意義上密切相連的兩個片語或句子，成對地排列，這種辭格叫對偶，在詩詞、對聯中叫對仗。具體說來，對偶，是一種修辭格，它要求成對使用的兩個文句「字數相等，結構、詞性大體相同，意思相關」。這種對稱的語言方式，形成表達形式上的整齊和諧和內容上的相互映襯，具有獨特的藝術效果。對仗，是指詩詞創作及對聯寫作時運用的一種特殊表現形式和手段，它要求詩詞聯句在對偶的基礎上，上下句同一結構位置的詞語必須「詞性一致，平仄相對」，並力避上下句同一結構位置上重複使用同一詞語。例如：

　　先天下之憂而憂，後天下之樂而樂。（范仲淹岳陽樓記）

　　這兩個句子各方面都符合對偶的要求，但由於其平仄不相對，音律欠和諧，並在同一結構位置重複使用了「天下」、「之」、「而」等詞語，所以不符合對仗的要求。再請看下面這個例句：

　　沉舟側畔千帆過，病樹前頭萬木春。（劉禹錫酬白樂天）

　　這一對句是原詩中的頸聯，無論哪個方面都完全符合對仗原則，而且對得極為工穩，是最為典型的對仗聯句。

　　古人的對仗是很嚴格的，尤其是工對，它不但要求相對應的兩個部分字數相等，音步相同，平仄相對，每層層次切分和結構關係相同，每個字詞的語法功能相同，連義類也要相同或者相鄰，並且不能用相同的字詞。有聲律為證：

　　笠翁對韻（一東）云：「天對地，雨對風，大陸對長空。山花對海樹，赤日對蒼穹。雷隱隱，霧蒙蒙，日下對天中。風高秋月白，雨霽晚霞紅。牛女二星河左右，參商兩曜鬥西東。十月塞邊，颯颯寒霜驚戍旅；三

冬江上，漫漫朔雪冷漁翁。」

聲律啟蒙（一東）云：「雲對雨，雪對風，晚照對晴空。來鴻對去燕，宿鳥對鳴蟲。三尺劍，六鈞弓，嶺北對江東。人間清暑殿，天上廣寒宮。兩岸曉煙楊柳綠，一園春雨杏花紅。兩鬢風霜，途次早行之客；一蓑煙雨，溪邊晚釣之翁。」

杜甫絕句「兩個黃鸝鳴翠柳，一行白鷺上青天。窗含西嶺千秋雪，門泊東吳萬里船」，堪稱工對典範。詩中的「兩個」對「一行」（數量結構對數量結構），「黃鸝」對「白鷺」（禽類名詞相對）、「翠」對「青」（顏色名詞相對）、「千」對「萬」（數詞相對）都是同類詞為對，非常工整。

寬對是一個與工對相對的概念，是一種不很工整的對仗，一般只要句型相同、詞性相同，即可構成對仗。一副對聯，如果不能完全做到詞類相當、結構相應、節奏相同和平仄協調，就是寬對。古人把詞性相同而詞類不同的對聯，都放在寬對之列。例如：

青山有幸埋忠骨

白鐵無辜鑄佞臣

在這副題於杭州西湖嶽墓的對聯中，「山」、「鐵」、「骨」、「臣」雖都是名詞，但「山」屬地理類，「鐵」屬器用類，是地理對器用；「骨」屬形體類，「臣」屬人倫類，是形體對人倫。這就是一副寬對，但這樣的寬對，在古對聯中極為普遍，而今都應視為工對。

寬對並非「不嚴」而是尺度「放寬」，具體表現為結構、節奏、詞性適當「放寬」。如浙江山陰自在亭聯：

潭碧自評月

崖高欲說雲

聯中「碧」為顏色類形容詞，「高」為一般形容詞，二者相對，屬於

寬對。而下面這幅題南昌滕王閣聯就更寬了：

> 我輩復登臨，目極湖山千里而外
>
> 奇文共欣賞，人在水天一色之中

就聯中「我」與「奇」而論，便已可見其「寬」。「我」是代詞，「奇」是形容詞，這似乎過於「寬」了點。

接下來，我們來看看流水對。一般的對聯，上聯和下聯是平行的兩句話，各自意思完整，但也有一種對仗的上聯和下聯之間往往一氣呵成，分別獨立來讀沒有意義，至少是意義不全。這種對聯稱為流水對，也叫串對。它的前後兩個句子在意義上有連貫、因果、條件、轉折等關係，如「即從巴峽穿巫峽，便下襄陽向洛陽」（杜甫）、「唯將終夜長開眼，報答平生未展眉」（元稹）。典型的流水對上下句用連詞串接，有的從根本上說就是一句話分兩半說。如「欲窮千里目，更上一層樓」（王之渙）、「野火燒不盡，春風吹又生」（白居易）。很多流水對上下句分別是兩個連貫的動作。如「行到水窮處，坐看雲起時」（王維）、「忽逢青鳥使，邀入赤松家」（孟浩然）。流水對在律詩對聯中最受人欣賞，藝術性較高，是比較不容易弄出來的一種對子。一首詩裏面有了一聯流水對，就顯得靈動了許多。關於流水對，有這樣的說法：「古人律詩中之流水對，常為難得之佳聯，即因其一氣呵成，暢而不隔，如行雲流水，妙韻天成也。」

有些趣對，則沒有遵循這些對仗規則，如：「憶往昔，紅米飯，南瓜湯，老婆一個，小孩一幫；看今朝，白米飯，王八湯，小孩一個，老婆一幫。」有的連上仄下平的「底線」都突破了，如：「說你行你就行不行也行，說不行就不行行也不行！」嚴格地說，這些都不是對仗，充其量只能算作對偶。

趣說誇張

據傳，宋代大詩人蘇東坡和他的胞妹蘇小妹常以詩相嬉。東坡臉形較長，小妹便戲之曰：「去年一滴相思淚，至今流不到腮邊。」東坡抓住小妹額頭較高的缺陷亦迎「頭」痛擊：「香軀未離閨閣內，額角已到畫堂前。」

蘇東坡臉之長，長到淚流經年；蘇小妹額之凸，凸到先「身」奪人，這裏運用的就是誇張的修辭手法。

誇張可分三類，即擴大誇張、縮小誇張和超前誇張。

擴大誇張，是故意把客觀事物說得「大、多、高、強、深……」的誇張形式。英國作家濟斯塔棟曾風趣地說：「我比別人親切三倍，因為我要是在公共汽車上讓座，那一下子可以坐下三個人。」這一擴大誇張，十分幽默，表現出了作家樂觀的生活態度。成語中的「氣吞山河」、「垂涎三尺」、「一手遮天」也屬擴大誇張。

縮小誇張，是故意把客觀事物說得「小、少、低、弱、淺……」的誇張形式。毛澤東的詩詞裏就有不少地方用了縮小誇張，如「三十八年過去，彈指一揮間」說明時間過得非常的快；「五嶺逶迤騰細浪，烏蒙　走泥丸」說起伏的群山如同微微的細浪，雄偉的山脈像那渺小的泥丸，藉以烘托紅軍形象的高大。成語「滄海一粟」、「九牛一毛」、「一衣帶水」也屬縮小誇張。

還有一種「超前誇張」，即把本來後出現的事物說成在先出現的事物之前，或者說成兩者同時出現，也就是說在時間上總是把後出現的事物搶

前一步，如「他未喝先醉，一喝更醉」、「看見這樣鮮綠的麥苗，沒待結籽就嗅出白麵包子的香味來了」……

誇張不怕誇得離奇，但是要以客觀事實為依據，否則就會變成浮誇、吹牛。

一個南方人和一個北方人走到了一起，說到各自地方的氣候，北方人說：「我們那兒可冷哪，上廁所都得帶棍子。」上廁所要用棍子敲，這也太玄了，誰知南方人說得還玄：「我們南方熱得不行，剛　出來的面餅往牆上一貼，不多會就熟。這還不算，你要是趕頭豬在柏油馬路上走，走不了兩裏路就會變成燒豬。」

還有一則誇冷的小幽默：

「我們那邊真冷，」一個北極探險家說，「連那燭火都凍了起來，我們吹都吹不熄哩。」「那有什麼稀奇，」對方說，「我們那邊冷多了，我們說出來的話立刻就會凝成冰，直到我們把它熔掉後才能聽到說的是什麼。」

以上兩則故事無疑是吹牛，但吹得很藝術，讀來還饒有趣味。

有一則牛皮故事，牛皮吹得真有點可以，連吹牛者都知道這是吹牛———

甲說：「我家有一隻鼓，敲打起來，百里之外都可以聽到。」

乙說：「我家有一頭牛，在江南喝水，頭可以伸到江北。」

甲連連搖頭說：「哪有這麼大的牛？」

乙說：「沒我這麼大的牛，哪有這麼大的牛皮來蒙你那只鼓？」

在誇張的程度上既要防止過頭，又須防止不足。

相傳唐宣宗年間，有個人叫李遠，他能詩善棋。他曾寫過這樣一句詩：「長日唯消一局棋。」意謂一日時間雖長，可是只下了一盤棋就度過

了。一天下一盤棋，說它誇張麼有一點，但不足，因為確有一盤棋下一天的例子。對此，人們很難分辨究竟是客觀實錄，還是「言過其實」。一次，宣宗的宰相推薦李遠去杭州做官。皇帝就以為此人是棋迷，說：「他有詩說『長日唯消一局棋』，這樣的人怎麼可以派他去當地方官呢？」宰相瞭解李遠的為人，向宣宗作瞭解釋，說：「此詩是詩人的誇張，並非事實。李遠廉潔奉公，辦事認真。」宣宗聽後方消除誤會，派李遠去了杭州。

　　李遠被皇帝誤會，正是詩句誇大不足所造成的，若詩句是「長年唯消一局棋」，則誰也不會坐實去理解了。

趣說誇張的度

有兩個「馬路畫家」互相吹噓自己的繪畫藝術。一個說：「有一次我在路上畫了一個錢幣，有個乞丐看見了，幾乎要伸手去撿。」另一個說：「去你的吧，你那算得了什麼！比我畫的差遠了。有一次我在路上畫一節臘腸，一隻狗啃了半天之後才發現它吃的不是臘腸。」

前一個人可算誇張有度，而後一個人則誇張得有點過了。

相傳，古代有三個人為了爭奪在路上拾得的一文錢而扭打不休，被捉到縣衙門去。縣令宣佈說，誰最窮，這文錢就給誰。於是，這三個人各自述說自己的窮苦。

甲吟道：

屋上沒片瓦，無燈夜摸瞎。

吃的是樹皮，蓋的蘆葦花。

窮得要命。怎知道，乙更窮：

藍天是我屋，明月當蠟燭。

蓋的肚囊皮，墊的背脊肉。

他連樹皮也沒得吃，連蘆花也沒得蓋。殊知，丙窮得更驚人：

十年沒衣穿，八年沒飯吃，

悠悠一口氣，就等這文錢。

這是一場以「窮」為主題的「賽詩會」。三位「詩人」都使用了誇張手法，對比起來，丙最大膽。

這文錢該判給誰？單從「詩」來看，應當判給丙，因為他最「窮」，

但他誇張得太過分了，顯得不真實。看來，還是應當判給甲，因為他能做到「誇而有節」，既突出了窮，又使人相信。

元曲小令醉太平・譏貪小利者以極度誇張的漫畫手法和生動形象的巧妙比喻，將敲骨吸髓之徒的貪婪本性刻畫得入木三分，虛中見實！

奪泥燕口，削鐵針頭，刮金佛面細搜求，無中覓有。鵪鶉嗉裏尋豌豆，鷺鷥腿上劈精肉，蚊子腹內刳脂油。虧老先生下手！

翻譯成現代白話便是：在燕子口中奪泥，從針尖兒上削鐵，從塗金的泥菩薩臉上刮金，這真是無中尋有。在小得可憐的鵪鶉嗉子裏尋找豌豆，在又細又瘦的鷺鷥腿上劈精肉，在瘦小的蚊子肚裏搜刮脂油，虧你老先生下得了手！

這首小令以「奪」、「削」、「尋」、「劈」、「刳」等動詞極寫貪婪者的行為，於是這一組動作便像一組漫畫，層層展示，將敲骨吸髓之徒的貪婪、殘忍的醜惡嘴臉暴露無遺。最後一句「虧老先生下手」寫得很俏皮，又具有強烈的感情色彩和辛辣的諷刺意味。

趣說詩歌中的誇張

白髮三千丈，緣愁似個長。

不知明鏡裏，何處得秋霜？

這首秋浦歌是李白最著名的詩篇之一。講修辭的文章經常將這首詩的第一句，作為解釋誇張這一修辭格的經典例句。這句詩確實是夠誇張的了，誇張得簡直不近情理，就算是每根頭髮的長度加起來的總和也不至於三千丈啊！單看這一句，真叫人無法理解，但接下來的一句讓我們找到了依據。三千丈，極言長，非確指。因為憂愁而頭髮變白，這三千丈的白髮，是內心愁緒的象徵。有形的白髮被無形的愁緒所替換，具體的事物轉化成了抽象的事物。人們注意的重點，從「白髮」而轉移到了「三千丈」這個數目，於是「白髮三千丈」很自然地被人們理解為藝術的誇張，這句詩也就成了絕妙的浪漫主義的構思，使人感覺到意趣橫生。

李白的詩中有許多絕妙的誇張，例如：

危樓高百尺，手可摘星辰。

桃花潭水深千尺，不及汪倫送我情。

飛流直下三千尺，疑是銀河落九天。

兩岸猿聲啼不住，輕舟已過萬重山。

毫不誇張地說，沒有誇張就沒有李白的浪漫主義！

在現代詩中，有許多兒童詩便使用了誇張手法。有一首寫踢足球的兒童詩，給我留下了很深的印象：

小足球，

圓溜溜，

你進攻，

我防守。

小夥伴們踢得歡，

太陽踢下西山頭。

這最後一句可謂神來之筆！一腳就把西山的太陽當足球踢到山背後去了，真夠誇張的了。這句詩既表現了小夥伴們的球技，也暗示了時間的推移。如果把句中的「踢」改為「落」，變成「太陽落下西山頭」，這首詩還有味道嗎？

誇張不是胡思亂想，誇張根植於生活。你可以把山路誇張為大山系的腰帶，你也可以說潔白的哈達像雅魯藏布江永恒飄蕩，但你不能離開現實。

把詩歌的吹牛功能發揮到極致的，當數 20 世紀 50 年代。在那個「全民皆詩人」的年代裏，湧現出了許多「農民詩人」，有三首打油詩當屬「代表作」：

（一）

種個南瓜像地球，架在五嶽山上頭。

把它扔進太平洋，地球又多一個洲。

（二）

一個稻穗長又長，黃河兩岸架橋梁。

十輛汽車並排走，火車開來不晃蕩。

（三）

稻堆堆得圓又尖，社員堆稻上了天。

扯片白雲擦擦汗，湊近太陽吸袋煙。

誇張必須是有度的，而且是有事實作依據的，「燕山雪花大如席」是佳句，「江南雪花大如席」則是虛誇。

趣說雙關

　　從前，有一個太師爺獨自騎馬去百花山春遊。走到三岔路口，不知怎麼走。此時，忽見一樵夫，太師爺忙問道：「老弟，到百花山怎麼走？」樵夫答道：「從這裏到百花山，大概有三千來丈吧！」太師爺疑惑不解，問：「怎麼？這兒的路論丈不論裏呀？」樵夫說：「論裏嗎？論禮我比你年紀大，你就該稱我老哥；論理，你問路就該下馬。」說完，頭也不回地走了。太師爺急了，打馬趕上樵夫，罵道：「混賬，我是太師爺，你怎麼不回答我的問話？」只見樵夫不慌不忙地說：「對不起，東村有匹馬下了一頭牛，我正急著去看呢！」太師爺十分驚奇，說：「馬下了牛，為什麼不下馬呀？」樵夫說：「說得對呀，誰知道這個畜生為什麼不下馬呢？」

　　樵夫運用雙關的手法嘲弄自以為是的太師爺，讓人覺得痛快淋漓！

　　雙關這種修辭手法有兩種形式，一種是諧音雙關，即利用同音或近音的條件構成的雙關；一種是語義雙關，即借用同義的詞語來表達一個雙關的意思。

　　上面這則趣味故事便較好地運用了雙關的手法，而且兼及了雙關的兩種形式。故事人物對話中的「論裏」與「論禮」、「論理」是諧音雙關；兩個「下馬」都是動詞性短語，但二者的意思完全不同，前一個「下馬」指馬生小馬，後一個「下馬」語意雙關，表面上指馬生小馬，而實際上指從馬上到馬下。

　　請再看下面兩個例子：

　　①匪徒們走上這十幾裏的大山背，他沒想到包馬蹄的破麻袋片全踏爛

掉在地上，露出了他們的馬腳。（曲波林海雪原）

②一切似乎又平靜下來，一切跟平常一樣，一切似乎都是外甥打燈籠，照舅。（周立波暴風驟雨）

①中的「露出了馬腳」，表面上是指露出了馬的腳，實際上卻是指露出了匪徒們的破綻，這屬語義雙關。

②中的「照舅」，表面上指用燈籠的光亮照著舅舅，因「舅」與「舊」諧音，所以實際上是指照舊，這屬諧音雙關。「網路簽名」中也有許多精妙的雙關語句，如：

○刷牙是一件悲喜交加的事情，因為一手拿著杯具，一手拿著洗具！

○出軌並不可怕，可怕的是撞上了。

○沒錢，沒工作，沒男女朋友，沒關係！

○皮帶留不住腰，不是因為皮帶不夠漂亮，而是因為他還少個心眼。

○這樣的比賽，空中飛過的鳥都不看一眼，我還看什麼鳥！

○昨天去超市買蒜，跟服務員要塑料袋，服務員正忙，便問了一句：「幹什麼用？」我答曰：「裝蒜。」

運用雙關一定要表達說話人的主觀意圖，即目的性，否則會造成不良的客觀效果。說者無意，而聽者有心。清代有這樣一椿文字獄，說的是在翰林官徐駿的詩集裏查到兩句詩：「清風不識字，何事亂翻書？」被認定這「清風」就是指清朝。這一來，徐駿犯了誹謗朝廷的大罪，他因此把性命送掉了。徐駿是否有意用「清風不識字，何事亂翻書」的雙關語意來影射清朝，只有徐駿自己知道。

雙關，俗文化的生命源泉

一日，見二網友在網上聊天，覺得頗有趣味，故錄於此：

網友 Ａ：我出一謎語給你猜———

不動就不動，一動幾動動；上面喊安逸，下面喊好痛！

你可別想歪了，這個謎語的謎底是文明的，它指的是一個休閒娛樂項目。

網友 Ｂ：我小時也曾聽過一個謎語，說起來比你這個更下流，但謎底也是文明的———

手對手，胯對胯，伸進去，聳兩下，扯出來，水嗒嗒。

嘿嘿，比你那個更歪吧？

網友 Ａ：我那個謎語是在釣魚時一個女友出的，當時搞得大家都答不上來。

網友 Ｂ：哈哈，你居然說出了謎底，我也不藏私，你那是在河邊釣魚，我這是在河邊洗手！嘿嘿，這些多屬於廁所文化！

網友 Ａ：哈哈！老弟用「廁所文化」這四字來形容，我不太贊同！其實，「廁所文化」裏也有搞笑好料！「廁所文化」裏有很多頗有意思的東西，比如「人生自古誰無屎」。

網友 Ｂ：這句話太經典了，我無言以對。

兩位網友的謎面都語出雙方，以俗傳雅，因其貼切而讓人們樂於傳播。「人生自古誰無屎」則是根據文天祥詩句「人生自古誰無死」諧音置換而成。熟悉的東西突然變得陌生，因而感到既幽默又滑稽，領悟之後又

覺得妙趣橫生。

這可算是一種文化現象，我們稱之為俗文化。

中國傳統文化除雅文化中的典籍文化（如儒家、道家、法家、墨家、易經等）外，還有另外一個更大的部分，即大眾文化、民間文化或曰俗文化。雅文化與俗文化沒有明顯的界限，我們也不能簡單地把它們加以區分。不過，有一點是不容否定的，即俗文化不是鄙俗文化，但鄙俗文化是俗文化不可缺少的一個組成部分。此處所言鄙俗文化，主要指內容上有點「出格」的鄙俗文學。民歌是一種俗文化，或曰俗文學，其中占比最大的是情歌，而這些情歌一般都有點「野」，常被人們稱為「野情歌」。如「昨夜想妹心發慌，摸到神龕以為床，摸到觀音以為妹，一夜摸到大天光。」這種通過聽覺傳播的唱詞，大都是直抒胸臆，因而明白曉暢。

那些具有較高藝術價值的鄙俗文學，一般都比較含蓄，常常讓人思索之後會心一笑。例如，有一家人，姑嫂都通文墨。一天小姑正在看漢書，嫂嫂從外邊進來，就開玩笑說：「姑娘看書心思漢。」姑娘被嫂嫂說得面紅耳赤。過了不多時，嫂嫂正要出門時，用手遮著陽光。小姑就說：「嫂嫂怕日手遮陰。」報了一箭之仇。又如，王師傅坐公共汽車到某市的高潮鎮。因沒去過所以剛過二站就開始問女售票員：「高潮到了沒有？」女售票員答：「沒有。」過了二站後，王師傅又問：「高潮到了沒有？」女售票員答：「沒有。」沒過幾分鐘，王師傅又問：「高潮到了沒有？」這時，女售票員實在是不耐煩了，高聲地回答道：「高潮到了我會叫的！」表面看來，這兩則文字都沒有什麼破綻，但仔細讀之，卻見暗流湧動。之所以如此，是因為它們運用了雙關的手法。如今的網絡語言中，這種語言實例隨處可見。如：

○男人有錢不花，有什麼意思！

○問：你女朋友漂亮能幹嗎？答曰：出得了廳堂，但不能幹！

在鄙俗文學中，以別解構成語意雙關者也不少。例如，從前四川自貢有一座用木板跨接的小石橋，當放行河中的商船時，就要提起木板阻斷橋上行人，繁忙非凡，一度擁擠不堪。於是，官方出面告示天下：白天富貴人家的人、轎子、騾馬可以過，晚上窮人、挑抬的下力人可以過。一好事者為此寫了一副對聯：「夜行無數窮苦漢；日過多少有錢人！」又如「做女人挺好，做男人也挺好，但挺累」，一個「挺」字，可謂妙趣橫生！

故意將詞語與短語混淆，造成歧義，這也可看成是一種特殊的雙關。如一對夫妻逛街偶遇妻的前男友，妻子無奈只得打個招呼。丈夫問：「這是誰？」妻子含羞道：「先進工作者！」此處故意將作為合成詞的「先進」與作為狀中短語的「先進」混為一體，仔細品味，便覺節外有枝。

諧音雙關的例子相對較少，而且多見於口語。如：「初中的時候我們班有個女同學叫我幫她交信，中午一進教室她就問了我一句：你信交了沒有？」

俗文化是相對於雅文化而言的，然而俗也不能俗不可耐，應當含蓄深隱。雙關是一切經典俗文化（尤其是經典「痞文學」）的外衣。憑藉著這件美麗的外衣，它們也常常堂而皇之地走進藝術的大雅之堂。

趣說雙關與歧義的區分

　　雙關，從根本上說就是有意使話語具有雙重意義，表面說甲，實際則是指乙。平時我們所說的指雞罵狗、指桑罵槐，實際上就是運用雙關說話。歧義則是指一句話或一個詞在某種場合有多種理解的可能。

　　雙關與歧義有時並不那麼好區分，下面便是一個這方面的例子。

　　相傳，阿凡提在鬧市區租了一個店面，開了一家理髮館。店主仗著店面是他租給的，每次剃頭都不給錢。有一天，店主又來了。阿凡提照舊給他剃了光頭，邊刮臉邊問道：「東家，眉毛要不要？」

　　「廢話，當然要！」

　　阿凡提「嗖嗖」兩刀，把店主的兩道濃眉剃了下來，說：「要，就給你吧！」

　　店主氣得說不出話來，埋怨自己不該說「要」。「喂，鬍子要不要？」阿凡提又問。

　　「不要！不要！」店主連忙說。

　　阿凡提「嗖嗖」幾刀，把店主苦心蓄養的大鬍子刮了下來，甩到地上。

　　店主對著鏡子一照，整個腦袋光溜溜的，活像一個大燈泡。他氣壞了，但又無可奈何。

　　在這裏，阿凡提的話語義雙關。「眉毛要不要」，這句話有兩層意思，一層是問眉毛留不留著，一層是要不要剃下來給你。店主以為是前一層意思，結果給阿凡提鑽了空子。「鬍子要不要」，這句話同樣有兩層意思。

店主吸取了「眉毛」的教訓，趕快改口，阿凡提則利用另一層意思，把他整治得無可奈何。

阿凡提的話從他這個說者的角度看，可謂之雙關；而在聽者的角度分析，卻是歧義。阿凡提的聰明，正是在於他故意將歧義與雙關混於一體，讓店主無所適從，從而入套上當。

下面幾個雙關妙句，值得品味。

1. 百度裏搜不到你，只好進搜狗。（「搜狗」既指「搜狗」網站，又指「搜索狗」。）

2. 賤人永遠都是賤人，就算經濟危機了，你也貴不了！（「貴」既指「價錢高」，又指「地位高」。）

3. 少做一點，少賺一點，少花一點———你說，男人有錢不花有啥意思？（「花」既指「花錢」，又指「花心」。）

4. 網上不少人要麼「猶抱琵琶半遮面」，要麼無「照」經營。（「照」既指「執照」，又指「照片」。）

5. 有錢人喜歡在別人面前哭窮，那是「貧嘴」。（「貧」既指「貧窮」，又指「絮叨可厭」。）

一般來說，雙關是說話人在一定語言環境中有針對性地、主動使用的一種表達技巧。如：「你是屁股上掛暖壺啊！」「此話怎講？」「有一腔（定）的水瓶（平）。」歧義則不是出於說話人的本意，即說話人並沒有意識到其表達會引起誤解。例如：「你上哪去？」「我上課去。」是去聽別人講課，還是給別人講課呢？說話人是清楚的，但聽話人則可能作出不同的理解。又如：「這種狼，狗也不怕。」是狼不怕狗呢，還是狗不怕狼？很不好把握。如此看來，歧義在語言交際中具有消極作用，應注意避免。

排比，短信最重要的存在形式

　　排比句是把三個或三個以上意義相關或相近、結構相同或相似、語氣相同的短語（或曰片語）或句子並排在一起組成的句子。有時候兩個以上的並列句子也可以稱為排比句。用排比來說理，可收到條理分明的效果；用排比來抒情，節奏和諧，顯得感情洋溢；用排比來敘事寫景，能使層次清楚，描寫細膩，形象生動。

　　排比是短信的主要存在形式，可以說，短信缺少了排比的形式，內容再好都將大減光彩。

　　從內容看，短信中的排比大致可分為以下幾種情況：

■ 用以說理

　　○愛情需要勇氣，友情需要義氣，親情需要和氣，幹活需要力氣，事業需要運氣，生活需要好脾氣。我將這些話送給有「氣」質的你，祝你一生都有好福氣！

　　○出生一張紙，開始一輩子；畢業一張紙，奮鬥一輩子；婚姻一張紙，折騰一輩子；做官一張紙，鬥爭一輩子；金錢一張紙，辛苦一輩子；榮譽一張紙，虛名一輩子；看病一張紙，痛苦一輩子；悼詞一張紙，了結一輩子；淡化這些紙，明白一輩子；忘了這些紙，快樂一輩子！

■ 用以抒情

　　○群山，是湖泊的天使；白雲，是藍天的天使；黎明，是黑夜的天

使；陽春，是白雪的天使；你們，是我們的天使。祝白衣天使節日快樂！

　　○每一滴晶瑩的露珠，都是一顆透明的心情；每一朵鮮花，都是一曲抒情的歌謠；每一縷柔風，都是一次溫馨的問候；每一場細雨，都是一回心田的滋潤；每一條留言，都是一份真情的寫意！我的每一聲問候，都首先屬於你！

三 用以寫景

　　○芭蕉聽到雨聲，早也瀟瀟，晚也瀟瀟；玫瑰聽到風聲，聚也依依，散也依依；朋友收到祝福，看也開心，想也開心。願你收到我的留言，讀也快樂，回也快樂！

　　○從秋葉的飄零中，我讀出了季節的變換；從歸雁的行列中，我讀出了集體的力量；從冰雪的消融中，我讀出了春天的腳步；從穿石的滴水中，我讀出了堅持的可貴；從蜂蜜的濃香中，我讀出了勤勞的甜美。朋友，讓我們師法自然，加速成就人生的理想！

　　從鋪排形式看，短信中的排比大致可分為以下幾種情形：

一 嵌入相同的句首詞語

　　○本想獲得一滴水，你卻給了我整個海洋；本想採摘一片樹葉，你卻給了我整個森林；本想獲得一縷春風，你卻給了我整整一個春天。今生今世，我會永遠銘記你！（句首嵌入「本想……你卻」）

　　○用一隻畫筆繪出你如蘭的美貌，用一段旋律唱出你如歌的青春，用一朵鮮花映出你如水的純真，用一滴濃墨寫出你靚麗的心情，用一聲祝福祝你青年節快樂，前程似錦！（句首嵌入「用一」）

■ 嵌入相同的句中詞語

○天空累了，放棄了太陽選擇了月亮；花兒累了，放棄了美麗選擇了果實；愛情累了，放棄了激情選擇了婚姻。在這個鸞鳳和鳴的日子裏，祝你們夫妻相愛到永遠！（句中嵌入「累了，放棄了」）

○喜歡一種聲音，是微風吹落露珠；欣賞一種圖畫，是朗月點綴星空；陶醉一種氣息，是幽蘭香漫曠谷；祝福一位朋友，是笑看短信的你！（句中嵌入「一種……是」）

■ 嵌入相同的句末詞語

○傳一條信息，讓人安然好久；接一個電話，讓人溫暖好久；品一壺好茶，讓人回味好久；憶一段往事，讓人牽掛好久；而我只想讓你健康、快樂、幸福好久！（句末嵌入「好久」）

○玩偶是童年的替身，相片是回憶的替身，烈酒是遺忘的替身，香煙是寂寞的替身，咖啡是冷靜的替身，眼淚是傷心的替身。朋友，你永遠是快樂的替身！（句末嵌入「是……的替身」）

不管是那種鋪排形式，分句中都應包含有「共同元素」。這「共同元素」有點像數學中的「公因式」。有的看起來沒有這種「共同元素」，但結構相同或相似，語氣相同，因而同樣符合排比的構成要件。如：

○人生忙忙碌碌，日子酸酸甜甜，緣分簡簡單單，聯繫斷斷續續，惦記時時刻刻，祝福長長久久，祝你天天開開心心，歲歲平平安安！

○溫馨的留言是真情的感言，遙遠的祝福是真誠的心願，朋友的友情是天長地久的眷戀，無論天涯海角，隔屏的我都會默默地祝福朋友幸福快樂到永遠！

趣說混異

　　有這樣一句網語：「醉酒後我誰都不服，就扶牆！」讓人覺得妙不可言。這句話是通過「服」與「扶」同音這一條件演繹出來的。它把「醉酒後我誰都不扶，就扶牆」與「醉酒後我誰都不服，就服牆」糅合在一起，很是機智、幽默。「清明掛紙紙掛親，墳前焚錢」也屬這種情形。「清」與「親」、「墳」與「焚」、「前」與「錢」兩相混雜，讀起來像讀繞口令。這在修辭上被稱為混異。所謂混異，就是把兩個或兩個以上意思不同但是讀音相同的字片語合在一起，使人一看就明白它的意思，聽起來卻難於分辨，讀起來使人覺得饒有趣味。

　　這種利用諧音混異增強表達效果的例子自古便有，如老子所說的「授人魚，不如授人以漁」便是一個妙例。

　　用混異手法寫成的句子，幾乎都是刻意為之。如：

　　○不給壓歲錢，就給丫碎錢！（「壓歲錢」與「丫碎錢」相混）

　　○不要暗示我，我知道暗室欺人。（「暗示」與「暗室」相混）

　　○對牛彈琴不算什麼能耐，對牛談情才叫真本事。（「彈琴」與「談情」相混）

　　○風瘋了，就成了龍捲風。（「風」與「瘋」相混）

　　○就算生活只是個悲劇，我也要做個官窯上品青花瓷杯具。（「悲劇」與「杯具」相混）

　　○君子不可失言，更不可食言！（「失」與「食」相混）

　　○朋友分很多種，有些人真的是一輩子的朋友，有的不過是一杯子的

朋友，當然，還有一被子的朋友。（「輩」、「杯」、「被」相混）

〇女人可以沒胸，但千萬別凶！男人可以沒才，但千萬別沒財！

（「胸」與「凶」、「才」與「財」相混）

〇女人忙著整形，男人忙著轉型。（「形」與「型」相混）

〇生活可以將就，也可以講究。（「將就」與「講究」相混）

〇我不能給你幸福，但可以給你舒服！（「福」與「服」相混）

〇我是滿族，但是我從來沒有滿足過！（「滿族」與「滿足」相混）

〇我在懷念你不再懷念的。（「在」與「再」相混）

〇無所為而無所謂，無所謂而無所不為。（「所為」與「所謂」相混）

〇現實生活中，貞操總是經不起真鈔的誘惑。（「貞操」與「真鈔」相混）

〇現在，計程車有「起步價」，女人也有了「起步嫁」。（「起步價」與「起步嫁」相混）

〇寫詩有前途，沒錢圖。（「前途」與「錢圖」相混）

〇以前，父母的話對子女是一言九鼎；而今，子女對父母的話則是一言九「頂」。（「鼎」與「頂」相混）

〇有本事研究原子彈，沒本事去賣茶葉蛋。（「彈」與「蛋」相混）

〇有錢就敗家，沒錢就拜神！（「敗」與「拜」相混）

〇有些名片簡直就是明騙！（「名片」與「明騙」相混）

〇愚者坐以待斃，智者坐以待幣。（「斃」與「幣」相混）

〇這位昔日的百萬富翁，如今成了百萬負翁。（「富」與「負」相混）

〇鄭板橋說「難得糊塗」，我懷疑他想的是「男的糊塗」，下筆時臨時改了。（「難得」與「男的」相混）

混異手法在對聯中也有較多的運用，如「嫂掃亂柴呼叔束；姨移破桶

叫姑篩」便是一副混異聯。聯中「嫂」與「掃」、「姨」與「移」、「姑」與「篩」為同音字，它們在同一聯中以音同字異而構成混異。

明代風流才子唐伯虎有一天與其好友張靈對飲，喝了個大醉，張靈趁著酒意出了個上聯：

賈島醉來非假倒；

賈島是唐朝後期的詩人，那個廣為流傳的「推敲」故事，講的就是賈島。句中「賈島」與「假倒」諧音，「非假倒」意謂真的要倒了。

唐伯虎聽了，稍稍琢磨，馬上對出了下聯：

劉伶飲盡不留零。

劉伶是西晉有名的文人，很能喝酒。對句中的「劉伶」與「留零」諧音，「不留零」意即一滴不剩。

用混異手法寫成的對聯不是很多，但仍可找到數例。例如：

和尚畫荷花，畫上荷花和尚畫；

翰林臨漢帖，書臨漢帖翰林書。

這副對聯，上聯中的「和」與「荷」、「尚」與「上」，下聯中的「翰」與「漢」、「臨」與「林」，分別諧音混異。上、下兩聯意思完整，音節和諧，讀起來很有趣。還如：

天上星，地下薪，人中心，星、薪、心，字義各別；

雲間雁，簷前燕，籬邊，雁、燕，物類全同。

這副對聯中的字有必要略加解釋，上聯「地下薪」的「薪」是指燒火用的柴；下聯「籬邊」是一種體形很小的鳥。上、下兩聯都分別嵌入字形不同但讀音相同的三個字，可謂巧妙。

長沙天心閣聯也是一副混異聯：天心閣，閣落鴿，鴿飛閣未飛；水陸洲，洲停舟，舟行洲未行。

趣說換算

元代的盧摯寫過一首題為「勸世」的小令：

想人生七十猶稀，百歲光陰，先過了三十。七十年間，十歲頑童，十載尪羸。五十年除分晝黑，剛分得一半兒白日。風雨相催，兔走烏飛。仔細沉吟，都不如快活了便宜。

這首小令的大意是：自古以來，能活過七十歲的還不算多；即使人生百年，三十年已先過。七十年間，頭十年幼小無知，後十年衰老體弱。中間五十年按白天和黑夜分開，就只剩下二十五年白晝了，另二十五年則在黑夜中消磨。二十五年又在風風雨雨中日月穿梭般匆匆而過。一番沉吟細想之後，覺得還不如及時行樂的快活。

這首小令反映的是人生短暫，應及時行樂的思想。所謂「勸世」，就是勸世人及時行樂的意思。在這首小令中，作者未用任何比興，也沒有用什麼烘託渲染，而是像做算術題一樣將人生百年算得清清楚楚。真是不算不知道，一算嚇一跳啊！原來人生如此短暫。後一部分以「仔細沉吟」領起，在前一部分仔細核算的基礎上，提出了「都不如快活了便宜」，即及時行樂的主張。這首小令宣揚的是消極、頹廢的人生哲學，但聯繫到作者所處的元蒙時代，作者作為一個地位低下的漢族知識分子，產生這種思想，又是可以理解的。今天我們可反其意而用之，既然人生短暫，那就更應該珍愛生命，珍惜光陰，及時去實現人生的崇高理想，真正做到不虛此行。

在寫作、說話時，故意把難識的或需要特別強調的數量，從人們的可

接受性出發，加以形象化的換算，這種修辭手法叫做換算。此類例子還如：

①從這顆星星到那顆星星的距離，每秒鐘能飛十六點七公里的宇宙飛船也得走幾萬年。（鄭文光宇宙裏有些什麼）

②原子真是小極了……五十萬到一百萬個原子，一個緊挨著一個排起「長蛇隊」來，也只有一根頭髮直徑那麼小的一點兒。（吳士文修辭講話）

趣說婉曲

據傳，陳勝揭竿起義成王後，有幾個當年的窮哥們兒想從他那裏得到點好處，便專程到陳勝那裏去敘舊，嘮起他們年輕時候給財主鏟地的一些窮酸事兒。吳廣聽了很不耐煩地說：「唉呀！咱陳勝哥都成了王了，還提那些事兒不丟人嗎？」接著說，「走吧，走吧！」把大家攆走了。

爾後又來了個窮哥們兒，他很聰明，不直敘往事，而是說：「想當年，咱們騎著『青鬃馬』，手提『鉤鐮槍』，打倒『罐州城』，跑了『湯元帥』，捉住『豆將軍』的那股高興勁兒，叫人不能忘啊！」

吳廣聽了這話，想起了與窮哥們兒患難相處的日子，便熱情地接待了這位窮哥們兒。

吳廣為什麼突然轉變了態度呢？一個根本性的原因就是這位窮哥們兒採用婉曲的表達技巧曲說往事，使人聽起來悅耳又舒心。

這位窮哥們兒所說的「騎著青鬃馬」，是說騎著壟上的青苗鋤地；「手提鉤鐮槍」，是說手裏握著鋤頭；「打倒罐州城」，是說在吃飯的時候，不小心把裝湯的罐子碰倒了；「跑了湯元帥」，是說湯流了一地；「捉住豆將軍」，是說湯裏沒有菜，只有少許的豆子，湯灑在地上收不起來了，只好在地上撿豆子吃。

後去的那位窮哥們兒說的話之所以受聽，就是因為他採用了婉曲的表達方式。

所謂婉曲，即不直截了當地言說本意，而將它通過曲折的表達方式，含蓄地流露或暗示出來。一般來說，巧說比直陳更易於被人接受。正如人

們常說的，不要花言要巧語！

　　婉曲表意可借助與本意相關或相類似的事物來烘託、暗示，如前面講的「窮哥們敘舊」；也可以通過含蓄的語言表述以達到言在此而意在彼的目的，如張愛玲傾城之戀裏的兩句對白———柳原笑道：「這一炸，炸斷了多少故事的尾巴！」流蘇也怡然，半晌方道：「炸死了你，我的故事就該完了；炸死了我，你的故事還長著呢！」流蘇譏刺柳原用情不專，卻不直言，因為這比直說更易於被人接受，因而效果也更佳。

　　言語交際中，很多時候都不崇尚「直言不諱」。魯迅寫過這麼一個故事：一戶人家生了個孩子，前去祝賀的人說的都是好話，說孩子將來有出息，大福大貴，云云。而有一個人卻說：這孩子將來會死的。毫無疑問，說好話的得到感謝，而說醜話的遭到痛打。

　　當今也有人曲用這種「婉曲手法」，他們稱抄襲為雷同，稱剽竊為撞車，稱虧損為負效益，稱減產為滑坡，稱瀆職為失誤，稱斂財撈油為灰色收入……如此輕描淡寫，旨在文過飾非。

趣說曲解

曲解是在對話中，為了滿足一定的交際需要，對某些詞語的意思有意地進行歪曲的解釋。運用曲解，可營造幽默詼諧的語言特色，用以增加輕鬆愉快的談話氣氛，或達到辛辣嘲諷的效果。

曾讀過這樣一則幽默：

甲：最近研究孔雀東南飛，我認為焦母不喜歡蘭芝的最重要的原因是———

乙：是什麼？

甲：蘭芝太矮啦！你聽蘭芝說「新婦初來時，小姑始扶床；今日被驅遣，小姑如我長」。蘭芝和仲卿「共事二三年」，小姑子就由「扶床」變得和蘭芝一樣高了，那麼蘭芝之矮也就可想而知了。

這則幽默由甲故意曲解「二三年」構成。在孔雀東南飛裏，「二三年」不是確數，而是一個概數，因而不能坐實去理解。

相傳，古代有一個叫石動筒的人，他在太學中看博士辯論疑難時，一博士對他說：

「孔子弟子達者有七十二人。」

石動筒問道：「達者七十二人，幾人已著冠？幾人未著冠？」

博士說：「經傳上沒有記載。」

石動筒說：「先生讀書，難道不知道孔子弟子著冠者有三十人，未著冠者有四十二人？」

博士說：「根據哪些文章可以得知呢？」

石動筒說：「論語雲，『冠者五六人』，五六三十也；『童子六七人』，六七四十二也，豈不是七十二人？」

座中眾人聽了大笑，博士無言以對。

石動筒故意用「謬算法」曲解論語文句，令人解頤。「冠者五六人」，本指五六個人；「童子六七人」，本指六七個人。在文言文裏，數詞後不用量詞，因而讓石動筒鑽了空子，把概說換成了乘法。

據傳，清乾隆年間，河間才子紀昀（曉嵐）以博古通今、能言善辯著稱一時。據說有一次他背地裏稱乾隆為「老頭子」，不料被乾隆聽見。乾隆對他說：「你何故叫我老頭子？有說則生，無說則死。」眾人都為紀昀捏一把汗，他卻從容奏道：「皇上稱萬歲，豈不是老？皇帝居兆民之上，豈不是頭？皇帝便為天子，所以稱子。」於是乾隆赦他無罪，且賜譽為「淳于髡後身」。

「老頭子」本是對老年人欠禮貌的稱呼，紀昀卻將其拆開來分別對單個字進行曲解，取悅皇上，化險為夷，足見其機智！

再看一個例子。

1945 年，郭沫若有一次在重慶同畫家廖冰兄（筆名）等同桌吃飯，當他得知廖因同妹妹（名冰）相依為命而自名「冰兄」時，故作豁然大悟地說：「哦！這樣我明白了，郁達夫的妻子一定名郁達，邵力子的父親一定叫邵力。」

利用「廖冰兄」一名的來歷去曲解「郁達夫」和「邵力子」，附會新奇，聞之令人噴飯。

誤解是在對話中由於「無知」或知識不足，對某些詞語作錯誤的解釋。例如：

某村學習法律知識，村長自以為學得最好。有一天，有個村民罵了村

長，村長非常氣憤，就用繩子把他捆了，並扭送到人民法院。

　　法官：你怎麼可以隨便捆人呢？

　　村長：報紙上講了，對壞人要繩之以法！

　　法官：你知道什麼叫「繩之以法」嗎？

　　村長：就是用繩子捆起來，扭送到人民法院去嘛！

　　在這裏，村長將「繩之以法」誤解成「用繩子捆起來，扭送到人民法院去」，足見其何等愚昧無知！

　　由誤解形成的幽默很多，茲錄三則。

■一「共計」考得還不錯

　　兒子拿著成績單回家，醉眼蒙矓的父親一見忙說：「成績出來了？快，念給我聽聽？」兒子怯生生地看了父親一眼，慢慢地展開成績單輕聲念道：「語文 51 分，數學 49 分，共計 100 分。」「什麼？」父親勃然大怒，「三門功課有二門不及格？」半晌，他又和緩了一下口氣：「總算那門『共計』考得還不錯，否則三門課要清一色亮紅燈啦。」兒子忍不住「撲哧」一笑。父親又發話了：「小赤佬，剛表揚兩句就驕傲，下學期賣力點，讓語文、數學也像『共計』一樣拿個 100 分。」

■二 子夜與日出

　　書店裏的營業員正邊織毛線邊閒聊。一顧客問：「子夜到了嗎？」營業員很不耐煩：「日出還沒多久，哪會就到子夜呢？」「日出是曹禺的，我買的是茅盾的呀！」「我看你這個人才矛盾哩！」

■三 非鬧笑話不可

有一個領導在大會上說：「大家知道嗎？蘇聯有一本小說叫鋼鐵是怎樣煉成的，我想，要煉好鋼鐵，這本書是非讀不可啊！」接著他強調說，「我也準備找一本來看看，學習學習，領導帶頭嘛！」

在場的人你看看我，我看看你，都感到驚訝。

那個領導繼續說：「北京張小泉的剪刀為什麼好？大概就是讀了鋼鐵是怎樣煉成的這本書，人家學得不錯嘛！」

聽的人實在憋不住了，一個個都笑出了聲。可是那個領導仍以作總結的語氣指出：「總之，不要笑，大家都要好好讀書。不然，就非鬧笑話不可嘍！」

從上面的例子可以得出這樣的結論，即曲解是一種自覺的語言行為，而誤解則是一種自發的語言行為。曲解是說話者運用的語言技巧，而誤解則是寫作者用於刻畫人物的一種手段，常用於諷刺。

有時候曲解與誤解很難分辨，例如：

①甲：心臟一刻不能停。

　乙：那停十分鐘行嗎？

②老師：你這篇文章應從頭寫。

　學生：我一開始就寫他的腦袋，是從頭寫的呀！

例①的「一刻」，有「短暫的時間」和「一刻鐘」（十五分鐘為一刻）兩種含義，甲用的是第一種含義，乙用的是第二種含義。例②中的「頭」有「事物的起點」和「腦袋」等義，老師用的是「事物的起點」義，學生用的是「腦袋」義。

這兩例中的乙和學生的答話究竟是曲解還是誤解呢？不好妄斷，得看他們的答話是否有主觀故意。

趣說仿擬

仿擬，就是根據交際的需要，模仿現有的格式，臨時創造一種新的說法，亦即故意模仿現成的詞、句、篇，另造新的詞、句、篇，以使語言生動活潑，或諷刺嘲弄，或幽默詼諧。在運用時所仿擬的一般是人們所熟知的語言材料，如成語、諺語、名言、詩文等。

仿擬可分為三種形式。

一曰仿詞。

根據仿詞的特點，仿詞又可分為音仿和義仿兩類。

1. 音仿，即根據音同或音近的語素仿造出新的詞語，許多新穎別致的廣告詞便運用了仿詞的修辭方法。音仿，實質上就是詞語諧音置換。如：

○一步登天，再而摔，三而截！

此句係仿擬曹劌論戰中的「一鼓作氣，再而衰，三而竭」而成。

其中的「衰」和「竭」分別置換成了「摔」和「截」，頗幽默詼諧。

這種音仿形式，在廣告語中常見。如：

○電風扇廣告語：心地善「涼」。（「涼」置換「良」）

○格力電器廣告語：領「鮮」一步！（「鮮」置換「先」）

○保健被廣告語：有「被」無患（「被」置換「備」）

○洗衣機廣告語：「洗」出望外（「洗」置換「喜」）

○防盜鎖廣告語：「鎖」向無敵（「鎖」置換「所」）

在網路語中，這種修辭現象更是所見甚多。如：

○霸王憋急，捫心自刎！（「憋急」置換「別姬」、「刎」置換「問」）

○避孕最能印證一句名言：不成功，便成「人」！（「人」置換「仁」）

○常在河邊走，哪能不失足。（「失」置換「濕」）

○水性楊花說瘋言，聽取「哇」聲一片。（「瘋言」置換「豐年」、「哇」置換「蛙」）

○我不喜歡整理房間，他們都叫我亂室英雄。（「室」置換「世」）

○我終於知道為什麼這麼久自己都沒當成爹，原來是懷才不育啊！（「育」置換「遇」）

○我不是草船，你的賤別往我這發。（「賤」置換「箭」）

○我給自己起了一個外國名字：壓力山大！（「壓」置換「亞」）

○網上有一獨來獨往的女孩在照片上題字———「毒來獨往」，說不定哪一天她準會變成「毒梟」。（「毒」置換「獨」）

○我是才子了，你就做我的家人吧！（「家」置換「佳」）

○古道西風瘦嗎？枯藤老樹葷呀！（「嗎」置換「馬」、「葷呀」置換「昏鴉」）

○將薪比薪地想一下，算了，不想活了。（「薪」置換「心」）

○別以為穿著髒衣服就可以做污點證人，別以為穿著木製拖鞋就可以做木屐證人……（「木屐」置換「目擊」）

○一個鑰匙在路上走，走著走著突然說：我是屈原啊，吾將上下而求鎖！（「鎖」置換「索」）

○樓主：老婆生了個女娃，非常可愛，求各位幫愛女取個有氣勢的名字，鄙人姓成。回覆：成雞思漢。（「雞」置換「吉」、「漢」置換「汗」）

有一些小詩也運用了這種修辭手法。如佚名的跳水：

一
針
見
雪

很顯然，它是以「雪」置換「一針見血」中的「血」演繹而成的佳構。此類詩作還如唐淑婷的浪（拍岸／叫／絕）和落葉（揮金／入／土）等。

也有非諧音置換的，如中國有句成語叫「是可忍孰不可忍」，王志濤把它仿擬為「叔可忍嬸兒不可忍」———我嬸兒脾氣暴！師勝傑把它仿擬為「生可啃熟不可啃」———地瓜！「書山有路勤為徑，學海無涯苦作舟」一語，中華讀書報廣告語把它仿擬為：書山有路讀為徑，學海無涯報作舟。「望洋興歎」這一成語，通過詞語置換成了「望山興歎」、「望題興歎」等諸多形式。

2. 義仿，即比照現有詞語，利用詞語的意義關係，抽出其中的一個詞或語素而換用反義或類義詞臨時造出一個新詞。如：

○我跟爸爸非常像，又非常不像；非常像的是外貌，非常不像的是「內貌」。

○李白是天才，杜甫是地才，王維是人才。

○青春不要「留白」，可也千萬別「留黑」。

○老公總是講「公理」，老婆卻總是回之以「婆理」。

二曰仿句。

仿句，即故意模擬既成的句式結構，仿造出新的臨時性短語或語句。如：

仿辛棄疾青玉案·元夕中「眾裏尋他千百度，驀然回首，那人卻在燈

火闌珊處」格式：

　　○眾裏尋她千百度，驀然回首，伊人卻在結婚登記處。

　　□仿李煜「問君能有幾多愁，恰似一江春水向東流」格式：

　　○問我能有幾多愁，恰似一群太監上青樓……

　　□仿俗語「內行看門道，外行看熱鬧」格式：

　　○內行看門道，外行看人行道。

　　□仿廣告語「沒有最好，只有更好」格式：

　　○沒有最賤，只有更賤。

　　□仿歌詞「有多少愛，可以重來」格式：

　　○有多少愛，可以胡來！

　　有些精彩的語句，往往有許多精彩的仿句。如：

　　□仿毛澤東「人不犯我，我不犯人；人若犯我，我必犯人」格式：

　　○人不犯我，我不犯人；人若犯我，我就生氣！

　　○人不犯我，我不犯人，人若犯我，我就打110！

　　□仿毛澤東「有條件要上，沒條件創造條件也要上」格式：

　　○有困難要上，沒困難創造困難也要上！

　　○有危險要救，沒危險創造危險也要救！

　　□仿魯迅「地上本沒有路，走的人多了，也便成了路」格式：

　　○地上本來有路，走的人多了，也便沒了路。

　　○世上本來沒有美女，追求的人多了自然就成了美女。

　　○世上有很多條路，可選擇的多了，也就迷了路。

　　□仿但丁「走自己的路，讓別人說去吧」格式：

　　○走自己的路，讓別人打車去吧！

　　○走自己的路，讓別人跟著走！

○走自己的路，讓別人精彩地說！

○走別人的路，讓別人走投無路！

○走自己的路，讓前妻後悔去吧！

○走自己的貓步，讓狗說去吧！

○跳自己的樓，讓不跳的人說去吧！

□仿流行語「等咱有了錢，喝豆漿吃油條，媽的想蘸白糖蘸白糖，想蘸紅糖蘸紅糖。豆漿買兩碗，喝一碗，倒一碗」格式：

1. 等咱有了錢，吃包子喝白粥，媽的想蘸醋就蘸醋，想蘸醬油蘸醬油。包子買兩個，吃一個，再吃一個！

2. 等咱有了錢，喝老酒抽香煙，媽的想喝紅酒喝紅酒，想喝白酒喝白酒。一次點兩瓶，喝一瓶，摔一瓶！

3. 等咱有了錢，買洋房購別墅，媽的想買城裏買城裏，想買郊區買郊區。一次買兩棟，一棟自己住，一棟給養豬！

4. 等咱有了錢，買內褲購襪子，媽的想買白的買白的，想買黑的買黑的。內褲一次買兩條，裏頭穿一條，外頭套一條。

5. 等咱有了錢，去電腦城買光碟，媽的想買正版買正版，想買盜版買盜版。每樣兒買兩張，快進看一張，快退看一張！

6. 等咱有了錢，去旅遊去觀光，媽的想去歐洲去歐洲，想去美洲去美洲。飛機包兩架，一架做座機，一架給護航！

7. 等咱有了錢，天天去做美體，媽的想瘦哪裏瘦哪裏，想大哪裏就大哪裏。貴賓卡一次買兩張，上半身用一張，下半身用一張。

8. 等咱有了錢，再也不穿合成皮，媽的想穿貂皮穿貂皮，想穿狐皮穿狐皮。一式大衣買兩件，晴天穿一件，雨天不打傘穿一件。

有的仿句與原句有較大差異，但原句的痕跡仍清晰可辨。如：「走自

己的路，讓別人去擠公交車」、「穿別人的鞋，走自己的路，讓他們找去吧」、「睡自己的覺，讓鬧鐘鬧去吧」等，都是仿但丁「走自己的路，讓別人說去吧」格式寫成的。還如：

　　○常在廚房混，哪能不切手？（仿「常在河邊走，哪能不濕腳？」）

　　○近豬者傻吃，近磨者笨驢！（仿「近朱者赤，近墨者黑。」）

　　○我悄悄地來，悄悄地走，揮一揮匕首，不留一個活口。（仿徐志摩「悄悄地我走了，正如我悄悄地來。我揮一揮衣袖，不帶走一片雲彩。」）

　　三曰仿文。

　　仿文（詩、詞）是仿擬的一種形式，即有意仿照人們熟知的現成的篇章，創造出新的篇章，類似填詞或步韻。

　　宋代理學家邵康節的數字詩是一首有名的嵌數詩，知之者甚多。詩云：

　　一去二三里，煙村四五家，

　　亭臺六七座，八九十枝花。

　　有人有感於在某落後地區乘坐公共汽車的困苦，仿邵康節數字詩打油詩一首，對那陳舊破爛而速度又慢如蝸牛的公共汽車進行了嘲諷：

　　一去二三里，拋錨四五回，

　　下車六七次，八九十人推。

　　裴多菲的那首自由與愛情，我國讀者大都耳熟能詳：

　　生命誠可貴，愛情價更高；

　　若為自由故，二者皆可拋。

　　姜昆在相聲特大新聞中將它戲仿，可謂妙趣橫生：

　　雞蛋誠可貴，鴨蛋價更高；

　　若買松花蛋，還得加五毛。

仿劉禹錫陋室銘的佳作頗多，也饒有趣味，茲舉兩例。

劉禹錫陋室銘原文：

山不在高，有仙則名；水不在深，有龍則靈。斯是陋室，惟吾德馨。苔痕上階綠，草色入簾青。談笑有鴻儒，往來無白丁。可以調素琴、閱金經。無絲竹之亂耳，無案牘之勞形。南陽諸葛廬，西蜀子雲亭，孔子云：「何陋之有？」

仿文一「臭人」銘（易和元）：

才不在高，有官則名；學不在深，有權則靈。此處「衙門」，唯我獨尊。前有吹鼓手，後有馬屁精。談笑有心腹，往來無小兵。可以搞特權、結幫親。無批評之刺耳，唯頌揚之諧音。青雲能直上，隨風顯精神，群眾云：「臭哉斯人！」

仿文二課桌銘（佚名）：

分不在高，及格就行；學不在深，作弊則靈。斯是教室，唯吾閒情。小說傳得快，雜誌翻得勤。琢磨下圍棋，尋思看電影。可以畫漫畫、寫書信。無書聲之亂耳，無作業之勞形；雖非跳舞場，堪比遊樂廳。學子云：「混張文憑！」

趣說謎語中的別解

　　「別解」會意在猜燈謎中一向被推為「正宗」的手法。一條燈謎有了別解才有謎味，可以說，「別解」是謎味的載體。「正月十六辦婚事」，謎底是「喜出望外」，在成語中「望」的意思是「盼望、預料」，而在此謎語中「望」字被別解為農曆每月的十五日，過了十五日便是十六日，所以稱「望外」。又如「恨不相逢未嫁時」（打漢語名詞一），謎底是「錯別字」，意謂錯在另外嫁了人。「字」在謎底中作了別解，即將作名詞、意謂「文字」的「字」，解為「嫁」、「許配」，作動詞用。古時稱女子許配為「字」，如「待字閨中」。以此法構建的謎語很多，可從兩方面考察。

　　一是別解謎面射謎底。這類謎語通過別解謎面來猜射謎底。如「凶橫」這個謎面射一「區」字，它是通過別解「橫」來實現的。「凶橫」作為一個並列式合成詞，意思是兇狠蠻橫，「橫」讀作 hèng；別解為主謂式短語，則意謂「凶」字橫放著，「橫」讀作 héng。又如「來日是春天」，射一「奏」字。「來日」的詞彙意義是「未來的日子，將來」，整個謎面的意思可理解為「不久的將來就是春天」，可別解為「來了日頭」就是春天，還可別解為「來了『日』字就是『春天』」，謎語中是後一種別解。另如：

　　○二月平（打字一）　　　謎底：朋
　　○推開又來（打字一）　　謎底：攤

　　二是別解謎底扣謎面。這類謎語的謎底有歧義，或曰雙關。如「世襲」（打成語一）謎底：原封不動。「原封」二字，用得極巧！它是謎面

「世襲」的潛臺詞。世襲什麼？世襲原來的封爵。而「不動」二字又是「世襲」的必要條件。所以謎面二字與謎底四字扣合極為熨帖。又如「靶場」（打成語一），謎底：彈丸之地。「彈丸」在成語中用比喻義，此處用的是本義。另如：

　　○替人垂淚到天明（打市招牌一）　　謎底：通宵夜點

　　○一騎紅塵妃子笑（打語法名詞一）　　謎底：因果關係

　　三是拆解多層次短語反扣謎面。這類謎語的謎底為歧義短語，可以作兩種層次分析。如「家祭無忘告乃翁」（打報刊一）謎底：寧夏日報。「寧夏日報」作為短語，可解為「寧夏日報」（報刊名），也可別解為「寧夏日／報」，其義正好扣合「王師北定中原日，家祭無忘告乃翁」。又如「列車從湖南省會開出（打傢具名一），謎底：長沙發。從謎面看，這個謎底應作「長沙／發」理解，但根據題設要求，則應別解為「長／沙發」。另如：

　　○巧遇（打口語一）

　　謎底：沒意見（沒意／見─沒／意見）

　　○相對無言（打語文名詞一）

　　謎底：雙關語（雙／關語─雙關／語）

趣說古詩中的同字反覆

　　在元曲小令中，我們常可見到一些同字反覆的表現手法，即同一個字在一個句子或一篇作品中故意多次出現，給人以節奏明快、複沓詠歎之感。孫周卿的蟾宮曲・自樂可說是這類作品的代表作：

　　草團標正對山凹。山竹炊粳，山水煎茶，山芋山薯，山蔥山韭，山果山花。山溜響冰敲月牙，掃山雲驚散林鴉。山色元佳，山景堪誇。山外晴霞，山下人家。

　　這首小令的意思是：我的茅草屋背依青山，正對著前方的山凹，用山裏的竹子作柴做飯，用清冽的山泉煎茶，還能吃到山芋、山薯，又有山蔥山韭充當蔬菜，周圍盛開著爛漫的山花。山間泉水流淌，叮咚作響，那聲調就像晶瑩的冰淩敲打白玉般的月牙。打掃山間石路，連飄浮在山間的雲氣也掃走了，還常常驚飛棲息在樹林中的烏鴉。山色本來十分美麗，而山景更值得誇讚，它就像一幅圖畫。山外遠處飄浮著一片陽光穿射的雲霞，山腳下住著幾戶四周圍著竹籬，屋頂蓋著茅草的人家。

　　這首小令嵌入十五個「山」字，不但不讓人覺得重複，反而很好地突出了小令所要表達的山野之氣和瀟灑的情調，而且語含樂觀幽默，凸現出一個疏朗曠達的「山野」之人的生動形象。

　　張養浩的退隱也運用了這種手法：

　　雲來山更佳，雲去山如畫；山因雲晦明，雲共山高下。倚杖立雲沙，回首見山家。野鹿眠山草，山猿戲野花。雲霞，我愛山無價；行踏，雲山也愛咱。

小令意謂：白雲飄來，將青山綠水襯托得更好看了；白雲飄去，青山綠水仍然像一幅美麗的圖畫。山因白雲而產生明暗變化，山與白雲比高下。我拄杖站立在雲海茫茫的山崖邊上，回首只見白雲繚繞的地方有人家。野鹿安詳地睡在山草叢中，山猿在盡情地嬉戲野花。我愛這雲霞襯托著的青山，這青山珍貴無價。我來回走動，覺得這裏的雲霞、青山也愛咱。

　　小令中用了七個「雲」字、九個「山」字，通過雲來雲去，野鹿山猿，野草閒花，為我們描繪出一片變幻著的山間風光，表現了作者醉心自然，鄙棄世俗的恬淡情懷。

趣說廣告語中的辭格運用（一）

　　廣告語要求新穎別致，詞約義豐，易讀易記，所以廣告語的策劃者總是獨出心裁，充分調動語言修辭手段，使廣告語一經媒體播出，即給受眾以啟示和聯想，在極短的時間內縮短商品生產者、銷售者與受眾之間的距離，激起受眾強烈的購買欲望，從而獲得預期的廣告效應。廣告語中常見的辭格修辭主要有以下幾種：

■ 比喻

　　比喻，即打比方，就是用某一事物或情境來比況另一個事物或情境。這種修辭手法可使深奧的道理淺顯化，使抽象的事理具體化、形象化。例如：

　　○上海航太電冰箱廣告語：停電 24 小時，依舊冷若冰霜。

　　一個簡單的明喻就把產品的特性和功能生動形象地表達了出來，給受眾留下了鮮明的印象。

　　○愛夢利防曬露廣告語：愛夢利，隨身的綠蔭。

　　這一句廣告詞運用暗喻的修辭手法，形象地說明「愛夢利」的防曬作用如同綠蔭般清爽舒適，似讓人從廣告中尋到一絲清涼，從而對產品產生美好的印象。

　　○波司登羽絨服廣告語：「火一樣的熱情，波司登羽絨服！」

　　此廣告語從句式的角度看，屬倒裝。從修辭的角度看，運用了明喻的修辭手法，它將羽絨服穿在身上暖和的感覺，生動地比喻成「火一樣的熱

情」，形象地將羽絨服的保暖作用，展現在大眾面前，給人以親切感。

○新知期刊廣告語：新星的土壤，知識的海洋！

新知是「土壤」，新知是「海洋」。青少年的成長離不開「土壤」，青少年要成材需泛舟「知識海洋」。在這裏，廣告語形象地突出了新知期刊對青少年成長、成材的重要作用。

○雪馥兒童護膚品廣告語：雪馥兒童護膚系列，純淨、柔和、全心呵護，恰似媽媽的溫柔！

對孩子的呵護莫過於媽媽的溫柔了，因此用「媽媽的溫柔」來比喻兒童護膚系列，奇特而藝術地說明了它對孩子皮膚的全心呵護以及它帶給孩子的舒心與快樂。

○「荷花牌」蚊帳廣告語：如煙似霧、玉潔冰清，飄飄然使你如入仙境，甜蜜蜜陪君美夢。借問蓬萊何處尋？就在那「荷花」帳中。

這則廣告用「煙」、「霧」、「玉」、「冰」比喻荷花牌蚊帳，把蚊帳的輕、薄、飄柔、潔白的特點渲染得鮮明、生動、逼真。同時，高雅的意境，夢幻般的追求，美不勝收的語言，又增強了廣告的感染力，令人身心愉悅。

■ 排比

排比這種修辭是使用兩個或兩個以上結構相同、意義相關或相近，結構相同（或相似）、語氣諧和的詞組（短語）或句子並排，以達到一種加強語勢的效果。廣告語中使用排比修辭，可突出廣告的重點和句子的節奏感，從而增強廣告的感染力和說服力。例如：

○廣東金曼集團營養食品廠廣告語：沒有太多的成分，只含河鰻提取液 98％，西洋參 2％；沒有太多的功效，只適應免疫、健脾、益智和潤

腸；沒有太多的榮耀，只是金燦燦的火炬計劃中唯一的滋補液，沉甸甸的中國品質萬里行的推薦產品；沒有太多的承諾，但深知內涵的人總免不了來一隻鰻鱺精。

四個排比句子一氣呵成，抑揚頓挫，平中見奇，給受眾以感官上的衝擊力，進而產生購買的欲望。

○詩芙濃化妝品廣告語：像呼吸一樣真實，真實是唯一記住的話，真實是一張自由的臉，真實是沉澱後的完美！

幾個排比句文意流暢，氣勢強勁，給人以深刻印象。尤其是幾個「真實」，讓消費者對其化妝品產生初步的信賴感。

○美菱冰箱廣告語：帶著春天的問候，帶著柔柔的溫情，帶著吉祥的願望，我們來到您的家！

這則廣告語節奏輕快，音韻優美，情感充沛。看到它，使人感到溫馨，令人不禁想擁有這樣一臺電冰箱，讓它成為家庭生活的一部分。

三 對偶

對偶修辭格的特點在於凝練集中，概括力強，音節整齊勻稱，節奏感強，聲音優美和諧，整體上給人一種均衡美，且具有鮮明的民族特點和特有的表現力，便於記誦，有利於增強廣告的表達效果。

用對偶的形式寫成的商業廣告自古皆有，所見甚多的是古代那些兼做廣告的行業趣聯（或曰廣告聯）。例如：

○福建一茶亭廣告語：山好好，水好好，開門一笑無煩惱；來匆匆，去匆匆，飲茶几杯各西東。

○河南洛陽古道某茶亭廣告語：四大皆空，坐片刻無分爾我；兩頭是道，吃一盞莫問東西。

這兩副茶亭廣告聯，結構整齊勻稱，聲音優美和諧，讀起來順口，聽起來悅耳，讓人久久難以忘懷。

現代商業廣告中，對偶這種修辭手法也被廣泛地使用著。例如：

○石英鍾廣告語：美化空間，贏得時間！

強調功能，喚醒人們爭分奪秒，去追趕時間的腳步。

○歐米伽手錶廣告語：見證歷史，把握未來！

既道出了產品的特點，又具有恢弘的氣勢。

○保溫鞋廣告語：寒從腳起，暖自鞋生。

此聯對偶套仿擬，即仿「寒從腳起，病從口入」而來。對仗工整，音韻跌宕。

如果我們用現代的對仗標準把上述幾則對偶廣告看作對仗工穩的「工對」的話，那麼下面兩則便可視作「串對」，也叫「流水對」（這種對聯的上聯和下聯之間往往一氣呵成，分別獨立來讀沒有意義，至少是意義不全），如：

○國土部門廣告語：但存方寸地，留與子孫耕！

人口增加，耕地面積減少，對人類的生存構成嚴重威脅。「方寸」說明珍貴，因為土地資源不具有再生性；「子孫」說明節約土地功在當代，利在千秋。

○圓珠筆廣告語：最後一筆，始終完美！

前一句說明該筆性能善始善終，後一句既是對該圓珠筆的評價，又喻指人生不斷努力和完善的過程。

用對偶形式寫成的公益廣告或提示語、標語，更是到處可見。例如：

○珍愛生命，遠離毒品！（禁毒）

○保護碧水藍天，營造綠色家園！（環保）

○智者防範於前，愚者減災於後。（安全）

四 誇張

誇張是廣告中經常使用的一種技巧。在不影響宣傳內容真實性的前提下，為了表達上的需要，對宣傳內容的某一特殊之處，故意言過其實，從而引起消費者的注意。例如：

○百麗美容香皂廣告語：今年二十，明年十八！

此廣告語運用違背邏輯的誇張語言，緊緊抓住人們希望通過美容使自己變得年輕漂亮的愛美心態，以達到激起人們購買欲望的目的。

○美加淨愛蘿莉化妝品廣告語：如果說姑娘的臉好像一張天然畫布，那麼抹上一點美加淨愛蘿莉，就會誕生一幅世界名畫！

一點化妝品竟能使一張臉變成「一幅世界名畫」，如此神奇的美化功能顯然是對商品性能的一種誇大，但這種誇大人們又似乎是可以理解和接受的，因為它正是對「三分人才，七分打扮」這一說法的形象化的詮釋。

○某航空公司廣告語：眼睛一眨，東海岸變成西海岸。

「眼睛一眨」就使「東海岸變成西海岸」，極言其速度之快。時間就是生命，時間就是金錢，這飛快的速度正好迎合了人們要與時間賽跑的心理。

○「航太牌」汽車廣告語：城鄉路萬千，路路有航太！

這則廣告語運用誇張手法，形象地道出了航天車的良好銷售狀況，促使人們做出消費決定，誘發購買欲望。

○波導手機廣告語：波導手機，手機中的戰鬥機！

把波導手機比喻成「手機中的戰鬥機」，這顯然是對手機實際功能的一種誇大，但它通過如此誇張確實較好地渲染了波導手機的質量和性能。

對於沒有使用過這種手機的人來說，是一個很大的誘惑。

五 頂真

頂真，即用前文結尾的詞語或句子作下文的開頭，使上下文首尾蟬聯。運用這種修辭手法，可使句子語氣貫通，而且能突出事物之間環環相扣的有機聯繫。這種修辭手法，頗受廣告語的青睞。例如：

〇中國電視報廣告語：中國電視報，報中國電視！

這則廣告語的主語部分是「中國電視報」，謂語部分是將主語部分的詞序稍作調換，變成「報中國電視」，由一家全國性的電視報的名稱變成反映這家報紙的功能介紹：報導覆蓋中國中央電視臺所有頻道的電視信息。這則廣告語，兼屬頂真和易序兩種修辭手法。

〇豐田轎車廣告語：車到山前必有路，有路必有豐田車！

這則廣告語的前一分句直接引用諺語，後一分句順勢引出豐田車，結構緊密，語氣貫通，突出了豐田車的性能和產品銷售的狀況。

〇「生花牌」農用車廣告語：生花走進農家，農家笑開花。「農家」首尾蟬聯，如行雲流水，給人以清新之感。

〇演講與口才廣告語：時代呼喚人才，人才需要口才。

一處頂真，三個「才」字，音韻流轉，讀起來朗朗上口，且較好地突出了人才與口才在當今人才輩出的時代的重要性。

〇「長城牌」電扇廣告語：長城電扇，電扇長城。

這則廣告語在形式上是頂真，深究還另有奧妙。廣告語中的兩個「長城」，形同義殊。前一個「長城」屬商標名，後一個「長城」已是一個具有特定寓意的詞，人們常用它來比喻堅強雄厚的力量或不可逾越的障礙等。整個廣告語所要表達的意思是，「長城牌」電扇具有雄厚的實力，是

同類產品難以逾越的。這則廣告語除頂真外，還兼有比喻與誇張。

六 擬人

　　擬人是一種改變詞語的習慣性適用對象和語境的修辭方法。將擬人用到廣告語言中，就是將廣告語言中的物性轉化成為人性，並賦予其人的特徵，從而使受眾對商品感到親切，進而產生喜愛之情。例如：

　　○農業銀行廣告語：一握農行手，永遠是朋友！

　　和農行握手，將農行人格化，生動；和顧客交朋友，拉近了農行與顧客的距離，形象。

　　○雅芳美容化妝品廣告語：雅芳，比女人更瞭解女人！

　　「瞭解」二字賦予「雅芳」以人的意識，使「雅芳」產品變成了一個深諳女人心事的專家與朋友，從而拉近了產品與消費者的心理距離。

　　○嗎丁啉胃藥廣告語：恢復胃動力，請嗎丁啉幫忙！

　　向胃藥嗎丁啉請求「幫忙」，將胃藥比擬成一個熱心助人的朋友，貼近人心。

　　○某隔熱材料廣告語：為凍得發抖的房子披上一件外衣！

　　用「凍得發抖」形容處在寒風中的房子，十分形象，給房子「披上一件外衣」，這無異於雪中送炭，讓沒有生命的物（隔熱材料）有了人的溫情。運思奇特，著筆巧妙，宣傳效果想必也一定會好。

　　○朗姆酒廣告語：他們已經在地窖裏睡了多年。

　　一個「睡」字，使酒具有了人的動作行為，同時也透露出了廣告的主旨，即朗姆酒是久藏於地窖裏的陳年老窖。其品質之優越，味道之香醇，已無需贅言。

　　○飛利浦電動剃鬚刀廣告語：顯然剛被飛利浦吻了一下。

這是一則飛利浦電動剃鬚刀片的平面廣告作品，畫面上是一個絡腮胡子的男人頭像，在他的長滿鬍子的下巴上，竟有三個圓圓的白點，文案的標題是「顯然是剛被飛利浦吻了一下」。將剃須刀人格化，賦予剃須刀人情味。一個「吻」字「吻」出了剃鬚刀的溫柔體貼，「吻」出了顧客對剃須刀的好感與信賴。

有不少公益廣告（或提示語）也運用了擬人修辭手法。例如：

○水龍頭：不要讓水龍頭孤獨地流淚！

○城市草地：小草對您微微笑，請您把路繞一繞！

○汽車：愛我，追我，千萬別吻我！

七 迴環

迴環，也叫迴文，即運用語序迴環往復，表現兩種事物或事理的相互關係的修辭手法。運用迴環修辭手法，能加強語氣，增強語言感染力，反映事物之間的辯證關係。廣告語中運用迴環修辭格，可以更詳盡、更具體地反映出產品的性能特徵，給人們留下深刻的印象。例如：

○康必得感冒藥廣告語：康必得，得必康！

巧用迴環往復，點明註冊商標，突出商品價值，體現出產品與消費者的必然聯繫，強調產品將會給消費者帶來的益處。

○萬家樂電器廣告語：萬家樂，樂萬家！

僅用短短六個字，即道出了該產品的品牌和效應———給千家萬戶帶來了無盡的歡樂與情趣，也給廠家贏得了實實在在的聲譽。

○北京天然居餐館廣告語：客上天然居，居然天上客。

此廣告語除了在語音上體現了迴環往復的特點之外，還精妙地陳述了這樣一種現象，即天然居的來客都是高雅不俗之士。

○廣東佛山無線電廠廣告語：鑽石音響，音響中的鑽石！

在此廣告語中，第一句的開頭是第二句的結尾，而第一句的結尾又是第二句的開頭，形成一種迴環句式，音調鏗鏘，韻味彌足，讀者將於回味中對鑽石音響留下深刻的印象。

八 混異

所謂混異，就是把兩個或兩個以上意思不同但是讀音相同的字詞組合在一起，聽之無異，讓人感到雲山莫辨；視之有別，使人覺得妙趣橫生。用這種手法創作的廣告語，人們總是很樂於傳播。例如：

○「正虹牌」飼料廣告語：正虹飼料，催豬不吹牛！

這則膾炙人口的廣告語，其妙處在於據「吹牛」衍生出「催豬」，尤其是將「催」與「吹」混在一起，讓人在聽覺中「催」、「吹」莫辨，且詼諧幽默。

○「仲景牌」六味地黃丸廣告語：藥材好，藥才好！

「材」與「才」同音，字形各異。讀的時候，停頓也不同：前者讀「藥材／好」，後者讀「藥／才好」。此廣告語整體意謂：只有藥材的原料好，生產出的藥物才會好。它還向患者透露了這樣的信息：我們廠中藥的原料好，成品也肯定好，盡可放心服用。

○「胃舒牌」胃藥廣告語：要胃舒，請喝胃蘇。

這則胃藥廣告語利用「舒」與「蘇」近音的關係，巧妙地說出該胃藥的藥效和藥名———「胃蘇」是其胃藥名稱，「胃舒」言其胃藥功效（使胃變得舒服），這正符合人們追求健康的心理，因而較好地實現了宣傳產品的目的。

○圖書館廣告語：別因有意思就有意「撕」！

「思」與「撕」混異，而且「混」得很是幽默。同樣有意思的是，「有意思」與「有意『撕』」的內部結構關係也不同———「有／意思」、「有意／『撕』」，這又是一「異」。

上面是對廣告修辭的分類分析，其實許多廣告語中的修辭並不是單一的，常常涉及辭格的綜合運用，例如：上海航天電冰箱廣告「停電 24 小時！依舊冷若冰霜」就是比喻與誇張兼用。還如上面提及的幾則廣告語：

○波導手機廣告語：波導手機，手機中的戰鬥機！（比喻、誇張）

○中國電視報廣告語：中國電視報，報中國電視！（頂真、易序）

○「長城牌」電扇廣告語：長城電扇，電扇長城。（頂真、比喻、誇張）

○某隔熱材料廣告語：為凍得發抖的房子披上一件外衣！（擬人、比喻）

○可比克薯我系列廣告語：薯我鮮，薯我辣，薯我脆。（諧音、排比、擬人）

廣告語涉及的修辭手法頗多，難以枚舉。有些廣告修辭（如仿詞），已在別的篇章裏提及，此處從略。

趣說廣告語中的辭格運用（二）

　　廣告語中的辭格運用，以雙關最為普遍，故在此作專題闡述。

　　雙關，是指在一定的語言環境中，利用詞語同音或多義等條件，有意使詞語或句子具有雙重意義，言在此而意在彼。雙關有諧音雙關和語義雙關兩種形式。

　　諧音雙關，是利用音同或音近的條件使詞語或句子形成雙關。

　　廣告中的諧音雙關和一般意義上的諧音雙關有所不同，一般是用一個（或多個）與產品性能或功能有關的語素置換人們所熟知的詞語或成語中的一個（或多個）語素，讀音相同，但字的形體不同，視覺上是陌生的乙，聽覺上卻是熟知的甲，不是言在此而意在彼，而是把原有詞義和產品相關的新意義巧妙地糅合在一起，相輔相成，增加語義的信息量，拉近產品與消費者之間的距離，以達到促銷的目的。如蘋樂面粉機廣告語（「蘋樂麵粉機，致富好糧機！」以「糧」置換「良」）、桂龍咳喘寧藥商品廣告語（「『咳』不容緩，請用桂龍！」以「咳」置換「刻」）均屬此類。由於這種諧音雙關是通過置換詞語（或成語）語素而成（與「東邊日出西邊雨，道是無晴卻有晴」稍有不同），所以有人把它直接叫做「諧音置換」，或歸入「仿詞」修辭（即在現成詞語的比照之下，更換詞語中某些詞或語素，臨時仿造出新詞語）。下面分兩種情形闡述：

　　一曰詞句語素諧音置換，即用同音字或近音字對固有詞語、熟語中某個詞語或語素進行諧音置換而形成，聽起來順耳，讀起來順口，品起來有味。例如：

○匯源果汁廣告語：真「橙」愛你每一天，匯源果汁！

真「橙」愛你每一天，巧妙地運用諧音雙關，強調匯源的產品是原汁原味的「真橙」，給消費者的愛是決不摻假的「真誠」，愛是呵護，愛是關懷，這正與匯源果汁是健康的守護者的宣言相契合。

○科龍空調廣告語：身在「伏」中不知「伏」。

身在「伏」中不知「伏」，借助音同的特徵把原來的「福」置換成了「伏」，顯示了空調的性能。

○去斑靈廣告語：趁早下「斑」，請勿「痘」留！

這裏的「斑」、「痘」，就是一種諧音置換。「斑」置換「班」，「痘」置換「逗」，別出心裁地宣傳了「去斑靈」產品能使「斑點」退下，能把「青春痘」除去的作用。

○葡萄糖酸鋅口服液廣告語：聰明的媽媽會用鋅。

以「鋅」置換「心」，「用鋅」與「用心」一表一里，可謂「用心」才會「用鋅」。

○某商場廣告語：春天洗洋洋！

「春天『洗』洋洋」透露給人們一個信息：商場正在開展春夏換季時節特大優惠活動，商品在大量洗貨，顧客當不失時機，前來購買。「喜洋洋」是由單音語素「洗」加上疊音語素「洋洋」構成的後附式合成詞，屬形容詞，在此以「洗」置換「喜」而成「洗洋洋」。

二曰成語語素諧音置換，即用同音或近音的詞語或語素對固有成語中的某個詞語或語素進行諧音置換而形成，其形式、音節與某個成語相似，意義卻改變了。在廣告中巧妙運用諧音成語，可以使廣告語凝練生動，具有非同尋常的表現力。例如：

○移動通信廣告語：你來我網，一網情深！

用「網」置換「往」，彰顯了移動通信的網絡優勢和服務質量。加入移動網路，你將一往情深！

○王致和臭豆腐廣告語：一臭萬年，香遍萬家！

「一」與「遺」諧音，「一臭萬年」強調產品歷史悠久，透露出了一種中國式的幽默，令人回味無窮。

○新飛冰箱廣告語：橫掃千菌！

冰箱制冷已不足為奇，殺菌消毒才是人們新的關注點。仿成語「橫掃千軍」，得其氣勢；以「菌」置換「軍」，介入關於產品的話題焦點。

○奧威手錶廣告語：奧威手錶，一戴添驕。

此廣告巧妙地運用「戴」與「代」、「添」與「天」的諧「一代天驕」之音，語義雙關，意謂戴奧威手錶便能使你增添驕傲感和自豪感。

○杏花村汾酒廣告語：汾酒必喝，喝酒必汾！

三國演義開篇首句便是「話說天下大勢，分久必合，合久必分」，此廣告以「汾」與「喝」分別置換其中的「分」與「合」，出巧出新。其字面外的意義也不言而喻：既然「分久必合，合久必分」是天下大勢，那麼暢飲汾酒也是大勢所趨！

成語語素諧音置換在前面趣說成語與廣告一文中已有較詳細的闡述，此處從略。

以諧音方式撰寫廣告語，一定要考慮社會影響。如某鞋店命名「心生鞋念」就很不合適，「鞋」乎，「邪」乎？又如一家經營早點的鋪子打出廣告———本店隆重推出「仁肉包子」，歡迎品嘗！這「仁肉」大概指蝦仁，然而卻不免讓人想到「人肉」二字，進而毛骨悚然。

語義雙關，是指利用漢語中的詞語、短語或句子的多義現象，在特定的語境下，形成轉義條件，構成雙關。

語義雙關在廣告語中的運用比諧音雙關更為普遍，其效果與諧音雙關可謂異曲同工。造成語意雙關的因素多種多樣，試例說如下：

（一）結構變換構成雙關。即同一語言結構既可以是詞也可以是短語，換言之，這種語義雙關是由於詞與短語同形構成的。例如：

〇阿里山瓜子廣告語：阿里山瓜子，一嗑便開心！

「一嗑便開心」，說的是瓜子的優點，只要上下牙對正一嗑，瓜子仁兒便會蹦出來。別人家的瓜子「小扣柴扉久不開」，而這家的瓜子「一嗑便開心」，這自然就形成了一種獨特的產品優勢。「開心」可看作是一個詞，也可看作是一個短語。作為一個詞，「開心」的意思是指心情快樂舒暢，而作為短語的「開心」，在此則是指瓜子被嗑開。此「開心」又是彼「開心」，一語雙關。瓜子容易「開心」，嗑瓜子的人自然開心。

〇銀燕空調廣告語：銀燕空調，冷靜的選擇！

「冷靜」一詞語意雙關，從消費者選擇產品的理智態度———冷靜，到突出空調的性能和品質———冷、靜，語義上可謂無縫銜接。

〇鞋油廣告語：第一流產品，為足下爭光！

這則廣告語中的「足下」有兩種含義，表面上是指「腳下」，實際上有著更深一層的意思。在古漢語中「足下」是對人的一種尊稱，為人稱代詞「您」。這則廣告語便是利用「足下」、「爭光」詞與短語的轉換，構成雙關，以介紹其產品的用途及優勢，意謂使用了他們的產品，不僅可以為你的皮鞋，更能為您增添光彩。

〇北京晚報廣告語：晚報不晚報！

第一個「晚報」是名詞性的限定式合成詞，第二個「晚報」是動詞性狀中短語。「晚報不晚報」五個字短小精悍，意蘊深遠，它通過適量的信息，傳達了北京晚報追求時效性的特點。將同形同音的詞與短語置於極小

的語言片段中，造成複查效果，讓讀者讀來會心一笑，印象深刻。

○三菱電梯廣告語：上上下下的享受！

「上」、「下」作方位名詞時，「上上下下」是對一個集體中從上到下所有人的總稱，也可指「從頭到腳」（全身）；「上」、「下」作動詞時，「上上下下」指上下往返，可謂一箭三雕。這是一種從個體到群體全方位的「享受」，真讓人迫不及待地想去見識一下這種電梯。

（二）符號顯義構成雙關。這實際上是賦予符號化的商品名稱以詞匯意義，讓某個符號和與其同形的詞融合在一個形體裏，從而形成雙關。

例如：

○東風牌汽車廣告語：萬事俱備，只欠東風！

「東風」是汽車的品牌名，它直接移用成語典故，一來對「東風」牌汽車在生產、生活中的重要地位作了完整的表述，二來又使人產生對悠遠的歷史故事的深深回味和對自然界東風（春風）的美好聯想。

○聯想電腦廣告語：人類失去聯想，世界將會怎樣？

這則廣告語可以說是賦予符號化的商品名稱以詞匯意義的範例。它讓人們在對雙關語義的感悟中得到啟發———人類要有想像力，也不能沒有「聯想」電腦，從而接受這個電腦品牌。

○中意電冰箱廣告語：中意冰箱，人人中意！

將作為商標名的「中（zhōng）意」（中國和意大利合資產品）與作為述賓結構短語的「中（zhòng）意」（正中消費者的心意）置於一個語境中，亦此亦彼，給商品作了深刻的詮釋和推介。

○美晨牙膏廣告語：健康人生，從美晨開始！

這裏的「美晨」可以理解為「美好的早晨」或者「美晨牙膏」。健康的人生可以說是從美好的早晨開始的，也可以說是從「美晨牙膏」開始

的，二義合一，讓人們會心一笑，進而提高對該產品的接受度。

○口子酒：生活中離不開這口子。

把適用於「人」的稱謂移用於「物」，將口子酒比擬成自己的生活伴侶「這口子」，用詞自然而親切，易於吸引消費大眾的視線，從而實現最終的銷售行為。

（三）別解詞語構成雙關。別解就是在一定的語言環境中，利用漢語字詞多義的特點，不用字詞的本來含義，而用另外的意思去解釋。詞語形貌不改，卻隱水藏山。例如：

○「天仙牌」電風扇廣告語：實不相瞞，「天仙牌」的名氣是吹出來的！

電風扇的功能自然是「吹」，而且還不是一般的「吹」，須「吹」得出色，「吹」得優秀，「吹」得勝人一籌，名氣就靠「吹」出來。這個「吹」字，語義雙關，耐人尋味。

○超天美容寶口服液廣告語：二十一天真相大白！

乍一看，還以為是某地發生的一樁案件，花了二十一天工夫終於水落石出了。其實這不是一則社會新聞的標題，而是一條化妝品廣告。「真相大白」是使用這種化妝品的奇特效果，相貌真正變白了，且不需多長時間，只要二十一天，即短短三個星期。這則廣告妙在巧用別解構成雙關。「真相」一詞，一般情況下都理解為事情的真實情況，而廣告語中指的是人的相貌；「真相大白」中的「白」正常理解為「清楚、明白」，而廣告語中則別解為白色。

○某報紙廣告語：好人得好報！

「報」由「報答」而為「報紙」之意，直接借用這一日常祝願語，既推銷了報紙又表達了對用戶的美好祝願，一箭雙雕。

○新力海飛絲廣告語：**翩翩風采，從頭開始！**

「頭」由其常用義「事物的起點或終點」而轉換為基本義「腦袋」，充分表達了頭髮於人之儀表的突出地位。與之類似的還有髮膠廣告語：塑造自我，從頭做起！

○紅桃K補血劑廣告語：補血，我就服紅桃K。

這裏的「服」字擔負著兩個義項，既指品服、服用，同時又指心服、佩服，是一個動詞雙關的範例。

○新飛電冰箱廣告語：誰能懲治腐敗？

「腐敗」，既可指政治的腐敗，也可指食物的腐敗。這則廣告語在當今反腐倡廉的大背景下，具有極大的幽默效果，無疑能給人留下十分深刻的印象。

○抽油煙機廣告語：專食人間煙火！

故意將「煙火」的本義與借代義混雜在一起，虛實共生，語義雙關。

○小鴨品牌洗衣機的廣告語：小鴨，小鴨，頂呱呱！

「呱呱」是象聲詞，形容鴨子、青蛙等動物的響亮的叫聲。「頂呱呱」，形容極好，指上等的，優良的，既指人的本領，也指貨物的質量。此廣告語將詞的本義與比喻義融合在一起，形成語義雙關。

○佳潔斯門業廣告語：演繹永恆的門道！

「門道」，本意是門內的過道，引申為方法、途徑、竅門等，二義並舉，雙關有趣。

說寫趣話

趣說語言符號的社會約定性

　　語言符號的音義聯繫、形義聯繫都不是本質的、必然的，而是任意的，是由社會成員共同約定的。一種意義為什麼要用這種聲音形式，而不用那種聲音形式，這中間沒有什麼道理可言，完全是偶然的、任意的。如「人」，漢語的語音形式和英語的語音形式就不相同，漢語的讀音是 rén。不同方言區之間，語言的音義聯繫也不是完全一致的，如「紅薯」，有些地方叫「紅苕」，有的地方叫「番薯」，有的地方叫「地瓜」等。當然，說語言的音義結合具有任意性是就語言的主要方面說的，語言中有少部分詞語的音義聯繫是可以解釋的，不具有任意性，比如布穀鳥，漢語叫做「布穀」，英語是cuckoo，法語是coucou，匈牙利語是 kakuk，古希臘語是 kokkuk，這裏關於布穀鳥的語音形式，五種語言都十分相似，是根據自然界的布穀鳥鳴叫的聲音仿擬的結果，這些詞的音義結合就具有一種可以解釋的邏輯聯繫。

　　形義聯繫與音義聯繫的情況有所不同，尤其表意文字形與義具有較強的邏輯聯繫，比如漢字中的象形字，這種關係表現得尤為突出。當然，形義聯繫的任意性也還是普遍地存在著，如漢語裏的異體字便呈現出了這種情形。如「梅」與「　　」是一對異體字，不同的「形」指稱著相同的「義」。在偏旁的組合上，也是如此。如「囍」，形為「喜」的疊加，義也是「喜」的疊加，謂之「雙喜」，合情合理。若依此邏輯，「喆（zhé）」的字義應為「雙吉」，因為它在字形上是「吉」的疊加，然而事實不是這樣，「喆」同「哲」，多用於人名，在意義上與「吉」毫無關係。「梅」的

異體字，本與「呆」在詞義上無關，網絡上的人們推陳出新，賦予以新義。字由兩個「呆」字組成，因此用來形容人比呆還呆。這樣，由一個象形字理解成了會意字。這大概是對漢字偏旁的組合進行邏輯強調。它們是否能經社會約定而進入實際的言語交際，這是個人的意志難以強制的。

詞彙和句子是一種更大更複雜的符號體系，也同樣受著社會約定的制約。從「一直以來」的說法便可見一斑。

「一直以來」這種說法，最早出現在香港方言中。無論是鳳凰衛視的播音還是香港出品的電視劇，都經常出現「一直以來」的說法。受其影響，中國大陸的一些媒體也開始使用這種說法。

「一直以來」的說法在媒體亮相之後，曾受到不少語文刊物（如咬文嚼字等）的批評。可是批評歸批評，「一直以來」還是流行起來了，並且語用量越來越大。

從傳統語法看，「一直以來」的說法是不合語法規範的。「⋯⋯以來」的前面應是表示時間的名詞，如「去年以來」、「2000 年以來」、「長期以來」等。

通過對具體的語言現象進行分析可知，「一直以來」是通過對時間持續性狀的凸顯，傳遞該動作或狀態持續了很長時間的會話隱性含義。

與「一直以來」意義最相近的是「長期以來」，但二者還是有差異的。「一直以來」相當於「直到現在」，強調的是到說話時為止某一動作或狀態的持續不變；「長期以來」表示的時間較長，指的是到現在為止很長的一段時間。

「不合邏輯」的習慣用語在生活中普遍地存在著，如有一次我去飲食店吃麵條，服務員問我是吃大碗，還是吃小碗？我說大碗、小碗都不吃，只吃麵條⋯⋯

在這番對話中，我沒有說錯，但服務員說的也在理，因為都這樣說，已經約定俗成了。語言這東西，只要是全社會約定俗成了，不通也通了。比如大家都說「打的」，你一個人非要說「乘計程車」，大家會覺得你怪怪的。

還是那句話，存在的就是合理的，語言也是這樣。有些說法不合邏輯，但說的人多了，也就習慣了，如「看醫生」、「救火」、「失盜」、「幫忙」、「養病」、「吃食堂」、「吃小灶」、「搞衛生」、「曬太陽」、「坐地鐵」、「恢復疲勞」、「打掃衛生」等；有些說法不合語法，但人人都這麼說，語法也就只能聽之任之了，如「地毯式搜查」。「地毯式搜查」與「拉網式排查」看似類同，其實它們的內部構成方式是有區別的。「地毯式搜查」與「拉網式排查」中，「地毯式」與「拉網式」從修辭上看，運用了比喻；從句法成分上看，都是做方式狀語，但「地毯」是名詞，沒有表示行為方式，而「拉網」是述賓結構短語，表示了行為方式，所以「地毯式」的說法不符合語法規範。若將「地毯式」改為「卷地毯式」，則雖符合了語法規範，但顯得節奏不明快，而且不好與「拉網式」對舉使用。

語言中這種背離邏輯與語法的現象，最後總是在社會集體的無意識中逐漸約定俗成，這就有點像魯迅說的「地上本沒有路，走的人多了，也便成了路」。

從「掃他媽的墓」說起

國民黨軍閥何健曾任湖南省省長。有一年清明節，他去嶽麓山為他母親掃墓。由於官方有令，湖南省內各報均要刊登這一「新聞」，並按規定，這則「新聞」的標題統一為「何省長昨日去嶽麓山掃其母之墓」。

次日，湖南省各家報紙均刊登了這一「新聞」。不過，有 10 家報紙在刊登這則「新聞」時，將標題中的「其母之」改成了「他媽的」，於是這

則「新聞」的標題就變成了「何省長昨日去嶽麓山掃他媽的墓」。

這則故事很有意思，它所涉及的語言問題給了我們品味和思索的樂趣。「其母之」為文言，若直譯成白話，就是「他媽的」，兩者意思相近，並沒有改變這則「新聞」的事實。但是，在我們漢語裏「媽的」、「他媽的」都是罵人的話，因此將「其母之」改為「他媽的」，應當不是偶然的語誤，而是有意為之。如此說來，那 10 家報紙的負責人真是吃了豹子膽，竟敢在太歲頭上動土！

說到「他媽的」，還讓人想起這樣一則小幽默：

村長的兒子小龍匆匆跑回家，拉著奶奶急切地問道：「奶奶，你是不是偷偷養著一條可惡的狗？」

「沒有哇！」奶奶莫名其妙。

「你別騙我了奶奶，」小龍不高興地說。「你養狗的事，全村人都知道了，他們總是說，村長他媽的那條狗真可惡！」

小龍的誤解並非絲毫沒有道理。如果沒有前面對話透露的信息，即村

長他媽沒有養狗，而單從「村長他媽的那條狗真可惡」一語分析，「他媽的」便有歧義。「他媽的」若認定為獨立成分，便是罵人語；若把「村長他媽」看作是「那條狗」的定語，那麼那條狗就是村長他媽飼養的，這句話便沒有了罵人的嫌疑。

「他媽的」有時簡省為「他媽」，如：「這孩子真他媽招人喜歡，這孩子他媽也真招人喜歡！」前一個「他媽」像是襯詞，沒有實際意義，但這樣的襯詞會使純潔的語言受到玷污。

說「他媽的」是罵人，從語言學的角度看，是一個語言的民族性問題。若何健是去為其父親掃墓，則標題應是「何省長昨日去嶽麓山掃其父之墓」。「其父之」譯成白話，就是「他爸的」。「他爸的」在漢語裏不是罵人的話，甚至於「他母親的」這種說法也不用於罵人。同理，若把「村長他媽的那條狗真可惡」改為「村長他爹的那條狗真可惡」，也不會讓人認為是罵人。「媽的」、「他媽的」，在別的民族的語言裏恐怕就不一定是罵人的話。

不同民族由於文化背景不同而產生的言語交際方面的差異就更多了。一位外國朋友到一位中國工人家裏做客。一進門，主人夫婦倆便熱情地迎上前來，外國朋友很禮貌地對男主人說：「你太太很漂亮。」男主人馬上回道：「哪裏哪裏！」此話可讓外國朋友愣住了。他納悶：怎麼還要這麼具體呢？他只好補充道：「臉蛋還可以！」「哪裏哪裏」在現代漢語裏不是詢問語，而是謙虛用語，即謙辭，怪不得外國朋友誤解呢！

趣說語言形式的多樣性

　　語言作為一種符號系統，是用聲音來表示意義的，但是有些無聲的表意符號，我們也常稱之為語言，叫做無聲語言，如旗語、燈語、手勢語等，甚至連古代報警的烽煙都可視作一種無聲語言。無聲語言與有聲語言一樣，一般都具有社會或某一群體，抑或交際雙方的約定性，如馬路上的紅燈表示禁止通行，綠燈表示允許前進，旋轉的條紋彩色燈表示理髮店正在營業等等，否則容易出現理解上的偏差。

　　去年在新疆旅遊時，導遊給我們講了一個頗有趣味的故事：

　　美國總統克林頓訪華時，來到新疆考察，在南疆的和田街上遇著一位賣　　的維吾爾老人。克林頓好奇地上前打招呼，但由於語言不通，只得打手勢交流。克林頓很滑稽地對維吾爾老人伸出一個指頭。老人迷惑地看了他一陣，隨即伸出兩個指頭。接著，克林頓伸出四個指頭，老人伸出五個指頭；克林頓在空中畫了一個圈，這時，老人說了一句維語，並伸出了握緊的拳頭……

　　克林頓回國後，在給其妻子講述中國之行的見聞時，特地提到這個賣　　的老頭兒。他說：我在中國新疆遇到的那個賣　　的老頭兒，思想非常先進。我對他說，我們來自一個地球，他卻說我們來自兩個不同的國家；我又對他說，我們來自四面八方，他說我們來自五大洲；最後我對他說，我要統治你們！他馬上舉起拳頭，說他要反抗！

　　老大爺回去後，也給他的老伴講在街上賣　　時遇到的趣事。他說：我嘛，今天在街上遇到一個老外，這個老外吹牛厲害得很呢。他說他一頓能

吃一個　　　。我也給他吹了一下，我說我一頓能吃兩個　　　。他又吹牛說一頓能吃四個　　　，我也吹牛說我一頓能吃五個　　　。這個老外太牛了，他說海拉貫斯（所有）的　　　他都能吃掉呢。我生氣得不行，他竟敢在我們中國人面前吹這麼大的牛皮！我舉起拳頭說：阿郎死格（媽的），撐死你呢！

　　克林頓與維吾爾老人的手勢語沒有約定性，它只是在特定的交際情境下，交際主體一種隨意的、臨時的肢體動作，因而出現理解上的偏差便不足為怪了。

　　也許大家都不會懷疑，笑也是一種語言。我們可以把笑看作是一種肢體語言，它雖然不像詞彙那樣具有明確的概念意義，但它的社交功能是不可忽視的。人們可以通過笑來傳遞語言難以傳達的信息，有時甚至可收到比言語更佳的交際效果，如「度盡劫波兄弟在，相逢一笑泯恩仇」中的「笑」便勝過千言萬語。有語道，微笑是人與人之間最短的距離！其實，笑是人與人交流的最古老的方式之一，似乎連嬰兒都知道這一點。嬰兒常常朝父母吃吃地笑，意在提醒父母時常想到他。

　　無論是有聲的笑還是無聲的笑，都能傳達出一定的信息。不管如何笑，都表明了一種生活態度，一種人生觀念。開懷大笑、笑容可掬、笑逐顏開、眉開眼笑、莞爾一笑，總體上體現了一種樂觀向上的人生態度，它屬於胸有豪氣、心態平和的人；而譏笑、冷笑、嘲笑，則體現了一種冷漠無情的處世態度，它屬於心理灰暗、尖酸刻薄的人……

　　生活中不同的人有不同的笑，熟悉的人點頭微笑，幻想的人獨自乾笑，穩重的人嫣然一笑，天真的人說笑就笑，認錯的人低頭一笑，逢喜的人自忖自笑，爽快的人哈哈大笑，激動的人含淚帶笑，害羞的人掩面而笑，迎客的人滿臉堆笑，老練的人帶笑不笑，寡言的人嘿嘿憨笑，虛偽的

人抬頭便笑，頑皮的人吐舌逗笑，和藹的人面露微笑，受驚的人邊哭邊笑，傲慢的人斜眼譏笑，無知的人歪頭傻笑，輕浮的人倚門賣笑，失重的人勉強苦笑，得勝的人眉開眼笑……

笑的方式不同，給人的感受也不同：最有意思的笑是回頭一笑，最沒意思的笑是無由亂笑，最陰險的笑是皮笑肉不笑，最可愛的笑是微微一笑，最可惡的笑是陰陰冷笑，最有趣的笑是相視而笑，最含情的笑是低頭微笑，最開心的笑是眉開眼笑，最肉麻的笑是媚笑，最尷尬的笑是乾笑，最奇怪的笑是狂笑，最無情的笑是嘲笑……

總之，只要是真誠的笑，定能促進人際關係的和諧，定能融化誤解的堅冰。

語言可分為有聲語言和無聲語言，無聲語言又可分為動態的語言（如旗語、手勢語）和靜態的語言（如符號、標誌）。人們通常把靜態的語言稱作沉沒的語言。戒指的佩戴便是一種沉默的語言。

戒指不是隨便戴的，它戴的手指不同，所包含的意義也不同。它是一種訊號或標誌。

戴在食指上———想結婚，即表示求婚；

戴在中指上———已在戀愛中；

戴在無名指上———已訂婚或結婚；

戴在小指上———表示我是獨身的；

大拇指一般不戴戒指。

這是一種風俗，你不遵照也沒有什麼，只是容易使人產生錯覺。譬如，你是一位尚未訂婚的小姐，如把戒指戴在無名指上，別人會認為你已經訂婚了。倘若你正想尋找意中人，說不定就會因此而錯失良機。

另外，結婚戒指不能用合金製造，必須用純金，表示愛情是純潔的。

好難學的漢語啊

　　世界上所有的語言中，漢語算是最深奧最複雜的了。從歷時性的角度看，古代漢語與現代漢語差異甚大；從共時性的角度看，除普通話以外還有眾多的方言，而且許多方言都與普通話存在著很大的差異，無怪乎外國人說漢語難學。曾有一個外國教授寫過一篇短文，講述了他學習漢語遇到的有趣的故事：

　　我，叫施吉利，加拿大人，很喜歡漢語。我買了許多書，特別是漢語辭典、北方方言辭典等。我發現成語、諺語、方言都很好，準確、生動、幽默、風趣。有一天，很熱，我到樓下散步，看見賣西瓜的，是個體戶。我說：「你的西瓜好不好？」他說：「震了！」我說：「什麼叫震了？」他說：「震了就是沒治了！」我說：「什麼叫沒治了？」他說：「沒治了就是好極了，你看我的西瓜好不好？」這時，我用了兩句成語，剛學的。我說：「沒有調查就沒有發言權，你是不是王婆賣瓜———自賣自誇？」他說：「是騾子是馬拉出去遛遛，我的瓜皮兒薄，子兒小，瓤兒甜，咬一口，牙掉啦。」「嚓嚓」一聲，切開一個，我一吃，皮兒是厚的，子兒是白的，瓤兒是酸的。我又說了一句成語：「你要實事求是，不要弄虛作假。」他的臉「唰」地紅到脖子根兒。我說沒有關係，買賣不成仁義在。他一聽急眼了：「這個不算。」「嚓」地又切開一個，我一看，皮兒倍兒薄，子兒倍兒小，瓤兒倍兒甜，我狼吞虎咽起來。他說：「好吃不好吃？」我一伸大拇哥，說：「蓋了帽了！」

　　施吉利教授在文中反映的主要是漢語方言難學的問題。他所說的「震

了」、「沒治了」、「蓋了帽了」都是北京地區的方言詞，別說老外，就是中國人也絕大多數弄不明白。這三個詞（或短語）要表達的意思都是說西瓜熟透了，然而它們的意思還不僅如此，仔細分析還挺複雜。比如「沒治」，在平常的語言交際中可理解為「不可救藥」，如「這病沒治了！」

「這孩子頑皮得要命，真沒治！」然而，在「她的演出真沒治」中，則是「好極了」的意思。「蓋了帽啦」表達的也是某種東西達到「極致」的意思。在別的方言裏表達這個意思又有另外的表達方式，如陝西方言裏便是「聊得太」。

漢語中有一些方言詞，具有很強的生命力，在言語交際中廣泛使用，而方言區以外的人們卻很難理解。如「賊漂亮（賊亮）」，意思是非常漂亮，但「賊」為何義？馮鞏在相聲裏故意將此語曲解為「賊也漂亮」。在這裏，「賊」作程度副詞，有「非常、十分」之意。

方言擷趣

方言是一種語言的地域分支，是一種語言的地方變體。漢語方言是漢語的地域性變體，即漢民族共同語（普通話）以外的分支語言。

每種方言都有自己的特點，在口頭語中體現得更為明顯。有這樣一首民歌：

高高山上一樹槐，

手把欄杆望郎來。

娘問女兒望什麼？

我望槐花幾時開。

若換成地道的四川話，還得加些襯字，變成：

高高山上哎一樹槐唷，

手把欄杆　望郎來唷。

娘問女兒唷你望啥子嘛？

我望槐花　幾時開喲喂。

各地方言從語言到詞匯都有較大差異。就說量詞吧，福建人愛用「塊」，如「一塊歌」、「一塊故事」、「一塊屋」；湘南有些地方愛用「個」，如「一個歌」、「一個豬」、「一個雞」。

由於對事物、事理表達的差異，也常常造成誤解。明代馮夢龍輯錄的廣笑府裏有這樣一則笑話：

江南人多鄉談，不能為正音，至都下急行大市中，偶遺袖中帕，沿街尋叫，逢人則問曰：「你見我帕否？」

遇一粗暴軍人，聞其問，發狂大怒曰：「我見千見萬，如何見你怕？」

造成誤解的根本原因是江南人說的「帕」是單音節詞，又恰好與「怕」讀音相同。如果說成「帕子」之類的雙音節詞，這種誤解是完全可以消除的。

方言是一個非常複雜的語言系統，我們可借用一句形容某地氣候複雜的話來形容它，即「一山有四季，十里不同天」。宋代的陳師道錢塘寓居中有這樣兩句詩：「聲言隨地改，吳越到江分。」吳越之地是不是以長江分界，過去是有爭議的，我們且不去管它；「聲言隨地改」倒是確確實實的事。不同的地方口音差異很大，尤其在南方。如：上海人說「典型」，北方人聽起來像「電影」；湖南人說「圖畫」，北方人聽起來像「頭髮」；四川人念「無奈」，北方人聽起來簡直就是「無賴」；至於廣東人說「私有制」，北方人完全可能認為說的是「西遊記」……這些在語言學上叫做語音的差異。

詞彙的差異是語言交流的另一種障礙。有個人到湖北某地出差，在一家小飯店裏點了一碗餃子，結果端上來的卻是餛飩。顧客說弄錯了，服務員說沒有錯。原來，湖北這個地方的話和閩西客家話，都把「餛飩」稱為「餃子」。此類差異在不同的語言裏大量存在，如「簫」是一種管樂器，是直著吹的；「笛」也是一種管樂器，是橫著吹的。可是到了福州，「簫」卻是橫著吹的，真可謂是「洞簫橫吹」。福州人稱「笛」為「簫」，稱「簫」為「笛」，所以「簫」自然就橫著吹了。普通話的「下雨」，在上海話、廣州話和廈門話裏都是「落雨」，福州話又說「墜雨」，而客家話卻說「落水」，外地人聽了，還以為什麼人掉到河裏去了。有時，表示同一個意義而用的是不同的詞。普通話的「煤油」，上海話叫「火油」，福州話說「洋

油」，而廣州話則稱「火水」……

　　還有的時候，同一個詞在不同的方言裏所指的實際事物不一樣。這一現象最有趣的要算對親人的稱呼了。「阿爹」這個詞很多地方都用，但指稱的內容並不一樣。嘉興的「阿爹」指父親，蘇州則指祖父，長了一輩；到了廣東的博白卻指外祖父，乾脆連姓氏都不同了。「爹」和「爹爹」在許多地方都指父親，而在有些地方「爹爹」卻指祖父。普通話裏的「媽」是對母親的稱呼，而在福州話裏，「媽」卻是「祖母」。

　　另外，不同的方言有著不同的忌諱，在此試以閩、粵、客家方言中的忌諱簡要述之。

　　在閩、粵、客家方言中，一些本音或諧音有「不祥」色彩的字眼，往往因犯「忌諱」而改口，有的用借代法，有的用反義詞，其中反義詞用得最多。

　　鴨蛋，在福州方言中，「鴨」與「嚇」的語音相近，蛋即卵，而「卵」與「亂」諧音，為人們所忌諱，於是福州人反其意而用之，把鴨蛋叫做「太平」，吃進去太太平平，再也不會受「嚇」和遭「亂」了。

　　卵，在客家方言中的讀音也與「亂」相近，因此，客家人把蛋叫做「春」，稱雞蛋為「雞春」，鴨蛋為「鴨春」。

　　粵方言把豬肝叫做「豬潤」，因「肝」與「幹」同音，不吉利，所以就換了一個意義相反的「潤」字。

　　豬舌，北京話叫口條，因為「舌」與「折」同音，與「蝕」音近，不吉利。粵方言和客家方言就把豬舌叫做「豬脷」；福州方言叫法更怪，叫「豬賺」，一「折」一「賺」，意義截然相反。

　　通書，北方人稱為「皇曆」，因「書」與「輸」同音，所以粵方言和客家方言就把通書叫做「通贏」或「通勝」。粵方言中的「絲」與「輸」

音近，因此絲瓜要叫「勝瓜」。

用作遮陽避雨的傘，因「傘」與「散」同音，所以粵方言和客家方言改稱「遮」。

粵方言及客家方言忌「血」，所以吃豬血叫做吃「豬紅」；客家人還有把豬血叫做「豬旺」的。

福州人把短褲說成「褲長」，或者說成「半長褲」，而不願講「短褲」，因為「褲」與「庫」諧音，若是庫裏的東西短少了，那還了得？舊社會商賈們為求倉廩充盈，將短褲改稱「褲長」，相沿下來也就成為習慣了。

方言之間的差異難以進行系統比較，當然也沒有必要。方言詞與普通話詞語相比較，主要有以下兩方面的差異：

一是同詞異義。有些方言與普通話詞形相同，但意義有別。例如「床」在普通話裏指供人躺著睡覺的傢具，潮州話則指「桌子」；「麥」，普通話指「麥子」，閩南話指「玉米」；「走」，普通話意為「行走」，廣州話意為「奔跑」，福州話意為「逃跑」。

二是同義異詞。同一個概念，在普通話和某些方言裏，用不同的詞表示。如「紅薯」（普通話），瀋陽話叫「白薯」或「地瓜」，廣東話叫「番薯」，浙江話叫「山薯」，成都話叫「紅苕」。又如「小偷」（普通話），北京話叫「小偷兒」，西安話叫「賊娃子」，昆明話叫「毛賊」，廣州話叫「鼠摸」，廈門話叫「賊仔」。這些同義異形詞，在語匯學裏稱為「等義詞」。

語言「折繞」擷趣

　　一天，兩個打工妹代表廠裏的打工者與老闆進行一次維權談判。老闆一句話不說，而是不慌不忙地從抽屜裏拿出一張打印稿，上面印有從網上下載的服從老闆的六大原則：

　　老闆絕對不會錯；老闆如果沒有錯，一定是我看錯；如果我沒有看錯，一定是因為我的錯，才害老闆犯了錯；如果真是老闆的錯，只要他不認錯，那就是我的錯；如果老闆不認錯，我還堅持他有錯，那更是我的錯；相信「老闆沒有錯」，這句話絕對沒有錯！

　　這段文字一「錯」錯到底，「錯」得妙趣橫生！這個老闆真詭，竟把它當作了擋箭牌。

　　兩個打工妹沒好氣地說：那好吧，你就繼續「錯」下去吧！

　　在上面這段話中，同一個詞———「錯」反覆出現，折折繞繞，像「繞口令」，讀起來有一種意脈酣暢之感，讓人覺得頗有趣味。

　　有一篇意思，也很有一些意思：

　　他說：「她這人真有意思。」

　　她說：「他這人怪有意思。」

　　於是，有人斷言，她和他有了意思，並要他趕快意思意思。

　　他火了，說：「我根本沒那意思！」她生氣了，問：「你們這樣胡扯是什麼意思？」說的人有點不好意思，便解釋說這純屬開玩笑，並沒有別的意思……

　　事後，有人說「真有意思」，有人說「真沒意思」。

這裏的「錯」與「意思」，在語法意義上有點區別。這個「錯」，「錯」到底都是名詞，而「意思」本是個名詞，卻「意思」來「意思」去，「意思意思」成了動詞。

當然，真正折折繞繞的還是那些繞口令。請看著名的繞口令喇嘛與啞巴：

打南邊來了個啞巴，腰裏別了個喇叭；打北邊來了個喇嘛，手裏提了個獺猻。提著獺猻的喇嘛要拿獺猻換別著喇叭的啞巴的喇叭，別著喇叭的啞巴不願拿喇叭換提著獺猻的喇嘛的獺猻。不知是別著喇叭的啞巴打了提著獺猻的喇嘛一喇叭，還是提著獺猻的喇嘛打了別著喇叭的啞巴一獺猻。喇嘛回家燉獺猻，啞巴嘀嘀答答吹喇叭。

所謂繞口令，也叫「急口令」、「拗口令」。它是我國民間廣為流傳的一種語言遊戲。繞口令把聲、韻、調容易混同的字，組成反覆、重疊、繞口的句子，要求一口氣急速而準確地念出來。它的有趣之處就在於繞口。常說繞口令，對於鍛鍊口齒、提高音質和語言表達能力都有一定作用。

自古以來，勞動群眾就喜愛創作和傳說繞口令，不但內容豐富，數量眾多，許多繞口令還編寫得十分精巧，如下面兩段就一直為人們廣泛流傳。

灰損肥

一堆肥，一堆灰，肥混灰，灰損肥，不要肥混灰，防止灰損肥。

四和十

四和十，十和四，十四和四十，四十和十四。說好四和十得靠舌頭和牙齒，誰說四十是「細席」，他的舌頭沒用力；誰說十四是「適時」，他的舌頭沒伸直。認真學，常練習，十四、四十、四十四。

模糊語擷趣

　　人們對客觀事物的認識不可避免地存在著模糊性，這是由客觀事物的邊界、狀態的不確定性導致的。這些認識反映在詞義上，就出現了詞義的模糊性。如「高、矮、大、小、重、輕」這樣的形容詞，它們的義界是不清晰的，即所指稱的範圍、程度也是不明確的。例如「那個人很高」、「那個湖很大」、「這個東西很重」，請問多高算高，多大算大，多重算重？類似的還如「走快點」、「放咸點」等，時速多少算快？放多少鹽才合適？

　　當然，詞義的模糊性並不影響人們的交際，這是因為人們對客觀事物之間的界限有一個大致的劃分標準，這個標準不集中在某一點上，而有一定的範圍，人們以這個範圍為標準來作出評判。例如對男性而言，人的高矮的界限大致在 1.7 至 1.8 米之間，1.8 米以上都可算高，1.7 米以下都可算矮，也不排除 1.75 米以下算矮的說法。這種標準是不必度量的，使用這種語言的人都可意會。又如「清風徐來」，幾級算清風，風速多少是徐來？人們在生活實踐中自然會判斷，無需用數學語言作精確表述，實際上也不必如此，否則詞語表意的靈活性、生動性就沒有了。

　　生活中還有一些在具體語境中含義模糊的詞，如「那個」、「種種原因」，人們常借它們來表達一些不便或不願說出的意思。

　　「那個」多用於日常生活中的言語交際，它常常給人製造尷尬、麻煩。

　　如：「他這個人什麼都好，就是有點那個！」「他和她早就那個了。」

　　「種種原因」是一種「官方語言」，在報告、指示、會議中司空見慣。

它專登大雅之堂，不進尋常百姓家。「種種原因」可說是一種報憂的術語。發生事故，出了差錯，工作失誤，有了困難，講到原因不妨用「種種」。如：「由於種種原因，今年的糧食收成略遜於去年。」好說「種種原因」，也由於種種原因。有的確實說不清楚，有的卻是清楚而不說。說得清而不說的原因，大概是不便說、不願說或不敢說。

「原則上」也是一個官方用得很多的模糊詞語。

某工廠有一天來了一個檢查組，辦公室主任就中午就餐的招待規格請示廠長。廠長說：「原則上四菜一湯。」辦公室主任遵照廠長的指示作了精心的安排。就餐時，只見桌面上擺著四個大盤和一大盆湯，每個盤中都拼放著多種佳餚，湯裏的內容也十分豐富。廠長一見此場面心裏非常高興，因為這既符合中央關於「四菜一湯」招待標準的規定，又不失體面。他心裏暗道：「這小子真聰明！既有原則性，又有靈活性！」

類似的用詞還如「原則上通過」、「原則上同意」等。「原則」一詞的意義是明確的，而「原則上」的意義卻是模糊的。這個辦公室主任就是利用詞義的這種模糊性，演繹出實際工作中的「靈活性」。

言語交際與語境擷趣

讀小學的兒子班上要開故事會,他將準備好的故事腳本給我看。我認真看了一遍,覺得挺有意思———

今天我講的故事是發生我身邊的,是關於張大爺、王叔叔和李阿姨的故事。

張大爺為人誠懇,樂於助人,而且從不索取報酬。他幫了你的忙,你要是表示感謝,他一定會婉言拒絕。

王叔叔的女孩因病不治而亡,張大爺給掩埋了。王叔叔為了表示心意,忍著悲痛要請張大爺到家吃頓便飯。張大爺卻說:「這次就算了,下次一定去!」

王叔叔和王嬸聽了心裏很不高興,但又不好說什麼,因為張大爺絕對沒有壞心。

王叔叔是福無雙至,卻禍不單行。沒過多久,他因食物中毒住進了醫院,經搶救脫離了危險。治療一段時間後,身體全面康復出院。護士李阿姨將他送出院門,握手言別。李阿姨說:「再見!歡迎常來!」

王叔叔住院期間雖然得到了李阿姨的熱心護理,但那地方他還是不願常去的啊!要再見就在別處見吧!

王叔叔為人厚道謙卑,那是眾人皆知的,就因為這,鄉里領導總喜歡安排他去做些雜活。在鄉里,誰家有事他都會去幫忙,嘴裏還總是說:

「這點小事叫我一聲就可以了,還用得著您親自做?」好像那事是他家的,

而不是別人家的。

一天，他路過廁所，這時鄉長正從廁所裏出來。王叔叔心裏一急，嘴裏蹦出一句：「鄉長您還親自來上廁所啊？」

鄉長笑道：「老王啊，這事你也能幫我就好了！」

這個故事讓我想到前不久國際影星史泰龍在某媒體的專訪中講的一個也是關於「再見」的小故事。他的女兒需要做一個心臟手術。推她進手術室前，護士對史泰龍說：「和你女兒說再見吧！」史泰龍很不高興地說：「聽了你這話，我心裏很不是滋味，你能不能換個說法？」

這個護士的話雖然不會對手術有什麼實質影響，但她原本無意的一句話卻讓為女兒病情焦慮的史泰龍聽了非常難過，感覺是要和女兒永別一樣。換個說法，比如說：「一會兒見！」或是「您放心吧，我們一會兒就回來！」這個說法是對患者家屬的一種安慰，聽起來就感覺好多了！

還有一個小故事，是關於「下次」的。

婚禮進行中，新郎新娘又是拜天地，又是敬酒，一套儀式下來，該請來賓們享用婚宴了，於是司儀請新郎致辭開席。新郎略顯激動，一番感激之辭過後，客氣地對來賓說：「第一次辦婚宴，沒什麼經驗，大家多包涵，下次一定改進！」全場譁然。新娘又羞又惱，說道：「你還想有下次啊？」

大家都明白新郎只是客套一下，說自己辦婚宴沒經驗，但這可不是一般的酒宴，下次的婚宴不得等下次結婚嗎？新娘自然不高興了。

言語交際總是發生在一定的交際環境之中，不能脫離交際環境而存在。言語交際的環境，叫做語境。

我們平常說的語境，一般是指交際的現場情境，包括交際者、交際目的、內容、時間、地點、場合等。

客套話從根本上說屬於文明語，在生活中適當地說說客套話是很有必要的，如「勞駕、借光、慢走、留步」這樣的客套話就很受聽，只是要注意語境。如不宜對目不識丁者說「勞駕」，不宜對禿頭者說「借光」，不宜對心急如焚者說「慢走」，不宜對正在行竊的小偷說「留步」，等等，除故作幽默。在言語交際中如果不注意語境，就難免鬧出笑話，甚至讓人尷尬、難堪。比如我們中國人見面打招呼時常愛問：「吃了嗎？」儘管有時屬於無話找話，但它還是緩解了人們「相顧無言」的尷尬。不過，說這話要注意時間和地點，不是吃飯的時間不宜說，廁所門口不宜問……

秀才求職及其它

　　在古代，讀書人只有通過科舉考試，考上舉人、進士才能步入仕途，如果連一個秀才都考不上就只好自主擇業了。

　　從前，有一位讀書人，連秀才也沒考中，因而無法求得公職，幹個體又沒有本錢，同時也放不下面子。但是，總得要生存啊！為解決生計問題，他得去求職，不過最好專業對口。恰巧，此時一教館招聘教師，他便趕忙去應聘。

　　館主想試探一下他的學識，就說：「請問當今之世，誰的文章最好？」秀才想了想，沒有作正面回答，而是做了一首詩，當即念道：

　　天下才多數三江，三江妙手數吾鄉；

　　吾鄉風雅數我弟，我為我弟改文章。

　　館主聽罷，連聲叫好，並欣然錄用了他。

　　這個秀才也真能吹，但並不讓人覺得討嫌，因為他確實吹得很有技巧。秀才求職這件事似乎告訴我們，你還真的要學會「吹牛」，你不「吹」，人家就不知道你究竟有多「牛」！不過首先還是要有一點本事，不然就是瞎吹！

　　這位秀才的這首詩就像是當今所說的求職信。求職信既要謙虛得體，又要充分地展示自己。秀才的這首「吹牛」詩還算比較得體，雖然看起來是吹牛，但吹得很有藝術。秀才在這首詩中運用了幾種修辭手法，一是「頂真法」，使詩句首尾相連；二是「階降法」，它將地域範圍由大到小，人物由面到點，逐層道出；三是「襯托法」，他先頌揚別人，最後吹捧自

己，構思很是巧妙。

一說到「吹牛」，我們中國人總是嗤之以鼻，因為中國是禮儀之邦，言語交際也是特別講禮節的。中國人崇尚謙虛，不喜歡自我表現。這與西方國家的人是很不相同的，他們喜歡張揚個性，崇尚自我表現。有一位技術高超、經驗豐富的木工應聘，招聘者問他：「你做過這種活嗎？」他說：「做過一點。」請他當場操作，他說：「那我就獻醜了。」在中國，這位木工的回答謙虛得體，會受到青睞，而要是在美國，這樣回答肯定找不到工作，美國人會認為這是沒有自信心的表現。

在人生中，我們很多時候需要展示自己，但一定要實事求是，吹牛令人討厭，若沒有真才實學，則遲早是要露餡的。

近日在網上看到一篇搞笑「求職簡歷」，可謂是一篇所答非所問的「傑作」。求職者是這樣填寫他的求職簡歷的：

姓名：父母取的

年齡：不小了

身高：很高

體重：隨時改變，飯前飯後不同

居處：家裏

電話：愛立信手機

電子郵箱：電腦裏

應徵職位：董事長

學歷：如果畢業的話有高中學歷

語言能力：有

興趣：侃大山

生日：剛過不久

經歷：剛來的時候摔了一跟頭

曾任職位：小學時當過少先隊小隊長

喔婚姻狀況：父母已結婚

未來期望：希望盡早退休

希望待遇：與時俱進

這是一篇油腔滑調、廢話連篇、避重就輕的所謂的求職簡歷。填寫求職簡歷應當態度誠懇，實事求是，語言樸實簡潔，忌空話廢話，更不得有戲言。

在日常言語交際中，通常情況下所答即為所問，但有時為避免尷尬或為某種需要，對問話也常常故意不作針對性的回答，甚至答非所問。如問：「你從哪裏來？」答曰：「我從很遠的地方來！」問：「你住在哪裏？」答曰：「我住在地球上！」

電話交際擷趣

一天早上，老王在辦公室氣不打一處來。他說早上還沒起床，電話就響了起來。老王拿起電話，從對方傳來詢問聲：「你是小王吧？」

「誰是小王八？」

還沒等老王把話說完，對方又問：「那你是老王吧？」「我是老王八？你才是老王八呢！」

我們笑他：「錯就錯在你跟王八一個姓！也怪我們的漢語同音字太多！」

類似的事情還真不少。去年大年初一，我連接三個電話都是問我這是不是煤氣公司，不過這一年我也沒有什麼黴氣。

近段電腦老是出一些小毛病，於是與一家名叫「怪老頭」的電腦維修店結下了「不解之緣」。一天，我接到該店工作人員打來的售後服務電話：「您好，怪老頭！」

我聽了心裏一愣，我什麼時候成了怪老頭了？大概是工作人員明白了什麼，馬上糾正道：「先生您好，我是怪老頭！」

打電話的是一位文文靜靜的女孩，對她的話我更覺得怪怪的。

在網上還看到過這樣一段電話對白———「卞經理在嗎？」

「大的還是小的？」「四十歲左右的。」

「大卞不在，你找秘書吧。卞秘你來一下！」

卞秘：「你直接找他愛人———會計科的卞太就行！」

這段話之所以逗樂，是因為對話中的「大卞」、「卞秘」、「卞太」分

別與「大便」、「便秘」、「變態」諧音。由此可見，我們講話一定要注意語境，注意語言表達的準確性，避免歧義。

有趣的「言外之意」

在火車站出站口量高的標尺下常可見到這樣的提示語：「小朋友你又長高了！」言外之意是：小朋友，你達到買票的高度了，該買票了！

在機場、海關、口岸等地方，常可見如下提示：「從踏出國門那一刻起，你的名字就叫中國人。」言外之意是：你要注意中國人的形象，維護祖國的尊嚴！

所謂「言外之意」，指的是話裏沒有明白說出的某個意思。這也可以看作是一種語義多向現象，說話人有主觀意圖時，可看作是一種雙關或婉曲說法；若無主觀意圖，那便是一種歧義。上述兩例屬前者，而下面要講的「劉大請客」這個笑話，則屬後者。

從前，有個人叫劉大，他不善於表達，得罪了很多人。

有一次，劉大過生日，設宴邀請好友張三、李四、王五、趙六來家歡聚。酒宴快開的時候，劉大見趙六沒來，便說：「該來的還不來！」張三一聽這話，心裏犯了合計：「我可能是不該來的。」於是站起來走了。劉大見張三走了，莫明其妙，急切地說：「哎呀，不該走的又走了。」李四聽了這話，心想：「看來，我是應該走的了。」於是也不告而辭。劉大見李四也走了，便對王五說：「你看，我又不是說他！」王五想：「不是說他，那一定是說我了，於是也氣呼呼地拔腿就走。

劉大不明白大家走的原因，懊悔地說：「唉！怎麼不吃飯都走了呢？」

這裏說「該來的還不來」，言外之意是「來了的是不該來的」；說「不

該走的又走了」，潛臺詞是「應該走的還沒走」；說「又不是說他」，含有「不是說他就是說你」的意思。可見劉大請客，又把客人氣走，這不能怪客人多心，只怪劉大言語笨拙，缺乏表達技巧。

有趣的語言現象

通常，一個語言形式確定之後，它所要表達的意思也就基本確定了。

肯定句表示肯定的意思，否定句表示否定的意思，這是人所共知的。如：

這菜我吃了。

這菜我沒吃。

但在句中相同的位置分別加上「差點」二字，意思就反了。如：

這菜我差點吃了。

這菜我差點沒吃。

前一句的意思是「沒吃」，後一句的意思是「吃了」。

然而，也往往出現例外。在語言交際中，我們常常遇到一些奇特的語言現象，即有一些句子的肯定形式與否定形式意思相同。如：

我高興得差點跳起來。

我高興得差點沒跳起來。

兩句的意思都一樣，都是「沒有跳起來」。這樣的語言現象很多，試比較：

「一會兒」與「不一會兒」「好容易」與「好不容易」

以上兩組語句每組的意思是相同的。值得注意的是，有些語句結構相同，表意卻不同，如「好悲傷」與「好不悲傷」，意思相同，都是悲傷；而「好高興」與「好不高興」則不同，前者是高興，後者是不高興。

美國著名作家馬克・吐溫有一次跟記者交談，談話中說了這麼一句

話：

美國國會中有些議員是狗娘養的！

記者將這句話發表了，引起了議員的公憤。他們要求馬克·吐溫公開道歉，並澄清事實，否則將以「誣陷議員罪」追究法律責任。幾天後，馬克·吐溫在紐約時報上登了一則「道歉啟事」：

美國國會中有些議員不是狗娘養的！

這則啟事只在原話中加了一個「不」字，貌似道歉，實際上打擊面反而更大了，這使議員更加狼狽不堪而又無可奈何。

有一則「是東西」與「不是東西」的幽默，令人解頤。

地理老師帶著地球儀走進教室，校長跟著來聽課。為了讓同學們進入課題，地理老師說：「同學們，今天教室裏多了樣什麼東西？」

「校長！」同學們異口同聲。地理老師只能再引導糾正：「同學們想一想，校長是不是東西呀？」

「不是東西！」同學們答道。

「是東西」是罵人，「不是東西」更是罵人，「東西」這東西，真是個怪東西！

輕讀重讀擷趣

相傳，古代有甲、乙兩個文士相邀外出郊遊。來到一幽靜去處，忽然甲文士手向前一指，叫道：

眼前一簇叢林，誰家莊子？

乙文士一聽便知，這是一個對子的上聯。從甲文士得意的表情看，是要他續對。乙文士思索了好一會，絞盡腦汁也沒有想出一個合適的下聯。此對之難，在「莊子」二字。「莊子」可讀作 zhuāngzǐ和 zhuāngzi，前一讀音指莊園，後一讀音指歷史人物莊子。他們繼續前行，不久來到一處涼亭，欲作小憩。乙文士還在繼續思索，他突然一抬頭，不經意間見牆壁上有一首題詩。他會心一笑：有了！他馬上說出了下聯：

壁上幾行文字，哪個漢書？

「漢書」既是一個名詞，指史籍漢書，又是一個主謂短語，「漢」，漢子，「書」，寫。「哪個漢書？」意謂「哪個漢子所寫」？

此處引出這個趣聯，意在通過「莊子」的讀法與表意說明重讀與輕讀可區分詞義。

與上面這個對子相似的，還如：

眼珠子，鼻孔子，朱子高於孔子；

眉先生，鬍後生，後生長於先生。

這是中國對聯藝術中非常典型的雙關聯。其上聯構成雙關的因素較復雜，有諧音雙關，即「珠子」與「朱子」（朱熹）諧音，但更重要的是「子」重讀與輕讀構成的語意雙關。

詞有「輕聲」，句有「重音」。

先來說說「輕聲」。在普通話裏，有的音節在語流中失去了原有的聲調，變成了一個又輕又短的調子，這種又輕又短的調子就叫「輕聲」。「輕聲」在語言交流中具有很實際的語用功能。一是可以區別詞義。如 lianzi，若讀成 liánzi，可理解為「簾子」；若讀成 liánzǐ，則可理解為「蓮子」。又如 dongxi，可讀成 dōngxī 和 dōngxi，前者可理解為指稱方位的「東西」，後者可理解為代指物品的「東西」。二是可以區別詞義。如「風光」，讀作 fēngguāng，指風景，景象，是名詞；讀作 fēngguang，指熱鬧、體面，是形容詞。又如「大意」，讀作 dàyì，指疏忽、不注意，是形容詞；讀作 dàyi，指主要內容，是名詞。

下面再舉兩個這方面的例子。

大方（dàfāng）：指專家學者；內行人。（名）

大方（dàfang）：對財物不計較，不吝嗇；行為自然，不拘束。（形）

地道（dìdào）：地下通道。（名）

地道（dìdao）：真正的，純正的；實在，夠標準。（形）

重音，指語句的重音，分為「語法重音」和「強調重音」兩種。

語法重音是根據語法結構特點讀出的重音。如在「大家興高采烈」、「潔白無瑕的雲朵」、「打掃得幹乾淨淨」中，「興高采烈」、「潔白無瑕」、「乾乾淨淨」等詞語要重讀。

強調重音是指由於表義需要而將句中某些詞語讀得重些的現象。

此處要著重講講強調重音。同樣一個句子，重音的位置不同，所表達的意思是不同的，說話人可根據自己的表義需要來恰當地來處理重音的位置。比如「你為什麼打他」這個句子，由於重音不同，可以表達四種不同

的含義：

A. 重讀「他」，意謂：又不是他的錯。

B. 重讀「你」，意謂：不該由你來打他。

C. 重讀「為什麼」，意謂：他犯了什麼錯誤？

D. 重讀「打」，意謂：不應該打，可以批評。再看下面兩個例子：

1. 我想起來了。

「起來」重讀，意思是想起床了；「起來」輕讀，意思是回憶起來了，即記憶再現。

2. 這輛自行車是我昨天在商店買的。

重讀「這輛」，強調是這一輛，而不是其它的自行車；重讀「自行車」，強調是自行車，不是別的商品；重讀「我」，強調購買者；重讀「昨天」，強調購買時間；重讀「商店」，強調購貨地點；重讀「買」，強調獲得方式。

誤頓擷趣

　　話說前清時候，有個兵士穿便服去寺廟閒遊。和尚以為他是個平民，對他很冷淡。那個兵士在寺內遊覽之後，對和尚說：「這寺廟太簡陋了，應該修修，缺錢的話，我可以給你們捐些銀兩。」和尚一聽，畢恭畢敬，連忙給他斟茶。特別是當這兵士在「化緣」簿上寫下「總督部院」四個大字時，和尚認為他一定是個大官微服私訪，於是連忙跪下。那人接著在「總督部院」下邊又寫「大人麾下左營馬伕王林」幾個字。和尚想他原來是個馬伕，「噌」地站了起來。接著看他寫「喜施三十」，和尚以為一定是「三十兩銀子」沒問題，便又倏地跪在地上，滿臉陪笑。待那人在「三十」後邊寫上「文錢」二字，和尚感到施捨得太少了，出乎意料，便站起來將身子一扭，再也不理那個人了。

　　評說這個故事，可話分兩頭。一方面，和尚以貌取人、以利待人，是典型的勢利眼；另一方面也怪馬伕說的句子太長，且停頓不當，以至讓人誤解。

　　這裏所講的停頓，是指詞語或句子之間的語音停歇現象。這種停頓可分為語法停頓和強調停頓兩種。

　　語法停頓是指句子裏不同語法結構之間的語音停頓；強調停頓是為了突出強調句中的某些詞語，在沒有標點符號的地方也予以停頓。語法停頓一般在朗誦書面材料時使用，其停頓時間的長短可依照相應的標點符號來處理；強調停頓的位置和長短則可根據需要來定。

　　此處重點說說強調停頓。

有這樣兩則笑話，其包袱便由強調停頓不當（誤頓）抖出。

第一則：

一個人在沙漠裏快要餓死了，這時他撿到了神燈。

神燈：「我只可以實現你一個願望，快說吧，我還要趕時間。」

那人說：「我要老婆……」

神燈立即變出一個美女，然後不屑地說：「都快餓死了，還貪圖女色，可惡！」說完就消失了。那人已氣若遊絲：「餅……」

第二則：

有一位男士在酒吧裏看到一位美麗的女子，便鼓起勇氣去搭訕。但他很緊張，所以講話結結巴巴的：「小……小……姐，我……我……我姓……姓……吳，能……能…能不能和……你……你聊……聊一聊？」小姐善解人意地回答道：「性無能沒有關係，也許還有其它的辦法可以治好！」

以上兩則笑話中的停頓都是非自覺的「強調停頓」，而且停頓的位置又恰是易讓人誤會的地方，因而成了笑料。

下面這三則笑話，也是由誤頓引起的。

一位領導正在全神貫注地宣讀文件，當念到「已經取得文憑的和尚未取得文憑的幹部」一句話時，這位領導將它讀成了「已經取得文憑的和尚，未取得文憑的幹部」。臺下的人立刻?堂大笑。這位領導愣了一下，生氣地敲了敲擴音器，提高嗓門批評道：「你們笑什麼！現在是市場經濟了，連做和尚也得要文憑，你們不想辦法弄張文憑，今後可怎麼辦啊？」

領導滔滔不絕地作著報告，會場裏一片昏昏欲睡的氣氛。突然，領導有力地說道：「如今男女平等了，婦女同志站起來……」在場的女同志全部起立等待指示。領導翻了一頁念道：「了」。

朗誦會開始，一位領導款步走上講臺，高聲念道：「各位領導，各位來賓，冒號！晚上好！我要給大家朗誦的是海燕。」接著，他大聲朗誦道：「海燕，高爾基在蒼茫的大海上⋯⋯」

　　這三則笑話旨在諷刺那些不學無術的領導，可謂鞭闢入裏，入木三分！

　　故頓是自覺的停頓，誤頓則是由生理或其它因素引起的非自覺的停頓，但有時究竟是誤頓還是故頓，還比較難以分辨。如：

　　我是首長（鼓掌）⋯⋯派來的（一片欷歔）⋯⋯來給大家發槍的（鼓掌），一個人一支（熱烈掌聲）⋯⋯是不可能的！（欷歔）兩個人一支（掌聲）⋯⋯也是不可能的！三個人一支（掌聲稀落）⋯⋯也是木頭做的⋯⋯

　　這個笑話裏的停頓，是誤頓還是故頓呢？這得看說話者是否有調侃的故意，若有，便是故頓；若無，則是誤頓。

趣說多層短語中的歧義

護士看到病人在病房喝酒，就走過去小聲叮囑說：「小心肝！」病人微笑道：「小寶貝。」在這裏，護士所要表達的意思應是「小心／肝」，而病人卻誤解為「小／心肝」。「心」與前一語素構成「小心」，與後一語素構成「心肝」，「小心肝」顯現出兩種結構，因而產生了歧義。「心肝」是人體五臟中最重要的器官，所以人們用它代稱「寶貝」，「心肝」和「寶貝」常常連用。母親用它昵稱自己的幼兒，戀人也用它昵稱自己愛戀的人。

這種由於層次關係造成歧義的短語，我們經常可以遇到，如「做好工作」，既可理解為「做好／工作」，也可理解為「做／好工作」。

有一個關於「準備飯菜」的故事———

一天，炊事班長接到連長的通知：「明天將有六位戰士的家屬要來連隊，要多準備一些飯菜。」炊事班長看到通知，想了半天也確定不了該準備多少個人的飯菜。他發動全班的人來討論，結果卻是兩種意見：一部分人認為有六位———戰士的家屬要來連隊，一共來六人；一部分人認為有六位戰士的———家屬要來連隊，來多少人並不清楚。如果一位戰士來一位家屬，就會來六個人；如果一位戰士來兩位家屬，就會來十二個人……

為什麼會有這種分歧呢？原來，「六位戰士的家屬」是一個多層次的短語。多層次短語的層次關係不止一種可能，因而便有可能產生歧義。「六位戰士的家屬」具有兩種層次關係，能表示兩種意思，一種意思是來的戰士家屬只有六位，另一種意思是來的戰士家屬至少有六位。在這裏，

消除歧義最簡單的方法是說明來人數量。

這種多層次的有歧義的短語，在日常生活中人們經常會遇到。例如：

1. 關心的是他的母親。

一種意思是，他關心母親；另一種意思是母親關心他。如果是前一種意思，可改成「他關心的是他的母親」；如果是後一種意思，可改成「關心他的是他的母親」。

2. 你再說一遍！

一種意思是，我沒聽清楚，你再重複一遍！另一種意思是，你敢再說一遍！（警告對方）如果是前一種意思，可改成「請你再說一遍」、「你再說一遍行嗎」等；後一種意思可通過表情或加強語氣來強調。

3. 看打籃球的中學生。

一種意思是，看打籃球的／中學生（中學生是觀眾）；另一種意思是，看／打籃球的中學生（中學生是籃球隊員）。如果是前一種意思，可改成「看打籃球的是中學生」；如果是後一種意思，可改成「看在打籃球的中學生」。

在實際的言語交際中，我們一定要把話說清楚，儘量避免歧義。

一些歇後語常常利用這種歧義短語形成佳構，如「墳場上敲鑼———吵死人！」是「吵死／人」，還是「吵／死人」？正是其中的歧義讓人覺得妙趣橫生。

在謎語中，這叫歧義法，是一種常用的制謎、猜謎手法。如：

1. 讀書不求甚解（打邏輯名詞一）

謎底：大概念（大概／念大／概念）

2. 千里求師（打學科名詞一）

謎底：行為學（行／為學行為／學）

3. 亦步亦趨（打人體部位俗稱一）

謎底：腳後跟（腳後／跟腳／後跟）

4. 剃頭不必太花費（打刊物一）

謎底：經濟地理（經濟地／理經濟／地理）

5. 九月寒衣未剪裁（打成語一）

謎底：冷不及防（冷／不及／防冷／不及防）

趣說生活裏的言語交際

　　一日，應朋友之邀去一家酒店吃飯，這個酒店的店名很有些意思，叫「香鍋裏辣」，我想它一定源自「香格裏拉」。這是一家湘菜館，菜以辣出名，所以這個店名可謂名符其實。

　　一進店門便有迎賓小姐熱情招呼：「歡迎光臨！」朋友馬上應道：「我帶錢了。」朋友故意把表示「光榮」之意的敬辭「光」曲解為「沒有（錢）」之意。這位迎賓小姐很機靈，立時會意而笑。

　　進到包間，服務員拿來功能表，上面有幾道菜名很是搶眼———「火辣辣的吻」，「青龍臥雪」……我們故意不問服務員這是啥菜，希望上菜時給大家來個「速效刺激」。不多時，菜陸續上來了，原來「火辣辣的吻」是紅辣椒炒豬嘴，「青龍臥雪」是個涼菜，兩根黃瓜放在裝有白糖的盤子上。這讓我們大家都忍俊不禁。

　　上完菜後，服務員端來一盤餃子，她很熱情地問大家：「你們都吃醋嗎？」這句問話把我們都逗樂了？大家都互相問對方吃醋嗎？此時服務員明白自己說話不得當，忙說「對不起」。「吃醋」，本義是吃一種調味品，但在對話中容易產生歧義，人們一般用以比喻在男女關係上產生嫉妒情緒。

　　大家觥籌交錯，興致勃勃地喝著，我不怎麼喝酒，表示兩杯就宣告停杯了。服務員見狀，忙問我：「先生，你要飯嗎？」我也故意逗趣：「我從不要飯！」服務員先是一愣，然後也和大家一起哈哈笑了起來。在這裏，服務員說的「要」是「需要」之意，我故意把它曲解為「討要」。服

務員又很熱情地問道：「那麼先生要剩飯嗎？」我一聽就知道她把「盛」念成了「剩」，破音字真麻煩！我沒有當場揶揄她，只是笑道：「最好是新鮮飯！」服務員沒有特別的反應，大概是沒聽懂。

還有一個故事，也是發生在飯局裏。

有一天，生意上的夥伴雍總和肖總遠道而來，為盡地主之誼，我請他們吃頓便飯。我親自去定了一家在我們這裏算是中等水準的餐館。

走近這家餐館，玻璃窗上的字赫然醒目———「承辦晏席」、「通霄營業」……心想這家餐館還真有特色，不「承辦宴席」而「承辦晏席」，不是「通宵營業」而是「通霄營業」……走到酒店門前又見一塊牌子，上書：「包子往裏走，炒菜請上樓！」誰是「包子」，誰是「炒菜」？真讓人納悶兒。

靜下來一想，今天兩位客人的稱呼還真讓人有點忍俊不禁。一個雍總（臃腫），一個肖總（消腫），而且還走到一起來了。

中午時分，客人如約到來。從廣東來的雍總一見從浙江來的肖總，忙伸出雙手：「肖總（消腫）啊，狗養狗養（久仰久仰）！」

肖總聽了一臉不悅。

雍總又道：「聽說肖總（消腫）這兩年很發達啊！」

肖總道：「哪裏哪裏，哪比得上您雍總（臃腫）啊！」

雍總又道：「不管怎麼說，您肖總（消腫）是瘦死的駱駝比馬大啊！」

我也故意打趣道：「我希望您二位都越來越結實，我也跟著多長點肉！」

我們三人都會心地笑了起來……

鄭板橋改詩吟詩佳話

　　鄭板橋，即鄭燮，「板橋」是他的號，清代著名詩人、畫家，「揚州八怪」之一。

　　相傳，鄭板橋年輕的時候，常陪同老師到郊外野遊。有一次，他和他的老師走到一座橋上，突然發現橋下水流中有一具少女的屍體。老師見到此情此景，當即吟詩一首：

　　二八女多嬌，風吹落小橋。

　　三魂隨浪轉，七魄泛波濤。

　　鄭板橋聽了這首詩後，問道：「老師，您怎麼知道這少女是二八一十六歲呢？又怎麼知道她是被風吹落小橋的呢？怎麼知道她的三魂隨浪回轉，又怎麼能看出她的七魄泛著波濤呢？」他的老師被問得無言以對，只好反問鄭板橋：「依你看，這詩應該怎麼寫呢？」鄭板橋說：「只改幾個字就行了。」隨即把那首詩改成：

　　誰家女多嬌，何故落小橋？

　　青絲隨浪轉，粉面泛波濤。

　　老師看過，非常歎服！

　　這個故事告訴我們，無論是寫詩還是作文，都要注重實際，不要妄加猜測。

　　鄭板橋有一個吟詩退盜的故事，流傳甚廣。

　　一個月黑風高之夜，鄭板橋躺在衙齋裏，久久難眠，忽聽得有人翻牆入室，憑直覺便知是進了盜賊。他沒有聲張，而是隨口夢囈般吟出兩句

詩：

寒雨霏霏夜沉沉，樑上君子進我門。

盜賊四處翻搗，分文未獲。此時，只聽到鄭板橋又吟出兩句詩：

腹內詩書存千卷，床頭金銀無半文。

盜賊知道這一趟是白跑了，便慌亂退出。鄭板橋提醒道：

出門休驚黃尾犬，越牆莫損蘭花盆。

盜賊躡手躡腳爬過牆去，只聽後面還傳來鄭板橋的聲音：

天寒不及披衣送，趁著月色趕豪門。

趣改古詩

　　清代大學士紀昀（字曉嵐），極有才華。相傳，有一次乾隆皇帝命他書寫摺扇，他寫了唐代詩人王之渙的出塞詩。乾隆看後，面有慍色地說：「寫掉了一個字。」為皇帝寫字如此粗心大意可是了不得的事情，紀昀鎮定地接過扇子看了看說：「沒掉字，這是一首詞，不是詩。」乾隆訝然道：「如是詞，你讀讀看。」這首詩原作是：「黃河遠上白雲間，一片孤城萬仞山。羌笛何須怨楊柳，春風不度玉門關。」他漏寫了「間」字。紀昀讀為：

　　黃河遠上，白雲一片，孤城萬仞山。羌笛何須怨，楊柳春風，不度玉門關。

　　乾隆聽罷，哈哈大笑，舉起大拇指說：「聰明得很，狡辯得好！」將詩改詞（長短句），還見過一例。李白有一首望天門，詩云：

　　天門中斷楚江開，碧水東流至此回。

　　兩岸青山相對出，孤帆一片日邊來。

　　有人將它改為詞：

　　天門中斷，楚江開碧水，東流至此回。兩岸青山相對，出孤帆一片，日邊來。

　　這種巧改古詩的例子還不少，有的改得還甚是滑稽，亦頗有趣。李白贈汪倫詩云：

　　李白乘舟將欲行，忽聞岸上踏歌聲。

　　桃花潭水深千尺，不及汪倫送我情。

一小學生將它改成：

李白乘舟將欲行，忽聞江上救命聲，

撲通一聲跳下去，撈起一看是汪倫。

向有四喜詩，流傳甚廣。全詩四句：

久旱逢甘雨，他鄉遇故知，

洞房花燭夜，金榜掛名時。

昔有一人考場失意，遂改四喜詩為四悲詩：

雨中冰雹敗稼，故知是索債人，

花燭娶得石女，金榜復試除名。

也有人覺得四喜詩尚不盡意，故改之為：

十年久旱逢甘雨，千里他鄉遇故知，

和尚洞房花燭夜，童生金榜掛名時。

添加上「十年」、「千里」、「和尚」、「童生」這些修飾、限製成分，
更其喜矣！

藝術的「準確性」

　　被譽為「電子電腦先驅」的英國數學家查爾斯·巴貝奇教授，讀了鄧尼遜的罪的幻影一詩後，給詩人寫了這樣一封信：

　　在你那首優美的詩裏，有一句寫道：「每時每刻都有一個人死去，每時每刻都有一個人誕生。」必須指出，倘若這句話屬實，那麼世界上的人口就永遠不會增多，也不會減少。事實上，出生率比死亡率稍高。因此，我建議在您下版的詩集中，將它改為：「每時每刻都有一個人死去，每時每刻都有一又十六分之一個人誕生。」嚴格地說，這還不精確，因為實際數字太長，一行詩裏寫不下。但我認為，對詩來說，一又十六分之一這個數字是足夠精確的了。

　　巴貝奇嚴密的科學態度是可嘉的，但他忽略了一點，即詩不等於科學，詩是藝術。

　　這樣的笑話，在我們的漢語裏也不鮮見。

　　唐代大詩人杜甫有一首古柏行：

孔明廟前有老柏，柯如青銅根如石。

霜皮溜雨四十圍，黛色參天二千尺。

君臣已與時際會，樹木猶為人愛惜。

雲來氣接巫峽長，月出寒通雪山白。

　　詩中「霜皮溜雨四十圍，黛色參天二千尺」兩句，歷來頗多議論，成了「古柏公案」。

　　北宋范鎮見過諸葛亮廟前的古柏，他在東齋記事裏批評道：「杜甫這

兩句詩言過其實，其實只有十丈高。」

　　以科學巨著夢溪筆談著稱於世的北宋科學家沈括也在這兩句詩上鬧了笑話。他說：「四十圍乃千尺，無乃太細長乎？」而一個叫黃朝英的人則指責沈括，為杜甫辯護。他說：「存中（沈括）性機警，善九章算術，獨於此為誤何也？古制以圍三徑一，四十圍即百二十尺。圍有百二十尺，即徑四十尺矣，安得雲七尺也？武侯廟古柏，當從古制為定，則徑四十尺，其長二十尺宜矣，豈得以細長譏之乎？」黃經過精密計算，試圖說明杜甫所寫的古柏，直徑與高度是成比例的。

　　范鎮從實物出發批評杜甫，沈括從比例關係上指責杜甫，黃朝英則以數學計算為杜甫辯護，然而肯定也好，否定也好，他們均未觸及問題的實質。其實這不是科學論著中的數據，而是藝術上的誇張。科學論著要用準確的資料和嚴密的推理說明問題，不得有任何的誇張，而文學作品則常常運用誇張的修辭手法，來突出事物的特點或表達強烈的感情。

　　相傳，從前蘇州有一秀才，在一個皓月當空的夜晚，他對著一輪明月詩興大發，即興作了一首詠月詩：「一輪明月照蘇州……」蘇州太守看了此詩，覺得不夠全面，遂提筆改為「一輪明月照蘇州無錫等地」，他說：「偌大的一輪明月，為何只照蘇州，不照別處？」

　　太守在七言詩句上增添「無錫等地」四字，使詩變得不倫不類。在盛行格律詩的古代，這只能說明他的無知。依太守之意推論，將詩句改為「一輪明月照半球」似乎更為準確。

　　還見過一則現代版的改詩笑話。說的是某領導審閱一首反映農田水利建設的詩，讀到「鐵臂銀鋤伏龍王」一句時，他批評說：「虛假———手臂怎能是鐵的？浪費———鋤頭怎能用銀制？迷信———世界上哪裏有什麼龍王？」於是大筆一揮，將詩句改成「肉臂鐵鋤挖河溝」。這位領導這

種平實而又平庸的表達，實在毫無美感可言，也不可能喚起任何想像，原詩中所顯現的那種英雄氣概和豪情壯志蕩然無存！

　　藝術不是照相，不是對生活的實錄，它來源於生活，而又高於生活。它需在生活素材的基礎上，加以提煉、概括、強調，把生活的真實提升為藝術的真實。

簡與繁，各盡其妙

唐代的劉知幾非常稱讚春秋、左傳的筆法，認為「其言簡而要，其事詳而博」。他舉了其中的一句話為例：

隕石於宋，五。

「隕」，寫出人們先聽到有東西從天空掉下來，落在宋地，然後去看，原來是「石」，散落下來的是碎裂的星石，再數一數共有五塊。僅僅五個字就按照「聞、見、數」的先後次序記述了這件事，可謂簡筆之範例。

公羊傳上有這樣一段文字：

郤克眇（瞎了一隻眼），季孫行父禿（沒頭髮），孫良夫跛（腿瘸）。齊使跛者逆（迎接）跛者，禿者逆禿者，眇者逆眇者。

唐代史學家劉知幾看了這段文字之後，說太繁贅了，認為「使跛者逆（迎接）跛者，禿者逆禿者，眇者逆眇者」等句應刪去，只說「各以其類逆」（即各用與他相類的人迎接）就可以了。

改後省了幾句話，與原文內容沒有什麼差別，但是卻沒有人說他改得好，反而恥笑他。為什麼呢？因為他只著眼於「簡」，改後「簡」是簡了，但把原來那種滑稽的趣味改沒了。所以有人說，此等「簡練」，斷然難以使人心服。

其實，繁與簡孰優孰劣，實不可以一言蔽之。

一日，偶遇一位昔日愛好文學，現已走上領導崗位的學生。席間，他說他寫了一首詩，要把它作為見面禮交給老師。隨即，他吟道：

遠看是一棵樹，

近看是一棵樹，

上看是一棵樹，

下看是一棵樹，

左看是一棵樹，

右看還一是棵樹，

走到跟前一看……

他故作停頓，環視一圈，然後略帶失望狀吟道：

真他媽的是一棵樹！

吟罷，他向我笑道：老師，怎麼樣？這可是學生這麼多年來最得意的一首詩啊！我也笑道：當年我曾叫你打水，卻沒叫你「打油」啊！

學生的這首「張打油」，讓我想起了魯迅先生散文詩秋夜裏的一段話：

在我的後園，可以看見牆外有兩株樹，一株是棗樹，還有一株也是棗樹。

仔細品味，覺得真是妙不可言，餘味無窮。曾有人問：「為何不說『都是棗樹』呢？這樣語言不更加簡潔麼？」乍聽起來似乎有道理，但仔細揣摩就會發現，那樣一改，簡固然簡了，那韻味卻全然化為烏有了。其實，作者運用重複的手法寫這兩棵樹，旨在通過環境的單調表達自己無聊寂寞的心境。作者希望一棵是棗樹，那麼另一棵最好是別的什麼樹，可是另一棵竟然也是棗樹，那麼環境的單調無聊自可想見，這也正是作者無聊寂寞心境的外化。從敘述方式看，它打破了慣常的敘事方式和讀者的心理預期，導致了一種奇異的節奏和陌生化效果。當讀者讀到一棵是棗樹的時候，自然會想到另一棵是柳樹或者別的什麼樹，不料竟然也是棗

樹。即使這樣，讀者也不會覺得囉嗦，倒有一種超出預期的新鮮感。從字面意思看，這句話可以簡述為「我家後院牆外有兩株棗樹」。惜墨如金的魯迅如此不惜筆墨揮灑，是要把棗樹當象徵物來寫，因為這樣更能突出棗樹獨立、堅強的品格，同時也創造出了一種孤寂的意境與奇崛的語言風格，而這正是文章立意所需要的。

　　由上述例子可見，「簡」也罷，「繁」也好，都要適應情境，恰如其分。究竟採用哪種方法，這要由內容的需要來決定。

囉嗦與妙用囉嗦

所謂「囉嗦」，指言語繁複，也指事情瑣碎、麻煩。這樣解釋「囉嗦」，應當不算囉嗦。可是，有一位老先生給學生這樣解釋「囉嗦」：

「囉嗦嘛，就是囉裏囉嗦、囉囉嗦嗦，它的意思嘛，就是說話拖泥帶水，叨叨不絕，綿綿不斷，沒完沒了，也就是說，囉嗦就是話多、言多、語多。囉嗦的意思就是說話不乾脆，不利索，也就是說，囉嗦者，麻煩也，麻煩者……」

古代有一首題為「詠和尚」的囉嗦詩。詩曰：

一個孤僧獨自歸，關門閉戶掩柴扉；

半夜三更子時分，杜鵑謝豹子規啼。

詩中「孤、獨」為重複的形容詞；「關、閉、掩」為重複的動詞；「門、戶、扉」為重複的名詞；「半夜、三更、子時」屬同一時刻；「杜鵑、謝豹、子規」是同一種鳥的正名與別名。

無獨有偶，在古今譚概裏，載有一首囉嗦詩，題為「詠老儒」：

秀才學伯是生員，好睡貪鼾只愛眠；

淺漏荒疏無學術，龍鍾衰朽駐高年。

此詩也是每句都重複囉嗦，「秀才」、「學伯」、「生員」是同一概念，其它三句亦同第一句一樣囉嗦重複。

這兩首詩真夠囉嗦的了，但還算不上囉嗦之最。

據說明初某大比之年，有一舉人南下到京城趕考，因離家匆忙，未及交代，他一到京城就給家中妻子寫了一封信，信甚冗長，僅摘一段以見其

囉嗦。信中寫道：

……此次南來，歸期未定。不在初一，就在初二，不在初三就在初四……不在二十八就在二十九，為什麼不寫三十，恐有月大月小之分。

此次南來，忘卻一事，床下有棉鞋一雙，若遇天晴之日，拿出來曬曬，拍拍打打，以備天寒之用。

此次南來，如若考中，我妻改為夫人，大小子改為大公子，二小子改為二公子，三小子改為三公子，依此類推。

此次南來，如若不中，我妻仍為我妻，大小子仍為大小子，二小子仍為二小子，三小子仍為三小子，餘不繁贅。

此次南來，有一事放不下，二小妹容貌姣好，對面王二麻子大有不良之意，要囑咐二小妹少在門口張望，千千萬萬，萬萬千千。因時間關係來不及寫草頭的大寫萬字，就以方字去掉一點代之，而代與伐不同，有有撇無撇之分。往日寫信囉嗦，今日不再囉嗦，囉囉嗦嗦，嗦嗦囉囉實在可惡……

語言囉嗦，是文章的大忌，然而魯迅先生妙用「囉嗦」語言，卻能涉筆成趣，起到簡潔語言無法奏效的作用。

魯迅先生的小說社戲裏有這樣一段「囉嗦」語言：

看小旦唱，看花旦唱，看老生唱，看不知什麼角色唱，看一班人亂打，看兩三個人互打，從九點到十點，從十點到十一點，從十一點到十一點半，從十一點半到十二點———然而叫天竟還沒有來。

這段話看似「囉嗦」，卻無望而生厭之感，相反越讀越覺得韻味綿長，奇妙無比。它借孩子們的眼睛，極有層次地寫出了舞臺上慢條斯理的唱，有條不紊的打，從而將孩子們看社戲時厭煩、焦躁難耐、盼望、大失所望的心理變化活脫脫地表現出來了，堪稱絕妙的「囉嗦」。

魯迅作品的「囉嗦」語言，不僅不因其囉嗦而使讀者大倒胃口，反而為其所表現出的奇特的藝術效果而傾倒，關鍵在於魯迅先生運用囉嗦語言，適應題旨，讓人品味其間，總感到神韻飽滿，久留餘味。

簡與苟簡擷趣

北宋詞人秦觀（字少游）是「蘇門四學士」之一。有一次，他把自己寫的詞水龍吟念給蘇軾聽。當念到「小樓連苑橫空，下窺繡轂雕鞍聚」時，蘇軾當場批評道：「十三個字只說得一人騎馬樓前過……」意謂「字多意少」。（歷代詩餘）蘇軾說他填過一首永遇樂，其中也說了同樣一件事，是這樣寫的：「燕子樓空，佳人何在？空鎖樓中燕。」也是十三個字，即把張建封燕子樓一段故事講清楚了。

這則故事告訴我們，寫詩作文應是「意則期多，字唯其少」，即詞約而意豐。當然，簡與繁是相對而言的，即所謂「一二字未嘗不足，千百言未嘗有餘」。

呂氏春秋裏有一則故事，說的是宋國有一戶姓丁的人家，家裏沒有水井，要到外邊去取水，所以總有一個人在外邊奔波。後來他家挖了一口井，於是對人說：「吾穿井得一人。」有人聽見這話，就向另外的人傳話說：「丁氏穿井得一人。」繼而全國的人都爭相傳播這樣一條奇聞。消息傳到了宋國國君那裏。國君派人到丁家去查問。丁家的人回答說：「我們是說挖井之後多出一個人的勞力可供使用，不是說從井裏挖出一個人來。」

這個故事從丁氏的挖井引出傳話的出入，說明傳言易訛，凡事須親自調查，這樣才能瞭解到事情的真相。但從另一個角度看，丁氏的話之所以被訛傳，是由於其話語中不必要的「簡省」而導致語意不明，甚而出現歧義。

據說清朝時江蘇吳縣有這麼一個人，他胸無點墨，卻愛自詡文雅。他靠大家幫忙，用錢買了個官。一天，他坐著大哥的船去浙江赴任。在船上，他搖頭晃腦吟了一首「詩」：

　　我本蘇州百，多兄掛官納。

　　船向浙頭航，貨從閶店發。

　　肉頭插金針，況妻玉簪假。

　　那堪三兩個，衣單逢天刮。

　　船上的人對這首「詩」一句都不明白，他卻洋洋得意地解釋道：「我本來是蘇州吳縣的一百姓，多虧兄長幫忙花錢納了個掛名的官。今天船朝浙江那頭駛去，船上的貨由蘇州閶門的店裏發出。我的內人（妻子）頭上插著金針，而二兄妻子頭上的玉簪卻是假的。看看那裏坐著的兩三個侄子，衣服穿得很單薄，偏偏又逢天刮大風。」接著，他又吹噓，「古人云：『文貴簡』。我詩中的『肉』即『內人』二字合寫；『況』乃『二兄』的合寫。」

　　如此簡省，苟簡無益！

白描擷趣

白描是中國畫中一種完全用線條來表現物象的技法，也泛指文學創作中的一種表現手法，即使用簡練的筆墨，不加烘託，刻畫出鮮明生動的形象。魯迅先生曾說：「白描卻沒有秘訣，如果要說有，也不過是和障眼法反一調：有真意，去粉飾，少做作，勿賣弄而已。」所謂「清水出芙蓉，天然去雕飾」是也。

蘇軾的望湖樓醉書一詩便是全用白描手法寫成的好詩：

黑雲翻墨未遮山，白雨跳珠亂入船。

卷地風來忽吹散，望湖樓下水如天。

作者抓住夏日急雨的特點，以樸素的語言進行白描，一句一景，形象地再現了西湖夏季風雲驟變的奇景。

用白描手法寫成的聯語亦不少。相傳，郭希賢幼時，與一長者同浴一池，偶見龜浮水面，長者道：

龜浮水面分開綠。

郭應聲道：

鶴立松梢點破青。

上下聯均用白描，卻形象鮮明。

「揚州八怪」之一的鄭板橋，也是一位白描高手。相傳，有一年八月，鄭板橋從揚州回家過中秋節，因手頭沒多少錢，他就搭了一隻順便回家的船。這船不但小，而且篷帆破爛，百孔千瘡。夜晚，皎潔的月光透過篷上的破洞落到船上，倒也別有一番情趣。鄭板橋興奮不已，一句詩脫口

而出：「篷破船裝零碎月⋯⋯」可下句怎麼也想不出來。

　　轉眼中秋已過，鄭板橋收拾衣物準備回揚州。這天夜裏，突然狂風大作，暴雨傾盆。他家住房的土牆「轟」的一聲倒了下來，大風立刻橫掃而過。「壞了！」鄭夫人接著說：「這下完了！」說罷便愁眉緊鎖，隨即失聲痛哭起來。然而，鄭板橋卻放聲大笑道：「這下有了！」鄭夫人以為丈夫經受不了這一打擊，突然發瘋，連忙擦去眼淚勸慰道：「這不要緊的，別急，別急。」不料鄭板橋推開她說：「快，快拿紙筆來。」鄭夫人莫名其妙，只得找來文房四寶，只見板橋提筆就寫：「篷破船裝零碎月，牆倒屋進整齊風。」當鄭板橋說明緣由後，鄭夫人哭笑不得，說道：「你呀，你呀，真是⋯⋯」

　　這不事雕琢的「零碎月」與「整齊風」是何等的精妙！

觀察擷趣

　　觀察是寫作的前提，我們可以通過觀察獲取第一手材料。要把事物寫得逼真傳神，我們必須認真地觀察。只有認真觀察，我們的作品才會更貼近生活。

　　下面是兩則繪畫故事，但同樣給我們寫作以有益的啟示。

　　相傳，歐陽修得到一幅不知名的古畫。這幅畫的畫面上繪有一叢牡丹，花瓣紅白相間，非常得體。花下有一隻貓懶洋洋地躺在那兒。整幅畫栩栩如生，就是不解其意。歐陽修多次請人指教，仍是說不清其中的道理。

　　有一天，他的朋友吳育來訪，歐陽修便請吳育揣摩畫意。吳沉思一會兒說：「這是正午牡丹花啊！」歐陽修聽了十分驚訝，忙問：「何以見得？」吳育指著畫上的牡丹說：「你看，牡丹的花瓣都披散開了；花的顏色顯得乾燥，不夠鮮豔，這正是烈日當空直射的結果啊！」又說，「花下的懶貓，眼睛好像一條線，這也是正午的貓眼呀！」吳育接著說，「貓的眼珠只有在晚間和清晨是圓的，當太陽向正午移動，貓的眼珠就顯得特別窄，到了正午，就跟一條線似的。」歐陽修聽了這些分析，感到合乎情理，十分讚佩！宋代有個馬正惠，非常喜歡畫兒。在他珍藏的畫中有一幅鬥水牛圖，據說是五代時名畫家厲歸真畫的，因此可以說是珍品。有一天，馬正惠把這幅畫兒打開，放在書房裏透透陽光。趕巧有個佃戶來交租，他在窗外偷偷地看見了那幅名畫，禁不住笑了起來。馬正惠很不高興，便責問他為什麼笑，那佃戶不慌不忙地說：「我不懂畫兒，牛可見得

多，牛斗力在角，尾巴總是緊緊的夾在兩條大腿之間，就是再有力氣的人，也休想拉開它。這幅畫上的牛，尾巴翹得那麼高，不符合實際。我就是笑這個。」馬正惠歎服，遂善待之。

如果你熱愛寫作，你就應當留心周圍的事物，做生活的有心人。

別出心裁的構思

寫詩作文，乃至所有的藝術創作，都強調構思。獨出心裁，給人以新奇之感，是我們應當遵循的構思原則。

宋代畫院曾用唐代詩人韋應物滁州西澗詩中的名句「野渡無人舟自橫」作為考試題目，招考畫家。應試者的答卷五花八門，他們有的畫一只小船係在江岸的楊柳樹下，有的畫幾只鷺鷥棲息在船篷頂上，有的畫幾只烏鴉停在船尾的舵柄上張開大口作哇哇亂叫狀。這些畫似乎都緊緊抓住了「無人」這個關鍵，但都未被選中，而被選中的卻是一幅畫面上「有人」的畫。這幅畫，畫了一個艄公蹲在船尾吹笛子。

其實，「野渡無人舟自橫」並不意味著舟中無人，而是沒有要擺渡的人。入選的這幅畫，作者通過艄公蹲在船尾吹笛子這一特定的畫面，表現出了艄公無事可做、寂寞無聊的情景，烘託出了茫茫曠野之中沒有渡客的荒涼。這幅畫的構思可謂別出心裁，獨具一格。

相傳，從前有一位獨眼國王，叫畫家給他畫像。第一位畫家不敢把他畫成獨眼，而把兩眼都畫得炯炯有神，國王以為戲弄他就把畫家殺了。第二位畫家如實畫下獨眼，國王惱羞成怒，又把畫家殺了。第三位畫家經過苦心經營，把國王畫成狩獵姿態，閉起一隻眼瞄準獵物，這一開一閉正好巧妙地掩蓋了瞎眼的弊端，又宣揚了國王的威武，使國王大喜，畫家因此獲得了重重的獎賞。

「萬綠叢中一點紅」是一首唐詩的詩句，它的下句是「惱人春色不須多」。假如要你根據詩意畫一幅畫，你會怎樣構思？

這個畫題的審題並不難，一般不會走題，關鍵在於如何巧妙地去表現它。也就是說，如何把這個淺顯的題目畫得富有新意，不落俗套。

　　這個畫題有一個傳統的答案，即畫一少女在一座翠樓上倚靠著欄杆沉思，她那鮮紅的唇脂與大片綠柳交相輝映。這幅畫緊扣了詩句的原意，畫面新穎活潑，且表現得既深刻又含蓄，耐人尋味。

　　關於這畫題還有許多優秀的構思，如有人畫一輪紅日噴薄於萬頃碧波之上；有人於青翠的草原上點綴一杆少先隊的旗幟……

　　以上這些構思都非常新穎，可謂獨樹一幟，值得我們在寫作實踐中借鑒。

趣說側筆法

側筆法，也叫暗示法，就是對事物不作正面描寫，而是從側面或通過描寫別的事物將所要描寫的事物暗示出來，即所謂不寫之寫。這種手法對於狀寫難寫之景、難言之事有奇特的功效，而且它能給讀者更多的想像與聯想的空間。劉熙載在其藝概中所說的「山之精神寫不出，以煙霞寫之；春之精神寫不出，以草樹寫之」，就是側筆暗示手法。王鈞裕在修辭拾貝里說：「有經驗的畫家，寫春只是畫柳條數根；寫秋總是落葉幾片；畫山徑，斷斷續續顯得迂迴曲折；畫雲霧，忽隱忽現，顯得變幻莫測；露簾於林端則知有人家；露幡於路口便知有酒肆；露塔尖則含有廟宇；描和尚山下挑水，則知古寺藏於深山；描蝌蚪戲於水，則知蛙鳴十里山泉……」

從前有一位私塾先生給學生出了一道作文題，題目是一個「風」字。要求學生寫一首詩，描寫三種以上的風，但不得在詩中出現「風」字。實際上，私塾先生就是要讓學生運用側筆手法寫一首關於「風」的詩。

有位學生揮筆寫下了這樣一首詩：五湖四海浪滔滔，刮盡塵埃沖雲霄；兩岸蘆葦盡作揖，樹上無鳥樹枝搖。

先生一看不禁拍案叫好，因為這位學生的詩在寫景狀物方面符合命題要求。這首詩通過自然景物的描寫，把看不見、摸不著的狂風、龍卷風、和風、微風形象逼真地表現了出來，而全詩卻無一「風」字。

當代詩人趙逢炎的傷逝一詩也運用了側筆手法：

樹下／兩塊被遺忘的手帕／／晨風拾起／吹送到山中去了

在這首小詩中，作者用魯迅小說的題目寫現代愛情悲劇，兩位殉情的

主人公並不出現，但他們繾綣哀怨的神態如在眼前。詩寫得蘊藉淒豔，這便是側筆暗示手法的妙用。

化有為無，無中生有

　　所謂「化有為無」，即化實為虛，以虛寫實。這是一種表現手法，即對所要表現的內容不作正面的直接的刻畫，而是從側面進行間接的描繪，言在此而意在彼，聲東擊西，烘雲托月。「無中生有」，即所謂虛中見實，與「化有為無」互為表裏。

　　這既是寫作的表現手法，也是繪畫的表現手法，所謂詩畫同源也。也就是說，寫作與繪畫是可以互相借鑒的。

　　繪畫中的以虛寫實，即以畫面上的內容表現畫外的內容。運用這一手法，最直接的藝術效果是含蓄，它通過留下藝術空白，激發讀者進行藝術再創造。正如德國文藝理論家萊辛在拉孔奧中所說：「人們從大風暴拋到岸上的破船和殘骸就可以認識到那場大風暴的本身。」

　　相傳，宋代皇帝為了擴充宮廷裏的畫院，每年都要招收一些畫家。有一年開考，皇帝親自出題，題目是「深山藏古寺」。

　　參考的畫家中有的在山腰裏畫一座古寺，有的在深山老林裏畫一座古寺，有的在兩峰聳峙的山谷中露出古寺的一角紅牆……總之，他們的畫都沒有把古寺「藏」住。入選的一幅是這樣畫的：深山之中一條崎嶇的山路蜿蜒而上，最後被山峰隱沒。山腳下有一條小溪，溪水清清，一個老和尚正在挑水。這幅畫好就好在它切題、含蓄，又給人以豐富的聯想。你看那擔水的老和尚，不正表明深山裏藏著一座「古寺」嗎？它把一個「藏」字表現得既含蓄又鮮明，真是畫有盡而意無窮。

　　還有一個「踏花歸來馬蹄香」的繪畫故事，想必我們大家耳熟能詳。

它說的是有一次宋代畫院用「踏花歸來馬蹄香」作為試題，在全國範圍內招考。

　　表現出「馬蹄香」，是這幅畫的關鍵。有的畫一條大路，路面上鋪滿各色各樣的鮮花，一匹駿馬在鋪著鮮花的大路上徐徐而行，以為馬蹄踩著鮮花，馬蹄總歸是「香」了吧；有的畫一匹馬在大路上悠閒地漫步，馬蹄上沾著幾片花瓣，馬蹄總該「香」了吧……然而，這些畫作都沒有入選。名列前茅的那幅畫，畫面上沒有花，而是別出心裁地畫了兩只蝴蝶繞著漫步前行的馬蹄飛舞，蝴蝶誤把馬蹄當成了鮮花，這就很自然地表現出了踏花歸來的馬，馬蹄上還留著鮮花的香味。這幅畫的構思獨具匠心，耐人尋味，它把一個「香」字烘託得淋漓盡致。

　　以虛寫實手法好比一種特殊的意會法，它借激發讀者的豐富想像而形成作者與讀者的共同的創造氛圍，因而容易收到「狀難寫之景如在目前，含不盡之意見於言外」的效果。

推敲「推敲」

賈島和孟郊是唐代以苦吟著稱的詩人，因其平生遭際大體相同，詩風相似，故被後世並稱為「郊寒島瘦」。尤其是賈島，他是「兩句三年得，一吟雙淚流」。這裏所說的「兩句」，不知最有代表性的是哪兩句，反正「鳥宿池邊樹，僧敲月下門」這兩句是歷來為人們稱道的。

關於詩中這個「敲」字，還有一個膾炙人口的故事呢！

傳說唐代詩人賈島騎著驢做詩，得到「鳥宿池邊樹，僧敲月下門」兩句。第二句的「敲」字又想改用「推」字，猶豫不決，就用手做推、敲狀，無意中碰上了大文學家、當時臨時代理京城地方長官的韓愈。他向韓愈說明原委，韓愈想了一會說，用「敲」字好。後人便用「推敲」來比喻斟酌字詞，反覆琢磨。

賈島的這兩句詩出自題李凝幽居，全詩如下：

閒居少鄰並，草徑入荒原。

鳥宿池邊樹，僧敲月下門。

過橋分野色，移石動雲根。

暫去還復來，幽期不負言。

詩的意思是：李凝獨自一人在這幽僻的地方閒居，周圍沒有人家相鄰；走過長滿青草的小路，進入荒蕪寂靜的園林。鳥兒安逸地棲息在池邊樹上的窩巢裏，我這齣家人輕輕敲叩著月光下的寺門。未見到朋友，我只好往回走，過了橋又是另一番田野風光；晚風輕拂，雲腳飄移，彷彿山石也遊移不定。今天暫且離去，不久我又會來這裏，等約定好的隱逸日期到

來再相會，我一定不會失信。

歷來人們都說用「敲」字比用「推」字好，理由是用「敲」字更能顯出夜的寂靜，這屬於以動襯靜的寫作手法，與「鳥鳴山更幽」有異曲同工之妙。這似乎已是定論。但是，僅將理由說成是「敲」比「推」更能表達詩的意境，卻是不全面的。詞語本身是無優劣之分的，正像清代袁枚所言：「夕陽芳草無情物，解用都為絕妙詞。」要分析詞語修辭的優劣，不能離開具體的語境。

究竟用「推」還是用「敲」，首先要符合生活的邏輯，即要看賈島所敲的是誰家的門。

只要對此詩進行細緻的閱讀分析，不難判斷，「僧敲月下門」中僧敲的是李凝家的門。值得探究的是，這裏的僧指的是誰？如果是李凝，那就應該是「推」，沒有一個人夜晚散步回家還敲門的。但根據詩的意思，是賈島去找李凝，而李凝不在家，所以這裏敲門的人應該是賈島。賈島當過和尚，那麼他自稱為僧就是很正常的了。若賈島夜訪朋友家直推而入，他豈不成了個莽撞和尚？況且，他並不知道朋友家是否閂門，故以「敲」試探才是符合常理的。

綜上所述，這裏必須用「敲」，而絕對不能用「推」。韓愈一定深知這些生活常識，亦更深知作詩之理。

「逸馬殺犬」的筆墨官司

　　宋代的沈括在夢溪筆談中記載了這樣一件事：兩個文人穆修和張景一同上朝，等在門外，「適見有奔馬踐死一犬」，二人就各記其事。穆說：「馬逸，有黃犬遇蹄而斃。」張說：「有犬死奔馬之下。」沈括自詡自己的「適見有奔馬踐死一犬」最平易流暢，亦最好。後有一個叫陳善的人在捫風詩話中又作評論，認為比較起來張景的說法為憂，沈括的說法更「渾成」，穆修的說法最差。

　　後來，有人在唐宋八家論叢中記載了此事，不過故事人物變了：「歐陽修在翰林日，當同院出遊，有奔馬斃犬於道。公曰：『試出其事。』同院曰：『有犬臥通衢，逸馬蹄而斃之。』公曰：『使子修史，萬卷未已也。』曰：『內翰以為如何？』曰：『逸馬殺犬於道。』」

　　歸納起來，關於此事有六種說法：

　　一、適見有奔馬踐死一犬；（沈括）

　　二、馬逸，有黃犬遇蹄而斃；（穆修）

　　三、有犬死奔馬之下；（張景）

　　四、有奔馬斃犬於道；（唐宋八家論叢作者）

　　五、有犬臥通衢，逸馬蹄而斃之；（翰林）

　　六、逸馬殺犬於道。（歐陽修）

　　以上說法，孰優孰劣，竟成了一場筆墨官司，長期以來爭論不休，而且懸案未斷。

　　其實，這也無須評斷。

死犬一事，概述為「逸馬殺犬」或「逸馬殺犬於道」，確實十分簡潔扼要，但這樣寫僅僅把事情說清楚，做到使人明白。

「馬逸，有黃犬遇蹄而斃」，文字上較前囉嗦，但它不但講述了「死犬」這件事，而且形象地描繪了犬的顏色，生動地記敘了犬死的經過。

「有犬臥通衢，逸馬蹄而斃之」，更是具體地描寫了事件的全部過程，包括起因、經過和結局。動詞「蹄」和使動詞「斃」與前面的「臥」，呼應得相當妙。

作文，有時只要求把話說清楚，記敘有條不紊，做到「文約而事豐」，那麼「逸馬殺犬」這樣的句式就值得仿傚。有的時候，話僅僅說清楚還不夠，還必須採用多種藝術手段，創造出一種藝術境界來深深地打動讀者，那就應當不吝筆墨，當詳則詳。

「欲揚先抑」與「欲抑先揚」

　　要形象、透徹地講述「欲揚先抑」與「欲抑先揚」這一寫作技巧，我得引入兩個故事。

　　一個是「欲揚先抑」的故事。

　　「揚州八怪」之一的鄭板橋，是清代一位有名的滑稽才子。有一天，他冒著大雨去給一位姓陶的朋友祝壽。他一到，主人便立刻捧出文房四寶，想請他題些賀詞之類的文字。鄭板橋不假思索，便在紙上寫了「奈何」兩字。眾人不解其意，他也不理會，接著又連寫了兩個「奈何」，這下可是舉座驚奇了。在眾人的驚訝聲中，他還寫了一個「奈何」。一連四個「奈何」，這算賀詞麼？主人很不安了，木然站著，神情尷尬，賀客也暗暗著急。停頓片刻後，他微微一笑，便揮毫疾書起來：「今日雨滂沱。滂沱雨祝陶公壽，壽比滂沱雨更多。」寫完，主人和賀客都輕鬆地笑了起來，因為整個題詞成了：

　　奈何奈何可奈何，奈何今日雨滂沱。

　　滂沱雨祝陶公壽，壽比滂沱雨更多。

　　接下來，再講一個「欲抑先揚」的故事。

　　相傳，有一位姓陸的滑稽之士，他很擅長說笑話。鄰居有一惡婦，生性不愛笑。他的朋友對他說：「你如果能說一字令那婦人笑，又說一字令那婦人怒，我請你喝酒。」有一天，那婦人斜倚在門前，面前臥著一條狗。他上前跪下，對狗說：「爹！」見狀，那婦人禁不住大笑起來。接著，他又跪向那婦人，並叫道：「娘！」那婦人又馬上臉色大變，且破口

大罵。

「欲揚先抑」與「欲抑先揚」，都是寫作中人物描寫的技巧，是一種描寫技巧的兩種表現方式。「欲揚先抑」是指作者想要褒揚某個對象，卻不從褒揚處落筆，而是先按下，從相反的貶抑處落筆。「欲抑先揚」與之相反，是指作者要批評貶斥某個對象，開頭以讚美頌揚的口氣來寫，最後卻引出貶抑的評價，在對象自身的反差中，暴露其弱點或醜惡的一面。用這種方法，可使情節多變，形成起伏的波瀾，造成鮮明的對比。這種技巧在日常的言語表達中也經常運用。

在前一個故事中，鄭板橋是「欲揚先抑」，一連四個「奈何」將情緒抑到最低處，最後又以「壽比滂沱雨更多」揚起，從而增強了語言的表達效果。在後一個故事裏，那位姓陸的滑稽之士就運用了「欲抑先揚」的手法。你看，前一個「爹」，後一個「娘」，由「揚」而「抑」，讓那位婦人容顏頓改。「欲抑先揚」，亦如「欲擒故縱」。

「欲揚」可以「先抑」，反過來「欲抑」也可以「先揚」。「揚」和「抑」，在藝術上都是一種強調手段。古人做文章所強調的「蓄勢」，講的就是「欲揚先抑」和「欲抑先揚」的表現技巧。

咬文嚼字品詩文

被譽為白衣卿相的宋代著名詞人柳永有一首鶴衝天詞：

黃金榜上，偶失龍頭望。明代暫遺賢，如何向？未遂風雲便，爭不恣狂蕩。何須論得喪？才子詞人，自是白衣卿相。煙花巷陌，依約丹青屏障。幸有意中人，堪尋訪。且恁偎紅翠，風流事，平生暢。青春都一晌。忍把浮名，換了淺斟低唱！

這首直抒胸臆的名篇，曲折地反映了時代對一位多才多藝詞人的壓抑，抒發了作者傲視公卿、輕蔑名利，以及尋覓知音和慰藉的真實思想感情。但細讀全詞，可見出作者並非那般瀟灑。一「忍」字便透出了他的真實心跡。「忍把浮名，換了淺斟低唱」———「我」一狠心便拋卻了仕進為官的虛名，換來手中淺淺的酒杯和耳邊的低吟淺唱。這其實是一種無可奈何的選擇。一「忍」字，包含著作者多少無奈與辛酸！

南宋詞壇名家姜夔見到金兵大舉南侵後揚州城的荒涼破敗的情景，感慨萬端，寫了揚州慢一詞，在小序裏有這樣的句子：

淳熙丙申至日，予過維揚。

夜雪初霽，薺麥彌望。入其城，則四顧蕭條，寒水自碧……

一個「自」字，把水寫活了。盈盈碧水，本可把環境點綴得更美麗，然而在「四顧蕭條」的空城裏，有誰去欣賞它呢？現在，它只能獨自寂寞地呈現出一汪碧綠。這不辜負了水的一番美意嗎？這種擬人化的寫法，把揚州城的荒涼破敗反襯得更加突出了，作者憂傷悵惘的「黍離」之悲也因之得以充分抒發。這與詞末所寫的不知為誰生長的「橋邊紅藥」所起的反

襯作用相同。自碧的寒水與橋邊無人欣賞而兀自開放的紅色芍藥前後呼應，相得益彰。

我國四大名著之一的水滸傳，有許多用詞典範，此舉一例。

當寫到陸虞侯和富安二人帶著高俅謀害林沖的使命來到李小二酒店裏時，小說這樣寫道：

忽一日，李小二正在門前安排菜蔬下飯，只見一個人閃將進來，酒店裏坐下；隨後又一個人閃入來。

這裏用兩個「閃」字來描寫陸、富二人進門時的形態很精當，既顯其速度之快，又活畫出了他們躲躲閃閃的神情。由於作者不惜花費較多筆墨，把兩個人一樣的動作分開來描寫，寫成「一個人閃將進來」，「又一個人閃入來」，這就加濃了神秘的氣氛，凸現了兩個人的鬼祟行跡。若按俗筆寫作「只見兩個人一前一後閃將進來」，兩個「閃」並為一個「閃」，意蘊將會大減。

趣話「見」與「望」

陶淵明是我國晉代一位偉大的現實主義詩人，飲酒（二十首）可說是他的代表作，其中第五首尤為膾炙人口。詩云：

結廬在人境，而無車馬喧。

問君何能爾？心遠地自偏。

採菊東籬下，悠然見南山。

山氣日夕佳，飛鳥相與還。

此中有真義，欲辯已忘言。

曾有人將「採菊東籬下，悠然見南山」中的「見」改為「望」。蘇軾對此進行了批駁：「既採菊又望山，意盡於此，無餘蘊矣，非淵明意也。

『採菊東籬下，悠然見南山』，則本身採菊，無意望山，適舉首而見，故悠然忘情，趣閒而景遠……」

蘇軾的話是有見地的。應當說，陶詩中的「見」用得極佳，它表現出詩人「見」山不是有意為之。「採菊東籬下」是一俯，「悠然見南山」是一仰。在「採菊東籬下」這不經意的一抬頭間，山的形象便映入了眼簾。

王國維認為，有有我之境，有無我之境。有我之境，以我觀物，故物皆著我之色彩。無我之境，以物觀物，故不知何者為我，何者為物。「採菊東籬下，悠然見南山」，為無我之境。

有人認為，把「見」理解為「望見」，只講到偶然見山這一層，仍未曲盡其妙，還不能完全「見」出詩人那超凡脫俗的隱者風範。持這種看法者認為「見」可通「現」，意為顯現、呈現或出現，不作「望見」理解。

他們作了如下進一步的演繹：

「悠然」一詞，現代漢語詞典解釋為「悠閒的樣子」，可用來形容人物神態；中國古代文學作品選的注釋是：「悠靜自得的樣子」，可用來形容景物情態。以「見」為「望見」，「悠然」一詞顯然取前一義，形容詩人遙望南山時「悠閒的樣子」。這種理解未脫俗套。「悠然」一詞應取後一義，用來形容南山顯現時悠靜自得的情態。採菊東籬之下，非有意望山見山，而純然無意之間，南山悠然顯現，詩人全不用意，這與「初不經意，而境與意會」相比，更見物我兩忘，渾然一體，無為而無不為的隱士本色，從而達到「境與意一」的絕妙佳境。

當然，這只是一家之言。筆者認為，「見」通「現」（通假），在古代漢語裏確實常見，如「風吹草低見牛羊」中的「見」便通「現」，但說「悠然見南山」中的「見」通「現」，卻讓人感到陌生。說「悠然」一詞「用來形容南山顯現時悠靜自得的情態」，更是令人費解。

「一字師」與「一」字師

所謂「一字師」，古時指給人詩文更換一個字的人。當然為人訂正一字之誤者，也可稱「一字師」。

說起「一字師」，人們就會想起韓愈，他替賈島易「推」為「敲」，傳為千古佳話。

俗話說，「智者千慮，必有一失；愚者千慮，必有一得」，謙虛好學的人，隨處可得「一字師」。

薩都剌是元代著名詩人，有一次他寫了一聯詩：「地濕厭聞天竺雨，月明來聽景陽鍾。」吟哦再三，頗為自得。有個老人看見這聯詩後，連連搖頭，不以為然。薩都剌見狀，知老人定有高見，便虛心向他討教。老人說：「這一聯詩，寫得的確不凡，摹景狀物，別有意境。只是上半聯已有一個『聞』字，下半聯又用一個『聽』字，字雖有異，卻皆隱『耳』意。恰犯詩家大忌。」薩都剌豁然大悟，忙問：「依您之見，改什麼字為好？」老人不慌不忙地答道：「唐人詩中不是有『林下老僧來看雨』的佳句嗎？不妨把其中的『看』字借來一用。」薩都剌試著把「聞」雨改為「看」雨，仔細玩味，覺得果然更好。上半聯的「看」字隱「眼」意，下半聯的「聽」字隱「耳」意，不僅更符合詩的「工對」，而且愈發顯得情景交融，有聲有色。薩都剌急忙上前施禮，稱老人為「一字之師」。

「一」字師是「一字師」的特例，即指給人詩文中的某一個字更換成「一」字的人。一字師的故事可以說不勝枚舉，而「一」字師的例子卻不多見。

五代時，有個叫齊己的人，他寫了一首題為早梅的詩。全詩如下：

萬木凍欲折，孤根暖獨回。

前村深雪裏，昨夜數枝開。

風遞幽香去，禽窺素豔來。

明年如應律，先發望春臺。

全詩意思是：在寒冷的冬天，山中萬木都凍得簡直要枝幹摧折了，而梅花卻像獨凝地下暖氣於根莖，生機盎然占盡冬日風光。在前面村子旁邊厚厚的積雪裏，幾枝梅花於昨夜傲雪開放。一陣寒風吹過，梅花淡淡的芳香四處飄溢，那潔白嬌豔的花朵逗引著禽鳥偷偷飛來觀賞。明年如能順應季節按時開放，那麼首先應開在望春臺那遊人眾多的地方。

齊己對這首詩很滿意。他聽說住在袁州的鄭谷頗有才學，便帶上自己的幾首詩前去拜訪。鄭谷盛情接待了他，兩人一見如故，繼而切磋起詩藝來。當看到他的早梅詩中「前村深雪裏，昨夜數枝開」這一句時，鄭谷笑著說：「『數枝開』並不能說明早，不如改為『一枝開』，這樣就更好了。」齊己欽佩鄭谷的一字之改，連連拜謝。從此，人們都說鄭谷是齊己的「一字師」。在這裏，鄭谷不但是「一字師」，也是地地道道的「一」字師。

在早梅這首詠物詩中，作者以清麗的語言，含蓄的筆觸，刻畫了梅花傲寒的本性，素雅的風韻，並以此寄託自己的心志。頷聯中的「一枝開」不僅是此聯的著力之語，亦是全詩的畫龍點睛之筆。

不過，有人認為「一枝開」固然可言早，但若從實際去考慮，則不可言「數枝開」而為晚。試想，漫漫長夜難道獨綻一枝？若夜幕降臨之時也只見「疏影橫斜」，而未有「暗香浮動」？這寒梅若於三更或五更競相開放，清晨人們所見就不是「一枝開」了。一夜之中，萬物競榮，大自然驟變於瞬間，若只讓一枝獨佔風情，除非叫時間靜止。

從實際情況看，這種觀點也有一定的道理。概言之，從藝術的角度看，「一枝開」為早；從客觀實際的角度看，「數枝開」亦未為晚。

「半字師」與「半」字師

　　「一字師」的故事不勝枚舉，而名副其實的「半字師」的故事卻十分少見。據清代龔煒的巢林筆談記載：「東海閨秀詠藍菊詩云：

　　『為愛南山青翠色，東風別染一枝花。』予以為『別』字太硬，去側刀。」

　　這就是說，把詩中的「別」字改為「另」字，詩句就變為：

　　為愛南山青翠色，東風另染一枝花。

　　易「別」為「另」，有人從字形、字音、字義等方面進行過分析。從字形看，「別」字的構造比「另」字複雜，且在右邊立著一把「刀」，殺氣騰騰的，顯得很強「硬」，這與詠藍菊詩很不相稱。去側刀，改「別」為「另」，則字形單一，化「硬」為柔，使其與藍菊格調相協調，增添了雅的興味。從字音看，「東風別染」四字聽起來音調愈來愈高，顯得不悅耳，而「東風另染」四字的音調，給人以抑揚頓挫之感。當然，最關鍵的是字義。「別」與「另」在這首詩中的意思差異不大，但在感情色彩上卻有區別。對於藍菊的開放，「別」字僅只表現它與其它的不同而已，而「另」字卻體現出東風對它的厚愛和詩人對它的親昵，進一步反映出它獨具一格，超於群芳的風采。

　　「半字師」的故事可謂絕無僅有，而「半」字師的故事卻不鮮見。

　　古代許多詩人選用「半」字，恰當地寫景與抒情，創作出不少的佳句，例如唐代白居易的「猶抱琵琶半遮面」（琵琶行）、宋代寇準的「一半秋山帶夕陽」（書河上亭壁）、清代孫髯公的「幾杵疏鐘，半江漁火，

一枕清霜」（昆明大觀樓長聯），等等。

說起「半」字師來，還有一段佳話。相傳唐代詩人高適一天路過杭州清風嶺，投宿在一座寺廟裏。夜間，他出廟觀賞風景，一時詩興大發，於是提筆在寺廟的牆上題詩一首：

絕嶺東風已自涼，鳥翔松露濕衣裳。

前村月落一江水，僧在翠微閒竹房。

第二天清晨，他離開清風嶺，乘船過錢塘江時，發現江面變窄，河灘上還留下了水位下降的痕跡，才覺得自己所寫的「一江水」不合實際，於是決定回去將「一江」改為「半江」。當他折回清風嶺時，卻見「一江水」已被人改為「半江水」了。和尚告訴他是義烏的駱賓王改的。

枝頭春意「鬧」，江南兩岸「綠」

　　北宋文學家宋祁的玉樓春是一首名播古今的佳作，其中一「鬧」字尤為古今文人、評家津津樂道。詞云：

　　東城漸覺風光好，縠皺波紋迎客棹。

　　綠楊煙外曉寒輕，紅杏枝頭春意鬧。

　　浮生長恨歡娛少，肯愛千金輕一笑。

　　為君持酒勸夕陽，且向花間留晚照。

　　詞中「紅杏枝頭春意鬧」一語，石破天驚，成為傳誦千古的佳句，宋祁也因此語而博得「紅杏枝頭春意鬧尚書」的雅號。宋代以來，歷代詞人和詞論大家對這個「鬧」字多有評說。仁者見仁，智者見智，見解紛紜，褒貶不一。

　　王國維在人間詞話中說：「『紅杏枝頭春意鬧』，著一『鬧』字，而境界全出。」確實，這一「鬧」字不僅形容出紅杏的眾多與紛繁，而且把生機勃勃的大好春光繪聲繪色地點染了出來。這個「鬧」字讓人彷彿在視覺裏獲得了聽覺的感受，這在修辭上叫「通感」。習見之景，一經作者點染，便構成妙不可言的意境。

　　著名戲曲理論家李漁在笠翁餘集卷八窺詞管見第七則中別抒己見，加以嘲笑，認為只有桃李爭春，實未見紅杏鬧春。「鬧」字可用，則「吵」字、「鬥」字、「打」字皆可用。結論是「鬧字極俗，且聽不入耳，非但不可加於此句，並不當見之詩詞」。

　　有人針對這一觀點進行了辯駁：「鬧」字雖俗，卻讓人從中看到了生

命的律動。如果沒有這個「鬧」字，或者換一個什麼字，全詞就失去了絕美意境，失去了蓬勃的生命力。「鬧」，字俗意不俗！

熙寧八年（1075）二月，王安石第二次拜相，奉詔進京，舟次瓜洲。生機盎然的景色與詩人奉詔回京的喜悅心情相諧合，於是詩人揮毫寫下傳誦千古的名作泊船瓜洲：

京口瓜洲一水間，鍾山只隔數重山。

春風又綠江南岸，明月何時照我還！

這首詩意境優美恬靜，情思浩蕩悠遠。前二句寫詩人自京口渡江抵達瓜洲以及對鍾山的回望；後二句寫景抒情，在對景物的描繪中抒發了詩人思念家鄉的濃烈感情。但泊船瓜洲之所以被廣泛流傳，那個被人稱作詩眼的「綠」字，當功不可沒。據南宋洪邁的容齋隨筆記載，王安石先後用了「到」、「過」、「入」、「滿」等十多個字，最後才選定這個「綠」字。

關於這個「綠」字，歷來一片叫好聲。那麼，這個「綠」字究竟好在哪裏呢？茲綜合歷來評家的看法，對「綠」字作如下歸納分析。

首先，從語法上講，詩句中的「綠」字是形容詞使動用法。這個活用的「綠」字具有色彩感和動態感，不僅涵括了「到、過、入、滿」等字的意思，更重要的是把無影無蹤的春風轉化成了具體、鮮明、生動的形象，使全詩更富於色彩美和形象美。春風雖然可以感知，但其本身卻是無形之物，「到」、「過」、「入」、「滿」等字也缺乏具體的形象，因此春到江南究竟是什麼樣子還是令人難以想像。換成「綠」字以後，通過視覺作用展現出一派綠野彌望的景象，那茸茸芳草不就是春風吹拂的結果嗎？這樣就把春風「到江南」、「過江南」、「入江南」、「滿江南」等意思通過具體形象體現出來了。同時，滿眼新綠之中也透露出大自然蓬勃的生機，讓人感受到春天的氣息。這個「綠」字，把抽象的春變得不但可見而且可感。

傅庚生先生認為：「到、過、入」等字均簡單而無意緒，「滿」字稍佳，但只是徑直言春風之滿，不足以表示時序之推移以感人者；著一「綠」字，則有以寄「又是一年春草綠」之慨，且全詩句句在暗寫一「望」字，「綠」是目中之色，尤覺貼切也！

其次，從修辭上講，這是一種移覺手法，也叫通感。風一般只能以聽覺和感覺辨別，但春天卻是惠風和暢，春風吹面不寒，過耳無聲。現在用「綠」去描寫它，化聽覺、觸覺而為視覺，即見出春風的到來，又表現出春風到後江南水鄉的變化，一派生機，欣欣向榮，給人以強烈的美的感受。

然而，對這個「綠」字，也有人發表反對意見，這個人就是著名詩人臧克家先生。他曾在給臺灣著名詩人余光中的信中提到這首詩，他認為「綠」字「反而不及『過』或『到』字含蓄一點，更能令人尋味。」臧先生的觀點未能得到人們的認同，不過竊以為可備一說。

有人說，這個「綠」字好則好矣，只是不免有步人後塵之嫌。毋庸諱言，在王安石之前，已有唐代詩人李白的「東風已綠瀛洲草」、丘為的「春風何時至，已綠湖上山」等詩句。由此看來，王安石確實蹈襲了前人的「綠」字。但是，王安石不是複製，而是點化，是脫胎換骨。對此，評家們已有很中肯的評說。有評家認為，李白的「瀛洲草」與丘為的「湖上山」都是近景或中景，太具象化，而比較對象的空間也只能是「瀛洲」附近與「湖上」不遠處，聯想受到限制。而王詩的「江南岸」則氣象宏放，它比較的對象是江北、黃河、塞外、嶺南、西域……六合之內，神州八方囊括其筆端。此種意境是李、丘之詩所不具備的。因此，王詩是後來居上，是青出於藍而勝於藍。

文不厭改傳佳話

蘇東坡的妹妹蘇小妹酷愛詩文。有一次，她寫了「輕風細柳，淡月梅花」兩句詩，請蘇東坡給修改。蘇東坡第一次給每句加一字，改成：

輕風搖細柳，淡月映梅花。

改完之後，蘇東坡自己都感到不滿意，於是他又第二次修改，把詩改成：

輕風舞細柳，淡月隱梅花。

這次修改雖比第一次修改進了一步，但蘇東坡卻精益求精，又絞盡腦汁作了第三次修改，終於把詩改成：

輕風扶細柳，淡月失梅花。

顯然，說「搖細柳」，「舞細柳」，「扶細柳」的「搖」、「舞」、「扶」等動詞和「映梅花」、「隱梅花」、「失梅花」的「映」、「隱」、「失」等動詞都是反覆提煉、苦心選擇的。它們雖然是同義詞，但有細微的差別。正因為蘇東坡對這些同義詞不斷地斟酌推敲，所以「三改梅花詩」才流傳久遠，成為鍊字的美談。古人的寫作態度值得我們學習，古時那種「一言盡理，兩字窮形」的寫作要求，在今天仍然適用。

「蘇門四學士」之一的黃庭堅，創作態度十分嚴謹，他的登南禪寺懷裴仲謀一詩便進行過多次修改。詩云：

茅亭風入葛衣輕，坐見山河表裏清。

歸燕略無三月事，殘蟬猶用一枝鳴。

天高秋樹葉公邑，日暮碧雲樊相城。

別後寄詩能慰我，似逃空谷聽人聲。

「殘蟬猶用一枝鳴」一句中的「用」字，起初是「抱」字，後又相繼改為「占」、「在」、「帶」、「要」等字，最後改為「用」字，可謂精當貼切。

對於這一修改，歷來多有評說，而且看法較為一致，在此，筆者試作如下闡述。

這句詩的意思是說樹枝上一隻蟬正在叫著，費斟酌的是要表現它怎麼叫。比較更改的幾個字就會發現，「抱」字形態最生動，但是蟬處在高枝密葉間，通常情況下難以看得如此真切；「在」字過於平淡，缺乏形象；「帶」和「要」生澀費解；「用」字原意為「使用」，可以引申出「憑藉」、「利用」、「依託」等意思，既有一定的情狀，又難具體地描摹，詞意活泛，而且也比較新穎，所以比以上幾個字好。至於「占」字，本義是占據，同樣具有「用」字的種種含義，但不如「用」字新穎。

曹雪芹寫紅樓夢「披閱十載，增刪五次」，托爾斯泰寫戰爭與和平曾反覆修改過七次之多。海明威則說：「我把永別了武器最後一頁修改了三十幾遍，然後才滿意，把老人與海的手稿讀過將近二百遍才最後付印。」「新詩改罷自長吟」，這是大詩人杜甫的經驗之談。清代著名詩人、散文家袁枚說道：「愛好由來落筆難，一詩千改始心安。」古今中外的優秀作品多是作者反覆修改的結果。

「紅杏出牆」，耀眼古今

宋代詩人葉紹翁的遊園不值，是一首廣為流傳的描繪春天美景的著名絕句。詩曰：

應憐屐齒印蒼苔，小扣柴扉久不開。春色滿園關不住，一枝紅杏出牆來。詩人在這首詩中不動聲色地盛贊了生機勃勃的春天，表現出了春天萬物旺盛的生命力。

其實，「紅杏出牆」這一意象並非葉紹翁的首創，在他之前已有不少詩人寫過「紅杏出牆」的詩句。如：

平橋小陌雨初收，淡日穿雲翠靄浮。

楊柳不遮春色斷，一枝紅杏出牆頭。

（陸游馬上作）

誰家池館靜蕭蕭，斜倚朱門不敢敲。

一段好春藏不盡，粉牆斜露杏花梢。

（張良臣偶題）

以上二詩均堪稱佳作，葉詩也許脫胎於它們，但與葉紹翁的遊園不值相比，終輸一籌，因此不得不讓葉公獨步千古。

葉公詩句好在何處？比較便可辨高下。

陸游的馬上作用「楊柳」的金黃、嫩綠襯托「紅杏」的豔麗，可謂重點突出，映襯得當，也不乏韻致。尤其後二句「楊柳不遮春色斷，一枝紅杏出牆頭」與葉紹翁遊園不值中的「春色滿園關不住，一枝紅杏出牆來」似出自同一機杼，而且葉詩的末句或許就是從此脫胎的。即便如此，我們

也有足夠的理由說葉詩是「青出藍而青於藍」。陸詩和葉詩都用一個「出」字把「紅杏」擬人化，但前者沒有寫明非「出」不可的理由，後者卻先用「關不住」一「呼」，再用「出牆來」一「應」，把「一枝紅杏」寫得更為鮮活。還有一點不可忽視，那就是陸游信馬吟詩，並未在「紅杏」這一景觀中注入豐厚的意念和感情，給人留下了一個藝術的盲點。

張良臣的偶題與葉紹翁的遊園不值也頗為相近，但仔細玩味，終覺張詩也較葉詩稍遜一籌。在張良臣的這首詩中，雖也有明顯的主體介入，然而這主體是一個連園門都不敢敲的人，所以「粉牆斜露杏花梢」顯得事出無因，而葉紹翁的遊園不值卻與之相反，牆頭紅杏是出之有因的。葉詩先概括大地「春色」於一「園」，強調「春色」不但滿園，而且「滿」到「關不住」的程度，因而非出不可。而這個非出不可的原因「春色滿園關不住」，既可說是園中實景，又可說是詩人的園外聯想。這聯想是由很想遊園卻因主人不在而無法進去時，突然發現杏花出牆而產生的，它與驚喜同在，於是詩人很有激情地推出「一枝紅杏出牆來」這個特寫鏡頭。而且，在葉詩中，「春色」和「紅杏」都被擬人化，不僅景中含情，而且景中寓理，能引起讀者許多聯想，進而受到哲理的啟示：「春色」是關鎖不住的，「紅杏」必然要「出牆來」宣告春天的來臨。詩的後兩句常被人們用來說明這樣一個道理：一切美好的新生事物，是任何力量也壓制不住，禁錮不了的。

魯迅先生用詞佳話

一個高明的作家不僅注意作品的立意和謀篇佈局，而且非常注意字詞的錘鍊。魯迅先生便是這樣一位嚴謹的文學家，他在小說孔乙己和示眾中都給我們留下了非常經典的用詞範例。如：

①他不回答……便排出九文銅錢。

②他從破衣袋裏摸出四文大錢，放在我手裏……

這兩例都是魯迅小說孔乙己中的話。第一例寫孔乙己掏錢用「排」，即一個接一個地擺放，從這個動作我們可以看到孔乙己交付酒錢那種鄭重其事的神情以及他那認真、樸實、善良的性格。第二例寫孔乙己掏錢的動作用「摸」，即在口袋中搜尋、探取。一個「摸」字，極簡練地寫出了孔乙己窮困潦倒的生活狀況，暗示出孔乙己最後的悲劇性結局。

其小說示眾在寫看客圍觀示眾場面時，有幾個動詞也用得非常精彩。如：

③待到增加了禿頭的老頭子之後，空缺已經不多，而立刻又被一個赤膊的紅鼻子胖大漢補滿了。

④後面的一個抱著孩子的老媽子卻想乘機擠進來。

⑤一個小學生飛奔上來，一手按住了自己頭上的雪白的小布帽，向人叢中直鑽進去。

③中的「補」、④中的「擠」、⑤中的「鑽」都用得十分精當。紅鼻子胖大漢身大力不虧，一「補」即入；老媽子身單力薄，只好乘機「擠」進去；小學生個小靈活，故能「鑽」進去。

從以上幾例可以看出，精當的用詞可使語言簡練，以少馭多，表現出更加深刻的含義。

換一種說法便是詩

　　臺灣詩人瘂弦在談到現代詩的語言問題時，曾講過一個饒有趣味的故事：有一年鄭愁予到南部作客，那天由洛夫、張默和瘂弦陪他到大貝湖去玩。他們看到湖邊上一塊牌子，上面寫著「禁止的魚」。瘂弦說：「這是現代詩人的語言呀！」但走近一看，不是「禁止的魚」，而是「禁止釣魚」。

　　「禁止的魚」是詩語，「禁止釣魚」，卻變成散文了。

　　詩與非詩，就語言表述的形式來說，是不容易說清的，但有時又簡單到不改變原意，只換個說法便可將非詩點化成詩。如「桂林山水美得令人魂牽夢縈」，不是詩，而「我的心遺失在桂林」卻是不錯的詩。又如「他們手牽手，在金黃的沙灘上徜徉，走向蔚藍的大海」。這些語句不是詩，充其量是散文，而「他們手牽手／徜徉起沙灘的金黃／走向大海的蔚藍」則是詩。上述兩組語句意思分別相同，只是說法不同。後者在語序上做了一點調整，即把不及物動詞「徜徉」用作及物動詞，將形容詞「金黃」和「蔚藍」直接用作賓語。「徜徉……金黃」和「走向……蔚藍」，看似不合語法規範，但卻入情入理，且新穎生動，比常規說法更具有表現力。還如方文竹一位青年詩人去了一趟省城中的詩句：「坐在一家簡單的餐廳裏／獨飲省城之夜。」按尋常說法，最後一句無非是說「在省城之夜獨飲」。這是個陳述句，已把事情說清楚，但把它換成「獨飲省城之夜」，便有了化腐朽為神奇之功效！詩的使命不僅要求把事理說明白，而更要說好，說生動。要達到這一目的，就必須運用一定的藝術表現手法。「獨飲省城之

夜」便運用了借代的修辭手法，即以時間、地點代酒，讀起來給人以奇崛之感。與此類似的還如「麥酒／使除夕發酵／有朋不邀／讓我獨飲一回故鄉。」（趙俊鵬除夕的麥酒）

這樣的例子很多，如：

①A. 撿拾冬天留下的殘枝敗葉

　B. 撿拾殘餘的冬天

②A. 故鄉在群山環抱之中

　B. 山那邊是故鄉／故鄉的那邊也是山

每一組兩句的意思基本相同，但 A 句是散文句，而 B 句卻是詩句，其區別只在說法不同；前一句是常規說法，而後一句是超常規說法。值得注意的是，反常必須合道。

怎樣的說法可以化腐朽為神奇呢？這個問題很複雜，而且沒有標準答案，因為這屬於創作。下面幾首小詩，或許能給大家些許啟示。

冰山雪蓮春天來了：

燕子懷疑天空變小了

於是，又開始

重新丈量

如果你覺得用「翩飛」、「掠飛」形容燕子的飛翔之態都不能盡意，就換一種說法吧，比如此處說的「丈量」。

冰竹送你去江南：

一千隻帆閱讀著一朵雲

我　看見

一隻鳥把長江叼進了藍天

「一隻鳥把長江叼進了藍天」，神來之筆！這個「叼」，用得真刁！

揮毫潑墨草原：

你之所以遼闊因為有長調

幾聲吼雲不敢再低天只能高了再高

「雲不敢再低／天只能高了再高」，擬人狀物，何其驚人！

影沉寒水春天：

整拾山水

把記憶中的花

再開一遍

「把記憶中的花／再開一遍」，不是在詮釋一個關於宿命與輪迴的命題，而是對於生命過往的珍惜！由於語言之功，讓一箇舊題材，展現出一片新天地！

趣說新詩的建行技巧

說到「詩歌的建行」，首先應提及它的上位概念「詩形」。「詩形」就是詩的形體，是與內容相對的形式因素。好的詩形既能更好地表情達意，也能更好地激起讀者的閱讀興趣。詩形的美，聞一多謂之「建築美」。聞一多在他的詩的格律一文中說：「我們中國人鑒賞文藝的時候，至少有一半的印象是要靠眼睛來傳達的。」著名詩歌理論家呂進先生說：「中國新詩就是對於古詩詩體的大解放的產物。在詩體解放以後，如果忽略詩體重建，放棄對新時代的詩體的創造，將是極大的美學失誤。」（新詩：詩體重建）他所說的詩體，即詩的音與形的排列組合，是詩的聽覺之美與視覺之美的排列組合。

詩形建設包括分節、建行、標點等諸多藝術工程，本文只擬對新詩的建行進行「散點透視」。

相對於其它文體，詩歌最顯著的特徵就是文字的分行排列。除迴文詩、寶塔詩等特殊詩體，由於不分行印刷書寫，我國古代詩歌缺少視覺形體美，沒有現代的「詩形」概念。古代詩人對以格律為代表的詩的音樂美的重視遠遠大於對詩的排列美的重視，即古詩重「詩律」（詩的音律）輕「詩形」（詩的形體）。雖然現代人將古詩分行排列，但那仍是模式化的，幾乎不產生體式語言，不顯現視覺化的情感圖譜。新詩與格律詩最直觀的區別就是它排列的「無拘無束」。就是這種「無拘無束」，使新詩儀態萬方，魅力無窮。分行排列可以說是新詩的外部標誌，是新詩最重要的形式因素。

內容決定形式，形式對內容又具有反作用，這是一條顛撲不破的藝術法則。這一藝術法則，在詩歌中表現得尤為鮮明而突出。筆者曾在一篇文章裏說過這樣一句話：凡能讓我們想起美好的生活，且按詩的形式排列的文字，都可叫做詩。然而，「詩的形式」卻難以一言蔽之。形式，在詩歌中主要體現為分節與建行，即詩句的排列。詩歌分行排列「有助於詩情的跳躍，有助於突出詩行中的詩眼或詩篇中的重要詩行，有助於加強詩的節奏感，有助於顯示詩的音韻」。（呂遠）

美國詩人龐德認為，詩是「人類情緒的方程序」。數學方程序可通過運算獲得結果，而作為「人類情緒的方程序」的詩歌，除內容的象徵呈現外，形式（如排列）無疑能夠極大地增強這種象徵，甚至達到極致。也就是說，一首詩當內容確定之後，不同的排列形式往往可以使詩超越其預設的藝術訴求，產生出超乎尋常的藝術張力。有的臺灣詩人就刻意創造出不少完全有別於傳統詩形及當代主流詩形的圖式，來更好地凸顯詩的視覺美，充分利用非語言手段來表情達意。如臺灣著名圖像詩人詹冰的三角形可資佐證。

角
你邊再
你看角有富
數看色邊彈於充
哲學埃散角韌積滿角
宇學美及七邊性極朝角但
神宙的學的彩循變性氣相邊三
哦聖精完的金的環化發和呼邊邊那
三妳象神美精字棱不無展活相相三隻角

　　此詩首先訴諸人們視覺的是一個幾何圖形———三角形，而通過深入的閱讀（由右向左豎讀）可知，詩從幾何學上的三角形入筆，到棱鏡下的三角形，再到埃及金字塔的三角形，最後到女體的三角形，表達了詩人對生命三角形的讚美之意以及對女性的崇拜之情。此詩按三角形狀排列，且以「三」、「角」、「形」三字為頂點，給人們以視覺衝擊，從而激發起人們的閱讀興趣，進而通過「形」的象徵去感受「意」的深邃。客觀地說，此詩的內容尚屬尋常，詩的語言也沒有什麼特別之處，是建行技巧，也就是詩句的排列使它迸射出了熠熠的藝術光彩！

　　此詩屬形異詩之列。形異詩的類型很多，如寶塔詩、盤中詩、迴文詩等。這類詩雖然不乏佳作，但嚴格地說屬於文字遊戲，其建行的技巧不具有可普及性。

　　有一種與上例情形類似的擬形詩，即通過建行將詩句模擬事物形狀排列。如果說詹冰的三角形還只是借形排列，那麼佚名的跳水則可以說是擬形摹狀了，是更有意味的據形索意，有點像漢字「六書」中的「象形造字法」：

一

針

見

雪

　　很明顯，這首詩是將成語「一針見血」中的「血」置換成「雪」，然後豎排而成。運動員自高臺跳下，形如針；壓出的水花，酷似雪。是擬形排列使一個平常的成語與「跳水」這一運動聯繫在一起，並且成為絕妙的詩句。不過此等排列，可遇不可求。

正如「象形造字法」的局限性是顯而易見的，詩行象形排列的局限性也不言而喻，因為複雜的事物之形難以象，抽象的事物又無形可像。相比之下，「會意造字法」則顯得科學得多，它在很大程度上克服了「象形造字法」的不足，其最大的優點是能夠造出意義抽象的字。下面所舉的詩句排列的例子，就有點像「會意造字法」造出的會意字。如蒼山的路：

開　拓　者

腳

印

的　延　伸

在公路的曲折處，我們常常可以看到一塊寫著「Z」字的警示牌。在人們的心目中，這「Z」字幾乎成了「曲折」的代名詞。有意思的是，「Z」是「走」的聲母。如此擬形，似要告訴人們：開拓者腳下的路並非平坦筆直的，是開拓者披荊斬棘，一步一個腳印走出來的。如此排列，給人以更鮮明的印象。此詩與前面的擬形詩相比，顯然多了幾分內在的意蘊，因而可把它看作是「擬形會意詩」。

又如孫桂貞的黃果樹大瀑布的開頭幾句詩的建行：

白岩石一樣砸下來

砸

下

來

詩人將瀑布比喻為「白岩石」，將液體的水轉化為固體的岩石，增強了這一形象的力度。緊接著用了十二個以「砸碎」二字領起的排比句，讓感情的激流如這大自然的瀑布一般，從高處飛流直下。

結尾也以相同的形式建行：

哪怕像這瀑布

千年萬年被釘在

　　　懸

　　　崖

　　　上

　　將「砸下來」和「懸崖上」分別排成豎行，據意設形，以形表意，將無形的情思視覺化，使之得到更完美的表達。

　　與上述例子相似，有的詩將詩句參差排列，讓詩行成為詩人情緒的軌跡，或曰情緒符號，這是一種切實可行的藝術追求。請看白雨吉普賽女郎中一節詩的建行情形：

突然　　她妖冶地撩起

卡門式的墜地長裙

以一雙迷人而忙碌的眼睛

步步逼近你

　　　逼

　　　近

　　　你

　　「逼近你」三字作梯狀排列，讓人似乎看到吉普賽女郎正毫無商量地、一步一步地向你逼近。

　　這可看作是「階梯詩」的排列形式。所謂「階梯詩」，即把一個詩行表現的內容分成幾個詩行，並逐漸壓低來表現，所以也稱為「壓行詩」。它通過獨特排列的形式，突出強調每個詞語的內容，使之獲得最大的感情表現力，以加強詩的節奏感。「階梯詩」，可以說是意識形態化的引申。

　　徐志摩的沙揚娜拉（贈日本女郎）也是一種顯現情緒軌跡的排列方

式：

　　最是那一低頭的溫柔，

　　　像一朵水蓮花不勝涼風的嬌羞，

　　道一聲珍重，道一聲珍重，

　　　那一聲珍重裏有蜜甜的憂愁―――

　　　　沙揚娜拉！

　　此詩可以說是徐志摩抒情詩中的絕唱！詩句用「縮進式」排列，像是氣往回收，顯得情感內斂。詩句如此排列，與內容、與日本女郎美麗的體態、溫柔謙恭的性格特徵非常契合，從而生動形象地表現出了日本女郎與詩人依依惜別的深情。

　　繼孔孚的大漠落日（圓／寂）之後，網絡上出現了不少類似之作，如唐淑婷的鞋：

　　　　　　知

　　　　　　　足

　　這是將支配式合成詞「知足」分行排列而轉化為述賓結構短語，從而改變構成成分之間的語法關係，以別解的方式造成語意雙關。「知足」是「滿足」，「知／足」是「瞭解、懂得『足』」。「知足」二字在「鞋」這個標題下別解而成詩，巧作矣！其籠鳥（關／愛）在建行上，也與此詩相同。

　　如果說上述建行技巧尚不具有普遍性意義，或者說還不具有可仿傚性，那麼「跨行」、「留詞」、「拋詞」等方法則不失為行之有效的建行方法。

　　跨行法，跨行也叫提行，即讓一句詩變成兩行或多行，使詩句形成強調停頓，以造成詩的節奏，還可增強詩的張力。如非馬的鳥籠：

打開
鳥籠的
門
讓鳥飛

走

把自由
還給
鳥
籠

如不作跨行排列，詩句只有三行，即：

打開鳥籠的門

讓鳥飛走

把自由還給鳥籠

在「鳥籠」這首詩中，詩人將「三行」的詩排成了三節九行，拓展了意蘊空間。尤其將「走」單起一節，上下關聯，與上連接，可理解為「讓鳥飛走」；與下連接，可理解為「走———把自由還給鳥籠」！由於分行排列且無標點，結尾處的「鳥／籠」可理解為「鳥籠」，也可理解為「鳥」和「籠」，到底是「把自由還給鳥」？還是「把自由還給籠」？兩種理解各臻其妙。這種表達效果，格式整齊的古詩是無法實現的。

跨行是新詩詩形建構的基礎工程，然而跨行無定法，詩各有異，人各有異，讓形式與內容高度契合是「根本大法」。不過，說有法也有法，那就是提行時既要注意不隨意破壞固有的句型或詞形結構，而應讓節奏在詩

句裏前後貫穿，在氣勢上不出現斷裂的感覺，又應注意到節奏在詩行裏的顯現。

拋詞法，與「跨行法」相近，即將一個完整的詩句後邊的詞拋到下一個句子中，旨在通過詞法或句法關係的改變來增強內容的表達。如：

> 溫暖的話題已經沁人肺腑
> 只有坐不住的燈光跑出弔腳樓的窗戶
> 刺穿夜色的寧靜，而遠道而來的
> 雪，是越下越大了

（劉小平品茶）

這裏的「雪」，像是兼語，處在「遠道而來的雪」與「雪，是越下越大了」兩個句法結構中，既有語意上的強調作用，也有結構上的承轉作用。又如：

> 沒曾想人會有這麼簡單
> 人的靈魂再造，只需
> 一本經，當然應是一本
> 正經，比如古蘭經

（蒼山夜讀清真寺）

將「正經」拋到下一行，使「正經」處於名詞與形容詞兩可狀態，同時形成頓挫，增強了詩句的節奏。否則，詩句就變成「當然應是一本正經」，顯得意蘊縮減，而且出現歧義。

留詞法，指上一行只留下一個詞，而把大部分詞語跨入下一行。「留詞法」和「拋詞法」從本質上說是一致的，其突出的作用都是造成非語法性的強調停頓，使詩句更具節奏感。如上例中的「只需」就屬於「留詞」。請再看下面兩個例子：

煮沸一壺清江，或者

隨便哪一口名字很鄉土的井水

⋯⋯

陽光流動的節拍，以及

初晴時，一滴雨珠所蘊含的彩虹的幽香

（劉小平品茶）

「或者」和「以及」本屬下一行，但留在了上一行，這既可使節奏變得舒緩明快，又可避免下一詩行因連詞而使詩句散文化與詩意弱化。

我的兒子聲音嘶啞，雙腳

使勁地向上亂蹬

他的哭顯得如此重要

彷彿整個天空

都得趕緊俯下身來

（李元勝我的兒子聲音嘶啞）

若作常規排列，「雙腳」應在下一行，詩中將它留在上一行，是要通過非語法停頓增加強調意味。

客觀地說，新詩克服了古詩中因形式損害內容的弊病，較之古典格律詩，新詩自由的形式以及建行的技巧，給了創作者更大的表現空間，也留給了欣賞者更廣闊的自由想像與聯想的天地！

異彩紛呈的佳言妙語

　　沒有佳言妙語的詩文，即便立意頗佳，也難免給人以夜空中只有星星而沒有月亮般的遺憾。一首平淡之作，若有那麼一兩個精警美妙的句子，也同樣能給人以行走於沙漠偶見一星綠意般的驚喜。古往今來，雖寫萬首而非詩人者多矣！但是，因一兩句詩而不朽者，也不乏其例，唐代詩人賈島便是。一般讀者大概很難說出他有一些什麼篇章，但他的「秋風吹渭水，落葉滿長安」、「鳥宿池邊樹，僧敲月下門」，卻千古流傳，為世人樂道。

　　寫好句子是寫好篇章的基礎，所以，古往今來，詩人們總是殫精竭慮，慘澹經營，煉丹一般煉字煉句。賈島是「兩句三年得，一吟雙淚流」；杜甫則是「為人性僻耽佳句，語不驚人死不休」……

　　熠熠生輝的佳言妙語，在現當代文學作品中亦俯拾皆是。當代詩人馬新潮在其炊煙一詩中說：在我的家鄉／人們看到的只是平原／那裏連一座山也沒有／甚至連一座塔也沒有……寫到這裏，猛地冒出一句：

　　炊煙便是唯一的高度……

　　這一句異峰突起，力拔千鈞，讓人耳目一新，正像清代袁枚所說：「人人共有之意，共見之景，一經說出便妙！」

　　一位在大興安嶺長大的詩人，在向朋友介紹他的家鄉時，沒有說大興安嶺如何雄偉，景物如何美麗，而是說了一句明明白白的「大實話」：

　　山裏平地高！

　　這確實是一句「大實話」，可在這之前就是沒人能說出來。

趙俊鵬在其君山之戀中寫道：

假如沒有君山

洞庭湖

便是一隻向天空行乞的空盤

關於洞庭湖與君山，古往今來已有許多形神兼備的描述，如劉禹錫的「遙望洞庭山水色，白銀盤裏一青螺」和雍陶的「疑是水仙梳洗罷，一螺青黛鏡中心」都傳神地狀寫出了洞庭湖與君山山水互映的情景，具有一種靜態美。趙俊鵬的這幾句詩，用假設的語氣強調了君山在洞庭湖這幅水天一色的畫幅中的點綴作用。用「向天空行乞的空盤」比喻無君山之洞庭，新穎而貼切。如此狀寫洞庭山水，在新詩中恐怕絕無僅有。

著名女詩人舒婷在其膾炙人口的啊，母親一詩中如此言說對母親的思念：

我的甜柔深謐的懷念，

不是激流，不是瀑布，

是花木掩映中唱不出歌聲的古井。

「思念」是抽象的，詩人用「花木掩映中唱不出歌聲的古井」喻之，化抽象為具象，使情思物化，顯現了詩人的靈視與靈覺。這樣的句子若非妙手偶得，便是經過反覆斟酌錘鍊而成，它凝結著作者的心血！

有些詩句越讀越見其佳，如曲有源又來到海邊一詩的開頭一節：

我被安排在車上

車被安排在路上

路被安排在海邊

海是被誰

安排在這裏

這節詩的意思，無非是說「我」乘車行駛在大海邊，茫茫大海就在眼前，而詩人這麼一說，情趣倍增。

我們寫詩作文都要注意錘鍊詞句，即使不能為自己的作品著上一件美麗的衣裳，起碼也應當給它找一些精美的飾物，好讓人們記住它。

消腫與割尾

　　寫詩作文都是如此，當繁則繁，當簡則簡。陳榮華的石縫縫裏的草就犯了當繁不繁，當簡不簡的毛病。詩曰：

　　在石縫縫裏／擠一塊版面／你發表了綠色的宣言／從此，許多詩／許多匆匆的腳步／走出了冬天

　　詩題似應增一「小」字，變成「石縫縫裏的小草」。「小草」的「小」是相對於別的事物而言的，與其所屬物種的形體比較應當無關，即使長得很高的草也不叫「大草」。「小草」是一種綠色草本植物的整體性名稱，「小」不起修飾限製作用。若沒有這個「小」字，人們或許會聯想到雜草、枯草等不那麼美好的形態。這裏的「小」，還包含著人們對弱小事物的一種愛憐心理。從這個意義上說，增一「小」字，當會更有意味。相反，細讀全詩又覺得不夠簡練。第三行中的「你」意在強調第二人稱，以直抒對小草的讚美之情。這種強調似嫌多餘，刪去為佳！「許多詩」三字意義模糊，所指不明，而且作者試圖通過它來表達的意思已包含在「許多匆匆的腳步」裏，故應刪去。

　　又如尹安貴的帆：

　　茫茫大海上／小小的一帆／如犁／／孤獨的開拓者呀

　　末句強調，使詩的意旨定位，也失之含藏。一般來說，卒章顯旨之法為小詩所忌，因為它會減小藝術的空白，限制讀者聯想的空間。不過依筆者所見，此詩除「孤獨的開拓者呀」一句多餘外，別的詩句繁簡恰當。可有人認為，此詩只需留下「如犁」二字，其餘皆為冗言。這樣，詩題與詩

句融為一體，至簡至潔。還有人提出，全詩只需一個字———「犁」！「如犁」也好，「犁」也罷，簡是簡了，但沒有了原詩的韻味。詩不是說明，而是表現。這麼一簡，便破壞了原詩所營造的海天一色、藍白映襯、一帆如犁的意境。帆可以行駛於海面、江面或湖面，江上之帆和湖上之帆與海上之帆，給人的審美感受是有差異的。更何況，若不是在「茫茫大海上」，這「小小的一帆」何以有此等神韻？簡，是詩人、作家應孜孜追求的一種極高的境界，但是苟簡無益！

　　意盡即止，當是做詩為文的一條基本原則。畫龍點睛、卒章顯旨之法為歷代詩人作家所推崇與慣用，但把它當作祖宗之法來仿傚，則會步入藝術的歧途！其實，許多時候畫龍未必點睛，尤其是做詩。神龍見首不見尾，或藏首於霧中，或首尾皆隱，只露出一鱗半爪，將更能引人馳騁想象。詩的結尾以不確指或多指，讓不盡之意見於言外為佳。如李白的「孤帆遠影碧空盡，唯見長江天際流」、岑參的「山回路轉不見君，雪上空留馬行處」，將不盡的思念之情融於景中，含蓄之至。當今有些作者則喜歡把話說盡，尤其喜歡在結尾處畫蛇添足，狗尾續貂。如譚波的那一眼：

　　從不曾／目光裏相依相攬／從不曾相對中細語長言／然而／那一眼／我把你的心讀遍／唯有那一眼／你把我的夢說穿／呵，那一眼……

　　眼睛是心靈的窗戶，它最能傳遞情感的信息。那一眼令人刻骨銘心！一眼互視，使青春定格，使兩心相知。遺憾的是多了最後「那一眼」，因為它把什麼都說穿了！

　　另如以下兩首詩（詩句下端橫線為筆者所加）：

　　徐如麟的埋怨：

　　琥珀在地底下埋怨，／它空有美麗的容顏。／／煤炭在地底下埋怨，／它空有熾熱的情感。／／只有種子不埋怨，／它頑強地頂破地面！／／

或長成挺拔的紅松，／或長成俊逸的雲杉……

田地的回憶：

孩子的回憶／是小貓咪／輕捷地撲騰著／追逐自己尾巴的嬉戲／／壯士的回憶／是鷹隼／悠閒地盤旋著／積聚自己精力的憩息／老人的回憶／是夕陽中的古塔／蕭穆地沉思著／審視自己影子的推移———是長是短／是直是曲／是正是斜／是險是夷

竊以為這兩首詩有一個相同的毛病，即結尾有狗尾續貂之嫌！若刪去劃橫線的句子，詩的意境都將煥然一新！

「想想」與「不說」

就詞語本身而言，是沒有優劣之分的，語境才是評定詞語修辭優劣的客觀依據。再平常的詞，只要使用恰當，也會收到不同尋常的效果。「助」字作為一個詞可謂平常吧，但在「侍御左右皆伏地泣，助皇后悲哀」（史記‧外戚世家）中，這個「助」字所表現出來的情狀就妙不可言，若易之，縱十字乃至百千字亦難得其神韻。林紓在春曉齋論文中說：「悲哀寧能助耶？然捨卻『助』字，又似無字可以替換。苟令竇皇后見之，思及『助』字之妙，亦且破涕為笑。」古人留下了許多鍊字佳話，不勝枚舉。其實，當代作品中也有許多令人稱奇的用詞妙例。

在電影甜蜜的事業裏，招弟與五寶是一對戀人，他們決定男到女家，移風易俗。作出這個重大決定之後，他們躺在草地上，談起了美好的未來———

五寶：我到你家，一定多多幹活，什麼劈柴呀，擔水啦，我全包下來。

招弟：有我哪！

五寶：那我……養豬、種菜……

招弟：更用不著你。五寶：那我幹什麼。招弟：想想。

「想想」二字用在此處，頗有意味。本來，生活是那麼的具體，尤其在農村，可說是觸手即事，還用得著「想想」嗎？從「想想」二字我們看到了這對青年對未來生活的美好憧憬，以及青年人樂觀浪漫的情懷，使人從中受到生活情趣的感染。

著名詩人楊牧的雨布下的童話，寫一對青年男女被風雨困在一座圮塌的山神廟前，在一塊雨布下過了一夜的情景，其中有這麼兩節詩：

背靠著背，都沒有話說雨太大，

說了也沒法聽見什麼

只記得那只慌亂的松鼠

從我們腳邊飛竄而過你

驚叫一聲

　　死死抓住我的胳膊

我問，「怕嗎」

你說，「怕」

我問，「冷嗎」

你說，「不說」

然後，我們輕輕唱起了那支歌

　　「我們年輕人，有顆火熱的心……」

「不說」二字，可說是神來之筆！它通過女青年的羞澀與嬌嗔，反映出了上世紀 50 年代那種情感內斂的時代特徵。

「想想」與「不說」，嚴格地說是兩個短語，是一種臨時性組合，因此它們被選用的幾率比單音詞要小得多，而分別置於兩個特定的語境中，應當說是最絕妙的對位了！

趣說水滸傳人物的命名藝術

　　施耐庵的水滸傳開創了英雄俠義小說稱呼人物的一種傳統，即通過為小說中人物取綽號來標識傳揚該人物的長相、武藝、出身、才智、本領、品性等。這些綽號富有神韻，江湖上一聽綽號，便能馬上想見其人，「智多星（吳用）」足智多謀，「及時雨（宋江）」如大旱甘霖，樂於扶危解困……

　　水滸傳的命名方式大致如下：

　　一、動物加人名式：十一「虎」，跳澗虎陳達、插翅虎雷橫、錦毛虎燕順、矮腳虎王英、青眼虎李雲、笑面虎朱富、花項虎龔旺、中箭虎丁得孫、母大蟲顧大嫂、病大蟲薛永（古代稱虎為「大蟲」）、金眼彪施恩（「彪」指小虎）；六「龍」，入雲龍公孫勝、九紋龍史進、混江龍李俊、出林龍鄒淵、獨角龍鄒潤、出洞蛟童威（蛟是龍的一種）；三「豹」，豹子頭林沖、錦豹子楊林、金錢豹子湯隆；兩「蛇」，白花蛇楊春、雙頭蛇解珍；一「麒麟」，玉麒麟盧俊義；一「雕」，撲天雕李應；一「獅」，火眼狻猊鄧飛（狻猊即獅子）；一「鱷」，旱地忽律朱貴（忽律是古人對鱷的稱謂）；一「鵬」，摩雲金翅歐鵬（金翅古指大鵬鳥）；一「獸」，青面獸楊志；一「蜃」，翻江蜃童猛（蜃指巨蛤）；一「猿」，通臂猿侯健；一「犬」，金毛犬段景住；一「鼠」，白日鼠白勝；一「蠍」，雙尾蠍解寶；一「龜」，九尾龜陶宗旺；一「蚤」，鼓上蚤時遷。

　　二、古代英雄加人名式：小李廣花榮（以西漢飛將軍李廣為綽號依據）、小溫侯呂方（以東漢末年猛將呂布為綽號依據）、賽仁貴郭盛（以

唐朝名將薛仁貴為綽號依據）、病關索楊雄（以蜀國關羽的小兒子關索為綽號依據）、病尉遲孫立、小尉遲孫新（皆以唐朝名將尉遲恭為綽號依據）等。

三、神怪星宿加人名式：雲裏金剛宋萬、立地太歲阮小二、短命二郎阮小五、活閻羅阮小七、赤髮鬼劉唐、操刀鬼曹正、母夜叉孫二娘、獨火星孔亮、毛頭星孔明、鐵笛仙馬麟、八臂哪吒項充、混世魔王樊瑞、飛天大聖李袞、井木犴郝思文、喪門神鮑旭、險道神鬱保四、催命判官李立、活閃婆（電母）王定六等。

四、職業、技能加人名式：菜園子張青、船火兒張橫、神行太保戴宗、丑郡馬宣贊、鐵面孔目裴宣、神醫安道全、聖手書生蕭讓、玉臂匠金大堅、神算子蔣敬、鐵叫子樂和、神火將軍魏定國、鐵臂膊蔡福等。

五、武器名稱加人名式：雙鞭呼延灼、轟天雷凌振、金槍手徐寧、大刀關勝、雙槍將董平、沒羽箭張清等。

六、形體特徵加人名式：一丈青扈三娘、摸著天杜遷、花和尚魯智深、美髯公朱仝、白麵郎君鄭天壽、玉幡竿孟康、鬼臉兒杜興、紫髯伯皇甫端、一枝花蔡慶、浪裏白條張順等。

七、性格特徵加人名式：急先鋒索超、霹靂火秦明、沒遮攔穆弘、小遮攔穆春、浪子燕青、沒面目焦挺、黑旋風李逵等。

作者如此設計人物綽號，是有一定用意的。以動物名稱為綽號，意在表現人物的勇猛不可侵犯之威，讓人從綽號中感受梁山好漢的勇猛氣概，聯想人物形象；以人物形體特徵為綽號，旨在使人物更加形象化、直觀化；以武器名稱為綽號，說明此人精於使用這種兵器並賴以成名，同時也反映了此人的武藝高強；以神怪星宿名為綽號，旨在借助民間封建迷信中一些令人害怕的神怪星宿名來增添他筆下人物的那種凶悍、不受王化的反

叛色彩，也為書中所說梁山好漢聚義是「上應天命，星君托世」的主旨加上砝碼；以人物職業、技能為綽號，說明梁山上的好漢來自社會各階層，整個梁山就是一個社會的縮影；以古人名稱為綽號，是因為這些人物與古代英雄豪傑有相似之處，也反映了當時的綠林好漢推崇古代豪傑並競相模仿的現象。

　　但是，書中的一些人物綽號是不能望文生義的，不可片面地從綽號的字面意思去理解人物綽號的實際意思。有些綽號是不能單從字面意思去理解的。如病關索楊雄、病尉遲孫立，這裏的「病」字並不是「疾病」的意思，而是指人物臉色發黃。又如一丈青扈三娘，不要以為扈三娘真有一丈高，這個「一丈」只是表示扈三娘身材高挑，並不真有一丈高。又如打虎將李忠，李忠一輩子也沒打過老虎，他武藝很平庸，只是一個跑江湖、耍槍棒賣膏藥的漢子，「打虎將」於他純屬戲稱，因為他常常自詡有打虎的本事。

（本文根據有關資料整理）

趣說紅樓夢人物的命名藝術

　　紅樓夢是我國古代一部偉大的現實主義作品，其藝術性可以說達到了爐火純青的境界，僅從其人物命名的藝術便可見一斑。人稱紅樓夢「一姓一名皆具精意」。

　　曹雪芹為人物命名，基本遵循兩個原則。

　　一是採用雙關暗示法為人物命名。這大致又可分為以下幾種情況：

　　一、表示敘述風格。甄士隱，賈雨村分別諧「真事隱」、「假語存」，即所謂「滿紙荒唐言，一把辛酸淚」。

　　二、暗示情節發展。「霍啟」一出現，果然一連串「禍起」，甄家先丟女兒，接著又遭火災。年終祭祖時，作者特意安排一回莊頭「烏進孝」交租，莊主與莊頭都叫苦，莊園的收入急劇減少，「無進孝」也，反映了賈府經濟上的衰敗趨勢。

　　三、暗示人物命運。「黛玉」的「黛」與「待」諧音，寓意是「等待寶玉」；薛寶釵的「薛」是「雪」的諧音，寓意是林黛玉的「林」遇到「大雪」必遭摧折。賈府四小姐「元（春）、迎（春）、探（春）、惜（春）」諧「原應歎息」；甄家丫頭嬌杏，「僥幸」作了賈雨村的婦人；英蓮自幼被拐，命運多舛，確實「應憐」；小鄉宦之子馮淵平白「逢冤」，被活活打死。

　　四、揭示人物性格。賈府的主人「賈政」是「假正（經）」，賈府的清客是詹光（沾光）、單聘人（善騙人）、卜固修（不顧羞）之流，糧房書辦是詹會（沾惠），賈芸之舅乾脆就叫卜世仁（不是人）。

二是把次要人物名字整齊排列，雙雙配套。如丫頭、書童等的名字按一定次序整齊排列，配成一套。最顯見的是賈府四個小姐的大丫頭：元春的抱琴，迎春的司棋，探春的侍書（有的版本作待書），惜春的入畫。這四人暗以琴棋書畫為名，各加一動詞「抱、司、侍、入」，讓人頓覺新雅。再如寶玉的書童以及怡紅院中的大丫頭，也是用的這個原則。有的雙雙成對，有的四個一組，十分整齊。如寶玉的四個書童分為兩組，即焙茗、鋤藥、雙瑞、雙壽；怡紅院的八個大丫頭每兩人分為一組，每組各有特徵。第一組，襲人、媚人，每個名字含「人」字，（媚人原來只在第五回出現一次，後被編者刪掉，違背了曹雪芹的原意）；第二組，晴雯、綺霞，名中故意挑選兩個都是「雨」字頭的生僻字；第三組，麝月，檀雲，麝香和檀香是兩種著名的香料，而雲和月又是相關的；第四組是春燕、秋紋，春與秋是對稱的。另外四個中等丫頭也配成整齊的一套，即紫絹、茜雪、紅玉、碧痕，每個名字的頭一個字都是一種顏色。

（本文根據有關資料整理）

趣文薈萃

限步賦詩

煮豆燃豆萁，豆在釜中泣。

本是同根生，相煎何太急。

這是曹魏曹植（字子建）七步吟就的詩。曹植與曹丕是親兄弟，為爭奪太子位，兄弟反目。相傳曹丕登基後，因忌恨而迫害曹植，令其七步吟詩一首，否則殺頭。曹植憤然吟成這首七步詩。詩人運用擬人手法，用豆子比自己，豆萁比曹丕，用「煮豆燃豆萁」暗責曹丕骨肉相殘，表達了曹植內心的悲憤和無奈。

唐朝史青上表唐玄宗，自稱「曹子建七步成詩尚為遲澀，吾五步之內可塞明昭」。唐玄宗見表十分驚奇，當即下旨相召，以「除夕」為題，命史青作詩。史青未出五步即吟詩云：

今夜今宵盡，明年明日催，

寒隨一夜去，春逐五更來。

氣色雲中改，雲顏暗裏摧，

風光人不覺，已入後園梅。

唐玄宗聽了大贊其才，當即授以左監內將軍之職。此詩前兩聯道出冬去春來、時序更替的景況，點出了題旨。第三聯進而抒發年華消逝、人老顏衰的歎息，拓深了詩意。詩最後說，春天的風光已悄悄地進入後園的梅花裏，言下之意是春天即將到來。首尾呼應，結構圓融，情致斐然。

然而，五步成詩尚不為快。北宋寇準當年七歲時在眾賓客酒筵前，以「華山」為題，賦詩助酒興，小寇準剛邁出三步，一首五絕便脫口而

出：

　　只有天在上，更無山與齊。

　　舉頭紅日近，回首白雲低。

　　寥寥數語，道出了西嶽華山的雄偉峭拔。這首詩採用誇張的手法，用紅日、白雲襯托華山的高峻，讓人覺得情理兼備。

隱喻趣詩

　　隱喻，又稱暗喻，即用一種事物暗喻另一種事物。用隱喻手法寫成的詩稱作「隱喻詩」，唐代詩人王建的新嫁娘便是一首絕佳的隱喻詩。詩云：

　　三日入廚下，洗手作羹湯。

　　未諳姑食性，先遣小姑嘗。

　　此詩生動地刻畫了新嫁娘初次下廚做飯菜那種膽怯、謹慎的心理。詩中以極簡括的筆墨勾勒出了一個聰明靈巧的小媳婦的形象，她不但手藝精，而且用心細，甚至於有點狡黠。為使婆婆對自己做出的飯菜滿意，她便先請最熟悉婆婆食性的小姑代為品嘗。有人認為，此詩是為初入仕途而作，因為不瞭解上司的脾性，故先請教於同僚。

　　唐代詩人張籍是一個寫隱喻詩的高手，他所寫的節婦吟古往今來被人們廣泛傳誦。全詩是這樣的：

　　君知妾有夫，贈妾雙明珠；

　　感君纏綿意，繫在紅羅襦。

　　妾家高樓連苑起，良人執戟明光裏。

　　知君用心如日月，事夫誓擬同生死。

　　還君明珠雙淚垂，恨不相逢未嫁時。

　　從標題和字面內容看，這是一首婉言回絕「第三者」的情詩，其實這是一首政治詩。這首詩是唐代詩人張籍寫給李師道的。李師道是當時藩鎮之一的平盧淄青節度使，又冠以檢校司空、同中書門下平章事的頭銜，其

勢炙手可熱。其時，李師道欲請張籍及其它一些文人和官吏去做他的幕僚，韓愈曾作送董邵南序一文婉轉地加以勸阻。張籍是韓門大弟子，他主張統一、反對藩鎮分裂的立場一如其師。這首詩便是為拒絕李師道的勾引而作。

前二句說，你明知我是有夫之婦，卻還要對我用情，語氣中帶微詞。接下去詩句一轉，說道：儘管如此，我還是為你的情意所動，忍不住把你所贈的明珠悄悄地繫在紅羅襦上。繼而又一轉，敘說自家的富貴氣象。良人（丈夫）是執戟明光殿的衛士，身屬朝廷，意謂自己是唐王朝的士大夫。緊接二句，說自己感情上矛盾，思想鬥爭激烈：前一句感謝對方，安慰對方；後一句斬釘截鐵地申明己志。最後以深情語作結，一邊流淚，一邊還珠，表露出相見太晚的深深遺憾：「恨不相逢未嫁時。」言辭委婉，而意志堅決。李師道讀了，也就無可奈何了。

唐代詩人朱慶餘在臨近進士考試時寫了一首題為「近試上張水部」的隱喻詩，給曾任水部員外郎的著名詩人張籍。

朱慶餘的詩是這樣寫的：

洞房昨夜停紅燭，待曉堂前拜舅姑。

妝罷低聲問夫婿，畫眉深淺入時無？

這首詩的題目就十分明顯地道出了詩人的用意。原來，唐代參加科舉考試的讀書人有向名人「行卷」的習俗。所謂「行卷」，就是把自己的詩歌作品呈給名氣很大的前輩，求得他們的稱讚、介紹、宣揚和推薦，以便能夠在主持考試的禮部侍郎那裏有個好印象，使自己榜上有名。朱慶餘此詩的投贈對象是官任水部郎中的張籍。張籍是當時擅長文學而又樂於提攜後起的著名詩人。朱慶餘曾向他行過卷，並得到他的賞識。臨到要考試了，還怕自己的作品不符合主考大人的要求，因此他寫了這首詩。詩中把

自己比作新媳婦，把張籍比作新郎，把主考官比作公婆，婉轉地向張籍表達了不知自己的作品能否被主考官賞識的心情。

這首詩又題「閨意獻張水部」。應當說，僅僅作為「閨意」詩，這首詩已經是非常完整、優美動人了。然而作者的本義是表達自己作為一名應試的讀書人，在面臨關係到自己政治前途的一場考試時所特有的不安和期待。參加科舉考試，對於當時的知識分子來說，就和女孩兒出嫁一樣，是件終身大事。這也像女孩嫁出去後，如果得到丈夫和公婆的喜愛，她的地位就穩定了，處境就順當了，否則日子就很不好過。詩人正是根據參加科舉考試與新媳婦見公婆有著相似的忐忑不安的心情這一點，運用相似聯想手法，以「閨意」為題材，巧妙地比擬，描摹了自己在考試前的不安和期待的心情，表達了自己欲求得張籍引薦的願望。

朱慶餘的這首詩，得到了張籍的稱讚和回贈。在酬朱慶餘詩中，張籍這樣寫道：

越女新妝出鏡心，自知明豔更沉吟。

齊紈未足時人貴，一曲菱歌敵萬金。

因為朱慶餘的贈詩是相似聯想構成的比擬體，所以張籍的答詩也用的是比擬體。在這首詩中，他將朱慶餘比作一位採菱姑娘，相貌既美，歌喉又好，因此，必然受到人們的稱讚，暗示他不必為這次考試擔心。詩的第一句寫這位姑娘的身份和容貌。她是越州的一位採菱姑娘，此時她剛剛打扮好，出現在鏡湖的湖心，邊採菱邊唱著歌。次句寫她的心情。她當然知道自己長得明豔動人，但又顯得很矜持，因而暗自思忖起來。朱慶餘是越州（今浙江紹興市）人，越州出美女，鏡湖則是當地的名勝，所以張籍將他比作越女，而且出現在鏡心。這兩句是回答朱慶餘的後兩句，「新妝」與「畫眉」相對，「更沉吟」與「入時無」相對。詩的後半部進一步肯定

她的才氣出眾，雖然其它姑娘身上穿的是齊地產的貴重絲綢製成的衣裳，可是那並不值得人們看重，反之，這位採菱姑娘的一曲清歌，才價值萬金呢！

明代才子解縉就用隱喻詩歌調解了皇室內的一場矛盾。明成祖朱棣從來不喜歡太子，便將其遣往遠離自己的南京任留守。解縉借成祖命其題虎顧眾彪圖詩進行諷諫：

虎為百獸尊，誰敢觸其怒？

唯有父子情，一步一回顧。

詩句喚醒了成祖的慈父感情，當天即派親信臣子趕赴南京，接回了太子。從此，父子倆盡捐前嫌，和好如初。

一詩數改

唐代詩人杜牧的清明是一首膾炙人口的絕句佳作，千百年來廣為傳誦。詩云：

清明時節雨紛紛，路上行人欲斷魂。

借問酒家何處有？牧童遙指杏花村！

古往今來，有不少「好事者」別出心裁，予以「再創造」。雖然只是玩玩文字遊戲，但讀之卻也別有一番趣味。

一是減字。有人認為此詩用語太繁，尚可精減，於是每句刪去二字，變為：

清明雨紛紛，行人欲斷魂。

酒家何處有？遙指杏花村。

與原詩比較，少了「時節」、「路上」、「借問」、「牧童」等八個字。簡是簡了，只是連原詩的韻味都簡掉了，可謂苟簡無益。

二是仿擬。即仿照原詩的格式、格調另作新詩，這種詩一般具有諧謔、嘲諷意味。有個電視劇裏，一個賭棍喝得酩酊大醉，搖搖晃晃地走在路上，口裏胡謅著：

清明鯽魚真新鮮，路上行人想賭錢。

借問賭場何處有？牧童遙指在那邊！

仿擬是一種辭格，運用得好，可以收到幽默、諷喻的效果。

三是改譯。即「譯」成方言詩。團結報曾載過一篇短文，說有人風趣地用保定一帶的方言將此詩改寫成：

清明時節雨嘩嘩，路上行人打滑叉。

借問酒家在哪？牧童遙指「哈不哈」！

「打滑叉」即是「一走一滑」，「哈不哈」就是「那不是嘛」。詩韻變了，由「人臣」韻變成了「發花」轍。在詩意上，除「打滑叉」與「欲斷魂」有些差異外，其它沒有多大不同。這首改作的「方言詩」，最大的特點是洋溢著一股濃鬱的鄉土氣息。當然，這只是湊趣而已，要說意境，還是不能與原詩同日而語的。

四是改寫。這裏說的改寫，指的是不作文字上的增減，只改換標點，變成另外的文學樣式。有人將此詩改成「小令」（長短句）和「小戲劇」。

改寫成「小令」：

清明時節雨，紛紛路上行人。欲斷魂。借問酒家何處？有牧童遙指，杏花村。

還可改成：

清明時節雨，紛紛路上行人。欲斷魂，借問酒家：「何處有牧童？」遙指杏花村。

這一改，借問的對象、內容都變了。

改寫成「小戲劇」：

〔時間〕清明時節。

〔布景〕雨紛紛。

〔地點〕路上。

〔人物〕行人（欲斷魂）：借問，酒家何處有？

　　　　牧童（遙指）：杏花村！

時間、地點、人物、場景、科白均有，可謂麻雀雖小，五臟俱全。

雅俗共賞

唐朝有一個叫張打油的書生，寫過一首五言四句詩雪景，雖一直未能登上大雅之堂，卻深受大眾喜愛，以至成為一個詩歌流派———打油詩之濫觴。這首詩便是：

江山一籠統，井上黑窟窿。

黃狗身上白，白狗身上腫。

這首詩緊扣雪景的特點進行描寫，讓讀者彷彿置身於漫天飛舞的雪花之中。舊詩新話中有一篇題為「張打油詠雪詩」的小文，就道出了此詩的好處：「第一句描寫得何等壯闊而傳神！第二句從大處收到小處，正是從小處托出大處。四顧茫茫，一白無際，只剩得古井是一個黑窟窿，越見得宇宙的一籠統了。第三句雖平常，但第四句一個『腫』字，卻下得絕妙。由這一個『腫』字，襯出上句黃狗身上的白，是『腫』白的，而末句白狗身上的腫，是白的腫，真能活畫出滿身是雪的兩條狗來。這樣的描寫手段，實在是可佩可驚，恐怕諸大家的詠雪詩，都做不到這樣吧！」

從那之後，人們便把一些以俚語俗話入詩，不講平仄對仗，所謂「不能登大雅之堂」的詩稱為「打油詩」。

張打油之所以闖出牌子，以至這類詩竟冠以他的名字稱之為「打油詩」，還有一段軼事：有一年冬天，一位大官去祭奠宗祠，剛進大殿，便看見粉刷雪白的照壁上面寫了一首詩：「六出九天雪飄飄，恰似玉女下瓊瑤，有朝一日天晴了，使掃帚的使掃帚，使鍬的使鍬。」大官大怒，立即命令左右，查清作詩人，重重治罪。有位師爺上稟道：「大人不用查了，作這類詩的不會是別人，一定是張打油。」大官立即下令把張打油抓來。

張打油聽了這位大官的呵斥，上前一揖，不緊不慢地說道：「大人，我張打油確愛謅幾句詩，但本事再不濟，也不會寫出這類詩來嘛。不信，小的情願面試。」

大人一聽，口氣不小，決定試張打油一下。正好那時安祿山兵困南陽郡，於是便以此為題，要張打油作詩。張打油也不謙讓，脫口吟道：「百萬賊兵困南陽，」那位大人一聽，連說：「好氣魄，起句便不平常！」張打油微微一笑，再吟：「也無援救也無糧，」這位大人摸了摸胡子說：「差強人意，再念。」張打油馬上一氣呵成了後三句：「有朝一日城破了，哭爹的哭爹，哭娘的哭娘！」這幾句，與「使掃帚的使掃帚，使鍬的使鍬，」如出一轍。大家聽了，哄堂大笑，連這位大官也惹笑了，終於饒了張打油。張打油從此遠近揚名。「打油詩」的稱謂也不脛而走，流傳至今。

此類詩歌之所以經久不衰，有極強的生命力，是因為上至飽學之士，下至無知之民均無閱讀障礙，都可明了詩中蘊含的思想，並且都還能謅上幾句，人人均可「打油」。打油詩自問世以來，之所以一直未能登上大雅之堂，難望嚴肅、正統文學之項背，究其原因，大概就是因為打油詩帶著一個「俗」字。其實，有時「俗」到極致，恰恰就是「雅」到極致，大俗便是大雅，用這一標準來評價打油詩應該不算為過。

打油詩是典型的俗文學。也許正因為這「俗」，一些「正統」文人才把它視為旁門。但文化名人周作人說：「思想文藝上的旁門往往比正統更有意思，因為更有勇氣和生命。」周作人對旁門文藝的高度評價，也適用於對眾多名人打油詩的評價。許多精彩的打油詩確實比好多正統的詩歌更有意思。打油詩的魅力在於它的趣味性、知識性和故事性，還有就是通俗性。

（根據有關資料整理）

短詩奇觀

　　彈歌被公認是古代一首最短的詩，全詩八字：

　　斷竹，續竹；飛土，逐肉。

　　這首遠古民歌用精練的語言概括了「彈」生產製造的過程和用途，表現了勞動人民的聰明和智慧以及用「彈」來獵取食物的喜悅心情。其大意是：截斷竹子，把竹子用弦接續起來，飛射出泥丸，追逐那奔跑的禽獸。

　　唐淑婷的梅只有四個字：

　　紅

　　　燒

　　　　素雪

　　這顯然不是一盤可飽口福的物質性的美味佳肴，但堪稱一道賞心悅目的視覺大菜。乍一看，覺得「紅燒」是一個定中式偏正短語，指一種烹飪方法，與「黃燜」相類。細品之，又覺得「紅燒」也可解作主謂式短語。此時，「紅」代梅花（以特徵代整體），「燒」解作「燃燒」，如此理解似更符合詩意的本真指向，因為紅梅就是雪地裏燃燒的火焰。總之，在天與地共同佈設的大背景上，這幅「紅裝素裹」的梅雪迎春圖得到了鮮明而充分的展示。

　　孔孚的大漠落日字數更少，只兩個字：

　　圓

　　寂

　　此詩將自然景觀與佛祖涅槃聯繫起來，暗示某種悲壯的人生！全詩二

字，若排成一行，便是「圓寂」，與「涅槃」同義，意蘊顯得單純。排成二行，便產生了復合意蘊，「圓」繪形，「寂」寫意；組成詞便是「圓寂」，這是佛教超越凡塵的靜謐境界。

孔孚的大漠落日還不是最短的詩，北島的生活一詩只有一個字：

網

一個字，無疑是最短的了。此詩的本義應是喻指紛繁複雜的社會生活和人際關係，可誰也沒有想到的是，它竟預言了現在或者更遠的人們的真實生活。今天，網路已把世界更緊密地聯繫在一起，超越了國家和民族的界限。未來的網路將極大程度地影響著我們的生活方式，如網上銀行、網上購物等。有人認為，「網」還不是一首真正的詩，因為它還沒有具備詩美的特質，從根本上說來還只是一個理性的提示。要說生活是篇作品，也只能是散文而不是詩。其實，是詩非詩沒有絕對的標準，是詩是文也沒有絕對的界限。筆者認為，生活是詩是文均無不可，不過都是一個特例。

迴文詩聯

可順讀、倒讀的句子和篇章都稱「迴文」。迴文包括迴文句、迴文聯和迴文詩等。

迴文句如：

包不脫底———底脫不包

明天到站———站到天明

友朋小吃———吃小朋友

迴文聯一般都重形，每一句都以一個字或一個詞為中心，前後對稱，從視覺上便能分辨出來。如：霧鎖山頭山鎖霧；天連水尾水連天。

數年前，有一家報紙以一形意俱佳的迴文句「上海自來水來自海上」向社會徵對，竟然徵得幾個較佳的對句：

下關積雨雲雨積關下

黃沙小溪村溪小沙黃

山西懸空寺空懸西山

這種迴文人稱「當句迴文」，還有一種兩句合在一起構成迴環的「倒句迴文」，如天然居的一副對聯：

客上天然居；

居然天上客。

後來有人將這「客上天然居，居然天上客」整個作為上聯懸賞徵對。

經過曠日持久的等待，終於徵得一佳聯：

人過大佛寺，寺佛大過人。

聯中所言確有其事，浙江新昌縣郊南明山有一座廟宇因廟中所供奉的菩薩特別大而叫大佛寺。

　　若把上面所說的「迴文」看作「明回」，即在字面上一眼就看得出來，此外還有一種則可看作「暗回」，即形式上不對稱，意通即可。如：

　　風送花香紅滿地；雨滋春樹碧連天。

　　倒讀為：

　　天連碧樹春滋雨；地滿紅香花送風。

　　這副迴文聯順讀、倒讀在意境上有些差異。順讀意為：翛翛輕風吹送著花兒的清香，紅花映紅了滿園的土地；陣陣細雨滋潤著春天的樹木，碧綠的樹林似乎連著遙遠的天際。倒讀意為：天連著碧綠的樹林，春天下著滋潤土地的細雨，大地上紅花穠豔，芳香馥鬱，朵朵花兒搖曳著，彷彿送來陣陣輕風。

　　武漢龜山聯亦屬此類：

　　迢迢綠樹江天曉；靄靄紅霞海日晴。

　　倒讀為：

　　晴日海霞紅靄靄；曉天江樹綠迢迢。

　　迴文詩（詞），可說是我國古體詩詞的一朵奇葩。蘇軾題金山寺迴文詩便是一首廣為傳誦的迴文詩佳作。詩云：

　　潮隨暗浪雪山傾，遠浦漁舟釣月明。

　　橋對寺門松徑小，檻當泉眼石波清。

　　迢迢綠樹江天曉，靄靄紅霞海日晴。

　　遙望四邊雲接水，碧峰千點數鷗輕。

　　這是一首形式與內容俱佳的迴文體七律，它生動地描繪了金山寺外早晨和夜晚生動的景色，從月夜寫到江天破曉。首聯寫金山寺外的層層江浪

和點點漁舟；頷聯描繪金山寺門口的近景；頸聯寫一夜過去，江天破曉時的景象；尾聯寫在金山寺上縱目遠眺所見到的四面雲水相接、江天一色的遼闊景象。此詩倒讀如下：

輕鷗數點千峰碧，水接雲邊四望遙。

晴日海霞紅靄靄，曉天江樹綠迢迢。

清波石眼泉當檻，小徑松門寺對橋。

明月釣舟漁浦遠，傾山雪浪暗隨潮。

倒讀後可視作另外一首詩，在寫景上與順讀恰恰相反，即從黎明之景寫到夜晚之景。倒讀時的首聯寫黎明站在金山寺上遙望四面江天的遼闊景象；頷聯描述海霞和江樹這兩種江面上特有的景象；頸聯寫寺門前的近景；尾聯轉入夜景的描繪。

此詩順讀、倒讀都自然曉暢，音韻和諧，意境優美。

這種迴文詩的體式屬「倒章迴文」，我們把它看作是迴文詩的基式。

下面再介紹兩種比較特殊的體式。

一曰合璧迴文。這是迴文詩詞中一種很奇妙的體式，即詩可倒讀成詞，詞可倒讀成詩，我們稱之為「合璧迴文」。如清代一位女才子寫的一首七律：

明窗半掩小庭幽，夜靜燈殘未待留。

風冷結陰寒落葉，別離長倚望高樓。

遲遲月影斜依竹，疊疊詩餘賦旅愁。

將欲斷腸隨夢斷，雁飛連陣幾聲秋。

倒讀之，可成一首虞美女詞：

秋聲幾陣連飛雁，斷夢隨腸斷。欲將愁旅賦餘詩，疊疊竹依斜影月遲遲。樓高望倚長離別，葉落寒陰結。冷風留待未殘燈，靜夜幽庭小掩半窗

明。

　　二曰連珠迴文。這是一種迴文與「連珠」相結合的特殊體式，即以上句結尾作下句開頭，整體構成迴環。一般是以「句」展讀成文。四季山水迴文詩便是這種體式的代表性作品：

鶯啼岸柳弄春晴夜月明

香蓮碧水動風涼夏日長

秋江楚雁宿沙洲淺水流

紅爐透炭炙寒冬御雪風

　　以上四句，展開便是四首分別描寫春、夏、秋、冬四季風景的迴文詩：

春

鶯啼岸柳弄春晴，柳弄春晴夜月明；

明月夜晴春弄柳，晴春弄柳岸啼鶯。

夏

香蓮碧水動風涼，水動風涼夏日長；

長日夏涼風動水，涼風動水碧蓮香。

秋

秋江楚雁宿沙洲，雁宿沙洲淺水流；

流水淺洲沙宿雁，洲沙宿雁楚江秋。

冬

紅爐透炭炙寒冬，炭炙寒冬御雪風；

風雪禦冬寒炙炭，冬寒炙炭透爐紅。

謎語詩聯

小學課本裏有一首題為「畫」的小詩：

遠看山有色，近聽水無聲。

春去花還在，人來鳥不驚。

這是一首優美的山水詩，但同時又是一首絕妙的謎語詩，標題「畫」便是謎底。

宋代蘇軾的花影，也是謎語詩的佳作。詩是這樣寫的：

重重疊疊上瑤臺，幾度呼童掃不開。

剛被太陽收拾去，卻教明月送將來。

作為謎語詩，其謎底便是「花影」。作為詠物詩，也是一首難得的佳作。這首詩從一個獨特的角度寫出了花的繁茂與濃密，生動地表現了詩人心情的閒適、喜悅和對花的癡愛。

明朝于謙的石灰吟，是一首著名的詠物言志詩，也是一首上佳的謎語詩，其謎底是「石灰」。詩曰：

千錘萬擊出深山，烈火焚燒若等閒。

粉骨碎身渾不怕，要留清白在人間。

有一首題為「燈籠」的謎語詩，與一個淒婉的故事關聯在一起。故事裏的新媳婦，到河邊挑水，遇見一書生問路，便熱心給以指點。誰知小姑子竟然添油加醋向母親告狀。婆婆不分青紅皂白，打罵媳婦。新媳婦受不了冤屈，上弔自殺，留下一首絕命詩，為自己辯白：

打奴奴知曉，背後有人挑。

心中亮明鏡，為的路一條。

謎面句句雙關，令人叫絕。首句「打」，可理解為「打罵」的「打」，也可理解為「打著燈籠」的「打」；次句「挑」，可作「挑撥」講，亦可作「挑提」講；第三句，可解為「內心明白」，還可解為「燈籠裏亮著燭光」；第四句，既與書生問路相關，又與燈籠用途相聯。

有的謎語詩由於廣泛流傳，因而出現了多種版本。一首題為「竹篙」的謎語詩，便具有多個版本。此詩借物寄懷，寓意深刻，集思想性、藝術性於一爐，是謎界公認的一則優秀民間詩謎。有關「竹篙謎」的流傳甚廣，說法各有不同，但都大同小異，茲輯錄以下四首：

①想當年綠衣婆娑，到如今青少黃多。休提起，一提起淚灑江河。

②在娘家綠茵婆娑，到婆家青少黃多。經過幾多風波，受盡幾番折磨。莫提起，提起淚灑江河。

③今有竺（諧「竹」）家嬌女，配與蔣（諧「槳」）門為妻。在家時滿身青翠，出嫁後遍體無衣。莫提起，莫提起，提起來淚水淋漓。

④姑娘生在深山窩，命薄嫁與打魚哥，為了生活，隨郎奔波。歷遍江河，受盡折磨，可憐我，鞋尖腳小，一步一拖。想從前，滿頭珠翠；到如今，綠少黃多。休提起，提起來淚灑江河。

謎語詩以隱物者居多，但也有一些隱字詩。如：

昨日上山點豆，點到日出半天，

若還留些不點，王家田土相連。

四句詩各隱一字，合起來便是「豈有此理」。

謎語聯也同樣佳妙。我們先來看看下面這副特殊的謎語聯：

黑不是，白不是，紅黃更不是，和狐狸貓狗彷彿，既非家畜，又非野獸；

詩也有，詞也有，論語上也有，對東西南北模糊，雖是短品，卻是妙文。

這是一副對聯，同時又是一個謎語，上、下聯各打一漢字。上聯謎底是「猜」，下聯謎底是「謎」，合起來便是「猜謎」。

可以說自有對聯文字出現，謎聯也就相伴而生，謎語與對聯有著不解之緣。謎聯，必須具備兩大功能，一是謎語，二是對聯，否則就不能稱其為謎聯了。謎聯，本身不僅是謎面，它還包含著謎底。

常見的謎聯，主要有如下兩種形式：

一是隱字或隱字言事。如：

東生木，西生木，

掰開枝丫用手摸，

中間安個鵲窩窩；

左繞絲，右繞絲，

爬到樹尖抬頭看，

上面躲著白哥哥。

這是一副頗有生活情趣的對聯。對聯的表層意思是講述農家小孩爬樹掏鳥蛋之事。其實這是一副謎語聯，上聯隱一「攀」字，它用暗示法，先暗示「木木」，再用象形法，暗示「大」和「爻」，最後加一「手」字，組合成「攀」字；下聯用同樣的方法，將「麼麼、木、白」暗示出來，組合成一個「樂（樂）」字，可謂巧妙！

像這種純粹的字謎聯有不少，下面這副便堪稱佳構。

新月一鉤雲腳下；

殘花兩瓣馬蹄前。

這副謎聯射一「熊」字。其中的「雲腳下」隱「厶」，「殘花」隱指

「匕」,「馬蹄前」隱指「灬」,多麼形象而生動。

有些謎聯不但隱字,而且言事。從前,有個女子與別人相好,其夫心中苦悶,但又沒有勇氣直說,便書聯示之,希望她能幡然悔悟。其聯云:

你共人女邊著子;

怎知我門裏添心。

這是一副謎聯,上聯隱一「好」字,下聯隱一「悶」字,整個對聯的意思是說:你與人好,怎知我心中多麼苦悶啊!

二是隱物或隱物指事。有這樣一副謎聯:

櫻桃小口,齒楞楞,吞粗吐細;

楊柳細腰,星朗朗,知重識輕。

上聯指的是石磨,下聯指的是桿秤。相類似的還如:

白蛇過江,頭頂一輪紅日;

青龍掛壁,身披萬點金星。

上聯謎底是「油燈」,下聯謎底也是「秤」。再看下面這副隱指熱水瓶的謎聯:

一口能吞二泉三江四海五湖水;

孤膽敢入十方百姓千家萬戶門。

這是一副寫得很巧妙的謎聯。上聯的「一二三四五」,是等差數列,下聯的「個(孤)十百千萬」是等比數列。除此還運用了擬人手法,可謂之上佳妙聯。

謎聯中的精品不是太多,但下面這副謎聯則堪稱精品:

吳下門風,戶戶盡吹單孔笛;

雲間勝景,家家皆鼓獨弦琴。

此聯為蘇州王鏊與松江徐階的戲謔聯,上下聯似乎是講吹笛彈琴之

事，實際上聯隱指「吹火筒」，下聯則隱指「彈棉花」。這樣的楹聯均能一語二用，語意雙關，含蓄蘊藉。

數字詩文

　　數字詩，即嵌數詩，一般是在詩中按順序嵌入「一」至「十」十個數字。清代李調元的詠美女便屬此類：

　　一名大喬二小喬，三寸金蓮四寸腰。

　　買得五六七包粉，打扮八九十分嬌。

　　詩中的大喬、小喬是三國演義中的人物，係東吳二美女，大喬嫁孫策，小喬嫁周瑜。此處泛指美女。金蓮，舊時指稱女子纏過的小腳為「金蓮」。此詩幽默滑稽兼有，令人忍俊不禁。

　　清代才子紀曉嵐的詠漁舟則是將十個「一」嵌入詩中，使詩的音韻和諧，節奏明快，讀起來別有一番情趣。詩云：

　　一篙一櫓一漁舟，一個艄公一釣鈎。

　　一拍一呼一聲笑，一人獨佔一江秋。

　　「揚州八怪」之一的鄭板橋有一首「詠雪」詩：

　　一片二片三四片，五六七八九十片，

　　千片萬片無數片，飛入蘆花總不見。

　　清代有位詩人寫過一首「詠麻雀」的打油詩：

　　一個兩個三四個，五六七八九十個。

　　食盡皇家千鍾粟，鳳凰何少爾何多？

　　解放前，法幣天天貶值，物價一日數漲。重慶有家晚報上登過這樣一首描繪中小學教師飢寒交迫生活的詩：

　　一身平價市，兩袖粉筆灰。

三餐吃不飽，四季常皺眉。

五更就起床，六堂你要吹。

七天一星期，八方逛幾回。

九天不發餉，十家皆斷炊。

一至十，簡簡單單幾個數字，卻給人以無窮趣味！

數位信，即用數位構成或嵌入數字而寫成的信，雖然流傳的不多，但傳下來的均堪稱經典。

司馬相如做官後，給妻子卓文君寫了一封只有「一二三四五六七八九十百千萬」十三個數字的信。信中偏無「億」（憶），由此卓文君覺出司馬相如「無義」，想圖新歡，遂回信如下：

一別之後，二地相思，只說是三四月，又誰知五六年，七絃琴無心彈，八行書不可傳，九連環從中折斷，十里長亭望眼欲穿。百思念，千掛牽，萬般無奈把郎怨。

萬語千言說不完，百無聊賴十依欄，重九登高看孤雁，八月中秋月圓人不圓。七月半燒香秉燭問蒼天，六月伏天搖扇我心寒。五月石榴如火偏遇陣陣冷雨澆花端，四月枇杷未黃我欲對鏡心意亂。急匆匆，三月桃花隨水轉；飄零零，二月風箏線兒斷。噫！郎呀郎，巴不得下一世你為女來我作男。

司馬相如接此信後，深為卓文君的九曲迴腸所感，為往昔的恩愛所動，遂與妻子相好如初。

明代也有一封類似的數字信。

明代的朱載堉是朱元璋的九世孫，在散曲、科技方面成績斐然。15歲時，父親被人誣陷入獄。隨後，他在懷慶鄭王宮外築土室，每日閉門讀書，一心研究律學、算術、天文學、計量學、戲曲和舞蹈等。

19 年後，父親冤情被君王平反。此時，35 歲的朱載堉已是中年人了，

他給離別 19 年的戀人何月仙寄去一封奇怪的數字信：

一、二、三、四、五、六、七、八、九、十、百、千、萬、十萬、百萬、千萬、億。

億、千萬、百萬、十萬、萬、千、百、十、九、八、七、六、五、四、三、二、一。

遠在他鄉的何月仙，收到渴望已久的信，等到打開信來閱讀，始覺迷茫，繼而明白朱載堉在苦心試探自己是否變心改志，同時也在考她的學識。於是，便用這兩行數字，寫下兩首長短句：

一別之後，二地思念；三月等來四月盼，誰知一等五六年；七絃琴，無心撫彈，八行書，九夜寫完，十里長亭我望眼欲穿。百般想，千般念，萬般無奈叫丫環。小丫環，你休言，十萬火急把信傳，要花百萬銀兩送差官。臨行前，有囑言，千萬要你親閱覽。

億（憶）當年，青梅竹馬，兩情深遠；離別時我言語千萬，百萬家財，不求不戀；十萬針線做成了衣帽羅衫，好寄託萬語千言，相思百日常掛牽，少女心事十（實）難言。你離去卻忘情九霄雲天，只年年八月中秋月圓人不圓。七根弦，六根斷，好比冬日五更過了天更寒；四月麥黃我梳妝懶，難道你不知三月桃花正鮮豔？載堉呀，盼望我們二人早見面，一齊拜地又拜天。

收到回信後，朱載堉大喜，二人終於結合。

這兩封數位信均構思巧妙，內容感人至深，堪稱趣味書信中之雙璧。

仿擬詩文

仿擬詩文是仿擬辭格造就出的一種詩文奇觀，其形式有點像填詞，屬「舊瓶裝新酒」。仿擬詩文大都富有幽默感，具有諷刺色彩。

仿陸游釵頭鳳

原詞

釵頭鳳

陸游

紅酥手，黃縢酒，
滿城春色宮牆柳。
東風惡，歡情薄。
一懷愁緒，幾年離索。
錯！錯！錯！

春如舊，人空瘦，
淚痕紅浥鮫綃透。
桃花落，閒池閣。
山盟雖在，錦書難托。
莫！莫！莫！

仿詞

戒煙歌

名佚

本國煙，外國煙，
成癮苦海都無邊。
前人唱，後人和：
「飯後一支，神仙生活。」
錯！錯！錯！

煙如舊，人苦透，
咳嗽氣喘罪受夠。
喜樂少，愁苦多。
一朝上癮，終身枷鎖。
莫！莫！莫！

仿曹雪芹紅豆曲

原詞

紅豆曲

曹雪芹

滴不盡相思血淚拋紅豆，
開不完春柳春花滿畫樓。
睡不穩紗窗風雨黃昏後，
忘不了新愁與舊愁。
咽不下玉粒金蓴噎滿喉，
照不見菱花鏡裏形容瘦。
展不開的眉頭，
捱不明的更漏。
恰便是遮不住的青山隱隱，
流不斷的綠水悠悠。

仿詞

新編「不盡歌」

孟廣祥

贊不盡對策翻新吃依舊，
歎不盡庫外庫樓外樓，
開不完大小宴會黃昏後，
忘不了春遊與秋遊。
嘗不盡山珍海鮮香滿喉，
照不盡菱花鏡裏衣衫瘦。
花不完的體己，
數不清的源頭。
恰便是遮不住的青山隱隱，
流不斷的綠水悠悠。

仿曹雪芹好了歌解

原詞

好了歌解

曹雪芹

陋室空堂，當年笏滿床，
衰草枯楊，曾為歌舞場。
蛛絲兒結滿雕梁，

仿詞

好了歌新注‧給賭徒們

孟廣祥

陋室空堂，昨夜錢滿床，
殘椅舊桌，好個賭博場！
蛛絲兒結滿房梁，

綠紗今又糊在蓬窗上。　　　　　破被又堵在蓬窗上。

說什麼脂正濃、粉正香，　　　　說什麼煙正濃、酒正香，

如何兩鬢又成霜？　　　　　　　如何兩眼淚汪汪？

昨日黃土壟頭埋白骨，　　　　　昨日旗開得勝兜囊飽，

今宵紅綃帳底臥鴛鴦。　　　　　今宵一著不慎又輸光。

金滿箱，銀滿箱，　　　　　　　金滿箱，銀滿箱，

轉眼乞丐人皆謗。　　　　　　　不義之財人皆謗。

正歎他人命不長，　　　　　　　正笑他人運不濟，

哪知自己歸來喪？　　　　　　　哪知自己也難昌。

訓有方，保不定日後作強梁。　　湊賭資，保不定要去做強梁；

擇膏粱，誰承望流落在煙花巷！　盼發財，誰承望家傾產也蕩！

因嫌紗帽小，致使鎖枷扛；　　　因嫌勞動苦，致使邪欲狂；

昨憐破襖寒，今嫌紫蟒長。　　　如飲迷魂酒，忘卻法律強。

亂哄哄你方唱罷我登場，　　　　亂哄哄你方離席我登場，

反認他鄉是故鄉。　　　　　　　大呼小叫鬥志昂。

甚荒唐，　　　　　　　　　　　甚荒唐，

到頭來都是為他人作嫁衣裳。　　到頭來難免自作自受枉悲傷。

仿綠原詩人

原詞　　　　　　　　　　　仿詞

詩人　　　　　　　　　　仿詩人

　　　　　　　　綠原　　　　　　　　　　　　佚名

有奴隸詩人　　　　　　　　有魔道詩人

他唱苦難的秘密　　　　　　他念莫名的咒語

他用歌歎息

他的詩是荊棘

不能插在花瓶裏

有戰士詩人

他唱真理的勝利

他用歌射擊

他的詩是血液

不能倒在酒杯裏

他用歌玩世

他的詩是鬼火

不能點在人家裏

有痞子詩人

他寫無聊的情緒

他用歌泄欲

他的詩是馬尿

不能倒在茶壺裏

仿孫髯公雲南大觀樓聯

原詞

仿詞

雲南大觀樓聯

書生歎

孫髯公

佚名

五百里滇池奔來眼底，

披襟岸幘，喜茫茫空闊無邊，

看東驤神駿，西翥靈儀，

北走蜿蜒，南翔縞素，

高人韻士，何妨選勝登臨。

趁蟹嶼螺洲，梳裹就風鬟霧鬢；

更蘋天葦地，點綴些翠羽丹霞。

莫辜負四圍香稻，萬頃晴沙，

九夏芙蓉，三春楊柳；

五大口家小常在眼底，

偶而憑欄，喜滋滋天倫難失，

看飯來張嘴，衣來伸手，

朝飲奶漿，日餐魚肉，

貴兒嬌女，幸運溺愛寵養。

若智高學優，真甘願當牛作馬；

乃分低頑劣，準備著抽筋傷骨。

莫辜負四方親友，萬語相勸，

九夏燈光，三代期望；

數千載往事注到心頭，
把酒凌虛，歎滾滾英雄誰在，
想漢習樓船，唐標鐵柱，
宋揮玉斧，元跨革囊，
偉烈豐功，費盡移山氣力。
盡珠簾畫棟，卷不及暮雨朝雲；
便斷碣殘碑，都付與蒼煙落照。
只贏得幾杵疏鐘，半江漁火，
兩行秋雁，一枕清霜。

十二載寒窗牢記心頭，
不堪回首，歎聲聲韶華易逝，
想自幼初讀，歡娛漸消，
影視無蹤，體育絕跡，
青春妙齡，苦入書山題海。
遇嚴師屬父，豈畏那冰封雪潑；
便起早貪黑，忍受這蠅撲蚊叮。
只贏得幾根瘦骨，半櫃殘書，
兩隻眯眼，一副空腸。

仿電影紅高粱插曲（歌詞）

原詞：

九月九，釀新酒，好酒出自咱的手，好酒，好酒，好酒！喝了咱的酒，上下通氣不咳嗽；喝了咱的酒，滋陰壯陽不口臭；喝了咱的酒，一人敢走青殺口；喝了咱的酒，見了皇上不磕頭！一四七，三六九，九九歸一跟我走，好酒，好酒，好酒！

仿詞：

將進酒

袁萬祥

花高價，買名酒，名酒待客堪應酬，好酒，好酒，好酒！喝了咱的酒，鋼鑄鐵打變溫柔；喝了咱的酒，慷慨激昂化烏有；喝了咱的酒，不想點頭也點頭；喝了咱的酒，不願舉手也舉手。一四七，三六九，九九歸一跟酒走，好酒，好酒，好酒！

花高價，買名酒，名酒送禮趕火候，好酒，好酒，好酒！喝了咱的

酒，官大難把威風抖；喝了咱的酒，權重也將關卡收；喝了咱的酒，方寸一亂萬念休；喝了咱的酒，黨紀國法一邊丟。一四七，三六九，九九歸一跟酒走，好酒，好酒，好酒！

無情趣聯

　　所謂無情對，是一種對仗技巧，它只求字面上的對仗，而在意義上不相關，非但不相關，而且意義上相差越遠越好。無情對的特點，是以借對取勝。即在用某個詞語的甲義（包括某種詞性和結構）時，又借它的乙義來與另一個詞語相對。如：

　　公門桃李爭榮日；

　　法國荷蘭比利時。

　　上聯為一句唐詩，下聯為三個國名。荷蘭，又作「荷」、「蘭」兩種花名與「桃」、「李」對，比利時，又以「比利（之）時」與「爭榮（之）日」對。此聯兩用借對，也對得很出色。

　　無情妙對，佳作頗多。如：

　　陶然亭；

　　張之洞。

　　「陶」、「張」是姓氏；「然」、「之」為虛字；「亭」、「洞」為景物。

　　石家莊；

　　喬國老。

　　「喬」與「石」，均為姓氏；「國」與「家」，均為社會名詞；「老（子）」與「莊（子）」，既是人名，又是書名。此聯別有妙處，六個字兩兩相對相連，又能組成另外三個名詞：喬石，人名；國家，政治名詞；老莊，文化名詞。

　　據說民國年間，重慶有一酒家，在門口放一瓶「三星牌」白蘭地酒，

並出一上聯徵對：

三星白蘭地；

前來應對者非常多，最後中獎的是這樣一個下聯：

五月黃梅天。

這是一副絕妙的無情對。上聯與下聯毫不相干，但字面上字字絕對。「黃梅天」，五六月間為黃梅季節，叫「黃梅天」。後來，有好事者將這副對聯上下顛倒，且各加一字，成為如下妙聯：

五月黃梅天，濕；

三星白蘭地，乾！

以「乾」對「濕」，反義詞相對。同時，「乾」字雙關，既言及「乾燥」，又關合「乾杯」，道是「無情」卻有「情」！

有人把這種無情對稱為「拼盤」，說它既沒有刻畫什麼，也沒有記述什麼。這個看法對於那些確實如此的例子來說，是有道理的，但對整個無情對來說，卻不盡然，如「楊三已死無京醜，李二先生是漢奸」，既是典型的無情對，又通過借對顯示了深刻的內容。可見無情對是否成為「拼盤」，不在無情對本身，而在於作者。

方位趣聯

方位詞，即那些指稱方位的詞，如「東、南、西、北」等。人們將它們嵌入對聯中，別有一番趣味。例如：

彎竹子，破直篾，打圓箍，枷扁桶，裝東裝西；

粗棉條，紡細線，織寬布，縫長衫，調南調北。

這副趣對上、下兩聯分別嵌入「彎」與「直」、「圓」與「扁」、「東」與「西」、「粗」與「細」、「寬」與「長」、「南」與「北」等意義相反或相對的詞，讀起來妙趣橫生。

這種嵌入方位名詞的趣聯，古代尤多。

明朝中期有名的文學家、書畫家徐渭，他生前畫過一幅青藤書屋圖，畫的就是自己的家。他在畫上題了這樣一副對子：

幾間東倒西歪屋，

一個南腔北調人。

此聯似在自嘲，實際意思是說：我徐渭跟社會現實格格不入，唱的不是一個調。

明朝還有一個才子，幽默滑稽，一日乘舟，為一聯云：

一盞孤燈，照南照北；

三更半夜，講東講西。

在有些趣聯裏，將「東」、「西」組合在一起，此時「東西」已非方位名詞，而是普通名詞，是一切事物的代名詞。例如：

一天晚上，天陰沉沉的，烏雲密佈。一文士開門見此狀，口占一聯：

黑白難分，教我怎知南北；

偏巧，一個窮秀才鄰居此時推門而入，隨口道：

青黃不接，向你借點東西。

一人早晨睡醒，忽得兩聯：

半夜三更，夢裏不知南北；

清晨八點，醒來就要東西。

甲乙二生，共飲紅白酒而醉。甲曰：

紅白相間，醉後不知南北；

乙固貧士，因對曰：

青黃不接，貧窮賣了東西。

嵌入「南北」與「東西」的趣聯故事更是廣為流傳，試舉數則：

乾隆南巡到江蘇時，一日路過一個叫通州的城鎮，忽然想起北京附近也有個地方叫通州，於是一下冒出個上聯：

南通州，北通州，南北通州通南北；

紀曉嵐見街上掛著「當」字大招牌的當鋪，馬上想出了下聯：

東當鋪，西當鋪，東西當鋪當東西。

清代詩人宋湘，以善書法和工對聯知名一時。傳說他一次外出遊玩，經過某一集鎮時，在十字街頭的牆上寫了一上聯：

一條大路通南北；

他走後多日，又路過此地，見無人應對下聯，於是便自對下聯：

兩邊小店賣東西。

袁世凱死後，北洋軍閥控制下的北京政府，大總統一個接一個。軍閥之間，爭權奪勢，連年混戰，遭殃倒楣的是老百姓。每換一次總統，還要下令讓全國各地掛旗幟來慶祝。有人氣憤地寫了一副對聯，斥責那些禍國

殃民的「大總統」們：

民猶此也，國猶此也，何分南北；

總而言之，統而言之，不是東西！

這個嵌字聯，在上下聯裏嵌入了「民國總統不是東西」八個字。

行業趣聯

　　所謂行業，在這裏特指商業和部分工業、手工業。許多行業都有反映其行業特點的對聯，在某種意義上起著行業廣告的作用，有的行業聯還非常詼諧幽默，此舉數例。

一 理髮店聯：

　　雖為毫末技藝；

　　卻是頂上功夫！

　　這副對聯的上下聯構成一個轉折復句，前一分句以「毫末技藝」形容理髮行業的特點，後一分句以「頂上功夫」褒贊理髮技藝。「頂上」二字語意雙關，既有「頭頂」之意，又有「一流」之意。

　　相傳，石達開部下有一將領叫李文采，原是剃頭師傅，太平天國將領馮雲山為他的理髮店撰寫一聯：「磨礪以須，天下有頭皆可剃；及鋒而試，世間妙手等閒看。」石達開後來將它改成：

　　磨礪以須，問天下頭顱幾許？

　　及鋒而試，看老夫手段如何！

　　聯語中似乎在向顧客誇耀自己的手藝，實則隱含著一個反抗者橫刀立馬的勃勃雄心，鋒芒畢露，氣度凜然。在幽默的字裏行間閃動著刀光劍影，內容十分切合人物身份。

二 刻字店聯

以六書傳四海；願一刻值千金。

這副對聯介紹了行業的特點，抒發了店主的願望。聯中的「刻」字雙關，既指雕刻，又指時間。這個下聯，當是化用蘇軾的「春宵一刻值千金」。

三 戲聯

戲聯頗多，佳聯亦多。例如：

千里路途三五步；

百萬雄兵六七人。

此聯虛寫戲劇情景，十分精妙傳神！虛擬性的實質便是追求神似，以形寫神正是我們民族傳統美學思想積澱的產物。與此聯機杼相同的還有「三五步行遍天下，七八人百萬雄兵」。與之意思相近的還有「頃刻間千秋事業，方丈地萬里江山」。

有的戲聯準確地表現了戲劇表演的藝術規律。如下面這副戲聯：

看我非我，我看我，我亦非我；

裝誰像誰，誰裝誰，誰就像誰。

此聯用頂真手法深入淺出地述說出了演員在藝術表演時進入角色的情狀，可謂佳妙！

有的戲聯的立意關乎社會與人生。例如：

戲場小天地；

天地大戲場。

對聯中的「戲場」與「天地」互為喻體，修辭學上謂之互喻。此聯告訴人們，舞臺上演的戲劇是社會的縮影，社會又是展示世界的大舞臺！

四 曲藝說書場用聯

把古往今來重新說起；

將悲歡離合再敘從頭。

這副對聯彰顯了行業的特點，亦將說書的功能道得很是分明。

五 保溫瓶廠聯

馬蕭蕭先生為北京保溫瓶廠題聯：

所貴者膽；

可暖乎心。

此聯極貼切，極富理性，有豪氣，有溫情。「膽」字語意雙關，意趣斐然。

六 舊貨店用聯

當知天下本無棄物

非真我輩不肯維新

聯趣盡在「維新」二字。「維新」通常指變舊法、行新政，此處「大詞小用」，語意詼諧。

三百六十行，行行都有反映其行業特點的對聯，可謂舉不勝舉，以上幾例旨在讓人們嘗一臠而知一鼎之味。

雙關趣聯

雙關，即在特定的語言環境中，利用語音和語義的條件，有意使語句具有雙重意義，起言在此而意在彼的作用。雙關可分為諧音雙關和語意雙關兩種，此處以對聯為例予以闡述。

一、諧音雙關，其特點是音同字異。如：

兩船並行，櫓速不如帆快；

八音齊奏，笛清難比簫和！

聯中的「櫓速、簫和」諧古代的兩位文官———魯肅和蕭何；「帆快、笛清」諧古代的兩位武將———樊噲、狄青（此處只是將四人名字構成諧音巧對而已，所關之人沒有什麼實際意義）。

明朝禮部侍郎程敏政，能詩文，善言對，當時頗有名氣。宰相李資很愛他的文才，想把女兒許配給他。一次，程來李府拜會老前輩。李喜愛程的敏捷聰慧，出一上聯：「因荷而得藕？」程知道此聯用意雙關，問「因何而得偶」？便笑答道：「有杏不須梅。」李資大喜，不久便把女兒嫁給了他。出聯以「荷」諧「何」，以「藕」諧「偶」，對句以「杏」諧「幸」，以「梅」諧「媒」，至為工巧。

明朝時，有一個叫賈實齋的富人，常常喜歡拿別人開心。他有一個街坊少年，姓倪，麻臉，人稱「倪麻子」。

一年冬天，大雪紛飛，賈實齋披著貂皮大衣站在家門口的高臺上看雪景。此時，倪麻子穿著一雙木屐從雪地上走過，雪地上留下麻麻點點的印痕。見此情景，賈實齋對倪麻子說：「我出個上聯，你能對個下聯嗎？」

沒等回答，就指著雪地上麻麻點點的腳印說：

釘靴踏地泥（倪）麻子；

賈實齋利用「泥」與「倪」諧音，拿木屐踩出來的「泥麻子」來取笑倪麻子。倪麻子是個挺機靈的小夥子，他看了看賈實齋穿的皮襖，說：「小人對倒是能對，可不敢對，怕老爺您生氣。」賈實齋說：「沒事兒，你對吧，我不怪罪你。」倪麻子馬上對了個下句：

皮襖披身假畜生。

倪麻子也是利用「假」與「賈」諧音，罵賈實齋披著一身野獸皮，是個「假（賈）畜生」！

賈實齋聽了，心裏雖不高興，但也不便發作，只好悻悻離去。

二、語意雙關，其特點是借助詞語的多義性或句意的多向性，使語句同時關涉兩種事物，指雨說風。這又呈現出兩種情形。

一是因為詞語多義而造成理解上的不確定性，一般是兩可。如：

眼前一簇園林，誰家莊子？

壁上幾行文字，哪個漢書？

聯中的「莊子」，既指莊園，又指歷史人物莊子；「漢書」在此是一個主謂短語，「漢」，漢子，「書」，寫，「漢書」又指史籍漢書。

明朝時候，有一次，十幾個新進士到李東陽李閣老家去做客。有個進士向李東陽行禮的時候，稱呼他「閣下李先生」。「閣下」，是對人的一種尊稱。李東陽聽了，微微一笑。他請這些人坐下以後，就對他們說，他有個對子，請諸位對個下句：

庭前花始放；

「庭」，就是正房前的院子，所謂「前庭後院」。上聯意謂：正房前院子裏的鮮花剛剛開放。

過了好一會沒人吱聲，李東陽便笑道：其實，有人早對出來了。剛才不是有一位說了嗎———

閣下李先生。

此對句語意雙關。此處的「閣下」，字面義指「閣樓下面」（「閣」指的是一種四角形、六角形或八角形的建築物，一般兩層，周圍開窗，多建在高處，可以憑高遠望），又隱含著尊稱李東陽。「李先生」表面上說「李樹先發新枝」，又暗指李東陽。

進士們聽後都笑了，打心眼裏佩服這位高明的「閣下李先生」。

二是句子的雙關義不能單從某個字詞去分析，而應從整體上去理解。如一戲臺聯：

你也擠，我也擠，此處幾無立腳地；

好且看，賴且看，大家都有下臺時。

聯中「下臺」雖詞義雙關，但意蘊並不統帥整個對聯。這副對聯應從整體去理解，它是以現場情景關合人生世態。形形色色的人，無非一部分在演戲，一部分在看戲，而角色易位則誰也無法逆料。

福建福州著名佛教聖地湧泉寺山門有這樣一副對聯：

淨地何須掃；

空門不用關。

這副山門對聯平白如話，卻意境深遠。「淨地」、「空門」，都是佛教用語。「淨地」指佛教「淨土」，本來就乾淨無垢，何須打掃？「空門」即佛門，四大皆空，如去如來，無遮無礙，何必關它？同時，這「淨地」、「空門」又是寫實。寺內一般一塵不染，當然是「淨地」。進出寺廟有一個山門，但這山門並無門，只是一個通道，因此是「空門」。「淨地」與「空門」，虛實皆有，融常理、禪理於一體，通俗易懂，對仗工妙。

頂真趣聯

「頂真」，也叫「頂針」，又叫「聯珠」，其特點是將前一個分句的句末字，作為後一個分句的句頭字，使相鄰的兩個分句，首尾相連。「頂真」的修辭作用主要在於使句子上遞下接，從而突出事物之間環環相扣的有機聯繫。如：

○不吃白不吃，吃了也白吃，白吃誰不吃。

○不同的環境會有不同的思維，不同的思維會有不同的信息，不同的信息會有不同的機會，不同的機會會有不同的命運。

○高職不如高薪，高薪不如高　，高　不如高興！

○種子等待土地，土地等待犁，犁等待牛，牛等待草，草等待種子！

一些趣聯便常常採用「頂真」這種修辭手法。例如：明朝無錫人王永熾錫山景物略中，錄有「無錫錫山山無錫」句，清代學者朱蘭坡以「平湖湖水水準湖」對之。出句與對句均運用了「頂真」手法。

相傳，古時候有一貪官逢六十壽辰，一儒獻上聯云：

壽比南山松，松不老，老來坐享皇天榮華富貴，貴客滿庭，庭前芝蘭八百，百齡再仰仙翁潤澤。

貪官讀後大喜，懸賞徵對。不日，果有下聯貼於其門首，聯云：

福如東海水，水長流，流去盡是黎民血淚憂怨，怨聲載道，道盡冤魂三千，千刀萬剮老賊心肝！

下聯出，見聞者無不交口道妙，拍手稱快。此對堪稱一副絕妙的頂真對。

在一些風景名勝區也常見用「頂真」手法寫成的對聯，如杭州西湖斷橋殘雪聯：

斷橋橋不斷；

殘雪雪未殘。

以水清澈著名的長沙白沙井也有這樣一副頂真聯：

常德德山山有德；

長沙沙水水無沙。

用「頂真」手法寫成的趣聯很多，如：

水車車水水隨車，車停水止；

風扇扇風風出扇，扇動風生。

大肚能容，容天下難容之事；

開口便笑，笑世間可笑之人。

樓外青山，山外白雲，雲飛天外；

池邊綠樹，樹邊紅雨，雨落溪邊。

金水河邊金線柳，金線柳穿金魚口；

玉欄杆外玉簪花，玉簪花插玉人頭。

望天空，空望天，天天有空望空天；

求人難，難求人，人人逢難求人難。

保俶塔，塔頂尖，尖如筆，筆寫五湖四海；

錦帶橋，橋洞圓，圓似鏡，鏡照萬國九州。

大魚吃小魚，小魚吃蝦，蝦吃水，水落石出。

溪水歸河水，河水歸江，江歸海，海闊天空。

析字趣聯

　　析字聯就是利用漢字字形結構特點，通過拆合化形構成的對聯。

　　析字聯可分三種情況：

■ 拆字，即化整為零

　　據評釋巧對卷十一載：林大欽幼年時，志大言大，他的老師出一聯欲給他以勸誡：

　　議論吞天口；

　　林應聲答道：

　　功名志士心。

　　上聯拆「吞」為「天」、「口」，不露斧痕。「吞天」，指口氣大，誇海口，不切實際。下聯拆「志」為「士」、「心」，亦很貼切。「志士」，指有志向、有抱負的人。

　　下面這副短對，語雖通俗，但令人遐思。

　　地大也為土；

　　巒低亦是山。

　　上聯拆「地」為「也」和「土」，意為儘管地域面積很大，但還是由土壤構成；下聯拆「巒」為「亦」和「山」，意思是說低矮的巒也叫山。

■ 合字，即化零為整

　　相傳，蘇東坡和朋友佛印和尚談論佛事，佛印大吹大擂，被躲在簾子

後面的蘇小妹聽到。蘇小妹有意刺一刺這個和尚，便寫一上聯，叫使女拿去給佛印對：

人曾是僧，人弗能成佛；

佛印是個很有才華的和尚，當然不會在一個小女子面前認輸，他稍作思考，對出下聯，並讓蘇東坡轉交給他的小妹。聯云：

女卑為婢，女又可稱奴。

蘇東坡看後，連連稱好，認為對得工整，又反戈一擊，妙極了！

下面這副集句合字對亦頗有意思。

有約不來過夜半，奴心怒；

閒看兒童捉柳花，合手拿。

「有約不來過夜半」與「閒看兒童捉柳花」皆集自宋詩，前者出自趙師秀的約客，後者出自楊萬里的閒居初夏午睡起二絕句。「奴心」合為「怒」，「有約不來過夜半」，連僕人也有些惱怒了；「閒看兒童捉柳花」，「合手拿」，形象逼真。

▤ 字形描述

即對漢字字形進行描述，或對漢字筆劃結構進行詮釋。

明代文學家蔣燾，自幼才思敏捷。有一次，他父親的幾位朋友來訪，適逢秋雨淅瀝。閒談之間，一位朋友即景出一上聯讓大家屬對，其上聯是：

凍雨灑窗，東兩點，西三點；

在座的人見此上聯析「凍灑」二字，道眼前秋景，別具匠心，一個個絞盡腦汁，苦思冥想，都無以應對。

蔣燾見父親和朋友們在吃西瓜，觸景生情，於是脫口對道：

切瓜分客，上七刀，下八刀。

滿座賓客見此下聯析「切分」二字，也敘目睹之事，妙語雙關，理趣天然，無不歎服。

相傳，清代乾隆帝游江南時，在江蘇儀徵遇到聰慧的阮元。乾隆覺得其名有趣，便出一上聯戲之：

阮元何故無雙耳？

阮元不知是皇上駕到，避而不答，另闢蹊徑，對以下聯：

伊尹從來只一人。

上聯是說「阮」有「阝（『阝』亦『耳』）」，「元」無「阝」，而「阮元」無雙「阝」，切名又切人，一語雙關。下聯是說「伊」字有「亻」旁，「尹」字則無，故曰「只一人」，意思是說沒有第二個人比得上。聯中說到的伊尹，係商初賢相，他輔佐商湯建立商朝。此聯工整恰切，堪稱佳構。

從根本上說，這是一種文字遊戲，但它展示出了漢字以筆畫和偏旁構字的獨具的特點，從中我們可領略到漢字的神奇。

自古而今，析字聯不勝枚舉，即使佳聯、趣聯，亦難計其數。

讀過一副析字聯，感觸頗深，至今難忘：

錢有二戈，戕害幾多人品；

窮只一穴，埋沒不少英雄！

「錢」的繁體為「錢」，右邊偏旁由兩個「戈」字組成。此聯通過析字，道出生活真諦！

辛亥革命結束後，革命成果被袁世凱篡奪，他將中華民國改為中華帝國。對袁世凱的倒行逆施，舉國上下響起一片反對之聲，有人還針對袁世凱的這一行徑出聯求對：

或在圜中，拖出老袁還我國（國）；

「圜（圜）」字去掉「袁」，加進「或」，就成為「國（國）」。聯中運用更換偏旁的析字手法，號召人們起來打倒袁世凱，恢復中華民國。此上聯一出，許多文人紛紛應對，但最好的對句出自一船夫：

餘臨道上，不堪回首問前途。

「道」字去掉「首」，加進「餘」，就成為「途」。船夫的對句同樣運用了析字手法，意思是說袁世凱稱帝是復辟倒退行為，不由得令人對國家前途深感憂慮。（「餘」在古代漢語中是第一人稱代詞，即「我」。）

民國初年，有一何姓人家辦婚事，女方係一潘姓人家。接新娘的人來到女家時，只見潘家門上貼出一個四字上聯：

二人天合；

何家迎親人中有一位是前清秀才，很有學問，他當即對道：

一了子平！

這是一副合字聯，上聯的第三字「天」由第一、二字合成，聯面意思是「天作之合」。下聯的第三字「子」也由第一、二字合成，更妙的是聯中用了後漢書中關於向子平的典故。向子平是一位不隨世俗、淡泊名利的人。他在兒女婚事辦完後，便對家人說：「你們權當我死了就行，不用去找我。」一個人離家去雲遊四方了，誰也不知道他後來到了哪裏。所以後人常把完成兒女婚事叫做「子平之願」。對句含有「兒女婚事的心願總算了（結束）了」的意思。無論從形式上還是內容上，這下聯與上聯都對得十分貼切。

這位秀才還為這兩家的喜事寫了一副拆字聯：

喜潘氏有水有田兼有米，當歌好合；

慶何家添人添口又添丁，定卜其昌。

上聯先嵌「潘」字，後一拆為三；下聯嵌入「何」字，也一拆為三，而且全聯充滿了吉利喜慶氣息，堪稱巧對。

隱字趣聯

隱字，亦稱缺如，作為對聯的一種手法，即在對聯的某個部位缺字，含蓄巧妙地傳達言外之意、弦外之音。

相傳北宋名相呂蒙正少年時家境貧寒，某年除夕，見家中一貧如洗，便寫這樣一副對聯貼於大門兩旁：

二三四五；

六七八九。

橫批：南北。

上下聯故意缺「一」和「十」，橫批故意缺「東西」，諧「缺衣少食，沒有東西」之意。此聯立意奇巧，以含蓄詼諧的手法表現出作者的窮困酸楚之況。

明代馮夢龍古今譚概中記載：某書生家貧，無酒為友祝壽，遂持水一杯，謂友人曰：「君子之交淡如。」友人知其意，應聲道：「醉翁之意不在。」這一問一答恰好構成一副對聯：

君子之交淡如；

醉翁之意不在。

上聯出自莊子·山水：「君子之交淡如水，小人之交甘若醴。」下聯出自歐陽修醉翁亭記：「醉翁之意不在酒，在乎山水之間也。」主人有意隱去「酒」字，足見朋友之間真摯的友誼和高雅的志趣絕非泛泛的「酒肉」之情可比。

清初著名的小說家蒲松齡在他所寫的優秀文言短篇小說集聊齋誌異

中，有一篇三朝元老，文中有這樣一副對聯：

一二三四五六七；

孝悌忠信禮義廉。

這則故事中說，在某個曾仕三朝的大臣門前，有人偷偷地貼過這樣一副對聯。上聯末尾所缺的是「八」，下聯末尾所缺的是「恥」（因為封建時代所講的道德標準有「孝、悌、忠、信、禮、義、廉、恥」八個字）。

據說這副對聯所罵的是明末降清的大臣洪承疇，上聯罵他「忘八」（與「王八」諧音），下聯罵他「無恥」，橫批則是「三朝元老」。這很有點像歇後語，如果單看上聯，是不知所云的，接著把下聯一看，又明白缺如這種對聯的寫法，那麼意思也就一目了然了。

數字趣聯

數字聯，即在對聯中嵌入數字，使數量詞在對聯中顯現出特殊的意義。枯燥的數字嵌入對聯之中，往往會產生意想不到的效果。例如：

花甲重開，外加三七歲月，

古稀雙慶，內多一度春秋。

這是一副壽聯，上聯為清代乾隆皇帝所出，下聯由大才子紀曉嵐所對。這副對聯的上下兩聯都暗指這位老人的年齡，即 141 歲（上聯的算式：$2 \times 60 + 3 \times 7 = 141$；下聯的算式：$2 \times 70 + 1 = 141$）。

這副數位聯中的數位未按自然數的順序排列，其數字是寫實的。有一副概述諸葛亮功績的巧聯亦屬此類：

取二川，排八陣，六出七擒，五丈原上點四十九盞明燈，一心只為酬三顧；

平西蜀，定南蠻，東和北拒，中軍帳裏演金木土課爻卦，水面偏能用火攻。

上聯混嵌「一」至「十」十個數字，下聯對之以「五方」（東南西北中）和「五行」（金木水火土），至工至巧！

相傳，蘇東坡年輕時期與兩位同窗乘船到江西九江二門趕考。時值春夏之交，洪水氾濫，江水暴漲，無法航行，直到水退之後才趕到九江。當蘇東坡三人來到考場時，已超過了規定的入場時間。幸好遇到守門的值日官素愛人才，又早聞蘇軾父子大名，便有意藉此機會試試蘇東坡的才學。他說：「我出一上聯，如果你能對上，就讓你們進考場。」蘇東坡表示同

意。守門官出的上聯是：

一葉小舟，載著二三位考官，走了四五六日水路，七顛八倒來九江，十分來遲；

蘇東坡聽後，略加思索，立即對曰：

十年寒窗，讀了九八卷詩書，進了七六五個考場，四返三往到二門，一定要進。

值日官歎服其才，開門讓進。

明朝時，一船夫偶得一上聯：

一孤舟，二客商，三四五六水手，扯起七八葉風篷，下九江，還有十里；

這是一個絕妙的上聯，它不僅說出了實事，而且按順序嵌入了從一到十這十個數字。他苦思冥想也未能想出下聯。當時也無人對出。其「絕對」之名，竟延續了 400 年。直到 1959 年夏，受一偶然事件的啟發，才被一個叫李戎翎的人對出。

1959 年 6 月，佛山市一位老裝修工託人到十里外找一段叫「九里香」的名貴木材，只兩天便運到了。據說，1943 年也有人找這種木材，弄到手整整花了一年功夫。這一對比，使李戎翎想到那個「絕對」，於是續出了下聯：

十里遠，九里香，八七六五號輪，雖走四三年舊道，只二日，勝似一年。

這副對聯的數字，上聯遞增排列，下聯遞減排列，可謂至巧！

續填趣聯

　　續填是一種聯語修辭格，即在原聯基礎上續字或填字。一般續後之聯與原聯意義相別或相反。

　　王羲之的防「盜」聯，可說是這種修辭手法最突出的範例。

　　一年春節，王羲之連貼了兩副春聯都被酷愛他手跡的書法愛好者「盜」走了。眼看節日將到，王羲之略一沉思，取來筆墨，又寫一聯。寫好後，將對聯裁成兩截，先將前半截貼上：

　　福無雙至；

　　禍不單行。

　　這兩個「半聯」貼出後，果然無人再來揭。初一黎明，王羲之將後半截貼在下面，給果成了：

　　福無雙至今朝至；

　　禍不單行昨夜行。

　　街鄰看了，無不稱妙。

　　續字聯多有諷刺意味。例如，有一貪官，為表其清白，於衙門書聯：

　　愛民如子；

　　執法如山！

　　夜裏，有人在其聯下續上二行：

　　愛民如子，金子銀子皆吾子也；

　　執法如山，錢山靠山其為山乎！

　　眾人見之，無不發笑。

續字用於笑談，也頗有詼諧之趣。明代才子解縉，門對富豪的竹林。除夕，他在門上貼了一副對聯：

門對千根竹；

家藏萬卷書。

富豪見了，叫人把竹子砍掉。解縉深解其意，於上下聯各添一字：

門對千根竹短；

家藏萬卷書長。

富豪更加惱火，下令把竹子連根挖掉。解縉暗中發笑，在上下聯又添一字：

門對千根竹短無；

家藏萬卷書長有。

富豪氣得目瞪口呆。

填字，可理解為在聯前或聯中補字，與續字略作區別，請看下例———

唐朝大將程咬金新婚之夜，新娘裴翠雲有意要試試丈夫的文才，便與新郎對句。不善此道的程咬金急得抓耳撓腮，暗自叫苦，連連推辭。新娘卻柔情勉慰，讓他從一字對起：

「雨，下雨的雨。」

「風，颳風的風。」程咬金對答。

「飛花雨。」

「撒酒風（瘋）。」程咬金張口對出。

「點點飛花雨。」

「回回撒酒風（瘋）。」

「簷前點點飛花雨。」

「席上回回撒酒風（瘋）。」

接著加四字：

「皇上有道，簷前點點飛花雨。」

「祖宗無德，席上回回撒酒風（瘋）。」

最後又加三字：

「大德王皇上有道，簷前點點飛花雨。」

「程咬金祖宗無德，席上回回撒酒風（瘋）。」

　　這時，新娘視丈夫一笑，程咬金也不禁捧腹大笑，道：「多虧夫人循循善誘。」

歧義趣聯

　　歧義是指在語言交際中一個句子存有兩種或多種意義，這是一種語病，一種消極的語言現象。但是，當句子的歧義成為一種「主觀故意」時，它就會化消極為積極，而成為一種修辭手法。

　　相傳，明代著名文人兼書畫家祝枝山，有一年被人請去寫春聯，只見他提筆寫下這樣一聯：

　　明日逢春好不晦氣；

　　終年倒運少有餘財。

　　主人看了，很不高興。祝枝山問他：「何以如此不悅？」主人說：「你這副春聯說我『好不晦氣』，『少有餘財』，這不是太倒楣了麼？」原來主人將這副春聯斷成這樣：

　　明日逢春，好不晦氣；

　　終年倒運，少有餘財。

　　祝枝山不慌不忙地說：「主人，原來你會錯意了。」接著，他將這副對聯在「好」字和「少」字下斷句，頓時成了一副意思很好的對聯：

　　明日逢春好，不晦氣；

　　終年倒運少，有餘財。

　　主人一見，滿心歡喜，連忙重謝了祝枝山。還有一副歧義聯，相傳也是祝枝山所作：

　　此屋安能居住

　　其人好不悲傷

這是沒有加標點的，有人將它加上標點，於是，這副對聯的意思就明顯了：

　　此屋安能居住？

　　其人好不悲傷！

　　這樣一來，上聯的「安」就成了疑問詞，為「怎麼」的意思；下聯的「好」表程度深。經這樣的一問一歎，這副對聯就成了「此屋不能居住，其人多麼悲傷」的意思了。

　　然而，有人卻將此聯重新斷句標點，成為如下情形：

　　此屋安，能居住；

　　其人好，不悲傷。

　　這樣一來，屋既安全能住，人也安好而不悲傷了。

不對之對

清朝時候，浙江有師生倆一塊到省城去考舉人。他們來到一個叫武林關的關卡時，天黑了下來，關卡的大門也緊緊地關上了。晚上於客店中先生觸景生情得一上聯：

開關遲，關關早，阻過客過關；

先生讓學生對，學生想了一會未想出對句，便說：

出對易，對對難，請先生先對。

先生一聽樂了，連連誇獎學生。學生這時才意識到這是一個絕妙的「不對之對」。

這是一個對對人未意識到的「不對之對」，有趣的是，竟然還有一副出對人未意識到的「不對之對」。

明代才子解縉，學問好，腦子快，明成祖朱棣常拿一些難題考他。一天，朱棣對解縉說：我看的一本書上，有兩個字挺難對，這兩個字是「色難」。

解縉應聲道：「容易。」

過了一會，朱棣見解縉不再吭聲，就說：「你說容易，為何至今還對不出來？」解縉答道：「剛才我不是對了嗎？」朱棣恍然大悟，不禁大笑。

原來，明成祖朱棣起初把「容易」誤認為是指解縉對起下句來「不費事」，把「容易」當成一個形容詞。「容」作名詞時可指臉上的神情和氣色。以「容」對「色」，以「易」對「難」，甚工。此時，「容易」不再是

一個形容詞，而是一個主謂短語，意思可理解為容顏改變，也可理解為表情平和。

後　記
POSTSCRIPT

　　眾所周知，漢語尤其是現代漢語，是一個極其龐大而複雜的語言系統。相對於古代漢語來說，現代漢語具有生長性強的特點，且永遠處於動態之中。在現代漢語中，一個新的詞語或語句一經出現並廣泛傳播之後，社會就不得不以寬容的態度予以接納並逐步認可。此時，語法總是顯得弱勢，語法研究也只得亦步亦趨。有意思的是，對有些被指責的說法（如「酷斃」、「爽歪歪」等）反對無傚之後，語法只得回過頭來為它們尋找存在的理由和依據。無須諱言，筆者也只能踏著語言事實的腳印前進。

　　另外，研究現代漢語的流派很多，對同一語言事實的語法界定往往仁者見仁，智者見智。由於諸多原因，筆者在寫作本書的過程中常常無所適從，對紛紜眾說只好折中或妥協，以求得盡可能高的社會接受度，因為本書不是純粹的學術著作，而是一本主要供青少年學生閱讀，以傳播漢語知識為使命的普及性讀物。

　　值此封筆付梓之際，謹對為本書審稿、校對作出重要貢獻的閻宣德、陳穩源、黃寒涼、蕭紅梅等同仁表示誠摯的謝意！同時，誠望方家和廣大讀者在不吝賜教的同時，也給予筆者及拙作以充分的寬容！筆者將殫精竭慮，不懈努力，務使本書更臻完善！

宋長江

2011 年 8 月 18 日

昌明文庫·悅讀文化　A0605003

漢語的魅惑

作　　者	宋長江
責任編輯	蔡雅如
發 行 人	陳滿銘
總 經 理	梁錦興
總 編 輯	陳滿銘
副總編輯	張晏瑞
編 輯 所	萬卷樓圖書股份有限公司
排　　版	菩薩蠻數位文化有限公司
印　　刷	百通科技股份有限公司
封面設計	菩薩蠻數位文化有限公司

出　　版　昌明文化有限公司

桃園市龜山區中原街 32 號

電話　(02)23216565

發　　行　萬卷樓圖書股份有限公司

臺北市羅斯福路二段 41 號 6 樓之 3

電話　(02)23216565

傳真　(02)23218698

電郵　SERVICE@WANJUAN.COM.TW

大陸經銷

廈門外圖臺灣書店有限公司

電郵　JKB188@188.COM

ISBN 978-986-496-024-8

2017 年 7 月初版

定價：新臺幣 780 元

如何購買本書：

1. 劃撥購書，請透過以下郵政劃撥帳號：

   帳號：15624015

   戶名：萬卷樓圖書股份有限公司

2. 轉帳購書，請透過以下帳戶

   合作金庫銀行　古亭分行

   戶名：萬卷樓圖書股份有限公司

   帳號：0877717092596

3. 網路購書，請透過萬卷樓網站

   網址　WWW.WANJUAN.COM.TW

大量購書，請直接聯繫我們，將有專人為您

服務。客服：(02)23216565　分機 10

如有缺頁、破損或裝訂錯誤，請寄回更換

國家圖書館出版品預行編目資料

漢語的魅惑 / 宋長江著. -- 初版. -- 桃園市：

昌明文化出版；臺北市：萬卷樓發行,

2017.07　面；　公分. -- (昌明文庫. 悅讀文

化)

ISBN 978-986-496-024-8(平裝)

1.漢語　2.通俗作品

802　　　　　　　　　　　　　　106011194

本著作物經廈門墨客知識產權代理有限公司代理，由湖南人民出版社有限公司授權萬
卷樓圖書股份有限公司出版、發行中文繁體字版版權。